华南师范大学文学院
SCHOOL OF CHINESE LANGUAGE AND LITERATURE

汉语言文学专业建设系列教材

古诗文经典讲读

孙雪霞　陈一平　主编

南方传媒　广东人民出版社

·广　州·

图书在版编目（CIP）数据

古诗文经典讲读 / 孙雪霞，陈一平主编. —广州：广东人民出版社，
2023.12

ISBN 978-7-218-16789-3

Ⅰ.①古… Ⅱ.①孙… ②陈… Ⅲ.①古典诗歌—鉴赏—中国
②古典散文—鉴赏—中国 Ⅳ.① I206.2

中国国家版本馆 CIP 数据核字（2023）第 252236 号

Gushiwen Jingdian Jiangdu

古 诗 文 经 典 讲 读

孙雪霞　陈一平　主编

出 版 人：肖风华

责任编辑：曾白云　黄洁华
装帧设计：奔流文化
责任技编：吴彦斌

出版发行：广东人民出版社
地　　址：广州市越秀区大沙头四马路 10 号（邮政编码：510199）
电　　话：（020）85716809（总编室）
传　　真：（020）83289585
网　　址：http://www.gdpph.com
印　　刷：广州市豪威彩色印务有限公司
开　　本：787 毫米 ×1092 毫米　1/16
印　　张：19　　字　　数：302 千
版　　次：2023 年 12 月第 1 版
印　　次：2023 年 12 月第 1 次印刷
定　　价：45.00 元

如发现印装质量问题，影响阅读，请与出版社（020-85716849）联系调换。
售书热线：020-87716172

主编感言

　　初到华师任教时，陈一平老师是古代文学教研室主任，未谙师范之道的我常常到陈老师的课堂偷师。"融会贯通、深入浅出"是我听课之后的最大感受，比如那首看了无数遍的《诗经·氓》，陈老师既将它掰碎了丝丝入扣地加以剖析，又贯穿全文层层递进地深入讲解，让人耳目一新，欲罢不能。自那以后，我深刻地领悟到，要把一篇经典作品讲出新意，关键不在于是否用了新颖的理论，更不在于是否用了酷炫的技术手段，而在于文化底蕴的积累和使用材料的智慧，后者绝非一朝一夕能够速成的。于是，我和教研室的年轻教师一起听了陈老师好几轮"中国文化概论"课，又花了五六年的时间整理了陈老师的讲稿，前后出版了《中国文化概论》及《中国文化概论新编》两本教材，对中国文化的了解和理解在不断深化。在此期间，陈老师受《语文月刊》之邀，针对中学语文教材，连续发表了九篇文本解读的论文。每一篇中的作品都是大家耳熟能详的，每一篇解读都新意迭出，为我们的文本解读提供了极好的示范。而我也在陈老师的耳濡目染下，在与全省骨干教师的交流中，尝试着通过"古典诗词鉴赏方法""古代文学与中学语文教学"等课程，将中国文化融入文本解读，针对一线教师教学中经常面临的痛点，力求深入浅出地讲有中国味道的中国故事，让广大师范生在本科课堂就去思考实际工作中可能碰到的难题，颇受学生的认同。

今年，我和陈老师商量将这几年的研究成果集结成教材，陈老师表示赞同，并建议增加中学一线教师的教学成果，以这种互文的形式来呈现大学与中学的联动，展示华南师范大学文学院常年服务于基础教育的努力和实践。于是，我们征集到了华南师范大学文学院培养出来的全省优秀骨干教师的若干教学成果，作为本教材的重要组成部分。

通过这本教材，读者可以窥见大学教师与中学教师在文本解读上的异同，可以透视师范生课程的特点，可以揭橥目前中学语文教师在古诗文教学中可能面对的难题。我们没有太多理论的渗透，也没有刻意融入新技术，只是希望通过扎扎实实的文本细读去践行"内容为王"的理念，期待能清源，能启蔽，能通化。

（孙雪霞：文学博士，比较文化博士后，教授，华南师范大学文学院副院长，中国古代文学专业硕士研究生导师组召集人，华南师范大学教学名师。

陈一平：文学博士，华南师范大学退休教师。）

❧ 编者寄语 ❧

延娟芹 文学博士，华南师范大学文学院教授，主要从事先秦两汉文学研究。

常言道："读万卷书，行万里路。"对于文史工作者而言，"万卷书"大抵包括两类：一类是必须深入细致阅读的经典，另一类是与文史有关的需要广泛涉猎的书籍。这样才能做到既有厚实的基础，又有宽广的视野。本教材所选篇目，属于前者。经典训练的重要性不言而喻，长期的功夫修炼，熟读成诵，方能根基坚实，厚积薄发。南朝梁昭明太子萧统主持编撰了中国古代重要的总集《文选》，共收录作品五百多篇，基本包罗了先秦到梁以前的重要作品。他在《文选·序》中记录了日常读书的情景，"历观文囿，泛览辞林，未尝不心游目想，移晷忘倦"。常读常新，乐而忘倦，是他阅读经典时的感受，也是经典作品的永恒魅力所在。让我们快乐地阅读，在阅读中体验快乐！

唐远廷 华南师范大学文学院教育硕士，江门五邑大学第一附属中学高中语文正高级教师。

《礼记·学记》有云：学，然后知不足；教，然后知困。知不足，然后能自反也；知困，然后能自强也。

作为未来同行的你，现在最多可体会到"不足"而"自反"——知识的海洋浩瀚无涯，每一个身在其中的人都应该会"知不足"，好在我们有时间可资利用、有导师可备顾问，只要我们愿意学习，都能够入宝山满载而归。但"教"之"困"，年轻的你目前还体会不到。

工作后，你会发现学生们会有千奇百怪的问题，很多问题绝对是你现在，不，是你任何时候都想不到的，如何较满意地解决这些问题，这是一个"好教师"必须经历的考验。它不仅需要教师有丰富的知识储备，更需要教师掌握高超的教学技巧和具有独立思考的能力。

另外，如何把"自身"知识能力转化为学生的能力，这一点也十分重要。实现它可能有各种手段，就教材文本而言，"人云亦云"显然不行，"循规蹈矩"也难有大作为，必须融会贯通，有自己的理解，方可得心应手。

作为未来的同行，我希望你在大学阶段一方面广采博闻，另一方面养成独立思考的好习惯，在获取知识的同时，更多地锻炼自己提取信息、分析信息的能力，培养自己的逻辑思维能力，同时注重自己的表达能力——文字表达与口头表达能力。

曾一鸣 华南师范大学汉语言文学学士、教育硕士，华南师范大学附属中学语文高级教师，华南师范大学文学院教育硕士校外兼职导师，广东省五一劳动奖章获得者。

作为一名中学语文一线教师，能与文学院的专家们一同编写本书，我深感荣幸又忐忑惶恐。犹记大学读书时，最喜欢读古代文学作品，吟咏赏味，浮想联翩，心动不已。但对于古代文学作品的研究，学养不深的我实难望专家之项背。我只能从中学教师的点滴教学经验出发，回顾整理教材使用中，学生的困惑和提出的有价值的问题，结合个人教学实践和思考，寻找落笔生发点，沉下心去思索，查阅文献，整理思路。撰写过程中，老师们汇报进度、交流编写体会，让我深感与一群优秀的同伴共事、互相学习是多么幸福的事情。而一平老师严谨的治学态度、富有启发性的指导与点拨，更让我仿佛回到心无旁骛学习的大学时代。这次编写任务，我也逼着自己挤出时间，拾起笔写下那些久拖未写的文字。四篇文章，谈不上深刻，只是一己之见，从感性的角度谈谈自己的理解，希望它们能给即将走上讲台的准老师们一点参考和启发，欢迎读者批评指正。

陈晓萍 华南师范大学汉语言文学学士、中国古代文学硕士，广州市第二中学高中部教师。

中国古代文学是中华优秀传统文化的重要组成部分，对古代文学作品优秀篇目的理解、热爱乃至传承，理应成为每一个华夏子孙精神成长的题中之意。而对于准备或已经在中小学从事基础教育的朋友而言，确切而深入地赏读教材中的古诗文篇目，寻求它们在认同国家与民族、了解历史及当下、美化人的行为和心灵等各方面的潜远的力量，是相关教学工作的前置任务。

作为一名以中国古代文学为专业的学生，也作为一名以语文教学为职业的教师，我十分荣幸能参加这本书的编写。在编写过程中，我认识到必须不断努力，在读书时培养发现的眼光、深思的习惯以及求证的勇气，才有可能更接近作品的本真、更好地将兴趣与事业相结合。最后，愿拙文对读者能有些微助益。限于所学，我对作品的理解难免有不当之处，恳请不吝赐教。

谭妙蓉 华南师范大学汉语言文学学士，深圳市福田区红岭中学语文中级教师，现供职于福田区宣传文化系统。

不知翻阅此书的你，是为站稳讲台而"武装到牙齿"的师范生，抑或是对文学作品名篇抱有浓厚兴趣的资深读者？"既见君子，云胡不喜"，无论如何都是这本小书的幸运。

中华文明绵延五千年，沉淀下来的精彩文学作品浩瀚如海。自古以来，我们便有采撷名家名篇集于一册的传统，从《昭明文选》到《古文观止》，甚至于今日的语文课本，可谓一脉相承。

于普通读者而言，读书品文，最大的幸福感来自与作者的"心意相通"，每每从字里行间寻得真意，读者与作者便产生了跨越时空的连接，领略到"古人以我为知己"的快意。这本小书，便是作为"读者"的编者，在一次次阅读、品味中真实记录"发现之旅"的过程。

于师范生而言，带领学生进入"深阅读"，是语文教师的天职。几十年来，我们的语文教学就在做这项工作：我们通过整体感知、分析句段、品味词语来让学生深入理解课文，体会到蕴藏在字里行间的情感。这本小书，便是作为资深一线教师的编者在多年的教学中，根据学生的"有疑处"深入挖掘，连缀成文。也许未必周全，但只要能给读者哪怕一点启发，都是我们编此书的意义所在。

目 录

1

关 雎①

诗经·国风·周南

关关雎鸠[1]，在河之洲。窈窕淑女[2]，君子好逑[3]。

参差荇菜[4]，左右流之[5]。窈窕淑女，寤寐求之[6]。

求之不得，寤寐思服[7]。悠哉悠哉，辗转反侧。

参差荇菜，左右采之。窈窕淑女，琴瑟友之[8]。

参差荇菜，左右芼之[9]。窈窕淑女，钟鼓乐之。

注释

扫码看视频

[1] 关关：象声词，鸟鸣叫的声音，这里是指雎鸠雌雄和鸣的叫声。雎鸠：一种水鸟。

[2] 窈窕：形容女子仪态端庄、容貌美丽的样子。扬雄《方言》："美心为窈，美状为窕。"

[3] 君子：周代对品德高尚、行为符合礼之规范的贵族男子的称呼。逑：配偶。

[4] 参差：长短不齐的样子。荇菜：一种多年生水生植物，形态及习性与莼菜、荷花相近，又称水荷，滑嫩的茎叶可供食用。

[5] 流：指荇菜在水中随波摆动。

---

① 程俊英、蒋见元：《诗经注析》，中华书局1991年版，第2～5页。

[6] 寤：睡醒。寐：睡着。

[7] 思服：思念。一说思是语助词。

[8] 友：亲爱。《广雅·释诂》："友，爱，亲也。"

[9] 芼：择。

扫码看视频

赏析

《诗经·关雎》是中国古代关注度很高的一首诗歌。两三千年来，人们对它有无休无止的争论，增加了我们还原作品本真的难度。《关雎》作为《诗经》的开篇之作，是否有特殊的含义，这是一个千古之谜。对这首诗的具体解释，历来分歧很大。一是诗的主旨，《毛诗序》说："《关雎》，后妃之德也，风之始也，所以风天下而正夫妇也。"朱熹《诗集传》更直接说指周文王与太妃之婚配："周之文王生有圣德，又得圣女姒氏以为之配。宫中之人，于其始至，见其有幽闲贞静之德，故作是诗。"今人多斥之为牵强附会。但是为什么最接近《诗经》时代的《毛诗》会作这样的解读，而且这种观点在长达千年的时间里一直被普遍接受，连学识渊博的朱熹也不例外？这也是需要认真探讨的问题。当代学者对这首诗的主旨也有不同看法，或者认为是恋歌，持此说者也有不同理解，有人认为是恋爱成功的欢乐，有人认为是追求不成功的单相思；或者认为是结婚贺歌，如李长之《诗经试译》。二是诗歌主人公的身份，有人认为是贵族，有人认为是民间青年。三是诗的章节，郑玄《毛诗郑笺》说："《关雎》五章，章四句。故言三章，其一章章四句，二章章八句。"可见郑玄所见本是分成三章的，前面四句为一章，中间八句为第二章，最后八句为第三章。朱熹《诗集传》恢复古本三章。后人或从郑玄五章说，或从古本三章说。面对这些解读上的分歧，只有进入作品的艺术情境中，进入作品产生的文化环境中，才有可能找到破解疑难的密码。

对《关雎》章节划分的分歧，源于对作品的内容、艺术构思的不同理解，我们不妨由此开始对《关雎》文本的解读。古本三章说将最后八句看成同一个层次，前后四句内容重复了。郑玄五章说则将本属于同一层次的第五至十二句共八句拆成两章，也有难以自圆其说的矛盾。其实，从诗的叙述线索和内在逻辑联系看，全诗既不是三章，也不是五章，而是四章。开头四句为一章，以"关关雎鸠，在河之洲"兴起"窈窕淑女，君子好逑"，是全诗总的兴起。然后以"参差荇菜"的三种情态，兴起、比喻君子追求淑女的三个阶段，构成第二至第四章。

诗第一章以雎鸠起兴。而雎鸠具体是哪一种鸟，历来解说不一。或谓之鹗（一种鹰科猛禽），或谓之猫头鹰，或谓之鱼鹰，或谓之大雁，或谓之鸳鸯，或谓之青头鸭、绿头鸭等等，因为古籍只是简单的文字记载，没有关于雎鸠形貌、生活习性等详细确切的描述，现在已经很难确认是哪一种鸟了。从作品的描写看，雎鸠是一种水鸟，栖息在河中的陆地。诗用雎鸠和鸣比兴君子淑女佳偶天成，所以雎鸠应该是专一配偶、雌雄相伴的鸟。《毛传》说它"挚而有别"，既感情真挚，又雌雄有别。雎鸠应该是美丽可爱的，不会是猛禽。那些不适应水生环境，不是专一配偶、雌雄相伴的鸟类可以排除在外。窈窕淑女，与《邶风·静女》中的"静女"一样，兼指内在美和外在美，都是对贵族女子的美称。诗的第一章说明了主人公的身份，为全诗定下追求爱情、和谐圆满的情感基调。

接下来的三章都是以荇菜起兴。暮春三月荇菜嫩芽生长，正是采摘的季节；暮春三月又是古代青年男女自由交往的时节，《诗经·郑风·溱洧》"溱与洧，方涣涣兮。士与女，方秉蕳兮"，描绘的正是这一习俗。《关雎》是以春天荇菜应时生长、人们应时采摘，比喻青年男女应时择偶。

第二章写君子追求淑女不得夜不能寐的情形。"参差荇菜，左右流之"，蕴含两层意思：一是指在众多生长茂盛的荇菜中精心选择，比喻君子追求淑女之专一，传达出"任你美女无数，我只爱你一个"的含义；二是以荇菜在水中漂浮不定，比喻淑女之不易求，故寤寐求之，辗转反侧。有人觉得这一章八句，与前后一章四句不协，所以主张对其分成两章。其实《诗经》章节并不追求句式整齐，这一章篇幅长，正说明诗的重点在描述君子追求淑女的过程，强调追求爱情不易，反衬爱情成功的欢乐和幸福，或许正是诗人用意所在。

第三章是以从众多的在水中随波摆动的荇菜中选取最好的采摘下来，比喻君子追求淑女成功。琴瑟，古代的两种弦乐器。古琴一般有五根弦或七根弦，瑟一般有二十五根弦。在西周礼乐制度下，知礼识乐是每个贵族的必修课，琴瑟是贵族平时交往、娱乐抒情的常用乐器。第三章写君子成功追求到淑女，彼此通过琴瑟传情、相亲相爱的情形。

第四章是最后四句，写君子最终与淑女成婚的喜悦。上一章说"采之"，这一章说"芼之"，芼和采的区别在于：采是将荇菜从水里采摘上来，而芼是将采摘上来的荇菜进行整理挑选，去除枯叶老茎、杂物等不能吃的部分，以便带回家直接烹饪食用。这里用"芼之"比喻君子娶得淑女回家。钟鼓，古代的两种礼乐器，一般形制较大，如编钟等，多用在庄重的场合。这里是用钟鼓代指成婚典礼。

可见，诗首先以雎鸠雌雄和鸣兴起君子淑女的结合，"君子好逑"是诗人对主人公觅得佳偶的直接赞美。然后"参差荇菜""流之""采之""芼之"，完成了到河边找寻、采摘、择净荇菜的各道程序，比喻君子完成了追求淑女的整个过程，最终完满成婚。程俊英、蒋见元认为"《关雎》是一首失恋的情歌"的说法似乎不能成立。另外，诗中的采摘荇菜，只是比兴，不宜凿实为男女主人公在采摘荇菜时萌发爱情，也不是程俊英、蒋见元所说的"君子爱上那位采荇菜的女子"，因为贵族不可能去采荇菜，而采荇菜的男女不可能登堂弹琴鼓瑟，甚至享用钟鼓之乐。

《关雎》成为《诗经》开篇之作，有什么深义呢？我们或许可以这样来理解：在西周，音乐是礼乐制度的重要组成部分，《诗经》就是在各种典礼上、在贵族的饮宴中、在诸侯国的交际场合所演奏音乐的歌词。另一方面，《诗经》呼应宗法封建制架构，颂为宗庙之音，天子专属之乐；雅为朝廷之音，属于朝廷贵族之乐；风为乡土之音，属于地方贵族和当地民间之乐。周初统治者强调敬德保民，以德配天，通过"风"了解民情，检视统治者的道德，所以，《诗经》中的诗歌都有政治功用。十五国风中，为何《周南》居首？周成王时周公和召公分陕而治，周公管治范围及其以南地区的诗汇集为

《周南》。周公是周代基本政治制度——宗法制、分封制、礼乐制的主要设计师，享有几乎与文王、武王并列的崇高地位。《周南》居国风之首，既是对周公的致敬，也是对周公管治区成为礼乐教化典范的肯定。如《诗大序》所说，乃"正始之道，王化之基"。《关雎》位列《周南》第一篇，正是体现了建立礼乐教化的统治意志。西周宗法制等政治制度都是以血缘关系为基础的，只有严格实行父系专偶婚姻制，才能保证贵族血统的纯正，于是贵族的爱情生活被约束在礼的范畴之内。礼教所允许的男女交往，不再是《郑风》中《溱洧》《山有扶苏》《褰裳》这些自由的不加约束的性爱，而是君子淑女、琴瑟和鸣的美满婚姻。只有这样，才能"经夫妇，成孝敬，厚人伦，美教化，移风俗"（《诗大序》）。如果说礼教约束的婚姻制度是西周礼乐文明的基石，那么《关雎》就是开启《诗经》神秘花园的第一扇门。

由此看来，《关雎》本是一首描写贵族青年爱情婚姻的诗，《诗经》的编者将它作为开篇之作，赋予其政治的含义。既然《关雎》是贵族构建家庭婚姻关系的范例，而周代最重要的婚姻是周天子和后妃的婚姻，于是从《诗大序》到《诗集传》都由此引申解释，就好理解了。

有的学者认为，《关雎》是西周贵族婚姻典礼上的乐歌，不能解作"爱情诗"①，这种说法也可斟酌。《关雎》也许可以用在贵族婚姻典礼上，但绝不只在婚姻典礼上演唱。《仪礼》中"昏礼"恰恰没有《关雎》，而在"乡饮酒礼""乡射礼""燕礼"中多次提到"乃合乐"的《关雎》。这至少说明，《关雎》不限于在贵族婚姻典礼上演唱。《左传·襄公二十九年》载，吴公子聘于鲁观乐，乐工首先演奏的就是《周南》，作为《周南》首篇的《关雎》有大概率是被演奏的乐章之一。另外，即使《关雎》是西周贵族婚姻典礼上的乐歌，也并非不能解作爱情诗。典礼乐歌是演奏场合，爱情诗是诗歌内容，二者不在同一逻辑层面，并不互相排斥。《关雎》写君子追求淑女的全过程，重点描述君子如何"寤寐思服"，这就是爱情。诗写了追求不得的相思，也写了"琴瑟友之"的热恋，还写了爱情完满的结果——"钟

---

① 李山：《诗经析读》，中华书局2018年版，第8～9页。

鼓乐之"的婚礼，这都是爱情的表现。它不像民间情歌那样率性热烈，而是有所克制，自觉以礼相处，这正是西周礼乐制度下贵族爱情的特点。孔子说"《关雎》乐而不淫，哀而不伤"（《论语·八佾》），就是赞扬君子在爱情快乐的时候不放纵自己，在爱情失意的时候不失去理智。《孔子诗论》所说的"《关雎》以色喻于礼"①"以琴瑟之悦，拟（凝）好色之愿"②，其实也是这个意思。

作为《诗经》的开篇之作，《关雎》在中国文学史乃至整个文化史上有着重要的影响。《关雎》奠定了"比兴"这一诗歌基本艺术表现手法，从此"比兴"成为中国诗歌艺术的不二法门。《关雎》确定了君子淑女兼具内在美和外在美的择偶标准，丰富了中国古代君子人格的内涵。《关雎》褒扬了以结婚为目的之婚恋观，对形成社会公序良俗有重要作用。《关雎》肯定了对爱情的不懈追求，以及快乐时不放纵、失意时不失理智的恋爱态度，倡导了以共同兴趣爱好为基础的、琴瑟友之、高雅脱俗的恋人相处之道，至今仍有积极意义。同时，《关雎》也提出了男女在婚恋生活中以礼御情、情重于色的性爱观念。《关雎》的影响远远超越了诗歌，超越了文学，甚至成为一种文化代码，在两三千年后的今天，我们有必要重新认识其价值，这也是当下阅读优秀传统文化经典的意义。

扫码看视频

思考

你如何理解《关雎》作为《诗经》开篇之作的含义？

（陈一平）

---

① 马承源主编：《上海博物馆藏战国楚竹书（一）》，上海古籍出版社2001年版，第139页。释文参考陈桐生《孔子诗论研究》，中华书局2004年版，第263页。

② 马承源主编：《上海博物馆藏战国楚竹书（一）》，上海古籍出版社2001年版，第143页。释文参考陈桐生《孔子诗论研究》，中华书局2004年版，第265页。

芣 苢①

诗经·国风·周南

采采芣苢[1]，薄言采之[2]。采采芣苢，薄言有之[3]。

采采芣苢，薄言掇之[4]。采采芣苢，薄言捋之[5]。

采采芣苢，薄言袺之[6]。采采芣苢，薄言襭之[7]。

注释

[1]采采：色彩鲜明、茂盛的样子。也可理解为动词，意为采了又采。芣苢（fúyǐ）：车前草。苢同"苡"。

[2]薄、言：皆发语词。

[3]有：取得，获得。

[4]掇（duō）：拾取。

[5]捋（luō）：从茎上成把地抹下来。

[6]袺（jié）：用手捏着衣襟揣起来。《说文解字》：执衽谓之袺。

[7]襭（xié）：用衣襟角系在衣带上兜回来。《说文解字》：以衣衽扱物谓之襭。

---

① 程俊英、蒋见元：《诗经注析》，中华书局1991年版，第20～22页。

赏析

《芣苢》是《诗经·国风·周南》中一首篇幅短小的诗歌。国风中的周南与召南，大多是产生于周地之南的作品。

芣苢是什么？汉代《毛传》说："芣苢，马舄。马舄，车前也。宜怀任焉。"这个解释被《诗经》研究者广泛接受，目前通行的《诗经》读本基本都采用"车前草"这一解释。

《诗经》时代的人们为何要采摘芣苢呢？梳理各家观点，可知采摘芣苢具有以下几层意义。首先芣苢可供食用。高亨《诗经今注》："芣苢，车轮菜的古名，可吃，劳动人民用它做副食。"车轮菜即车前草。其次，芣苢可供药用。周振甫《诗经选译》："叶可供食用，实可供药用。"程俊英、蒋见元《诗经注析》："芣苢，车前草，一种草药，古人以为其籽可治妇女不孕和难产。"最后，采摘芣苢具有繁衍多子的象征意义。《毛诗序》讲"和平则妇女乐有子矣"；闻一多则从音韵学、民俗学等角度，认为"古籍中凡提到芣苢，都说它有宜子的功能，那便是因禹母吞芣苢而孕禹的故事产生的一种观念"[①]；周啸天在《诗经楚辞鉴赏辞典》中说，妇女采集车前子，"是一种古老的习俗，系于繁衍种族的观念，因为相传食芣苢能受胎生子，且可治难产"。因此，《芣苢》中的妇女，在芣苢繁盛的季节共同外出采摘芣苢，一方面进行着物质的劳动，体验着劳动带来的物质上的占有甚至富余，另一方面也寄寓着对婚育、繁衍的美好祝愿，描绘了以歌相呼、以歌相答的美好劳动场景。

从艺术形式上讲，《芣苢》全诗仅六句，每句八个字，且每句只换一个动词。这样突出而纯粹的重章叠咏，在《诗经》中是很引人瞩目的。这个形式是由《芣苢》或者说《诗经》的本质决定的。

首先，《芣苢》是口口相传的歌谣，在采摘芣苢这个具体的劳动场景中

---

① 闻一多著，孙党伯、袁謇正主编：《闻一多全集（三）》，湖北人民出版社1993年版，第204页。

的互答，歌词便不能太复杂。这首诗的节奏简单，用闻一多的话来讲，它几乎具有"机械式的节奏"，甚至是"简单到幼稚，简单到麻木"①，正因为它是一首经口传唱的、群体适用的、产生并运用于劳动过程的歌谣。

其次，我们目前看到的《诗经》，乃是通过民间采集而被官方保留下来的诗歌总集。《芣苢》在被采集之后，从乡野之间到了贵族的各种宴会仪式之上，成为雅文化的一个节目，这个节目不仅是文字与音乐的组合，还可能要加上舞蹈的演绎。朱光潜认为，"诗歌与音乐、舞蹈是同源的，而且在最初是一种三位一体的混合艺术"，在中国古代也是如此；三者的"共同命脉"是"节奏"；在形式上所被保留的三者同源的痕迹，则是"重叠"。对此他举了不少《诗经》中的诗歌为例②，这对我们理解《芣苢》的重章叠咏是很有帮助的。节奏的重复，可能也与舞蹈的需要或形式有关。

另外，结构如此简单，《芣苢》仍然能够呈现有序的劳作场景，这得益于它精当的六个动词：采、有、掇、捋、袺、襭。这六个动词或许是《芣苢》产生之初就为劳动人民所选择的，也有可能是后来编修《诗经》的乐官或儒家学者所修改的，囿于史料的缺失，这已无从考证。但不管是哪一种情形，均说明《芣苢》语言的精准和传神。

现在，我们可以来吟咏一下全诗，感受一下它的韵律、内涵和意境了。在天气适宜的一天，在离家不远的郊外，三三两两的妇女，或采摘或拾取或成把抹下车前草，获得的车前草越来越多，一只手已经拿不了了，于是纷纷把衣襟系在衣带上，把车前草放进去；伙伴们一起唱着节奏井然的歌谣，每个人心里都有自己的期冀和快乐，有些人心里想的是家里的副食有着落啦，有些人的心里则怀着孕育生命、家庭幸福的美好期待。于简单的节奏中，可以窥见先民真实的劳动之境，体会先民真实而美好的情感，这便是这首歌谣吸引人的魅力所在。

需要注意，对古代优秀诗文篇目，不管教师本人的鉴赏和理解到达哪

① 闻一多著，孙党伯、袁謇正主编：《闻一多全集（三）》，湖北人民出版社1993年版，第202页。

② 朱光潜：《诗论》，北京出版社2011年版，第一章。

一个层次，教学时都要根据实际情况，尊重学情，选择恰当的教学内容。以《芣苢》（被编入统编本高中语文教材必修上册）和《汉乐府·江南》（被编入统编本小学语文教材第一册）为例。

这两首诗具有一定的相似性。清代学者方玉润、近代学者闻一多等人都曾将这两首诗并论，它们虽"单调"，但这不妨害其艺术价值；就题材而言，《芣苢》是农事题材的诗篇，而关于这一题材，"现存汉乐府中唯有《相和曲·江南可采莲》一首"①。被编入不同学段的教科书，是因为二者在语言文字的难易度、诗歌描写的内容等方面存在一定差别，分别适合不同学段的学生，"《诗经》中农事题材的诗篇大都是客观的写实，如众人在一起劳动情景的描绘……而汉乐府此篇（《江南》）却极具审美性、欣赏性，名义上是写采莲，文字本身却是在写莲叶的美和鱼儿嬉戏其间的快乐……关于劳动场景的热烈与欢乐情绪，《芣苢》是从劳动者本身出发进行描写的……此篇避开当事人本身不谈，从景色的优美和鱼的悠游入手，反衬当事人愉悦的情绪和劳动场面的热烈、快乐。"②

在教学时，不管是小学低年级学段，还是高中学段，都应立足于学生核心素养的发展，根据教材编写的目的和学生的需要，制定教学目标和教学内容。其中，《汉乐府·江南》属于教材"自然"主题单元，主要的任务有：认识并正确书写生字；正确、流利地朗读并背诵课文；感受自然的美，激发对大自然的喜爱之情。对于小学学段的古诗词课文教学，统编本义务教育语文教科书总主编温儒敏强调："最好的办法就是反复诵读，读得滚瓜烂熟，不用进行过多的阐释"；"古诗词教学要注重让学生感受诗词音韵之美"；"小学生学古诗文，是比较难的，要求别过高，不必在所谓主题思想、意义价值、艺术手法等方面讲太多"。③所以在教学时，应以诵读为主，并引导学生想象诗词中的美好画面。而《芣苢》属于高中必修上册的"劳动"主题

---

① 陈利辉：《两汉乐府诗研究》，社会科学文献出版社2013年版，第171页。
② 陈利辉：《两汉乐府诗研究》，社会科学文献出版社2013年版，第171页。
③ 温儒敏：《如何用好"统编本"小学语文教材》，《课程·教材·教法》，2018年2月，第38卷第2期。

单元，语言文字的学习和诗词的诵读固然是基础，但更重要的教学目标应该放在"立德树人"方面，"鉴赏表现劳动生活的古代诗歌，体会劳动之美，自觉地在学习实践中丰富对社会生活的认识和对美好生活的体验，增强适应社会、服务社会的能力"。"形成正确的劳动观念，自觉继承和发扬中华民族尊重劳动、热爱劳动的美德"。①

总而言之，以教师个人对作品的理解为基础，结合因地制宜的教学计划，才能使这些优秀的古诗词被更好地学习、吸收和继承。

思考

方玉润在《诗经原始》中谈及《芣苢》的诗旨时说："唐人《竹枝》《柳枝》《櫂歌》等词，类多以方言入韵语，自觉其愈俗愈雅，愈无故实而愈可以咏歌。即《汉乐府·江南曲》一首'鱼戏莲叶'数语，初读之亦毫无意义，然不害其为千古绝唱，情真景真故也。知乎此，则可与论是诗之旨矣。"请阅读以上论述提及的诗歌，体会它们与《芣苢》的异曲同工之妙。

（陈晓萍）

---

① 课程教材研究所中学语文课程教材研究开发中心编著：《普通高中教科书 教师教学用书 语文必修上册》，人民教育出版社2019年版，第45页。

式 微①

诗经·国风·邶风

式微^[1]式微，胡不归？微^[2]君之故，胡为乎中露^[3]？

式微式微，胡不归？微君之躬^[4]，胡为乎泥中？

注释

[1] 式微：式，发语词；微，昏暗。

[2] 微：非，要不是。

[3] 中露：即露中，一说"露"通"路"。

[4] 躬：身体。

赏析

本诗属于十五国风中的"邶风"。邶是西周初年的一个诸侯国。周武王灭商后，令纣王之子武庚在商都城朝歌管理商遗民。为了防范武庚反叛，周武王封管叔在朝歌之东的卫国，封蔡叔在朝歌之西的鄘国，封霍叔在朝歌之北的邶国。几年后武王去世，成王即位，周公摄政，管叔、蔡叔联合武庚反叛。于是周公东征，杀武庚、管叔，贬逐蔡叔、霍叔，封康叔于卫，并将邶、鄘之地并入卫，天下乃定。邶成为西周存国时间最短的诸侯国。在《诗

---

① 程俊英、蒋见元：《诗经注析》，中华书局1991年版，第97页。

经》编撰的时候，邶、鄘早已不存在，为什么还要保留邶风、鄘风呢？直接叫卫风不就得了吗？事实上，在先秦人们往往是对邶、鄘、卫并称的。之所以保留邶风、鄘风，大概是为了保存这段历史的记忆，尊重武王分封邶、鄘、卫的决策。由于邶地原为商统治中心地区，所以邶风保留了较多周礼乐制度形成之前的原始风俗，保留了较多的情歌。又由于周公东征后加强了卫地的礼乐管治，所以邶、鄘、卫的诗有明显的礼教不断强化的演变轨迹。诗歌篇幅不长，文字也不艰涩，意蕴却非常丰富。

《邶风》共有19篇，在十五国风中数量仅次于《郑风》，这对一个仅存10年的诸侯国来说，不能不说是个奇迹。《邶风》中不乏精彩篇章，如《静女》《燕燕》《绿衣》《凯风》《二子乘舟》等，《式微》便是代表之一。

诗共两章，每章16字，开篇都用"式微，式微"反复咏叹，表现出强烈的情感。式微在这里指的是太阳落山天昏暗下来了。接下来立刻提出问题"胡不归？"——天将昧，天将昧！为什么还不回家？语气强烈、一气呵成，没有给读者留下任何情感缓冲的余地，同时读者也被吊起了胃口：在那个日出而作、日落而息的年代里，是什么原因天黑了还不能回家？

接下来揭晓答案——"微君之故，胡为乎中露"。微君之故，要不是"君"的缘故，我们为什么还在露中？"中露"即"露中"，是为了音韵和谐而加以倒装处理；但关于"露中"该怎么理解，则众说纷纭。《毛传》认为，"露"即是"路"，所以露中为"路中"，"路"，是卫国的一个邑。《毛诗序》说："《式微》，黎侯寓于卫，其臣劝以归也。"认为这是黎国大夫劝流亡在卫国的君主归国的诗。黎庄公到卫国逃难，卫国君主拨"路"和"泥"两地给黎国君主寓居，但却并没有出兵相助的意思。黎国大夫寄人篱下，有家难回，无可奈何，于是作诗发出哀叹：要不是因为国君在此地流亡，我们怎么会身陷异国呢？

但朱熹在《诗集传》中却没有把"露"和"泥"看作地名。他认为："中露，露中也。言有沾濡之辱，无所芘覆也。泥中，言有陷溺之难，而不见拯救也。"总体观点和《毛传》大致相似，认同黎国大夫劝君主归国之说，只是"露"和"泥"用了比喻义，比喻身陷困境无法脱身，有家难回。

另一种观点来自西汉刘向《列女传》卷四"黎庄夫人"：卫国国君之女嫁给了黎庄公，但她并未被丈夫接纳，她的仆人劝她回国"式微式微，胡不归？"她回答说："妇人之道，壹而已矣。彼虽不吾以，吾何可以离于妇道乎！"于是仆人作诗："微君之故，胡为乎中路？"关于这种解读，今人陈子展在《诗三百解题》中提出了自己的看法："是因黎侯寓卫，黎臣先有此诗，后黎庄夫人和她的傅母赋诗唱和，断章取义以明己志。民间传说这一故事，就以为是她们作诗罢。"

这个说法有一定道理。孔子有"不学诗，无以言"的说法，春秋时期，在外交场合，各诸侯大多引用《诗经》来表明自己的立场和观点，含蓄典雅的同时也可显示说话人的学识修养。《列女传》里提到的《式微》，很可能就是被说话人引用以致令人误解。

近代余冠英认为"这是劳役的人们发出的怨声"，如果作如是观，那么这首诗便比较简单直白了，辛苦劳作的奴隶们从早忙到晚，暮色低沉，饿着肚子还不能回家的人们表达了抱怨：如果不是为了养活你们这些奴隶主，我们为什么要在露水和泥浆中奔波劳作呢？同样的因为劳役而发出的怨声在《诗经》中并不鲜见，《硕鼠》《伐檀》以及《小星》都流露过类似的情绪。

黎侯寓卫，黎大夫劝归之说，于史无证。即便实有黎大夫歌以劝归，其歌恐亦非原创，而是赋诗言志。此诗应产生于更早年代。余冠英之说，则颇具斗争意味，是一种烙上了时代色彩的解读。

若单纯从文学的角度来欣赏，这首诗还有很多值得挖掘的地方。在这首诗中，"归"的人是谁，"君"是谁，作者都没有言明。所谓"归"，可以是"逝将去汝，适彼乐土"，归去的"归"；也可以是"今我来思，雨雪霏霏"，归来的"归"。"君"的涵义也非常广，一国之主谓君，一家之主谓君，第二人称也可谓君。于是本诗主旨便有了前面所罗列的"劝君归国""坚守妇道""役者怨怒"等说法。也正因为指向不具体，这首诗给人更多想象空间，敞开更多阐释向度。比如，有没有可能是劳作者夫妻对唱呢？妇在家中：晚饭已备好，天色已黑，你怎么还不回来？夫在田中：就是为了你啊，就是为了家啊，不然的话，我干吗要在露水和泥浆里打滚呢？

有意思的是，在毛诗"劝归"主题的影响下，"式微"逐渐成为文人墨客辞官归隐、向往田园的代名词，对后世的诗歌创作产生了深远的影响，甚至成为后世归隐诗的滥觞。"式微"已然成为一个文化符号，跃动在华夏儿女的基因里。

我们或许会想起陶渊明，在昏黄暗淡的乡间小路上，他扛着锄头、一身短衣，轻吟着"守拙归园田"，脸上浮现出一抹难以觉察的微笑；或许会想起王维，他闲游野外、斜阳中看着牛羊缓缓归来，吟着"怅然吟式微"；或许会想起壮志满怀却难施抱负，豪气地喊出"且放白鹿青崖间"的李白；你会想起在斜阳中驱车古原，满载一车惆怅而归的李义山……奔波在外的游子要回归故乡；鸢飞戾天的仕人要辞官归隐。不知不觉间，"归"已经从肉体的休憩升华成为精神的安宁，于是，"胡不归"便成为一种心灵的叩问。

此心安处是吾乡。从家到国、从个人到集体，当心灵无所寄托时，"式微，式微，胡不归？"就成了最好的抒情方式。轻轻吟哦，眼前的一切仿佛镀上了夕阳的颜色，金黄、橙黄、暗黄、暗紫……暮色渐浓，最后一缕霞光即将被黑暗吞没，青灰色的树影在山坳中轻轻摇曳，空旷的山谷里只有山风和归鸟的叫声相互应和——白天的忙碌和奔波已经化作一身的疲惫和汗水，在这个临近夜晚的昏暗时分，谁都希望重新获得力量。这首诗，以极简的语言容纳了极丰富的内涵，最大限度地彰显了诗歌的多义性魅力。

从艺术特色来看，《式微》也有许多值得称道之处。首先，它是典型的重章叠句的写法。开篇用"式微，式微"这样的反复，起到了加强语气、强调的作用，故而诵唱起来朗朗上口。就全诗来讲，每章只在后半句置换两个字，其余不变，作者的怨愤之情呼之欲出，利于表达强烈的情感。此外，巧妙使用设问手法也使得诗歌的表现力进一步增强。

《诗经》多用四言，而《式微》中三言、四言、五言参差错落，富于变化；在用韵方面，《式微》句句押韵，两章的前半节都押"微"部，声音急促、铿锵有力，对表达急迫的情感有帮助；结尾用了"侵"部，非常适合表达哀怨沉痛的情绪。

　　总体而言，《式微》是一首精巧别致、言简义丰的佳作，方玉润评价其"语浅意深，中藏无限义理，未许粗心人卤莽读过"，此言非虚。

思 考

　　请你说说《式微》的内涵是如何演绎为"归隐"的。

（谭妙蓉　陈一平）

静　女①

诗经·国风·邶风

静女其姝[1]，俟我于城隅。爱而不见[2]，搔首踟蹰。

静女其娈，贻我彤管[3]。彤管有炜，说怿女美。

自牧归荑[4]，洵美且异。匪女之为美，美人之贻。

扫码看视频

注释

[1]静女：淑女，文雅温柔的女子。姝：貌美为姝。

[2]爱：通"薆"，隐蔽。

[3]彤管：彤，红色。管，指箫、笛一类的管乐器。

[4]牧：郊外。《尔雅·释地》："郊外谓之牧。"归：通"馈"，赠送。荑：嫩草芽。

赏析

现代读者一般都认同这是一首情诗。

先看《静女》这个标题。"静女"是对诗歌女主人公的称谓，诗中两次出现。向来对"静女"的解释没有太大的分歧。《毛传》说："静，贞静也。女德贞静而有法度乃可说也。"朱熹说："静，闲雅之意。"今人高亨

① 程俊英、蒋见元：《诗经注析》，中华书局1991年版，第115～117页。

《诗经今注》也说："静，贞静，不轻佻。"①或以为静通"靖"，善也。《广雅》："静女亦当读靖，谓善女。"马瑞辰及今人程俊英等皆从此说。这些解释，不管是贞静、闲雅、文静温柔，还是善女、淑女，都兼指内在美和外在美。当代有人用对女子的时髦称谓"靓女"对译，说静女就是靓女。但"靓女"主要是指相貌美丽，偏指女子的外在美。所以"静女"可以解释为淑女，不宜对译为靓女。

有人说：在《诗经》那个礼教森严的年代，女主人公违反礼法规定，与情郎在城墙角落幽会，怎么也说不上"贞静"。从诗的相关描写看，主人公活泼调皮，似乎也与文静不搭边。那为什么用"静女"（淑女）来称谓热恋中的女主人公呢？

首先，《诗经》作品产生的时间跨度很长，有些作品产生于礼教制度形成之前，有些产生于礼教初始的时候，有些则产生于礼教比较严格之时。《静女》应该是产生于礼教制度形成之前或是礼教形成之初的情歌，自然未受礼教束缚，而表现得热情奔放。《诗经》作品产生的地域很辽阔，有周民族统治的中心地区，有边远地区，也有非周民族控制的地区。统治中心区的诗歌受礼教影响大，而其他地区影响小。《静女》产生之时，邶还不是周统治中心地区，受礼教影响自然就小。《诗经》作品来源很广泛，原作者群来自社会不同的阶层，有贵族，也有平民。在那个时代，礼教对贵族影响大，而对下层民众的影响小，故有"礼不下庶人"（《礼记·曲礼》）之说。《静女》的原作者及主人公的身份虽难以确定，但不会是很显赫的贵族，所以受礼教的束缚就小。

其次，《诗经》时代对女子的赞美都是兼具内在美和外在美的。如《诗经》开篇的《周南·关雎》"关关雎鸠，在河之洲，窈窕淑女，君子好逑"，就是称恋爱女主人公为"淑女"。《毛传》《诗集传》皆云"淑，善也"。形容淑女的"窈窕"一词，也是兼指内在美和外在美，扬雄《方言》曰"美心为窈，美状为窕"。陆德明《经典释文》引王肃曰"善心为窈，美

---

① 高亨注：《诗经今注》，上海古籍出版社1980年版，第60页。

容为宛"。推而广之，中国古代民间诗歌赞颂美人，都强调兼具外貌美和心灵美。如汉乐府《陌上桑》赞美罗敷一定忘不了赞扬她勤劳、热爱劳动："罗敷喜（一本作善）蚕桑，采桑城南隅。"《孔雀东南飞》赞美刘兰芝"指如削葱根，口如含朱丹。纤纤作细步，精妙世无双"外貌的同时，也表扬她"奉事循公姥，进止敢自专？昼夜勤作息，伶俜萦苦辛"的妇德。这正是民间文艺一种理想化的表现手法：作者心仪的主人公一定是最理想的，外貌是最美的，品德也是最好的。那么，《诗经》的作者用"静女"来称谓热恋中的女主人公就容易理解了。

关于这首诗的解读，值得探讨的问题很多，比如怎样理解整首诗的内容及基本结构。程俊英、蒋见元《诗经注析》云"诗以男子口吻写幽期密约的乐趣"。很多鉴赏文章也说诗的内容是写一对青年男女幽会的情景。第一章写男子赴约，第二、第三章写见面后的情形，女子向男子赠物表达爱情。但这样理解带来很多问题。如果整首诗就是写一对恋人见面的情形，第一章写见面，第二章写女子送男子一件礼物，第三章写女子再送男子一件礼物，这就使整首诗的结构平面化了，单薄而缺乏层次，重复而缺乏变化。这样也将诗歌主人公的爱情解读浅表化，对诗歌意蕴的理解肤浅了。没错，第一章是写一对恋人的幽会，但并不是全诗都在写这次幽会。第二、第三章的描写也不是在这一次幽会中发生的事情。《静女》写的是一对恋人心心相印的爱情，全诗三章分别截取三个他们恋爱生活的横断面，多维度地展现他们真挚的情感。

现在我们可以来看看诗的第一章了。整首诗是以男子口吻叙述的，第一句就说：贤淑的女子啊，你是多么漂亮！这是男子对恋人发自内心的赞美。俟我于城隅：约好在城墙拐角处等我。这应该是他们约会的老地方，可是当男子准时到达目的地之后，却没有看到女子的身影。他压根不会去想女子还没到，因为她一定不会迟到。也不可能去想会被放鸽子，更不会去想女子会变心。爱而不见，这是男子的判断：她一定来了，一定就在这，一定是故意躲起来了！可是在哪呢？找这里没有，找那里没有，哎呀，我怎么那么笨啊！"搔首踟蹰"正活画出男子着急、自责的神态。可见，第一章写这对恋人心心相印的感情基础，生动表现了女子的活泼调皮，男子的憨厚以及对恋人的充分信任。他们的相处充满快乐，是一对情商非常高的恋人。这就奠定了全诗的基调。

再来看第二章。娈，相貌美好，与上章之"姝"同义。彤，红色。管，古人对这个字的解释大致有两种，一是指箫、笛一类的管乐器；二是指笔。今人对管有新的解释，很多人认为指一种草，或是草的嫩芽，有人直接说管就是第三章的"荑"。这种说法最不靠谱。古书中没有将管解作小草的，几乎所有的字典、辞典都没有管乃小草或草之嫩芽的义项。况且管从竹，当与竹子相关，与草相关的是"菅"，草菅人命的"菅"。再者，如果管与荑是同一种东西，那么诗第二章与第三章就重复了。此处"管"合理的解释是箫、笛一类的管乐器。高亨《诗经今注》说："彤管当是乐器，就是红色的乐管。《诗经》里的管字，都是指乐管。"[①]在周代，音乐与礼仪规范联系在一起，形成完整的礼乐制度，它和等级制、世袭制、分封制一道成为基本的政治制度。只有贵族才有资格享用音乐，乐器就成为贵族身份地位的象征。彤管是用红色漆精心髹饰过的管乐器，更加显得珍贵。女子将体现身份地位、作为家族象征的彤管送给恋人，这是珍贵的爱情信物，是女子对爱情的最好表白。而男主人公接过彤管，完全明白它的价值和含义，所以他真诚地赞美它：啊！珍贵的箫管啊！红彤彤，光闪闪，真让人爱不释手啊！这是对女子真挚情爱的热烈回应。

第三章是说姑娘在郊外游玩，看到一棵草芽非常奇特，非常好看，情不自禁地带回来送给小伙子欣赏。这正是热恋中的女孩子常有的一种情感：每到一个地方，每看到一种新奇好看的东西，第一时间就会想到：要是和他一起欣赏该有多好！如果他不在身边，就一定会想方设法把这新奇好看的东西带回去送给他。而小伙子接过这一个小小草芽时的反应和接过彤管时的反应完全不同，他说：真的是很漂亮很奇特啊！不过，并不是小草你有多美呢，而是因为是美人儿从远处带回来送给我的，所以就变得很珍贵。

---

① 高亨注：《诗经今注》，上海古籍出版社1980年版，第60页。

　　一个女孩子情到深处，爱到极致，莫过于愿意将自己最珍贵的东西送给他，莫过于无时无地不在思念着他，哪怕是一片树叶，一棵小草，都可以寄托浓浓的情愫。一个男孩子，情到深处，爱到极致，莫过于对方的一个眼神，就能秒懂，哪怕是不经意的一颦一笑，都能读出浓浓的情愫。《静女》描绘的正是这样的爱情。

　　人们常说，爱情是文学永恒的主题。在中国历代诗歌作品中，情歌无数，但是多数是描写女子或是男子单向的感天动地的爱恨情仇，绝大多数情歌主人公只有一个，或是痴情女子，或是情痴男人，像《静女》这种双主人公、男女双方心心相印的情歌却很少见。而这正是《静女》的价值所在，也是它让数千年以后的读者依然感动的地方。

思考

　　有人认为在《诗经》那个礼教森严的年代，女主人公与情郎在城墙角落幽会，女主人公因此算不上"贞静"，你怎么看？

（陈一平）

扫码看视频

氓①

诗经·国风·卫风

扫码看视频

氓之蚩蚩[1]，抱布贸丝。匪来贸丝，来即我谋。送子涉淇[2]，至于顿丘[3]。匪我愆期[4]，子无良媒。将子无怒[5]，秋以为期。

乘彼垝垣[6]，以望复关。不见复关，泣涕涟涟。既见复关，载笑载言。尔卜尔筮[7]，体无咎言[8]。以尔车来，以我贿迁[9]。

桑之未落，其叶沃若[10]。于嗟鸠兮，无食桑葚！于嗟女兮，无与士耽[11]。士之耽兮，犹可说也[12]。女之耽兮，不可说也。

桑之落矣，其黄而陨。自我徂尔[13]，三岁食贫。淇水汤汤[14]，渐车帷裳[15]。女也不爽[16]，士贰其行[17]。士也罔极[18]，二三其德[19]。

三岁为妇，靡室劳矣[20]。夙兴夜寐，靡有朝矣。言既遂矣[21]，至于暴矣。兄弟不知，咥其笑矣[22]。静言思之，躬自悼矣。

及尔偕老，老使我怨。淇则有岸，隰则有泮。总角之宴[23]，言笑晏晏。信誓旦旦，不思其反。反是不思，亦已焉哉！

---

① 程俊英、蒋见元：《诗经注析》，中华书局1991年版，第169～177页。

注释

[1] 氓：民，盲昧无知貌，这是女主人公初见男子时对他的称谓。蚩蚩：笑嘻嘻，傻乎乎，想要搭讪而显得不自然的样子。

[2] 淇：水名，黄河支流，在今河南境内。

[3] 顿丘：地名，是氓的居住地。

[4] 愆：过，误。愆期：指拖延成婚日期。

[5] 将：请。

[6] 垝：毁坏。垣：土墙。

[7] 卜：用龟甲占卜。筮：用蓍草占卦。

[8] 体：卦象，用龟、筮占卜得到的兆象，占卜者据此判断吉凶。咎言：凶辞。

[9] 贿：财物，这里指嫁妆。

[10] 沃若：润泽的样子，形容桑叶青翠茂盛。

[11] 耽：沉溺于欢爱。

[12] 说：通"脱"。

[13] 徂：往，指嫁到男家。

[14] 汤（shāng）汤：水盛大的样子。

[15] 渐：浸湿。帷裳：车的帷篷。

[16] 爽：差错。

[17] 贰：不专一。

[18] 罔：无。极：标准，行为的准则。

[19] 二三：用作动词，指变幻不定。德：品行。

[20] 靡室劳：不以室家之务为劳，从不嫌家务辛苦。

[21] 遂：顺，指家境好起来。

[22] 咥：讥笑。

[23] 总：束。古时男女未成年时将头发扎成两个小髻，如同小角，故以"总角"喻少年时。宴：玩乐。

扫码看视频

赏析

关于这首诗的主题，今人几乎一致认为这是一首弃妇诗。然而这首诗的文化意蕴及其艺术魅力，尚需细细寻绎。

全诗以第一人称口吻叙事。唐孔颖达《毛诗注疏》说："氓，民之一名。氓犹懵。懵，无知貌。"清马瑞辰《毛诗传笺通释》亦谓："氓为盲昧无知之称。"以氓称男子，是一种中性而略带贬义的称呼，大概相当于今之口语"那个家伙"。这就说明，女主人公这时并不认识这个男子，正如朱熹《诗集传》所说："盖男子不知其谁何之称也。"布，有两种解释，一是指古时一种铲形金属货币，一是指布匹。从字面看，两种解释都通，但从诗的内涵看，明显是解布匹义长。首先，钱而言抱，说明钱多，也只有富贵人能穿丝，而从下文可见，这个氓家境并不好，布解作货币不符合男子的身份。其次，持币购物是正常的交易行为，不至于让女主人公觉得"匪来贸丝"。先秦时期的布主要是麻布和葛布，是贫贱人日常所穿着。织布来换取日常生活用品是当时平民的生活方式，但是穷人家抱着粗布去换富人穿的丝织品就不寻常了，所以主人公一眼看出这家伙醉翁之意不在酒，"来即我谋"，是来撩我的，打我的主意来的。可见，女主人公对男子的第一印象并不很好，心存警惕。但是在男子很有心计的追求下，女主人公的态度发生了改变。

"送子涉淇，至于顿丘"，写出女主人公对男子态度的转变：一是称呼从"氓"到"子"。子，对男性的尊称，大致相当于现在的"先生""您"。说明男子一而再"抱布贸丝"找机会接触，女主人公逐渐对他有好感，但还比较客套，彬彬有礼。二是送别越送越远。淇水是卫的象征，《诗经·卫风》多处写到淇水。男子家在淇水对岸，与女子隔淇水而居。男子来的次数多了，女子从送出门，到送出村，到送至河边，到送过河，一直送到家，已是恋恋不舍。

"匪我愆期，子无良媒""将子无怒，秋以为期"。这两句都是女子对男子说的话。男子急着要成亲，多次催定婚期，而女子对男子还不放心，不愿仓促成婚，所以一再拖延。说匪我愆期，那就一定是愆期了。面对男子的指责，她说：不是我拖延成婚的日期，而是您没有找个好媒人来。他们相识相恋时不需要媒人，为什么谈婚论嫁时要找好媒人呢？可见这是拙劣的借口，男子一下就发火了。说"将子无怒"，那就一定是怒了。女子心软了，只好说那就以秋天为婚期吧！这几句既写出了女主人公不愿直接拒绝，怕男子真的生气，又有所顾虑，下不了决心的心理状态，也写出女子对婚姻谨慎的态度，还写出了女子不善掩饰，不忍对方伤心的幼稚和纯洁。女主人公为什么不放心？也许是对氓傻乎乎笑嘻嘻的第一印象不佳，也许是对他抱布贸丝的做派反感，从下文我们还可以看到，女主人公的家人也不支持，这就有一种不祥之兆。

果然，第二章画风骤变。商定婚事之后，男的热情开始冷却，越来越少前来看望，女子盼着他来，甚至不顾仪态爬上残缺的土墙眺望。"以望复关"一句，各家对"复关"二字解释不一，朱熹说是"男子之所居也"，余冠英《诗经选》说是在往来要道所设的关卡①，高亨《诗经今注》则认为是指男子回来的车②。从诗意看，高亨说可从。因为不管是男子所居之地，还是关卡，都是固定物，爬上墙头，看见了就是看见了，看不见就是看不见。而女子眺望来车却不同。男子一次次爽约，她一次次失望、伤心、着急，眼泪一行鼻涕一行。终于看见男子的车子了，高兴得像小孩子一样又跳又笑，活画出女子痴心企盼的神态。

"尔卜尔筮，体无咎言"两句也是女子对男子说的话。你也占卜了，你也算卦了，卦象都没有不吉利的话。肯定是男子提出要去占卜问卦了！这明摆着是拖延甚至取消亲事的托词！因为原先男子急着成婚时，不需要占卜问卦，为什么定好婚期后才提出要占卜问卦呢？在先秦，一般平民的婚嫁可以用简易的方法看两人生辰八字是否相合，看预定婚期是否吉利，不需要用成本较高的龟占、筮占。即使需要征询神灵的意见，也是龟占或筮占选其一种。而男子不仅突然要求占筮，而且在没有"咎言"的情况下还要继续占，似乎非要得出不合适成婚的结论不可。于是女主人公急了："以尔车来，以我贿迁"！尔，你，情侣间表示亲昵的称呼。从称"子"到"尔"，说明女主人公已把男子当成自己人，不再客套见外了。这章写女子的眷恋及婚嫁的

---

①　余冠英注译：《诗经选》，人民文学出版社1979年版，第62页。

②　高亨注：《诗经今注》，上海古籍出版社1980年版，第86页。

情形，男女主人公的感情与上章形成对比。男子从热切追求，火急火燎催着成亲，到找各种借口悔婚。可惜女子堕入爱河，智商清零，迫切希望早日完婚。先前还谈佳期，现在不讲究了。女子不仅不要聘礼，还主动送嫁妆上门。这一变化，预示着二人婚姻的悲剧结局。

接着是主人公痛定思痛，对后人的告诫与感慨。用桑叶茂盛比喻年轻貌美，比喻爱情炽热。兴起"于嗟鸠兮，无食桑葚"，桑葚富含糖分，成熟的果实特别是掉落地上堆积的果实发酵产生酒精，鸟禽啄食后会产生醉酒反应。这是以鸠鸟勿贪吃桑葚起兴，"于嗟女兮，无与士耽"！士，对男子的通称。这是女子爱情经历得出的教训：哎呀，姑娘啊，不要对男人过分地痴情，男人当初山盟海誓，但说解脱就解脱了，而女子沉溺在爱情里，是不可解脱的啊！这也是对自己明明察觉"渣男"情意改变，却仍然急切出嫁愚蠢行为的解释和悔恨。

"桑之落矣，其黄而陨"两句与上一章比兴对应，用桑叶黄落喻女子不再年轻，也比喻男子情意已衰。食贫，没东西食，过穷日子。这不仅是说男子家穷，而且有男子不给她吃好穿好的意味，同时也呼应第一章"抱布贸丝"所透露的家境。

"淇水汤汤，渐车帷裳"。有人说这两句指女子出嫁时的情形，意谓明知你穷，仍带着嫁妆来嫁给你。但本章首句桑叶黄陨的比兴，就是兴起婚后情变，所以这两句应该指女子被弃回家时的情形。淇水是他们爱情的见证。当初送男子过河，淇水是清浅透澈的，一如女子的情意。现在被休回娘家，淇水是汹涌浑浊的，一如男子的无情。大水漫上了车的帷篷，该有多危险！这个男人竟然置妻子安危于不顾，在这个时候赶她涉水而去，不仅仅是情断义绝，更是丧尽天良。即便是在这样的时候，善良的女主人公也还是首先自省是否做错了什么。而反复思量的结果是：我作为妻子没有行差踏错，而是你行为不专一。直到现在，女主人公才看透这个男人的本性。这时，出嫁后的各种辛酸都涌上心头：

出嫁以后没有一天不是起早贪黑，操劳家务没有怨言，可恶的是"言既遂矣，至于暴矣"。这正是那男子的可恶之处，原本家境贫穷，女主人公夙兴夜寐，辛勤操劳，家境渐渐好起来了，这男人便嫌弃女子年老色衰，甚至施以家暴了。而更悲惨的是，娘家兄弟不但不体谅，反而都来取笑女子。大概女子家中兄弟早就看出氓不是好东西，不同意这门亲事。这也可能是女子当初犹豫，拖延婚期的一个原因。现在娘家兄弟讥笑她自作自受，她只能牙齿掉了肚里吞，这是婚变中最可伤心的情形了：这段婚姻是自己一意孤行，不听家人劝阻而成的，待婚变被抛弃之时，自己便无可诉说，回顾往昔，深深痛悔，只有怪自己了。

但是，曾经真诚投入的一段感情怎么可能轻易释怀！在最痛苦无助的时刻，女主人公脑海里不断交替出现幸福热恋与负心背叛的画面：当初真的以为可以和你白头到老的，谁知到老来只给我留下怨恨！淇水啊再宽也有岸，沼泽啊再大也有边，而我的忧愁，我的怨恨却是无边无岸啊！可是，不一会女主人公又不争气地浮现出两人"总角之宴，言笑晏晏"的情形。有人据此认为男女主人公是青梅竹马。这种说法与诗意不符。这句是说他们相恋时的欢会真挚无邪，就像少儿的玩乐，言笑温柔甜蜜。当初你信誓旦旦，我怎么也想不到你会违反誓言，怎么也想不到你会变心！正是这种冰与火的煎熬，形成了这一章颠来倒去诉说的写法。最终，女主人公痛下决心："反是不思，亦已焉哉"！再也不想你背信弃义的事了，和你的情分已经断绝，我不再沉溺过去，不再怨艾，要勇敢开始新的生活！

我们为淳朴善良、刻苦耐劳的女主人公的不幸遭遇扼腕叹息。但也有人疑惑：女主人公不经媒妁之言与男子相识相恋，是否违反了当时的伦理道德？其实，在《氓》产生的那个时代，封建制度初立，礼教约束并不像后世那么严格，普通百姓的婚姻也不全凭父母之命、媒妁之言。女主人公与男子相识相恋符合当时的婚俗和道德规范，真实反映了那个时代的恋爱婚姻形态。《毛诗序》说《氓》"所以刺当时之淫佚也"，朱熹《诗集传》斥女主人公为"淫妇"，都是后世礼教森严之后的言论，当然不符合实际。而当代诸多论者认为《氓》通过女主人公被遗弃的不幸遭遇，控诉了封建礼教，揭露了社会制度的罪恶，似乎也未必然。在农耕文明的一夫一妻个体家庭制确立后，像《氓》女主人公单纯善良，遇人不淑，最后被抛弃的现象一直都存在，直到今天，也不能说这样的悲剧就能杜绝。《氓》的意义，也许既不在于所谓"刺淫佚"，也不在于批判社会，而在于描写了女性在恋爱婚姻生活中的遭遇，展示了女性在恋爱婚姻生活中的心路历程。《氓》在文学史上第一次塑造出性格鲜明的、丰满的女主人公的艺术形象，具有强烈的艺术感染力和生命力。

《氓》女主人公形象的心理描写真实细腻，行为描写有充分的性格依据。你看女主人公对陌生男子的搭讪有警惕，但在男子的追求下，慢慢对他产生好感，有了感情。即便如此，她还是谨慎地一再拖延婚期。堕入爱河之后，她是那样一往情深，苦苦思念，盼望早点成婚。出嫁之后，她夙兴夜寐，辛勤操劳，日子刚刚好过了，却无端被休。她不是呼天抢地，而是冷静反思，理智分析婚变的原因。面对娘家兄弟的不理解，她默默承受。尽管不能释怀，她最终还是与负心汉决绝，勇敢地过新的生活。在女主人公的身上集中了我们民族劳动妇女许多优秀的品质。有人指责女主人公看不透氓，轻信氓，其实这正说明她淳朴善良，渴求爱情，符合涉世未深女孩的性格，如果一开始就那么老练地识破氓，那就不是少女了。正是在生活的磨炼中，女主人公一步步看清氓的面目，一天天成熟起来。人物的性格随着时间的推移、情节的演进而发展变化。当初的幼稚与后来的坚毅形成鲜明的对比，这正是作品成功之处，也正是人物真实可信之处。与同为《诗经》弃妇诗优秀篇章的《邶风·谷风》相比，《氓》的人物形象更加丰满，更有鲜明的个性。《氓》可以说是《诗经》中人物形象刻画最成功的篇章之一。有一种说法，认为《诗经》中人物形象比较模糊，而在《氓》面前，我们有必要重新审视这种成说。

《氓》的艺术构思也是令人拍案叫绝的。比如，《诗经》中运用环境描写烘托氛围的成功例子，经常提到《小雅·采薇》"昔我往矣，杨柳依依；今我来思，雨雪霏霏"，《豳风·东山》"我徂东山，慆慆不归，我来自东，零雨其濛"。我们来看看《氓》三次出现的"淇水"。从"送子涉淇，至于顿丘"到"淇水汤汤，渐车帷裳"，再到"淇则有岸，隰则有泮"，淇水见证着女主人公恋爱婚姻的整个过程，既为故事产生提供环境，又为女主人公的情感变化创造氛围，还是贯穿全诗的结构线索，有很强的即视感。读者可以想象自己是一个影视导演，女主人公热恋中涉过清澈透明的淇水，浊浪滚滚中一辆小篷车摇摇晃晃横过淇水，深夜难寐时望着迷茫无边的淇水，你的取景框里该是怎样的画面！

又比如女主人公对男子称谓的变化，从没有好感的"氓"（那家伙）——到有了感情，表示尊敬的"子"（您）——到难舍难分，亲密无间的"尔"（你）——到没有感情色彩的"士"（男人），真切地再现了女主人公的情感变化。如果说淇水是贯穿全诗的结构线索，那么称谓变化就是贯穿全诗的情感线索。

《氓》不仅有结构和感情两条明的线索，还安排有不少伏线。当初女子一再拖延婚期，暗伏着家人不同意一笔，直到"兄弟不知，咥其笑矣"呼应回来。当初男子热切追求，得手后反而找借口不娶，暗伏后来的婚变。"三岁食贫"呼应着"抱布贸丝"的不正常……被称为中国古典戏曲理论最高成就的清代李渔的《闲情偶寄》，提出戏曲结构第一，要针线紧密，照映埋伏。诞生于两千年前的《氓》就以诗的形式达到这样的高度，实在令人赞叹。

最后还要说说《氓》的比兴手法。《诗经》奠定了"比兴"这一诗歌基本艺术表现手法，从此"比兴"成为中国诗歌艺术的不二法门。而《诗经》比兴有不同的结构形式，《关雎》以雎鸠雌雄和鸣兴起君子淑女的结合，统领全篇，然后以"荇菜"的不同状态起兴追求淑女的整个过程，可以说是一种组合式的比兴。而《氓》用桑叶茂盛比喻青春年少、爱情甜美，兴起鸠鸟"无食桑葚"，再兴起对女子沉溺爱情的告诫，可以说是一种组合递进式的比兴。《氓》与《关雎》以各自鲜明的特色，丰富了《诗经》比兴艺术宝库，对后世文学产生深远影响。

扫码看视频

思考

试分析《氓》一诗环境描写的特点。

（陈一平）

29

溱 洧①

诗经·国风·郑风

溱与洧[1]，方涣涣兮[2]。士与女，方秉蕳兮[3]。女曰："观乎？"士曰："既且[4]。""且往观乎[5]！洧之外，洵訏且乐[6]。"维士与女，伊其相谑[7]，赠之以勺药[8]。

溱与洧，浏其清矣[9]。士与女，殷其盈矣[10]。女曰："观乎？"士曰："既且。""且往观乎？洧之外，洵訏且乐。"维士与女，伊其将谑[11]，赠之以勺药。

注释

[1] 溱（zhēn）、洧（wěi）：郑国二水名。

[2] 方：正当。涣涣：水流盛大的样子。《毛诗郑笺》："仲春冰释，水则涣涣然。"

[3] 蕳（jiān）：一种香草，即兰草，古人用以佩身、沐浴或洗头，以被除不祥。

[4] 既：已经。且（cú）：通"徂"，往，去。

[5] 且：再。

[6] 洵："恂"之假借，确实。訏（xū）：广大。

---

① 程俊英、蒋见元：《诗经注析》，中华书局1991年版，第260～262页。

〔7〕伊：发语词。谑：嬉戏，开玩笑。

〔8〕勺药：香草名，即芳药，因"药"与"约"音同，古人赠芳药，有结信约之意。《毛诗郑笺》："其别则送女以勺药，结恩情也。"

〔9〕浏：河水清澈的样子。

〔10〕殷其：即殷殷，众多的样子。盈：满，多，这里指人多。

〔11〕将谑：马瑞辰《毛诗传笺通释》："将谑犹相谑也。"朱熹《诗集传》："将，当作相，声之误也。"

赏析

《溱洧》出自《郑风》。郑国地域主要在今河南郑州、新郑、登封一带。《郑风》共21首，多反映当地民俗，尤以男女恋爱作品为多，总体风格轻松自由，活泼欢快，这与编选者的取舍有一定关系。

《溱洧》首二句写景，同时点出事件发生的地点，是郑国两条代表性河流——溱水和洧水的水边。接着，由写景过渡到写人，河边有许多青年男女在用兰草佩身或洗浴。继而，写到特定的一对青年的对话，女孩对男孩说："一起去看看吧？"男孩答："我已经去过啦。"女孩进一步邀请："再去一次吧，你看河边多热闹！"最后三句说明这一对青年男女在河边玩耍嬉戏，并互赠了礼物。

从结构看，本诗构思巧妙，过渡自然，这得益于诗人精心的设计和高超的技巧。诗歌从描写溱水和洧水写起。三月的溱、洧二水，冰雪融化，河水上涨，这是一幅春意盎然的风景画。春天，真的来了，经过了数月严冬困扰的人们怎能不纷纷走出家门，去迎接和感受这个春天？这两句，既是写景，又点明了人物活动的时间地点，春天的河边，是全景式描写，犹如电影中的远景，境界开阔，气象高远。接着镜头逐步拉近，聚焦于河边的热闹场景，重点指出特定物象"蕑"，在引出人物的同时，也巧妙带出事件发生的特殊节日。人们在这个特殊的日子里，都在祈愿新的一年风调雨顺。但描绘河边的热闹场景并非诗人真正的创作目的。接着，镜头再一次拉近，对准了一对青年男女，变成对他们的特写。这一对青年除了如常人的新年祈愿外，还有更重要的愿望——爱情。这是作者一反抒情诗歌的惯用手法，采用了叙事作品中常用的对话形式，记录了他们从试探到互相玩耍嬉戏的过程。女孩主动邀请男孩，男孩未解其意，委婉拒绝，女孩进一步邀请，于是两人一起快乐玩耍，互赠礼物。可以看到，诗歌的重点是写这一对恋人，全诗每小节12句，首4句是铺垫，略写，后8句描写这对恋人之间的活动，转为详写。整首诗由风景，到风俗，到爱情，就像电影镜头，由远景，到近景，再到特写，巧妙过渡，极具画面感。

本诗中选取的特定物象也十分有代表性。"蕑"既衬托了河边热闹欢乐的场面，也指出诗歌写作的具体背景——上巳节。而诗歌结尾，这一对青年男女互赠的礼物由蕑变成了芍药，这里，由节令自然过渡到爱情，诗歌由写风俗变成了写爱情。蕑和芍药与其说是两种物象，不如说是两个特殊的道具，使诗歌内容过渡了无痕迹。

诗中每小节出现了两个"士与女"，但含义有别。第一次，指河边所有的男男女女，第二次，指特定的这一对青年男女。两次不同的用意，也使诗歌内容自然转换。

关于本诗的主旨，《毛诗序》曰："刺乱也。兵革不息，男女相弃，淫风大行，莫之能救焉。"虽然看到了诗歌内容与男女情爱有关，但站在经学的立场，将之斥为"淫风"，将诗歌的创作动机视作"刺乱"，并引申出"兵革不息，男女相弃"等内容，甚为牵强。在诗中我们看不到任何有关"兵革""相弃"的影子。把许多爱情诗解作赞美诗或讽刺诗，是《毛诗序》解诗的一个重要特点，重美刺代表了汉代《诗经》学的主要倾向。三家诗说法与毛诗略有不同，清代王先谦《诗三家义集疏》引《韩诗》曰："溱与洧，说（悦）人也。郑国之俗，三月上巳之日于两水上，招魂续魄，祓除不祥，故诗人愿与所说者俱往观也。"①《韩诗》没有延续毛诗的美刺说，也没有"淫风"等陈腐观念，而是客观指出诗歌内容，尤其是明确说明本诗

---

① （清）王先谦撰，吴格点校：《诗三家义集疏》，中华书局1987年版，第371页。

创作背景是三月上巳节，对于我们正确理解本诗有很大启迪。到南宋朱熹《诗集传》谓"淫奔者自叙之辞"，依然未摆脱《毛诗序》的影响，较《韩诗》反而退步了。现在一般将此诗解作一首反映郑国风俗的爱情诗。

上巳节是古代的一个重要节日，汉代时具体日期为农历三月的第一个巳日，魏晋以后固定为农历三月三日。这一季节，冰雪融化，春暖花开，经过冬天几个月的蛰伏，人们终于可以脱掉厚重臃肿的棉衣，走出家门，走进大自然，踏青春游，既是季节的转换，也是心情的转换。《论语》中所谓"莫春者，春服既成，冠者五六人，童子六七人，浴乎沂，风乎舞雩，咏而归"，就是这一场景的具体再现。古人在上巳节常常以兰草沾水洒身，临水洗濯，进行祭祀活动，祓除不祥，这种祈福禳灾的民间活动，又称作"修禊"，后来发展为文人雅趣、风流韵事。王羲之《兰亭集序》中"暮春之初，会于会稽山阴之兰亭，修禊事也"即指此。这一节日到唐代依然盛行，杜甫的《丽人行》"三月三日天气新，长安水边多丽人"，即描写了当时的盛况。

本诗中的一对青年男女的性格具有普遍性，是中国民间文学中男女青年的代表。女孩活泼开朗，聪明伶俐，主动邀请男孩，男孩憨厚朴实，听到女孩的邀请后，并没有真正领会女孩的用意，只是实话实说，女孩只得再一次启发。二人都表现出一派天真烂漫和淳朴无邪的自然本色。

中国民间文学中，男主人公多憨厚朴实，甚至木讷老实，如四大民间故事中的《牛郎织女》，民间有不同版本，但情节大体相近。故事中的牛郎憨厚老实，遇到困难常常茫然不知所措，有时甚至需要不会说话的牛开口给他支招。织女性格正相反，开朗活泼，具有叛逆性，厌倦了天上的生活，偷偷下凡洗澡，并且打破天神不婚的传统，私自嫁给牛郎。我国另一个民间故事《白蛇传》中的主人公同样具有这一特点，男主人公许仙数次被法海欺骗，迫使白蛇现出原形，许仙也被法海软禁到金山寺。对男性和女性不同性格的塑造，正体现了中国民间对男女不同的评价标准。中国古代女子活动范围较小，常常足不出户，因此，女孩子聪明伶俐也无妨。男性则不同，古代男性常漫游、为官、科考、会友等，活动范围较女性大得多，面对社会上各种诱惑也更多。在这种社会背景下，民间对男性的要求便是憨厚实在，憨厚中又透着可爱，透着诚实。伶牙俐齿、花言巧语的男性面对社会的诱惑，总使人觉得有几分不可信任。《溱洧》中的男女主人公，正是中国古代对两性不同要求的反映。

《郑风》中多爱情诗。许慎《五经异义》云："郑国有溱洧之水，男女聚会，讴歌相感。今郑诗二十一篇，说妇人者十九，故郑声淫也。"[①]虽然"郑声淫"的说法不免带有汉儒的迂腐和偏见，但指出《郑风》多情诗确是事实。这与郑国地处中原一带交通便利，商业发达，人们思想开放有关。魏源在《诗古微·桧郑答问》中曾有论述："三河为天下之都会，卫都河内，郑都河南……据天下之中，河山之会，商旅之所走集也。商旅集则货财盛，货财盛则声色辏。"[②]"郑声淫"源自《论语》。《论语》中有"郑声淫""放郑声，远佞人"之说，"郑声"和"郑风"一字之差，却有本质区别。孔子对"郑声"采取彻底否定的态度，对"郑风"并不反对，在编集《诗经》中依然保留了《郑风》。但郑声与郑风并非毫无关系，《国风》中的大部分诗歌可以配乐，《郑风》也不例外。《郑风》中多情诗，孔子站在儒家立场称"郑声淫"，可以看出，二者题材风格有很大相似性。这是《郑风》体现的地域特点。

《诗经》中的爱情多发生在水边，我们可以称作"水边的爱情"。《诗经》中与水有关的爱情婚姻诗达30多首，如《关雎》《江有汜》《氓》《汉广》《褰裳》《柏舟》《扬之水》《蒹葭》等都以水为背景，或与水有关。水是人们生活的必需品，古代人们常常生活在水源充足的地方，水边也是青年男女相会的理想地点。但水常常是既可爱又可恨，在为人类提供必要水源的同时，也会带来困难甚至灾害。由于一水之隔，原本近在眼前的恋人或亲人却不得相见，"盈盈一水间，脉脉不得语"。山水的阻隔，更强化了恋情和思念，古人也常常面对一江之水，抒发心中的愁绪和思念。这是古人与水

---

① 见《太平御览》卷五百六十九《乐部七》引。

② 魏源全集编辑委员会编，何慎怡校点，汤志钧审订：《魏源全集 诗古微》，岳麓书社1989年版，第509页。

的密切关系在文学作品中的反映。

　　《溱洧》突出体现了《郑风》的特点，全诗风格明朗欢快，清新活泼，洋溢着青年男女的青春活力，是《诗经》中民歌的代表作。作者以旁观者的视角，选取了节日活动中的一个剪影，运用对话形式，既表现了节日热闹的场面，又反映了青年人对爱和美的追求，这种形式，在《诗经》爱情诗中别具一格，尤为难得。

 思考

　　说明先秦礼俗仪式与《诗经》的关系。

（延娟芹）

蒹 葭①

诗经·国风·秦风

蒹葭苍苍[1]，白露为霜。所谓伊人[2]，在水一方。溯洄从之[3]，道阻且长，溯游从之[4]，宛在水中央。

蒹葭凄凄[5]，白露未晞[6]。所谓伊人，在水之湄[7]。溯洄从之，道阻且跻[8]。溯游从之，宛在水中坻[9]。

蒹葭采采[10]，白露未已。所谓伊人，在水之涘[11]。溯洄从之，道阻且右[12]。溯游从之，宛在水中沚[13]。

注释

[1] 蒹葭：蒹，荻、芦苇一类植物；葭，芦苇。苍苍：深青色。一说，茂盛的样子。

[2] 伊人：那个人。东汉郑玄《毛诗郑笺》："'伊'当作'繄'，'繄'犹'是'也，所谓是知周礼之贤人，乃在大水之另一边，假喻以言远。"2015年发现的安大简《诗经》选本中有《蒹葭》一首，"伊"正作"繄"。

[3] 溯洄：逆流而上。从下文"道阻且长"可知，"溯洄"指沿着河岸往上游走。

---

① 程俊英、蒋见元：《诗经注析》，中华书局1991年版，第346～348页。

［4］溯游：沿着河岸往下游走。

［5］凄凄：湿润的样子。一本作"萋萋"。一说"凄凄"为"萋萋"的假借字，与"苍苍"同义。

［6］晞（xī）：干，晒干。

［7］湄（méi）：水边。

［8］跻（jī）：登高，上升。这里指道路险峻。

［9］坻（chí）：水中高地。

［10］采采：众多的样子，犹言形形色色。

［11］涘（sì）：水边。

［12］右：道路弯曲。清代马瑞辰《毛诗传笺通释》："周人尚左，故以右为迂回。"

［13］沚（zhǐ）：水中陆地。

赏析

《蒹葭》出自《秦风》。秦人早期主要生活在甘肃东南部一带，即今天水、礼县附近，后逐步东迁，进入关中平原，到战国时期秦孝公十二年，迁都咸阳。《秦风》共10首，主要产生于甘肃东南部以及陕西关中一带。

《蒹葭》是《诗经》中最具代表性的诗歌之一，历代广泛流传。诗歌中惆怅、悠长的情调，可望而不可即的缥缈不定的意境，将读者带到了清冷孤寂的环境中，表达了一种无法言说的情感，感动了无数人。这首诗歌也因此被后代多次引用与改编，尤其是歌曲《在水一方》，那多情缠绵的旋律留在了许多人的记忆里，"秋水伊人"也成为古典文学中的经典意象。这首诗得到了后人较高的评价，如清代学者姚际恒《诗经通论》："'在水之湄'，此一句已了，重加'溯洄''溯游'两番摹拟，所以写其深企愿见之状，于是于'在'字上加一'宛'字，遂觉点睛欲飞，入神之笔。"①

---

① （清）姚际恒，顾颉刚标点：《诗经通论》，中华书局1958年版，第141页。

　　全诗语言浅显，通俗易懂，朗朗上口，无需借助注释，也基本能读懂。每章开首起兴二句，将读者带到了清冷萧瑟的深秋季节，为全诗笼罩上一层悲苦感伤的色彩，为全诗的抒情定了基调。三小节的自然景物随时间变化而变化，深秋的早晨由白露成霜，到霜露始干，再到露水渐无，随着时间的推移，主人公思念伊人之情也愈加急迫浓烈。诗歌的重点是描写主人公对伊人的追寻，三章复叠，回环往复，一唱三叹。诗人历尽艰险，或逆流而上，或顺流而下，苦苦寻找，是否实有其人，答案是否定的。试想，如果伊人确实存在，他（她）一定有确切的方位和地点，哪里需要诗人上下左右去寻找呢？诗歌中提到"道阻且长"，似乎是难以寻找到伊人的客观原因，其实不然。主人公对伊人一往情深，再艰险的路，再遥远的地方，终有找到的一刻，怎么会因为客观原因而找不到呢？假若确实因为道路问题而无法找到，这里主人公对伊人的感情就会大打折扣，也会令读者对其感情的真实性产生怀疑，所以，"道阻且长""道阻且跻""道阻且右"只是为了说明主人公寻找伊人时经历了诸多的艰辛和困苦。诗歌最后两句，最受姚际恒赞赏，诗人这里拎出一个"宛"字，把主人公因极度相思而出现幻觉的情形和盘托出。西晋诗人傅玄的《杂诗》："雷隐隐，感妾心。倾耳听，非车音。"描写思妇因极度思念丈夫而将雷声误听作车音的瞬间幻觉，与《蒹葭》有异曲同工之妙。

　　诗歌三章每章一换韵，韵脚也随着主人公心情的变化而变化。第一章韵脚"苍""霜""方""长""央"，押平声"阳"韵，韵腹"[ɑ]"属于大开口度的低元音，加之以鼻音"[ŋ]"收尾，发音时声音靠后，听起来清亮、浑厚、悠扬，表达的情绪偏于酣畅淋漓。第二章韵脚"凄""晞""湄""跻""坻"，是平声"脂微"合韵（"晞"为"微"韵字），第三章韵脚"采""已""涘""右""沚"，押上声"之"韵，后二章都属阴声韵。"脂"韵韵腹[e]属于开口度较小的半高元音，"之"韵韵腹[ə]为中开口度、处于半高半低之间的元音，二者发音时气流都受到一定挤压，表达的感情偏于低回沉郁。从声调看，前两章押平声字，较舒缓平和，第三章押上声字，发音短促，声音转为劲厉凝重，如万千愁苦郁结于胸中，无处诉说。韵脚的替换，与主人公细微隐幽的心理变化相统一，反映了主人公内心由甜蜜向往到失落惆怅的情感变化历程。追求音乐美是诗歌的重要特征，好的诗歌，应是富有感染力的内容与和谐流转声音的完美结合。诗人创作时不但力求诗歌内容能够丰富感人，同时也注意声音与诗歌情感表达的关系，通过诗歌用字声音的变化，达到音韵谐美、摇曳多姿的歌唱吟诵效果，以增强诗歌的感染力。本诗韵脚的变化便是这一创作原则的很好实践。《诗经》产生的时期，人们也许并没有汉字声、韵、调的特点和组合规律的理论认识，但毫无疑问，他们在实践中已经发现韵律对于诗歌美感的作用，对诗歌的音乐美有了朴素的认识，《诗经》中出现了大量的双声、叠韵、叠音词，以及各种形式的押韵，就是这种认识的反映。

　　关于这首诗的主旨，影响最大的有两种说法，求贤说和爱情说，分歧的焦点是伊人的身份问题。诗歌中并未说明伊人的身份与性别，甚至连他（她）所处的方位都难以得知。伊人身份的不确定，给后人的解读带来很大空间。求贤说以《毛诗序》为代表，《毛诗序》说："刺襄公也。未能用周礼，将无以固其国焉。"认为这是一首讽刺秦襄公的政治诗，因秦襄公未能遵循周礼，秦人有感于此，作此诗。三家诗无异议。《毛诗序》虽未明确说明"伊人"所指，但从"无以固其国"不难推知是指能够辅佐国君的贤明之臣。《毛诗序》的这一说法影响颇大，清代方玉润《诗经原始》、姚际恒《诗经通论》等提出的贤人隐居水滨，有人倾慕思念而不得的说法，都与此有关。魏源《诗古微·秦风答问》在此基础上进一步说明了诗人用蒹葭起兴的用意："襄公初有岐西之地，以戎俗变周民也。豳、邠皆公刘、太王遗民，久习礼教，一旦为秦所有，不以周道变戎俗，反以戎俗变周民，如苍苍之葭，遇霜而黄。肃杀之政行，忠厚之风尽，意谓非此无以自强于戎狄乎？不知自强之道，在于求贤。"[1]他认为蒹葭不仅营造了深秋凄凉的景色，更暗喻秦襄公时肃杀的政令，想象力不可谓不丰富。爱情说的提出者多为现代学者，如高亨、袁梅、程俊英等都主张本诗是一首爱情诗。求贤说与爱情说的讨论，一直延续至今。此外，南宋朱熹《诗集传》采取存疑的态度，认为

---

① 魏源全集编辑委员会编，何慎怡校点，汤志钧审订：《魏源全集 诗古微》，岳麓书社1989年版，第534页。

所追求的伊人"不知何所指"。

历代学者对《秦风》的总体认识是：以表现尚武好战的内容为主。东汉班固《汉书·地理志》中明确提出："天水、陇西，山多林木，民以板为室屋。及安定、北地、上郡、西河，皆迫近戎狄，修习战备，高上气力，以射猎为先。故《秦诗》曰'在其板屋'；又曰'王于兴师，修我甲兵，与子偕行'。及《车辚》《驷驖》《小戎》之篇，皆言车马田狩之事。"①班固的这段话常被引用，得到许多人的认同。的确，我们从传世文献和出土材料中可以找到许多反映秦人崇尚军事战争的证据。最突出的是《秦风》中的《无衣》，诗歌中表现的乐战好战、"与子同仇"的精神，不但在《诗经》其他诸侯国诗歌中见不到，在中国古代战争诗中也颇为罕见。这里没有"岂敢定居，一月三捷"（《诗经·采薇》）的激烈残酷，没有"敦彼独宿，亦在车下"（《诗经·东山》）的苦寒艰辛，没有"不我以归，忧心有忡"（《诗经·击鼓》）中对家乡亲人的思念，全诗洋溢着慷慨激昂、奋勇杀敌的豪情壮志。《秦风》十首中，与战争或兵器有关的诗歌就占四首。除《诗经·秦风》外，秦国还有一组诗歌，也是十首，唐代发现于今陕西宝鸡一带，分别刻在十面形似鼓的石头上，故名石鼓文或石鼓诗，组诗完整记录了一次秦君大型田猎活动兼军事演习的全过程。此外，战国时商鞅变法提倡耕战，后来秦国能以破竹之势横扫六国，统一全国，这些都是秦人尚武好战的有力证明。

但由此产生了一个无法回避的问题：无论是求贤说还是爱情说，都无法合理解释，在一个崇尚战争的国家，为什么会出现《蒹葭》这样一首空灵惆怅的诗歌？清代方玉润《诗经原始》卷七已提出疑问："此诗在《秦风》中，气味绝不相类。以好战乐斗之邦，忽遇高超远举之作，可谓鹤立鸡群，翛然自异者矣。"②

其实，尚武好战只是秦文化的一个方面，这一看法忽略了秦文化另一方面的特点。《蒹葭》的出现，与秦人主动学习、吸收周文化有关。周人早期生活的地域主要在今甘肃东部、陕西关中一带，与秦人早期生活的今甘肃

---

① （汉）班固：《汉书》，中华书局1960年版，第1644页。

② （清）方玉润：《诗经原始》，中华书局1986年版，第273页。

东南部距离较近，这一带就成为周文化和秦文化交汇的区域。西周灭亡后，周平王东迁洛邑，西周都城镐京（今陕西西安西南一带）被犬戎占领，秦襄公护送平王东迁有功，得以正式封为诸侯。后来秦国又从犬戎手中夺回了西周故地，大量留在镐京的西周遗民也归属于秦，这更加速了周秦文化的交融。除了地域因素促进周秦文化自然融和外，秦人还主动学习周文化。《史记·秦本纪》记载，到春秋中期，五霸之一的秦穆公就曾对西戎的使者自豪地说"中国以诗书礼乐法度为政"，这里的"中国"就指秦国，由此可见这时作为华夏族的秦国在面对西戎使者时的优越心理。秦国自封国开始就一直努力学习西周文化，以谋取与其他霸主们同样的政治地位和平等的外交权利，这是秦国在文化建设方面的重大决策。《毛诗序》中对作于秦国早期的诗歌《车邻》主旨的解释是："美秦仲也。秦仲始大，有车马礼乐侍御之好焉。"诗书礼乐正是秦国文化建设的重要内容。

到春秋中期，秦国贵族的文化素养、对诗书礼乐的熟悉程度，与鲁、晋等国贵族无异。如《尚书》中选录了秦穆公作的《秦誓》，与《尚书》中的其他文章一起作为典范供当时人学习。陕西凤翔曾经是春秋战国时期秦国的都城，当时叫做雍城，作为都城达250多年，20世纪在此发掘的春秋时期秦国景公大墓，陪葬器物完全符合西周礼制。由此看来，《秦风》中《兼葭》的出现绝非偶然，秦人除了具有崇尚武力的风习外，还有吸收周文化雍容典雅的一面，秦国文学风格除了粗犷质朴外，还有秀婉隽永的一面，如《渭阳》是秦康公送别舅舅重耳的一首诗，诗中"我送舅氏，悠悠我思"，流露出外甥对舅舅的无限不舍，情真意切，缠绵悱恻，与《兼葭》风格十分相近。

关于《兼葭》的主旨，近些年又出现了一种新的说法，这一说法也与周秦文化交融有关。《史记·秦本纪》记载，秦人最早的女性始祖叫做女修，"女修织"，可见，女修以善织而彪炳史册。《山海经》中两次记载周人的始祖叔均发明了牛耕，《海内经》载："后稷是播百谷。稷之孙曰叔均，是始作牛耕。"《大荒西经》中也有类似记载。我国四大民间传说之一的《牛郎织女》，就是有关秦人的织女传说和周人的叔均传说融合的结果。故事中的银河，古代又称银汉、河汉，其命名就与秦人生活在西汉水上游一带有关，周人、秦人以他们的始祖命名天上最亮的两颗星星，以身边的汉水指称天上的银河，这就形成了牛郎织女故事中的核心要素，后来，天上的牛郎星、织女星逐步演变成人间被迫分离的一对夫妻。这一说法也得到出土文献的佐证。20世纪70年代在湖北云梦睡虎地出土了一批秦国竹简，其中有一部分《日书》，类似民间的老黄历。有一枚简记载的是"牵牛以取（娶）织女，不果，三弃"，这里牛郎织女已经由天上的星星名称变成了人间的夫妻，说明战国时期牛郎织女的悲剧故事已经形成。有学者主张，《蒹葭》就是牛郎织女故事早期传说在秦国诗歌中的反映，诗中的伊人，就是由秦人的女性始祖织女形象演变而来。[①]这一观点为我们进一步认识周秦文化的融合以及《蒹葭》的产生提供了新的视角。

《诗经》中有一首诗与《蒹葭》的情调较为接近，就是《周南·汉广》，诗歌中的主人公同样面对着一江之水思念着心上人，尤其是"汉有游女，不可求思。汉之广矣，不可泳思。江之永矣，不可方思"几句，描写了主人公面对烟波浩渺的江水追求"游女"时的无望和失落心情，真切感人。但相比较而言，《蒹葭》更为空灵缥缈，给读者的想象空间更大，也更受人喜欢。《蒹葭》中主人公在水之畔深情的凝望，执着的追寻，求之不得的惆怅，以及全诗带给读者的迷离感伤的情调，空灵悠远的意境，那种只可意会而又无法言传的含蓄韵味，正是中国古典艺术的重要特点。尽管古今学者对《蒹葭》的创作动机、主旨存在不同认识，但《蒹葭》带给读者的无限想象和强烈美感始终不变，这正是经典作品的永恒魅力所在。

思考

说明《秦风》产生的背景。

（延娟芹）

---

① 可参看赵逵夫《从秦简〈日书〉看牛女传说在先秦时代的面貌》（《清华大学学报》2012年第4期）等系列论文。

晋楚城濮之战①

左传·僖公二十八年

宋人使门尹般如晋师告急[1]。公曰[2]："宋人告急，舍之则绝[3]，告楚不许[4]。我欲战矣，齐、秦未可[5]，若之何[6]？"先轸曰[7]："使宋舍我而赂齐、秦[8]，藉之告楚[9]；我执曹君而分曹、卫之田以赐宋人[10]，楚爱曹、卫[11]，必不许也。喜赂怒顽，能无战乎[12]？"公说[13]，执曹伯[14]，分曹、卫之田以畀宋人[15]。

楚子入居于申[16]，使申叔去谷[17]，使子玉去宋[18]，曰："无从晋师[19]。晋侯在外十九年矣[20]，而果得晋国，险阻艰难，备尝之矣，民之情伪[21]，尽知之矣。天假之年[22]，而除其害[23]，天之所置，其可废乎[24]？军志曰[25]：'允当则归[26]。'又曰：'知难而退。'又曰：'有德不可敌。'此三志者[27]，晋之谓矣。"

子玉使伯棼请战[28]，曰："非敢必有功也[29]，愿以间执谗慝之口[30]。"王怒，少与之师[31]，唯西广、东宫与若敖之六卒实从之[32]。

---

① 杨伯峻编著：《春秋左传注》，中华书局1990年版，第455～468页。

子玉使宛春告于晋师曰[33]："请复卫侯而封曹[34]，臣亦释宋之围[35]。"子犯曰[36]："子玉无礼哉！君取一[37]，臣取二[38]。不可失矣[39]。"先轸曰："子与之[40]。定人之谓礼[41]。楚一言而定三国[42]，我一言而亡之[43]，我则无礼，何以战乎[44]？不许楚言[45]，是弃宋也；救而弃之[46]，谓诸侯何[47]？楚有三施[48]，我有三怨[49]，怨雠已多[50]，将何以战？不如私许复曹、卫以携之[51]，执宛春以怒楚[52]，既战而后图之[53]。"公说，乃拘宛春于卫，且私许复曹、卫。曹、卫告绝于楚[54]。子玉怒，从晋师，晋师退。军吏曰[55]："以君辟臣[56]，辱也。且楚师老矣[57]，何故退？"子犯曰："师直为壮[58]，曲为老[59]，岂在久乎？微楚之惠不及此[60]，退三舍辟之[61]，所以报也。背惠食言以亢其雠[62]，我曲楚直。其众素饱[63]，不可谓老。我退而楚还[64]，我将何求[65]？若其不还，君退臣犯，曲在彼矣。"退三舍，楚众欲止，子玉不可。

夏四月，戊辰，晋侯、宋公、齐国归父、崔夭、秦小子慭次于城濮[66]。楚师背酄而舍[67]，晋侯患之。听舆人之诵曰[68]："原田每每[69]，舍其旧而新是谋。"公疑焉，子犯曰："战也！战而捷，必得诸侯[70]。若其不捷，表里山河[71]，必无害也。"公曰："若楚惠何[72]？"栾贞子曰[73]："汉阳诸姬[74]，楚实尽之。思小惠而忘大耻[75]，不如战也。"晋侯梦与楚子搏[76]，楚子伏己而盬其脑[77]，是以惧。子犯曰："吉！我得天[78]，楚伏其罪[79]，吾且柔之矣[80]。"

子玉使斗勃请战[81]，曰："请与君之士戏[82]，君冯轼而观之[83]，得臣与寓目焉[84]。"晋侯使栾枝对曰："寡君闻命矣[85]。楚君之惠，未之敢忘[86]，是以在此。为大夫退[87]，其敢当君乎[88]？既不获命矣[89]，敢烦大夫，谓二三子[90]：戒尔车乘[91]，敬尔君事[92]，诘朝将见[93]。"

晋车七百乘[94]，鞋、靷、鞅、靽[95]。晋侯登有莘之虚以观师[96]，曰："少长有礼[97]，其可用也。"遂伐其木以益其兵[98]。己巳，晋师陈于莘北[99]。胥臣以下军之佐当陈、蔡[100]。子玉以若敖之六卒将中军，曰："今日必无晋矣。"子西将左[101]，子上将右[102]。

胥臣蒙马以虎皮，先犯陈、蔡，陈、蔡奔[103]，楚右师溃。狐毛设二旆而退之[104]，栾枝使舆曳柴而伪遁[105]，楚师驰之[106]。原轸、郤溱以中军公族横击之[107]，狐毛、狐偃以上军夹攻于西，楚左师溃。楚师败绩[108]。子玉收其卒而止[109]，故不败。

晋师三日馆谷[110]，及癸酉而还[111]。甲午[112]，至于衡雍[113]，作王宫于践土[114]。

乡役之三月[115]，郑伯如楚致其师[116]，为楚师既败而惧，使子人九行成于晋[117]。晋栾枝入盟郑伯。五月丙午，晋侯及郑伯盟于衡雍。

丁未[118]，献楚俘于王[119]，驷介百乘[120]，徒兵千[121]。郑伯傅王[122]，用平礼也[123]。己酉，王享醴[124]，命晋侯宥[125]。王命尹氏及王子虎、内史叔兴父策命晋侯为侯伯[126]，赐之大辂之服、戎辂之服[127]，彤弓一[128]，彤矢百[129]，玈弓矢千[130]，秬鬯一卣[131]，虎贲三百人[132]。曰："王谓叔父[133]：'敬服王命[134]，以绥四国[135]，纠逖王慝[136]。'"晋侯三辞[137]，从命，曰："重耳敢再拜稽首[138]，奉扬天子之丕显休命[139]。"受策以出，出入三觐[140]。

卫侯闻楚师败，惧，出奔楚，遂适陈[141]。使元咺奉叔武以受盟[142]。癸亥，王子虎盟诸侯于王庭[143]，要言曰[144]："皆奖王室[145]，无相害也。有渝此盟[146]，明神殛之[147]，俾队其师[148]，无克祚国[149]，及而玄孙[150]，无有老幼。"君子谓是盟也信[151]，谓晋于是役也，能以德攻[152]。

初[153]，楚子玉自为琼弁玉缨[154]，未之服也[155]。先战[156]，梦河神谓己曰[157]："畀余[158]，余赐女孟诸之麋[159]。"弗致也[160]。大心与子西使荣黄谏[161]，弗听。荣季曰[162]："死而利国，犹或为之，况琼玉乎？是粪土也，而可以济师[163]，将何爱焉[164]？"弗听。出告二子曰[165]："非神败令尹[166]，令尹其不勤民[167]，实自败也。"既败，王使谓之曰："大夫若入[168]，其若申、息之老何[169]？"子西、孙伯曰[170]："得臣将死，二臣止之，曰：'君其将以为戮[171]。'"及连谷而死[172]。晋侯闻之，而后喜可知也[173]，曰："莫余毒也已[174]。蒍吕臣实为令尹[175]，奉己而已[176]，不在民矣。"

![注释]

[1]门尹般：宋国大夫。门尹：官职名。般：人名。如：前往。

〔2〕公：晋文公重耳。周代五等封爵：公、侯、伯、子、男，公是第一等封爵。

〔3〕舍之则绝：放弃宋国，不去救助它，它就会与晋断绝邦交。

〔4〕告：求告，要求。

〔5〕齐、秦未可：齐国和秦国还未同意与楚交战。未可，还不同意。

〔6〕若之何：怎么办。

〔7〕先轸：也叫原轸，晋国名将，当时担任中军将领。

〔8〕舍我：抛开我们，即不要向晋求救。赂：赠送财物。

〔9〕藉之告楚：借助齐、秦两国请求楚国退兵。让齐、秦两国出面，替宋向楚请求撤兵。

〔10〕执：俘获。当时晋军已攻破曹、卫两国，俘获两国君。

〔11〕爱：顾惜，舍不得。

〔12〕喜赂怒顽，能无战乎：这句主语是齐、秦。意思是一方面喜欢宋国的贿赂，一方面对楚国拒绝他们的要求的顽固态度表示愤怒，这样还能不跟楚作战吗？

〔13〕说：同"悦"。

〔14〕曹伯：当时曹国君曹共公，名襄，前652—前618年在位。曹是伯爵国，故称曹伯。

〔15〕畀：给予。

〔16〕楚子：楚国君成王。名恽，前671—前626年在位。中原诸侯称楚君为子。子是较低一等的封爵，故称子有贬义。楚国不服，自称为王。申：地名，原是个小国，后为楚所灭，地在今河南省南阳市。入：楚成王从伐宋退居申，故曰入。

〔17〕申叔：也叫申公叔侯，楚国大夫。去：离开。谷：地名，春秋齐地，在今山东阳谷县东北。前634年，楚派申公叔侯伐齐，取谷，然后奉命驻守在那里。现在楚成王命令申叔撤回来。

〔18〕子玉：当时楚国令尹，攻宋统帅。

〔19〕从：追随。这里是指追击的意思。

[20]晋侯：晋文公重耳。前656年，重耳之父晋献公听信骊姬谗言，逼迫太子申生自缢而死，迫另外两个儿子重耳、夷吾逃亡国外，十九年后（前636）重耳才返回晋国为君。

[21]情伪：真情假象，这里指世态炎凉，人间百态。

[22]假：给予。之：其。年：年寿。

[23]除其害：当时晋国足以阻止他返国为君的人都先后死去。

[24]其：语气助词，表反问。

[25]军志：古代一种兵书书名。

[26]允当：适当，恰如其分。

[27]志：记载。

[28]伯棼：楚国大夫斗椒，字伯棼。请战：向楚成王请求批准对晋作战。

[29]非敢必有功：不敢说一定成功。

[30]间（jiàn）执：防止，堵塞。谗慝（tè）：奸邪小人。

[31]少与之师：少给子玉军队。

[32]西广：广是楚国军队的名称。楚军有东广、西广之分。西广犹言右军。东宫：警卫太子宫的部队。若敖：子玉祖先之称，这里指子玉宗族之兵。六卒：一说军队一百人为卒，六卒即六百人。一说卒为车法，一卒三十乘，六卒则为一百八十乘。从之：跟随子玉的部队。

[33]宛春：人名，楚国大夫。子玉派宛春到晋国军中谈判。

[34]复卫侯：恢复卫国国君的地位。封曹：重新建立曹国。意即将已分给宋国的土地还回曹国。

[35]释：解除。

[36]子犯：人名，即狐偃，子犯是他的字。晋国大夫，文公舅父，故又称舅犯，是文公的重要谋臣，当时任上军副帅。

[37]君取一：指晋文公作为国君得到一项利益——释宋之围。

[38]臣取二：指身为臣子的子玉得到两项利益——复卫侯和封曹。

[39]不可失：指不能放弃这次与楚交战的机会。

［40］子：对对方的尊称，您。与：许，答应。之：指楚国。

［41］定人：使人民安定。定，使动用法。

［42］一言而定三国：指按子玉的一句建议，则解宋围、复卫、封曹，三国皆可安定。

［43］一言而亡之：晋国一句话说不同意，战争就打起来，卫、曹、宋三国都可能灭亡。

［44］何以战：凭借什么来打仗？

［45］不许：不答应。

［46］救而弃之：宋尝向晋求救，而晋执曹伯、分曹、卫田皆打着救宋的名号。而现在如果拒绝楚国提出的解宋围的方案，则是救而弃之。

［47］谓诸侯何：怎么对诸侯交代。拿什么话来对其他诸侯解释。这里的诸侯，主要是指齐、秦等国，意谓如此可能失去齐、秦的支持。

［48］三施：三项恩惠。指对宋、曹、卫三国都有恩惠。施：加惠，恩惠。

［49］三怨：三项怨恨。指宋、曹、卫三国皆将怨晋。

［50］已：太。

［51］私：私下。携：离间。

［52］执：扣留。怒：使动用法，激怒。

［53］图之：考虑恢复曹、卫之事。图：考虑。

［54］告：宣布。

［55］军吏：一般军官。

［56］以君辟臣：晋文公以国君身份统帅军队，竟躲避身为人臣的子玉。辟，同"避"。

［57］老：疲惫。子玉自去年冬围宋，至今已近半年。故云子玉率领的楚军已长时间在外作战，包围宋国时间也很长，已经疲惫不堪了。

［58］直：理智，符合正义。

［59］曲：无理。

［60］微：没有。楚之惠：指当初晋文公（重耳）流浪经过楚国时得到

楚国热情的接待。

[61] 三舍：九十里。三十里为一舍。古时行军步行，走三十里天就黑了，要住下来，故为一舍。

[62] 背惠：背弃楚国的恩惠。食言：违背自己曾许下的避退三舍的诺言。亢：同"抗"。

[63] 素饱：一向粮食给养充足。一说"饱"指士气饱满。

[64] 还：撤兵返国。

[65] 何求：求何。

[66] 宋公：春秋宋国君宋成公，名王臣，前636—前620年在位。齐国归父、崔夭：皆齐国大夫。秦小子憖：秦国公子，秦穆公之子。次：行军在一地停留超过两晚叫次，这里是进驻的意思。这些人都是以盟军将领的身份率军参加对晋军作战的。

[67] 鄑（xī）：地名，是一个地形险要的丘陵地带。舍：宿营。

[68] 舆人：众人，这里指士卒。诵：吟诵。

[69] 原田：高原上的田地。每每：草茂盛的样子。

[70] 得诸侯：指称霸诸侯。得，得到。

[71] 表里山河：内外有山河环绕，防守坚固。这里的"山"指太行山，"河"指黄河。表，外。

[72] 若……何：拿……怎么办。

[73] 栾贞子：即晋国大夫栾枝。下军主将。

[74] 汉阳：汉水以北。水之阳为北。诸姬：各个姬姓国家。周、晋皆姬姓。诸姬犹言晋之亲戚国。

[75] 小惠：指楚成王款待重耳。大耻：灭晋同姓诸侯国。

[76] 搏：搏斗、格斗。

[77] 盬（gǔ）：吮吸。

[78] 得天：得到天的扶助。晋侯仰卧面向天，故云得天。

[79] 伏其罪：楚子压在晋侯身上，脸朝下，这是伏罪的表示。

[80] 柔之：以柔制服对方。柔，形容词用作动词。

［81］斗勃：人名，楚国大夫。

［82］戏：角力，一种游戏。

［83］冯：同"凭"，靠。轼：车前横木。

［84］得臣：子玉名。与：参与，一起。寓目：观看，过目。

［85］闻命：听到命令了。这是客套说法。

［86］未之敢忘：未敢忘之，宾语提前的用法。

［87］大夫：指子玉。

［88］其：难道，表反问。

［89］不获命：谓即使退让，也没有得到楚君撤军的命令。

［90］大夫：指来下战书的斗勃。二三子：犹言诸位先生，指楚国统帅子玉等人。

［91］戒：准备。尔：你们的。

［92］敬：重视。君事：国事，为国君效劳的事业。

［93］诘朝：次日清早。

［94］七百乘：七百辆战车。春秋战国时战车与步兵协同作战，一辆战车配备士卒七十五人。七百乘即五万二千五百人。

［95］鞿：马腹革带，在两胁旁，横经其下，而上系于鞍。靷：引车前行的革带，一端系于马颈的皮套上，一端系于车轴之上。鞅：套在马颈用以负轭的皮带，一说在马腹。靽：套马足的绳，一说络在马后的皮带。这里形容晋军装备整齐。

［96］有莘：古国名，故址在今山东曹县北。虚：同"墟"，旧城的废墟。

［97］少长有礼：指军中士卒懂得礼让，年壮的在前，年长的居后，排列次序符合礼的要求。

［98］遂伐其木以益其兵：晋侯于是命令砍伐树木，来增加军队的武器。兵，兵器。

［99］陈：阵。摆开阵势。莘北：有莘国之北，即城濮。

［100］胥臣：人名，任司空，故也叫司空季子。下军之佐：晋军分

上、中、下三军。佐，副将。当：抵挡。陈、蔡：当时楚之属国，派有军队参加楚军作战。这里指陈、蔡派出参战的军队。

［101］子西：楚国大夫，任司马，名斗宜申。楚军编制分为左、中、右三军，子西率领左军。

［102］子上：即楚国大夫斗勃。

［103］奔：败逃。

［104］狐毛：晋将狐偃（子犯）之兄，为上军统帅。旆：一种饰有飘带的大旗。古代行军，只有中军是主帅所居之地才树立二旆，狐毛所率领本是上军，他故意设二旆而且向后撤退，使楚军误以为晋中军败走，以诱敌深入。退：击退。之：指楚军。

［105］舆：车。曳柴：车后拖树枝柴草，使尘土飞扬。遁：逃。

［106］楚师：这里指楚之中军。驰：急追。

［107］原轸：即先轸，晋中军主将。郤溱：晋国大夫，晋中军副将。公族：直属国君的部族，相当于禁卫军，这是最精锐的部队。横击之：拦腰袭击楚军。

［108］败绩：大崩溃，大败。

［109］卒：指子玉所率领的中军。

［110］馆：住敌人遗弃的军营。谷：吃缴获的敌人的粮食。这是当时战胜方通常的做法。

［111］癸酉：戊辰后第六日。四月初四打仗，初五、初六、初七三天馆谷，初八班师回朝。

［112］甲午：四月二十九日。

［113］衡雍：地名，当时属郑国，在今河南原阳县西南。

［114］王宫：周天子的行宫。践土：地名，当时属郑国，在今河南省原阳县西南，距衡雍不远。当时，周襄王听说晋师获胜，亲往慰劳，晋侯便给他建造一所行宫。周王前来，表示对晋国作为中原新霸主地位的认可。所以晋国有意要搞得很隆重。

［115］乡役之三月：城濮之战前三月。乡，向，不久以前。役，指城

濮战役。

［116］郑伯：郑国君郑文公。如：到……去。致其师：把军队交出听候使用。这里指郑国把军队交给楚国指挥，参加楚军作战。

［117］子人九：人名，姓子人，名九，郑国大夫。行成：求和。

［118］丁未：晋侯与郑伯结盟的第二天。

［119］王：指周襄王。

［120］驷介：用四匹披甲的战马拉车。

［121］徒兵：步兵。这是俘虏的楚军兵马。

［122］傅：相。礼节仪式的主持人。

［123］用平礼也：谓周襄王用当年周平王接待晋文侯仇的仪式来接待晋文公重耳。这里有将城濮之战与晋文侯扶助周室东迁相提并论之意。平，指周平王，名宜臼，前770—前720年在位，是周东迁的第一位天子。周室东迁，晋国建功焉。周平王尝隆重款待当时晋国君晋文侯仇。

［124］享醴：在宴会上用甜酒招待宾客。享，同"飨"，设盛礼以饮宾。犹言举行正式宴会招待宾客。醴，一种甜酒，用麦芽酿之，一宿而成，汁与糟不分，味极薄，浊而甜。

［125］命：这里有允许的意思。宥：通"侑"，劝人饮食。古礼，正式宴会上，先由主人向宾客劝酒、劝食，叫献宾。然后宾客回敬主人，劝主人饮食，叫侑。一般人不能向天子敬酒劝食，故允许晋侯宥有特殊礼遇的意思。

［126］尹氏、王子虎：都是周王室的卿士。内史：官名，掌管策命。叔兴父：人名，当时任内史。策命：用简策书写周天子的命令。犹后世之诏书。侯伯：诸侯的领袖。

［127］大辂：天子所用之大车。常用以赏赐诸侯。戎辂：兵车。大辂、戎辂各有其驾驭穿着服装及其他装备。

［128］彤弓：漆成红色的弓。彤，红色。

［129］彤矢：漆成红色的箭。

［130］旅（lú）：黑色。

［131］秬鬯（jù chǎng）：一种祭祀时灌地所用的以郁金香合黍（香料和玉米）酿造的香酒。卣（yǒu）：一种盛酒器，如樽。

［132］虎贲：勇士。这里指周王朝的侍卫。

［133］叔父：周襄王对晋文公的称呼。晋是周王朝的同姓诸侯，按习惯，天子对同姓诸侯称叔父或伯父，对异姓诸侯称伯舅。

［134］敬服：恭敬地服从。

［135］绥：安抚，安定。四国：四方。

［136］纠：纠举、劾责。逖：剔除、斥逐。王慝：扰乱周王朝的坏人。慝，恶。

［137］三辞：辞让三次。这是古代接受策命时的惯例。

［138］敢：表敬副词，无义。再拜：揖拜两次。拜，古代表示崇敬的礼节，弯腰拱手，如同后世所谓揖。稽首：跪拜礼，叩头至地。

［139］奉扬：承受、发扬。丕：大。显：光明。休：美好。

［140］出入：晋侯献俘，接受赏赐皆在周王朝都城成周，出入是指从进入成周到离开成周期间。觐：朝见天子。

［141］适：往。卫侯原追随楚国，楚军战败，害怕被晋秋后算账，所以逃跑。先是逃到楚国，因楚是战败国，不保险，所以又逃到陈。

［142］元咺：卫国大夫。叔武：卫侯的兄弟。卫侯出奔后叔武主持国政。

［143］王庭：周天子朝廷。

［144］要：约。盟誓。

［145］奖：扶助。

［146］渝：违反。

［147］明神：有灵验的神，包括日月山川之神。殛：杀。

［148］俾：使。队：同"坠"，丧失。

［149］克：能够。祚国：享有国家。祚，福。

［150］玄孙：孙子的孙子。

［151］君子：《左传》所假设的发议论的人，以直接说出作者的见解。

[152] 以德攻：以道德之师、正义之师攻打不义之师，凭借道德来进攻。

[153] 初：当初。这是追叙以前的事情。

[154] 琼弁：把琼玉缀在冠上。琼，红色的玉。弁，冠。玉缨：用玉装饰的穗子。缨，冠上垂下的穗子。

[155] 服：使用。

[156] 先战：城濮之战前。犹言战之先。

[157] 河神：黄河之神。

[158] 畀：给予。

[159] 孟诸之麋：代指宋国的土地。孟诸，沼泽名，春秋时属宋国，地在今河南商丘县东北，金元后埋废。麋，通"湄"，水边，岸旁。

[160] 致：送。子玉舍不得把琼弁玉缨送给河神。按当时风俗，给河神送礼，应把礼物投入河中，这还是商代遗留的风俗。

[161] 大心：子玉之子。子西：楚国司马斗宜申，子玉族人。荣黄：人名，楚大臣。

[162] 荣季：即上文的荣黄。黄是名，季是字。

[163] 而：如，假设连词。济：扶助。

[164] 爱：吝啬。

[165] 二子：指大心和子西。这句主语是荣季。

[166] 令尹：楚国官名，为百官之长，相当于中原的宰相。

[167] 勤民：尽心于民事。指关系百姓利益的大事。

[168] 入：指回国。

[169] 申：古国名，后为楚所灭。已见上文。息：小国名，姬姓，前680年为楚所灭，地在今河南息县。老：父老。城濮之战，申、息子弟多参战而死。

[170] 孙伯：即子玉之子大心。两句乃回答使臣的话。

[171] 其：语气助词，表示一种推测的语气。戮：杀。

[172] 连谷：楚地名。子玉军一边回国一边等待国君的赦令。到了连

谷，还没有得到楚君的赦令，子玉只好自杀了。

　　[173]知：现。喜可知：犹言喜形于色。

　　[174]余毒：毒余的倒装。毒，害。

　　[175]蔿吕臣：楚国大夫，继子玉为令尹。

　　[176]奉己而已：只知保全自己。

赏析

　　《左传》是先秦一部重要的历史著作，是《春秋》后又一部编年体历史巨著，据杨公骥统计，其共有十八万二百七十三字。它以鲁史为线索，记录了鲁隐公元年（前722年）到鲁哀公二十七年（前468年）共255年间周王朝及诸侯各国间的重大历史事件。

　　《左传》的作者，唐以前人公认是左丘明。司马迁《史记·十二诸侯年表序》说："鲁君子左丘明惧弟子人人异端，各安其意，失其真，故因孔子史记，具论其语，成《左氏春秋》。"①《论语》中也提到左丘明："子曰：'巧言、令色、足恭，左丘明耻之，丘亦耻之。匿怨而友其人，左丘明耻之，丘亦耻之。'"②看来，左丘明是与孔子同时人，而且孔子很敬重他。

　　《左传》本来独立成书，叫《左氏春秋》。也可能在编撰过程中参照了孔子所编《春秋》，后来儒家把它看作是解释《春秋》的著作。西汉以后就称为《春秋左氏传》，简称《左传》。

　　《左传》既是我国第一部记事详细完整的编年体史书，又是杰出的文学著作，达到先秦历史散文的很高水平。《左传》叙事详密完整，故事性强，情节曲折生动，语言很有个性。后人评论它"左氏艳而富"，说明了它在文学上的特色。从历史散文著作的角度来看，也许《左传》最突出的特点是善

---

　　①　（汉）司马迁撰，（宋）裴骃集解，（唐）司马贞索隐，（唐）张守节正义：《史记》，中华书局2014年版，第648页。

　　②　杨伯峻译注：《论语译注》，中华书局2006年版，第57页。

于描写战争。我们特地选择《左传》两篇名篇——《晋楚城濮之战》和《烛之武退秦师》，希望通过这两篇文章，让大家了解《左传》散文的特色，了解《左传》把握驾驭战争宏大场面的技巧和外交辞令的特色及成就。

《晋楚城濮之战》所描写的这次战役发生在鲁僖公二十八年（前632年），交战的双方是晋国和楚国。周王室东迁后，对天下控制力日衰，强大的诸侯国成为霸主。齐桓公在东方兴起，成为中原第一位霸主。齐桓公死后，齐国势力衰弱，中原缺少一位有号召力的霸主。在这个时候，曾经流亡海外十九年的晋国公子重耳在秦国的帮助下返国，是为晋文公。晋文公雄心勃勃，素怀大志，早在流亡国外之际，已经有逐鹿中原的雄心。当他逃到楚国，楚子问他"公子若返晋国，将何以报"时，他毫不客气地回答："若以君之灵，得返晋国，晋楚治兵，遇于中原，其避君三舍；若不获命，其左执鞭弭，右属櫜鞬，以与君周旋。"（《左传·僖公二十三年》）晋文公想成为继齐桓公后又一位中原霸主。晋国是周王室的同姓国，与周王室关系密切。周幽王被犬戎所杀，周平王迁都雒邑，晋国在保护、恢复周王室过程中立了大功。所以，晋国在中原称霸有方便的条件。然而，晋国称霸的最大障碍是楚国。楚国君本与周同宗，因偏处南隅，遂日渐被中原蛮夷视之。但楚国疆域辽阔，自然环境优越，加上相对稳定的国内政局，楚国迅速强大，并从春秋初年开始不断向北扩张势力，力图问鼎中原。到晋文公即位时，中原许多诸侯国都不得不投靠楚国，寻求保护。城濮之战前夕，中原许多诸侯国如陈、蔡、曹、许、鲁、卫、宋、郑等都听命于楚，事实上楚国已成为当时的霸主。所以任何一个中原诸侯国想称霸，都必须遏制楚对中原的扩张。晋文公早已预料到，楚国将是他的劲敌，在争霸问题上晋、楚两大势力没有调和的余地。晋国要完成霸业，不可避免地要和日益强大的楚国争夺对诸侯的领导权。城濮之战正是晋楚争霸的第一次大战。

城濮是地名，春秋时属于卫国，在今山东鄄（音卷）城县西南。文公继位之初，晋国实力还比不上楚国。一是由于内乱方定，基础还不巩固；二是在诸侯各国中威望还不高，同盟军少。为了和楚国竞争，晋文公便从这两方面着手，积极为自己的霸业创造条件。一方面，他一回国，就大赏从者，重用功臣，狐偃、赵衰等自不在话下，因一时疏忽而遗漏了的介子推，事后也作了隆重的补报。另一方面，他不计前仇，寺人披、竖头须也都得到了赏用。于是新旧两派都为其所用。他迅速粉碎了反对派的叛乱，安定了社会秩序。在政治、经济等方面，他也作了一些调整和改革。对外方面，晋文公继位之次年，即举兵勤王。晋楚城濮之战的直接起因，便是晋文公即位后，对内发展经济，提高国力，对外争取周天子信任，提高晋国威望，使一些原来依附于楚国的诸侯国倒向晋国。前634年，宋国与晋交好，叛楚亲晋。楚成王为了杀鸡儆猴，阻止中原诸侯国投靠晋国，于是在前633年（僖公二十七年）冬，派令尹子玉、司马子西率师伐宋，包围缗。宋成公马上向晋国求救。晋文公把这当作"报施救患，取威定霸"的好机会，采取"围魏救赵"战术，没有直接救援宋国，而去攻打刚刚投靠楚国的曹国、卫国。攻占曹、卫后，晋又以曹、卫作为与楚讨价还价的筹码，最终在城濮与楚爆发一场大战。

可见，这场战争的导火线是宋国投靠了晋国，而根本原因是晋、楚两国的争霸。

文章一开始，就说宋国人派大夫门尹般到晋国军队告急。为什么楚国围攻宋，宋国要向晋求救？其实原因就是宋国背楚亲晋，承认晋国的霸主地位。现在宋国有难，自然要向晋国搬救兵。那为什么宋向晋求救不到晋国首都，而是到"晋师"？原来，在这之前，宋已派公孙固（宋庄公之孙）向晋求救，当时晋国没有直接救援宋国，而是由晋国国君亲率大军攻打曹、卫，当时已灭卫，正攻入曹都。楚国以子玉为统帅，率领依附楚国的陈、蔡、郑、许等国军队，包围宋国。宋国形势吃紧，所以再派大夫门尹般到卫国晋师驻地求救。晋国趁楚国的注意力在宋之时，先取曹、卫，可见晋国的出发点还是自身的利益，并非真的想帮宋国。

面对宋国的再次求援，晋文公有诸多顾虑。宋国被围日久，已经有点支持不住了，晋国如果还不出兵，宋只有向楚投降，那也就等于认可楚国的霸主地位。出兵吧，又有后顾之忧，特别是国际形势，齐、秦两强国的态度尚不明朗。为什么晋欲战，要先征得齐、秦的同意？那是因为齐、秦是北方两大强国，晋如果没有他们的支持，难以与楚对峙。万一其中一国转而支持楚国反对晋国，或者趁晋注意力在楚而袭击晋国，那晋国就危险了。所以晋文公把它作为最忧虑的问题提出来。就在晋文公一筹莫展之际，中军将领先轸献了一条妙计："使宋舍我而赂齐、秦，藉之告楚。我执曹君而分曹、卫之田以赐宋人。楚爱曹、卫，必不许也。"先轸此计妙在哪里？当时晋国要达到三个目的：一是激怒楚国，使双方可以决一争霸战。二是处理好与齐、秦的关系，最低限度是使齐、秦不反对晋对楚作战，解除自己的后顾之忧；最好的结果是使齐、秦支持晋对楚作战，扩大自己的同盟军。三是稳住宋国，避免其倒向楚国。而先轸妙计可一石三鸟，完全达到了晋国想要的效果。曹、卫原是楚国势力范围，宋国是晋国势力范围，晋把瓜分曹、卫的土地给宋国，楚国当然不答应。但晋国巧妙地把矛盾转移到楚国对付齐、秦的斡旋去了。此乃挑拨离间计，扩大己方同盟，同时拉齐国、秦国下水。春秋无义战，此言非虚。

晋国君臣上下同心，纷纷出谋献策；反观楚国，仗还没打，国内意见就出现严重分歧。楚成王见晋国有备而来，不敢怠慢，便采取守势，先退入申，然后命令分兵出击诸将退回。可见楚成王不敢轻视晋国，十分小心谨慎。楚成王深知比起其他一些养尊处优、世袭成为诸侯王的人来说，晋重耳可谓饱经沧桑却又占尽了天时地利人和。楚成王权衡利害，觉得还不到与晋摊牌的时候，于是主动退却，仗似乎打不成了。可楚国中军主帅子玉却让楚国大夫伯棼向楚成王请求批准对晋作战。此前楚成王当面对子玉说不能与晋交战，子玉不服，但又不敢再去请求，便让伯棼前去。子玉这么急切地要打这场仗，原因很简单：当初子玉被推荐为军队统帅，军纪严明，刑罚苛酷，楚大夫蒍贾认为子玉刚暴无礼，不可带兵，甚至说："过三百乘，其不能以入矣。"子玉对此怀恨在心，想通过对晋作战来表现自己，堵住蒍贾等人的口。而楚成王对此的反应也很有意思，他明知晋国强大，而且是有备而来，他不同意子玉请战，但又不坚决制止，而是采取极不负责任的做法，即派出少量军队，促其失败，以国家利益、国家命运来赌气，这实在是无法与晋文公之雄才大略相提并论。由此可见，楚国指挥官发动战役的动机就不光彩，纯粹是为了泄私愤，与晋国君臣上下一心为称霸中原宏伟目标而战相差十万八千里。在反映出楚国君臣之间意见不统一，与晋国上下一心形成对比的同时，又可看出楚国君臣都缺乏远见卓识，他们完全是意气用事，都没有意识到这将是一场重整格局的争霸之战。

不过，子玉也不是一名莽夫，他也有自己的谋划："请复卫侯而封曹，臣亦释宋之围。"他这一招是很高明的：卫、曹已落入晋手，而宋尚未被攻破。用一未成事实之砝码来交换二已成事实之砝码，是占便宜的事。而且身为国君的晋侯只得"释宋围"，而身为臣子的子玉却得复卫封曹两个好处，楚人在面子上也是占上风的。楚人明知晋不肯，不过借机挑衅，希望晋翻脸开战。果然，晋国的子犯就先忍不住了：子玉如此无礼，此时不打更待何时？好在还是先轸沉得住气，再献一计，私下对曹卫说：只要背楚而亲晋，就可以恢复他们的国家。实际上私许复曹、卫也是外交上的需要，打完仗后又是另一回事了。从这可以看出先轸的老谋深算，不仅识破楚国的伎俩，而且提出针锋相对的措施。子玉原以为晋国君臣都不过一般见识，简单地拒绝"请复卫侯而封曹，臣亦释宋之围"，急迫地上阵，那么，晋国首先就成了战争的祸首，在道义上先吃了败战；而楚国既占了理，又不背挑起战争的罪名，步步都是上着。殊不知先轸等人识破了他的阴谋，没有进圈套。他们改变了手法，放弃了公开的途径，转入秘密外交。"私许复曹、卫以携之"，离间了敌方的内部联盟；并且故意不回答问题，反而拘留来使宛春以激怒子玉，逼得他不得不自己撕下和平的假面具，由主动退居被动。这些办法实在妙极了。晋楚双方都想打，但都不愿背上一个打不义之仗的罪名，真真是决胜于帷幄之间。

与楚决战是晋的目的，通过复杂的外交斗争，晋国赢得了决战的有利条件，可是楚国中计被激怒兴师的时候，晋国却退却，这一细节出人意表又在意料当中，文意跌宕如此。"师直为壮，曲为老"，这是一个重要的军事思想。道义上的直曲正是决定战争胜败的根本条件，所以晋、楚双方都力争这一步棋。楚曾有恩于晋，直本在楚。晋侯的一再退让，不能看成是畏惧的表现，而是以退为进，以求改变自己道义上的被动地位，并避开楚军的锐气，选择有利的决战时机，完全符合积极防御的战略原则。晋军力图在军事交手之前，把自己调整到理直气壮、有仁有义的位置，而把敌人挤到不仁不义、理不直气不壮的位置。

晋及齐、秦、宋师次于城濮，楚师背酅而舍。双方阵势正式摆开，只等主帅下达战斗命令了，不料晋侯却又忽然犹豫起来。本来晋国处处主动，一切按计划行事，晋文公应该很高兴，此处突然宕开一笔，这是《左传》高明处，与《三国演义》关羽夜读兵书遥相呼应。他先害怕楚国抢占了险要的阵地，继而又怀疑自己的军心不稳，而且心里老是惦记着"若楚惠何"？在这段文字里，作者细致地刻画了晋文公临事而惧、狐疑不决的复杂心理状态，写出了患险—听诵—思惠—惊梦等四次思想变化，尤其是用"晋侯梦与楚子搏，楚子伏己而盬其脑，是以惧"来表现人物的内心活动，生动细致，让人印象深刻。在子犯、栾枝等人反复分析利弊、一再强调晋国的有利条件的努力下，晋文公才最终打消了疑虑，坚定了信心，克服了其内心最后的犹豫和动摇。

而楚国这边，从始至终似乎只有一个子玉在行动。从使者宛春被晋国扣押之后，子玉就处处落于下风。首先，他竟然看不透晋国的用意，一怒之下意气用事，违背楚成王不准追击晋师的告诫。其次，他不仅违背国君命令，而且违背将士愿望："（晋）退三舍。楚众欲止。子玉不可"，简单粗暴，没有给士兵们做任何细致的思想工作。再次，他在下战书时说："请与君之士戏，君冯轼而观之，得臣与寓目焉。"对战事漫不经心，轻敌傲慢的态度跃然纸上，与晋国的应战书一骄一谦，对比分明。最后，正式开战前，子玉一句"今日必无晋矣"，狂妄轻敌，失败已经注定难以避免。

文章从"子玉使斗勃请战"到"子玉收其卒而止，故不败"是整个战役的高潮，然而落笔却极为精练。"不满百字，写尽战事。"[1]晋方避开敌人的主力中军，选择其薄弱的右翼，即附属国军陈、蔡作为突破口，很快就将陈、蔡打败。同时又用假装逃跑来迷惑其左翼，把敌人从强固的阵地上调

---

① （近）吴闿生撰，白兆麟校点：《左传微》，黄山书社2014年版，第119页。

动出来，在运动中以中军主力横击，以上军夹攻，楚国左师也被击溃。作者笔端既着墨于晋方又渲染了楚方，写了正面又写了侧面。时而左，时而右，时而进，时而退。"奇正虚实，阵法战法，一一传出，故文才数行，写得雷轰电掣，海涌山飞，使千军万马，腾跃纸上。"[1]这些都成为后世《三国演义》等的效法之处。

从"晋师三日馆谷"以下写城濮战役的结果，晋文公如愿以偿，成就霸业：作王宫于践土，盟郑伯于衡雍，献楚俘于周王，会诸侯于王庭。周天子给予其极隆重的礼遇和极丰厚的赏赐。文章极尽铺张、渲染之能事，将场面之威风、荣耀之至一一叙写出来。最后作者对这次会盟作出"君子谓是盟也信"的评价，并总结出晋国胜利的经验："谓晋于是役也，能以德攻。"以高度概括的语言，有力地收束了全文。

城濮之战到此宣告结束，然而文章的余波还荡漾不已。下面分别记述了晋、楚双方几件小事作为尾声：一是补叙子玉之梦，河神开口索贿，而子玉竟然吝啬到不肯把琼弁玉缨送给河神。作者借荣季之口说出了自己的评判："不是神灵让令尹失败，而是令尹不以百姓的事为重，实在是自己招来失败。"二是讲述子玉之死。战败之后，他自认难辞其咎，但还是希望得到楚王的宽恕，所以子玉军一边回国一边等待国君的赦令。到了连谷，还没有得到楚君的赦令，子玉只好自杀了。平心而论，城濮一战，子玉应该要为失败负主要责任，但楚成王也难逃干系，一来他没有坚决阻止战争的发生，而是赌气让子玉出战，二来失败之后又没做好善后工作，而是说："大夫若入，其若申、息之老何？"实际是在逼子玉自行了断，楚成王的不负责任、自私冷酷由此可见一斑。三是叙述了晋侯听到子玉自杀这个消息，喜形于色说："没有人来害我了。芳吕臣做令尹，不过是奉养自己而已，不为老百姓考虑。"其实，这也是从另一个角度说明楚国子玉本质上还是一个心系老百姓的、能给敌方造成威胁的优秀统帅。

---

[1] （清）王源：《或庵评春秋三传》10卷，《文章练要》卷之三，清康熙刻本，第19页。

通过以上分析，我们不难看出《左传》描写战争的几个特点：

一、着眼战争胜负的政治分析，有卓越的历史家眼光。

《左传》写战争，着重点并不在描写战场上的厮杀，而是着重描写战争的前因后果，对战争胜负作深刻的政治分析，使读者通过对战争全过程的了解，认识战争这一社会特殊现象的底蕴，同时也表现了作者鲜明的历史观。《晋楚城濮之战》用了很大篇幅描述战争的前因，说明这一场战役实质是楚国北进中原与晋国称霸中原两股政治力量、两种政治目的的冲突的必然结果。这场战役的结局，是双方君臣关系、将领素质、治军路线、政治措施较量的必然结果。

首先从交战双方君臣关系来看，晋国君臣一心，团结一致，战胜楚国、遏止楚国势力向中原拓展，从而成就一代霸业，这是晋国君臣一致的目标。而楚国君臣离心，楚成王意识到晋国的威胁和楚国当时不具备与晋决战的条件，所以不主张与晋交战。而令尹子玉刚愎自用，一意孤行。晋国这边一旦君主有疑虑，大臣便给予鼓励、打气、出谋划策，无论是子犯，还是先轸，或是妙解舆人诵，或是神释文公梦，都表达了君臣团结一致的精神。反观楚国，子玉不听成王劝告，成王便赌气少给他军队，埋下了楚军失利的隐患。后来晋军避退三舍，楚众欲退，而子玉又不许，暴露出貌似强大的楚军潜伏的危机。最终楚军不得不以战斗力很差的陈、蔡雇佣军充当右师，被晋一击即溃，导致全军溃败的惨烈结局。

其次从战前外交策略来看，楚国从主动变为被动，从优势变为劣势。晋国则相反，从被动转为主动，从劣势转为优势。战斗快要打响的时候，晋国形势并不妙。曹国、卫国倒向楚国，宋国被包围，岌岌可危。而齐、秦又没有与晋结成联合战线。而且楚不仅在军事上处于攻势，在政治上也咄咄逼人：要求用释宋围换取复卫封曹。而晋国凭借高超的外交手腕，使曹、卫绝楚从晋，使齐、秦与晋联手，终于为自己准备了有利的参战条件。

再次从双方的指挥官来看，晋国从国君到军队统帅，都很重视办事要符合礼义的要求，强调"师直为壮，曲为老"，强调守信，树立仁义之师的形象。然而他们又不是将自己束缚在礼义的牢笼里，而是主动将仁义道德规范作为武器，团结自己，瓦解敌人。如巧妙地对付楚国提出的以复卫封曹换取释宋围的建议；如避退三舍，"寡君闻命矣。楚君之惠，未之敢忘，是以在此"，清楚地说明正是因为考虑到楚君恩惠才连退三舍，退让到这里，并不是害怕，而现在已退无可退了。"为大夫退，其敢当君乎"，这些都是话中有话。先是说我们已做到仁至义尽，偿还了楚的恩惠，然后指责楚不义，国君退而大夫进，可见外交辞令之妙。晋军将领对敌方有理有节，不卑不亢；对周天子彬彬有礼，谈吐文雅；在战斗中战术运用得当，首先打击楚军薄弱处，然后用疑兵引楚军上钩，前后夹击，一举破敌。而楚军将领子玉则显得轻率无礼，刚愎自用。如吝啬琼弁玉缨，不肯为国家而祭献河神；如派斗勃下战书时的无礼，战前口出狂言，"今日必无晋矣！"战术运用失当，用陈、蔡雇佣军为右翼，暴露出明显的弱点，被人利用等等。

作者通过对战争细致的政治分析，其鲜明的政治主张也就表达了出来：反对不义之战，认为能以德攻是决胜的最佳法宝。

二、叙事详密完整，故事性强。

作者采用双线并进的蒙太奇手法，一边叙述晋国如何同心同德，一边叙述楚国如何分崩离析，环环相扣、步步为营，使作品有很强的吸引力、感染力，让读者欲罢不能。同时节奏缓急有致，注意前后呼应，在叙述双方大军压境、战事一触即发之际，突然插入士卒吟诵歌谣及晋文公做梦的细节，是意料之外却又是情理之中，把晋文公的矛盾心态展露无遗；战役结束后，又补叙了子玉梦河神索要礼物这一情节，看似闲笔，实则点明楚军失利的原因，符合当时人的认识特点。《晋楚城濮之战》虽只是从《左传》截取的一段，但结构完整，可读性强，完全可以当作一篇独立的作品来欣赏。

三、人物刻画生动形象，栩栩如生。

文章注意在错综复杂的事件中刻画人物不同的精神风貌。如晋文公的犹豫，与楚交战的矛盾心情，大战前的恐惧，都表现得很生动具体。文中数处"公说"，画龙点睛地把晋文公的知人善任简洁明了地描写了出来。子玉的狂妄无礼，子犯前期的急躁、后期的沉着，先轸的老谋深算，也都刻画得有血有肉。而次要人物，如郑伯等人的行为，也反映了他们的性格、心理活动。郑国势单力薄，夹在大国中间，求生不易，只好左摇右倒，依靠强国。旧主子楚国垮了，又得以新强国晋国为主子。郑伯担任结盟仪式的主持人，用周平王时的礼节。即周襄王用当年周平王接待晋文侯仇的仪式来接待晋文公重耳，这里有将城濮之战与晋文侯扶助周室东迁相提并论之意。郑国将此作为投靠晋国的见面礼，所以郑伯表现得特别起劲。此处将一个在狭缝中求生存的小国国君的无奈及趋炎附势表现得淋漓尽致。

四、武戏文唱，点到即止。

《左传》武戏文唱的特点，在《晋楚城濮之战》中有很好的体现。《晋楚城濮之战》全文两千字左右，而真正描写战争的却只有"己巳，晋师陈于莘北"到"子玉收其卒而止，故不败"这短短不到两百字，与《诗经》的战争诗有异曲同工之妙。比如《诗经·东山》作为战争诗的代表作，全诗真正涉及战争的只有"敦彼独宿，亦在车下"这一句，笔墨完全落在对战前的追忆、对战后的想象。这种淡化战争正面描写，忽略刀光剑影、血流漂杵等感官刺激的处理方式，符合中国人温柔敦厚的诗学理念，也是大多数中国人反对战争的一种自觉的形式选择，而这也成为中国历史、小说、诗歌等描写战争的共同特点。

《左传》在战争描写方面的艺术成就，对于后世的史传文学，如《史记》《汉书》等，以及战争演义类小说，如《三国演义》等，都有着深远的影响，对于我们今天的创作也仍然具有很高的借鉴意义。

思考

联系《诗经》战争诗，思考中国古代诗文对战争的描写有什么共同的特点？

（孙雪霞　陈一平）

烛之武退秦师①

左传·僖公三十年

晋侯、秦伯围郑[1]，以其无礼于晋[2]，且贰于楚也[3]。晋军函陵，秦军氾南[4]。

佚之狐言于郑伯曰[5]："国危矣！若使烛之武见秦君[6]，师必退。"公从之。辞曰："臣之壮也，犹不如人。今老矣，无能为也已。"公曰："吾不能早用子，今急而求子，是寡人之过也。然郑亡，子亦有不利焉。"许之。

夜，缒而出[7]。见秦伯曰："秦晋围郑，郑既知亡矣。若亡郑而有益于君，敢以烦执事[8]。越国以鄙远[9]，君知其难也，焉用亡郑以陪邻[10]。邻之厚，君之薄也。若舍郑以为东道主[11]，行李之往来[12]，共其乏困[13]，君亦无所害。且君尝为晋君赐矣，许君焦、瑕，朝济而夕设版焉[14]，君之所知也。夫晋，何厌之有[15]？既东封郑[16]，又欲肆其西封[17]，若不阙秦[18]，将焉取之？阙秦以利晋，唯君图之。"

秦伯说，与郑人盟，使杞子、逢孙、杨孙戍之[19]，乃还。

子犯请击之，公曰："不可，微夫人之力不及此[20]，因人之力而敝之[21]，不仁。失其所与，不知[22]。以乱易整，不

---

① 杨伯峻编著：《春秋左传注》，中华书局1990年版，第479～482页。

武^[23]。吾其还也。"亦去之。

注释

[1]晋侯，指晋文公，在位九年。秦伯，指秦穆公，在位三十九年。

[2]以：因为。无礼于晋：晋文公重耳为公子时曾逃亡在外十九年，经过郑国，郑文公没有以礼对待他。

[3]贰：怀有二心。鲁僖公二十八年（前632年）晋楚城濮之战时，郑国曾派军队前去帮助楚国，楚战败后，郑向晋求和。本句即指此事。

[4]军：动词，屯兵。氾（fán）：水名，现已干涸。函陵、氾南均在郑国境内。

[5]佚之狐：郑国大夫。郑伯：指郑文公，在位四十五年。

[6]烛之武：郑国大夫。

[7]缒（zhuì）：用绳子吊着重东西，这里指用绳子缚住身体，把烛之武从城墙上送下来。

[8]执事：办事人员。这是外交客气话，实际指秦穆公本人。

[9]越：超越。鄙：边邑，这里用作动词，指将遥远的郑国作为边邑。

[10]陪：增加。邻：指晋国。

[11]舍：放弃。东道主：东方路上提供食宿的主人（郑在秦东）。

[12]行李：外交使节。

[13]共：同"供"，供应。乏困：指使者往来时馆舍资粮的不足。

[14]济：渡河。版：本指打土墙用的夹版，这里指版筑的土墙，防御工事。

[15]厌：满足。

[16]封：疆界，用作动词。

[17]肆：伸展，扩张。

[18]阙：通"缺"，亏损，损害。

[19]杞子、逢（páng）孙、杨孙：三人皆秦大夫。戍（shù）：驻扎，防守。

〔20〕微：没有。夫人：那个人，指秦穆公。晋文公重耳流亡时，秦穆公曾派兵护送他回国做了国君。本句即指此事。

〔21〕因：依靠。敝：坏，损害。

〔22〕与：指同盟。知：同"智"。

〔23〕乱：指互相冲突。易：代替。整：步调一致。指秦、晋开始步调一致，联合攻郑，若两国发生冲突，则变整为乱，即使胜利也不算勇武。

赏析

本篇所记事件发生于前630年，即晋文公七年、秦穆公三十年、郑文公四十三年。这一时期，晋文公重耳已取得北方霸主的地位，多次作为盟主组织会盟活动。秦国虽为五霸之一，但国力已有所衰落。郑国在齐、晋、楚等国强大之前，尤其是郑庄公在位的四十三年，曾经在中原小霸一时，郑庄公去世后，国内发生内乱，之后也逐渐走向衰落。本篇记载的就是发生在三国之间的一次重大事件。

春秋时期，诸侯国争霸激烈，除了军事战争，这一时期另一个突出的特点就是诸侯国之间频繁的外交活动，外交辞令在春秋时期异常发达，《左传》中记载了许多通过成功的外交辞令化险为夷的典型事例，本篇即是代表。

本篇的主人公烛之武是郑国大夫。郑国在春秋时期虽然有一段时期的小霸，但总体属于二等国家，其"国际"地位和军事实力低于五霸。郑国地处中原，四通八达，交通便利，但同时也为之带来负面影响。在中国历史上，中原一带自古为多战之地，即所谓"逐鹿中原"。无论是秦国向东扩张，还是齐国向西推进，抑或楚国北上称霸，郑国都成为战争的前沿阵地。特殊的地理位置，也造成了郑国较为尴尬的外交策略，作为二等国家，在面对大国入侵时，郑国只能依附于大国，以求得自保。春秋中期，南北争霸最激烈的是北方的晋国和南方的楚国，这两个国家各自都有一批依附的小国。小国究竟依附于哪个大国，取决于小国的实际利益。弱国无外交，小国在"国际"事务中基本没有话语权，也没有决定自己政治道路的军事实力，只能随着形势的变化随机应变，所投靠的盟主也时有变化，这是春秋战国时期许多小国面临的困境。

本篇记载的是郑国在秦、晋两国盟军兵临城下，形势万分危急的紧张气氛下，郑国大夫烛之武劝说秦国成功解围的一次外交活动。秦晋出兵郑国的借口有二：一是晋文公在流亡时经过郑国，郑文公没有以礼相待；二是在前两年的晋楚城濮之战中郑国曾想要加入楚国盟军，这犯了晋国的大忌。很显然，这次出兵的主谋是晋国，秦国仅仅是支援者。这样的出兵理由，对于晋国可谓信手拈来。究其实，晋国攻打郑国是为了维护霸主地位，防止楚国北进。而秦国选择与晋国联盟，也是欲向东扩张，称霸中原。同样的阴谋，促成了秦、晋的联合。

面对秦、晋两个大国的大军压境，郑国的处境可谓岌岌可危。这时，大夫佚之狐胸有成竹地向郑文公推荐了烛之武，指出如能派烛之武去见秦君，"师必退"。佚之狐为什么会如此坚信烛之武的退兵能力？烛之武是否真如佚之狐所言有超凡的智慧？想必大家这时心里都有疑惑。但国家危在旦夕，听到有人能救国家于危难之中，郑文公欣然接受了佚之狐的建议。面对国君的邀请，烛之武的回应是"辞之"，理由是自己年轻时尚不如别人，现在年事已高，更不可用。这里看似漫不经心的一笔，却为读者交代了烛之武在郑国不被重用的处境，这也是烛之武对郑文公是否诚心重用自己的试探，同时作者对郑文公的不能用人作了委婉批评。在国家存亡之际，一方面郑文公能够主动承认错误，诚恳地进行自我批评；另一方面烛之武能不计前嫌，以国家利益为重，勇于承担重任。君臣齐心协力，想方设法解决困境，这是郑国外交活动成功的前提。

烛之武趁着夜色，由城上偷偷用绳子吊着潜出城，可见当时秦、晋包围郑国之严密，形势之严峻。在选择劝说对象时，郑国提前做了大量的准备工作，对秦、晋之间的过往历史，秦、晋、郑三国之间在这次战争中的利害得失，都有深入的研究。

烛之武见到秦穆公，并没有哀求，而是开门见山地说："面对秦、晋两国的联合进攻，郑国知道自己要灭亡了。"隐含的意思很明显，我来劝退，并不是为了郑国，郑国已经做好了亡国的心理准备，我劝退的真正目的是秦国。接着烛之武指出，郑国灭亡后，受益最多的是晋国还是秦国？因晋国与郑国为邻国，而秦国和郑国之间距离较远，毫无疑问，受益最多的是晋国。秦国即使能得到郑国的土地，但远隔晋国，如何去统治管理？在此基础上，烛之武再进一步提出疑问，晋国得到郑国的土地后，对秦国有什么影响？这里，我们有必要对春秋时期的秦、晋关系作一梳理。

秦、晋作为邻国，在春秋时期大体以黄河为界，两国关系始终比较微妙。一方面，秦国需要向东扩张，但越过黄河面对的就是劲敌晋国，秦国东扩必然会损害晋国的利益。因此，春秋时期与秦国战争最多的国家就是晋国，如河阳之战、河曲之战、韩原之战、崤之战、王官之役、令狐之役、麻隧之役，都发生在秦晋之间。另一方面，有时出于本国利益的考量，尤其是面对南方强国楚国的进攻时，两国又会有联盟联姻等合作，秦晋之好成为后人的美谈，这正是常说的"世界上没有永恒的朋友，也没有永恒的敌人，只有永恒的利益"。秦、晋关系以崤之战为界，大体分为两个阶段。前一阶段，晋国正经历着曲沃代翼、骊姬之乱等变故，国内政局很不稳定。秦国自襄公立国后，经几代国君的努力，国力得到迅速发展。这一时期秦、晋偶有战争，以和为主。在两国外交中，秦国掌握着主动权，秦国甚至两次派兵护送晋国公子回国，插手晋国国君废立之事。后一阶段，崤之战，秦遭惨败，穆公后期国力有所衰落，晋国则迎来了晋文公继位后最辉煌的时期，这一时期，晋国时时以北方霸主的身份占据主动位置，秦国则不得不为晋国摇旗呐喊。

对于秦、晋之间的微妙关系，烛之武显然熟稔于心。因此，他一针见血地指出，郑国被晋国灭亡，对秦国有什么好处？晋国是秦国潜在的敌人，晋国强大了，不是对秦国构成更大的威胁吗？不正显得秦国弱小了吗？一句话点醒了秦穆公，这是烛之武退秦成功的关键。他有意提醒秦穆公，灭了郑国，只会有利于晋，却不利于秦。以上是烛之武辞令的第一层意思，阐述战争的实质。

战争的实质已经明确，烛之武又顺势进行正面劝说，如果秦国放过郑国，将遥远的郑国作为秦国的东道主，成为以后东扩的重要据点，这是对秦国有利而无害的事，何乐而不为？烛之武充分发挥了处于中原的郑国作为东道主的地理优势，将秦、郑建立友好关系上升到秦国未来发展的战略高度，这正是秦穆公所渴望的长远规划，同时也拉近了秦、郑之间的关系，为秦国主动与郑国结盟做了铺垫。如此一正一反，烛之武将秦国攻打郑国的利害得失剖析得合情合理，秦国是选择继续作战还是退兵，答案一目了然。以上是劝说的第二层意思。

接着，烛之武进一步回顾了晋国曾经失信于秦国的史实。晋国公子夷吾在流亡期间，由秦穆公护送回国，就是晋惠公。夷吾回国时曾答应将焦、瑕二邑送给秦国作为答谢，但不久就反悔，并与秦国展开了军事对抗。"朝济而夕设版焉"，早上渡过黄河，晚上就修筑防御工事。烛之武重提秦穆公曾受晋国欺骗一事，并且用一种略带夸张的手法警醒他，对于一个出尔反尔的国家，有什么值得信任的？以上是第三层，通过历史事实加强秦穆公对晋国的不满，离间秦、晋关系，为退兵又增加了一重筹码。

最后，烛之武直接指出，晋国永远不会满足，当在东方灭了邻国郑国后，必然会向西开拓，那时，秦国将会成为晋国新的进攻对象。下一步该怎么做？秦穆公您自己考虑吧！相信秦穆公听到这里，必然会幡然醒悟，为自己的贸然出兵而懊悔不已，也为烛之武鞭辟入里的精彩分析而叫绝。

烛之武的这段辞令，有实际利害的对比，有地理位置的考虑，有历史事实的陈述，有现实情况的引导，正反论证，层层深入，有理有据，一气呵成，令人信服。秦穆公没有任何中间插话，想必他听得入迷了，也被打动了，所以会大悦，不但同意退兵，还与郑国结盟，派出三员大将戍守郑国，加强了郑国的防守力量。烛之武的劝说不但达到了预期的目的，化敌为友，还有了意外的收获。至此，郑国终于从灭国的边缘被拉了回来。

秦国单方面撤兵后，晋国一方有什么回应？晋文公的舅父子犯请求攻打秦国，以惩罚秦国背叛盟约，晋文公认为不可以，因为自己不愿意做不仁、不武之事，这实质是晋文公为避免自己无奈撤兵的尴尬处境找的台阶。真实的原因是，作为五霸之一的秦国，其军事实力不可小觑，这时对秦用兵，也会造成秦国与郑国联合夹击之势，这些对晋国都是不利的。晋国在看到秦国退兵后，也撤兵回国。晋文公能够权衡利弊，顾全大局，他作为北方霸主的战略眼光值得肯定。

烛之武本次外交辞令的特点是含蓄委婉，刚柔相济。小国面对大国，弱者面对强者，若一味针锋相对，易激化矛盾，招致灾祸，更加于己不利。但若一味委曲求全，谦和客气，则有失国格。因此，外交辞令措辞分寸的把握尤为关键。烛之武抓住秦穆公欲东出称霸，唯恐晋国强大对己不利的心理，似乎处处为秦国考虑，又无不为郑国着想，言辞不卑不亢，绵里藏针，一石二鸟，不但成功瓦解了秦、晋联盟，使郑国转危为安，还促成了秦、郑联盟，秦国为郑国提供了军事援助。金圣叹在《天下才子必读书》中称赞说："妙在其辞愈委婉，其读愈晓畅。"[1]吴楚才、吴调侯《古文观止》也给予高度肯定："篇中前段写亡郑乃以陪晋，后段写亡郑即以亡秦，中间引晋背秦一证，思之毛骨俱竦。宜乎！秦伯之不但去郑，而且戍郑也。"[2]

中国的兵书之祖《孙子兵法》中有一篇《谋攻》，说："故上兵伐谋，其次伐交，其次伐兵，其下攻城。"又说："是故百战百胜，非善之善者也；不战而屈人之兵，善之善者也。"最上等的战争并不是出城野战、攻城略地，而是通过谋略、外交取得胜利，达到目的，不战而屈人之兵，才是战争中的最高境界。本篇中烛之武通过一次外交活动，帮助郑国脱离险境，就是"伐交"的成功范例。

也许有读者会问，秦、晋围郑，烛之武为什么不去劝说晋国？这次事件，晋国是发动者，秦国只起协助作用，只是参与者。若战争爆发，晋国所得利益远大于秦国，在对待伐郑问题上，两国的态度差异巨大。可见，劝晋国退兵的难度要比劝秦国大得多。这些问题，在烛之武退秦师前，郑国君臣必定经过了细致周详的分析，才做出退秦的决定。

由此我们看到，诸侯国之间的较量，军事实力固然重要，外交活动同样不可忽视。《左传》中记载了许多成功的外交案例，如鲁僖公四年，齐桓公率诸侯之师伐楚，楚国屈完战前成功退敌。鲁哀公十二年，吴人围卫卫侯，孔子之高足子贡成功劝谏吴太宰嚭。这些言论成为《左传》叙事的有机组成部分，从《左传》文字看，辞令好像是事件主角临场发挥，脱口而出，实则

①　（清）金圣叹选评，李镇、何宗思、李佳俊点校：《天下才子必读书》，中国国际广播出版社1997年版，第14页。

②　（清）吴楚才、吴调侯：《古文观止》（上），中华书局1959年版，第36页。

不然。以本篇为例，试想，这样一场关乎郑国存亡的重大外交活动，烛之武在面见秦穆公之前能不对自己的辞令做字斟句酌的修改润色？从辞令本身看，其逻辑严密，说理透彻，也非当场脱口而出能完成。外交场合，要胸有成竹，有备而来，外交官虽然需随机应变，但辞令总的措辞、思路需预先拟定好方案，这样才能做到应对自如，气定神闲，才有成功的把握。钱钟书在《管锥编》中评价《左传》的记言时说："盖非记言也，乃代言也，如后世小说、剧本中之对话独白也。"①代言正指出这些辞令的文体独立性，辞令并非史官的完全构撰，史官的润色想象只在于一些细节的叙述，重要场合的重要言论史官在记载时是有底本的。《左传》中的这些应用文体，丰富了中国早期文体的类别，有助于我们认识中国早期文体的发展情况。

本篇对后世的外交活动提供了不少启迪。外交活动前要全面掌握各国的内政人事情况，知彼知己，才能提出科学合理的策略。另外，要善于揣摩与把握说话对象的心理，从对方立场和利益出发，这样一方面容易引起对方的重视，调动其倾听的兴趣，另一方面也能拉近双方的心理距离，使对方更易于接受自己的建议。李斯的《谏逐客书》能够成功劝谏秦王政收回逐客令，正是准确把握了秦王政的心理。日常生活中，我们与人交往，也应多从他人角度考虑问题，多一些理解，这样才能构建和谐的人际关系。

烛之武知识广博，能言善辩，有勇有谋，他为国家舍生忘死的精神，文质彬彬的风度，出色的应对辞令，不但成为春秋时期行人的典型代表，也为以后的外交官树立了完美的榜样。本篇也成为后人学习的典范之作。

思考

说说外交人员需要具备哪些素养。

（延娟芹）

---

① 钱钟书：《管锥编（一）》，生活·读书·新知三联书店2008年版，第271页。

触龙说赵太后①

战国策·赵第四

赵太后新用事[1]，秦急攻之。赵氏求救于齐，齐曰："必以长安君为质[2]，兵乃出。"太后不肯，大臣强谏[3]。太后明谓左右："有复言令长安君为质者，老妇必唾其面。"

左师触龙言愿见太后[4]。太后盛气而胥之[5]。入而徐趋[6]，至而自谢[7]，曰："老臣病足，曾不能疾走[8]，不得见久矣。窃自恕[9]，而恐太后玉体之有所郄也[10]，故愿望见太后。"太后曰："老妇恃辇而行[11]。"曰："食饮得无衰乎[12]？"曰："恃粥耳。"曰："老臣间者殊不欲食[13]，乃自强步[14]，日三四里，少益耆食[15]，和于身也[16]。"太后曰："老妇不能。"太后之色少解[17]。

左师公曰："老臣贱息舒祺[18]，最少，不肖[19]。而臣衰，窃爱怜之。愿令得补黑衣之数[20]，以卫王宫，没死以闻[21]。"太后曰："敬诺[22]。年几何矣？"对曰："十五岁矣。虽少，愿及未填沟壑而托之[23]。"太后曰："丈夫亦爱怜其少子乎[24]？"对曰："甚于妇人。"太后笑曰："妇

---

① 缪文远：《战国策新校注》，巴蜀书社1998年版，第665～669页。

人异甚[25]。"对曰:"老臣窃以为媪之爱燕后[26]贤于长安君[27]。"曰:"君过矣!不若长安君之甚。"左师公曰:"父母之爱子,则为之计深远[28]。媪之送燕后也,持其踵为之泣[29],念悲其远也,亦哀之矣。已行,非弗思也,祭祀必祝之[30],祝曰:'必勿使反[31]。'岂非计久长,有子孙相继为王也哉?"太后曰:"然。"左师公曰:"今三世以前,至于赵之为赵,赵主之子孙侯者,其继有在者乎[32]?"曰:"无有。"曰:"微独赵[33],诸侯有在者乎?"曰:"老妇不闻也。""此其近者祸及身,远者及其子孙。岂人主之子孙则必不善哉?位尊而无功,奉厚而无劳[34],而挟重器多也[35]。今媪尊长安君之位,而封之以膏腴之地[36],多予之重器,而不及今令有功于国,一旦山陵崩[37],长安君何以自托于赵[38]?老臣以媪为长安君计短也,故以为其爱不若燕后。"太后曰:"诺,恣君之所使之[39]。"于是,为长安君约车百乘[40],质于齐,齐兵乃出。

子义闻之[41],曰:"人主之子也,骨肉之亲也,犹不能恃无功之尊,无劳之奉,而守金玉之重也,而况人臣乎!"

注释

[1]赵太后:即赵威后,赵惠文王夫人,赵孝成王母亲。新用事:刚刚执政。赵惠文王去世,赵孝成王年幼继位,由赵太后代执赵国之政。

[2]长安君:赵太后的小儿子,封长安君。质:两国结盟时作为凭信的抵押之人,即人质。先秦时常以国君的弟兄或儿子作为人质。

[3]强谏:极力劝谏。强:极力,一再。

[4]左师：官名。触龙：《战国策》本原作"触詟"，《史记》、马王堆帛书《战国纵横家书》均作"触龙言"，"詟"应是"龙言"连读之误。

[5]盛气：怒气冲冲。胥：等待。《战国策》本原作"揖"，据《史记》改。

[6]徐：慢慢地。趋：小步快走，疾走。按照古代礼仪，大臣见国君时要快步小跑，以示尊重。

[7]谢：谢罪。

[8]曾（zēng）：乃，竟然。

[9]窃自恕：自己私下原谅自己。窃：私下里，谦辞。

[10]郄（xì）：通"隙"，空隙，这里引申为身体不适。一说为疲惫之意。

[11]恃：依靠。辇：一种用人牵引的车子。

[12]衰：减少。

[13]今者：最近。殊：特别。

[14]强步：勉强走路。

[15]少益：稍微。耆：通"嗜"。这句意思是稍微增加了一点食欲。

[16]和于身：使身体舒适。和：舒适。

[17]少解：稍微缓解。

[18]贱息：对自己儿子的谦称。贱：自谦之词。息：子。

[19]不肖：不贤，没有出息。这里是谦辞。

[20]补黑衣之数：补充到黑衣侍卫的队伍里，指在宫中能有个侍卫的职位。当时赵国侍卫都穿黑衣。

[21]没死：冒死罪，表示敬畏之辞。闻：使您听到，意思是来求您。

[22]敬诺：遵命。

[23]未填沟壑：未被埋在山沟里，意思是还没有死。这句话的意思是，趁着我还没有死，把他托付给您。

[24]丈夫：男子。与今天"丈夫"的意思不同。

[25]异甚：特别厉害。异：尤，特别。

［26］媪：对老年妇女的尊称。燕后：赵太后的女儿，嫁到燕国做了王后。

［27］贤于：胜于。

［28］计深远：做长远打算。计：考虑，谋划。

［29］持其踵：意思是母亲拉着女儿，不愿她走，女儿不能举步。持：抓着，拉着。踵：脚后跟。

［30］祝：祈祷。

［31］反：同"返"。古代诸侯的女儿嫁到别国，只有被废或亡国，才能回到父母身边。所以说"必勿使反"，祈祷女儿不要遭到灾祸而回来。

［32］"今三世"四句：大意是说，从三辈以上一直上推到赵氏由卿大夫封为国君的时候，赵国历代国君的子孙有受封为侯的人，他们的后代现在还有继承其封爵的吗？侯：动词，封为侯。按，赵氏本是晋国卿大夫家族，后与韩、魏三家分晋，前403年周天子正式封韩、赵、魏为诸侯。

［33］微独赵：不单单是赵国。微：非。

［34］奉：通"俸"，俸禄。

［35］挟：拥有。重器：贵重的宝物。

［36］膏腴之地：肥沃的土地。

［37］山陵崩：古代指国君去世的委婉语，这里喻指赵太后。崩：古代称帝王死为崩。

［38］自托：立足，托身。

［39］恣：任凭，听任。使：派遣，安排。

［40］约：准备。

［41］子义：赵国贤士。

▌❚赏❙析▐

本篇选自《战国策·赵策四》，《史记·赵世家》以及1973年出土的马王堆帛书《战国纵横家书》第十八章也记载了此事，三个版本文字略有不同。事件发生在前265年，即赵孝成王元年。赵孝成王二年，赵太后去世。

史籍中有关赵太后的史料并不多，但通过这些数量有限的史料，我们依然可以感受到赵太后当年的风采，她堪称战国时期的重要女性之一。除本篇外，《战国策·齐策四》中的《赵威后问齐使》也与她有关。文章记载，齐国使者奉齐王之命出使赵国，赵太后书信还没有打开，劈头就问："岁亦无恙耶？民亦无恙耶？王亦无恙耶？"不先关心齐王而先询问年成和百姓，令齐国使者大为不悦，认为这是先问卑贱者，后问尊贵者，有违尊卑次序。不料太后立刻反驳："没有好的收成，怎么养活百姓？没有百姓的拥护，怎么能有国君？哪里有舍弃根本而关心末节的？"正显示了赵太后不凡的见识。赵太后死后谥号为威后，也说明她生前做事强毅果断、德威远扬的行事风格。可以说，她是战国时期一位体察民情、富有政治远见、深通治国治民之道的女政治家。

战国时期的赵国，以赵武灵王（前325—前299年在位）时期最为强盛。他提出了胡服骑射的改革措施，主动向周边游牧民族学习，使赵国很快成为当时东方的最强国。遗憾的是，晚年的赵武灵王在君位继承问题上犯了严重错误，废长立幼，导致宫廷政变，太子章被弟弟惠文王（前298—前266年在位）杀死，曾经叱咤风云的赵武灵王也悲惨地饿死在沙丘。赵惠文王时期，赵国国力虽有所下降，但在赵武灵王功业的余荫下，依然保持东方强国的态势。赵惠文王死，赵孝成王（前265—前245年在位）年幼继位，由赵太后主政。赵孝成王六年，秦国攻打赵国，赵国用赵括代替廉颇为将，秦将白起大败赵于长平，活埋赵军40多万人。至此，赵国已无回天之力，彻底走向衰落。

本篇记载的事件就发生在赵太后刚刚主政时期。赵惠文王去世不久，新旧政权交替，国内政局尚不稳定，秦国看到有机可乘，便"急攻之"，已经占领了赵国的三座城池，并且有进一步扩大战果的势头，赵国可谓内外交困，处境危急，不得不向齐国求救。哪知齐国提出了援赵的条件：必须派太后的小儿子长安君作为人质，才愿意出兵。春秋战国时期，诸侯国之间结盟，常常用人质来约束盟国，使其遵守盟约。通常被派出做人质的是国君的弟兄或儿子，人质长期居住在他国，个人安全存在很大隐患，一旦两国关系破裂，随时有被杀害的可能。对于齐国提出的出兵要求，赵太后断然拒绝，长安君可是太后最宠爱的小儿子啊！怎么能派出去做人质？尽管大臣们三番五次极力劝谏，太后绝不让步，并且明告左右："有谁敢再来劝谏，我一定将唾沫吐到他脸上！"可见，这时赵国君臣之间，矛盾已经到了不可调和的地步，太后被大臣们连日来的劝谏折磨得情绪由厌烦变成愤怒了。

可赵国形势危急，难道就这样坐等觊觎已久的秦国来兼并？这时左师触龙挺身而出，自告奋勇请求去见太后。

太后明告左右的话音刚落，触龙就来求见，这不是火上浇油，自取其辱，等着吐一脸的唾沫吗？大家都为触龙捏一把汗。想必，这时的太后已经做好了吐唾沫的准备，你看她正怒气冲冲地等着接见呢！触龙见到太后，还未开口，已经开始实施计划，"入而徐趋"，努力做出快步小跑的样子，但终究还是走得很慢，这一番"徐趋"，已足以引起太后的注意了。古代大臣谒见国君，要碎步小跑，以示尊重，可这时的触龙却是慢慢小跑。进入后他马上道歉说，因为自己年老多病，脚部不适，实在不能快步走，但是又担心太后的身体，所以来见。这里有对自己"徐趋"的开脱，开脱中又包含着久未面见太后的自责，对太后表现出极大的尊重，给足了太后面子。由自己身体不适，自然引出后面的话题，触龙恭敬而亲切地表达了对同样年老的太后健康的关心。这里，触龙只字不提长安君一事，只是对太后的日常生活、饮食起居进行了几个回合的询问，尽管太后只是"恃辇""恃粥"冷冰冰地回应，但面对触龙这一番体贴关心，太后的脸色还是稍稍放松了一些，她暗自思忖：看来，触龙不像其他大臣一样聒噪，没有提那件烦心事。紧张的气氛得到了缓和，太后的警惕之心也有所放松，这为后边的劝谏创造了良好的条件。

看到太后的情绪有了变化，触龙继续和她拉家常，话题依然由自己的年老引出："我的小儿子舒祺，不成器，可是我最宠爱，希望能在王宫里给他谋个职位，所以冒死来求见您。"依然不提长安君，但已偷偷为下文说明"父母之爱子，则为之计深远"埋下了伏笔。太后哪里知道触龙的用意，听到这里，她对触龙的戒备之心荡然无存，原来，这个老头来见我，确实不是因为那件烦心事，是为他的儿子说情！这事好办！太后当即应允，并询问舒祺的年龄。触龙又进一步回答："十五岁了，趁着我还没死，给他安排好前程，自己才能放心。"儿子才十五岁，就做这么长久的考虑，的确疼爱儿子！这时太后不但对触龙的抵触情绪没有了，而且还和触龙有了情感共鸣，双方的心理距离也拉近了。触龙宠爱儿子，和我宠爱长安君不是一模一样吗？满朝大臣中，终于有人能够理解我对长安君的特殊感情了，这可是遇到知音了。当然，太后万没有想到，触龙为儿子说情是假，借题发挥是真。父母疼爱儿子，这是太后感兴趣的话题，她马上顺着触龙的话问道："你们男人也像女人一样疼爱最小的儿子吗？"触龙的回答却出乎太后的意料："男人疼爱儿子比女人更厉害。"这更加激起了太后谈论的兴致，大家都说严父慈母，母亲不是更疼爱孩子？太后笑了，与触龙争辩道："还是女人疼爱儿子更厉害。"至此，太后的盛气完全消失，她终于可以摆脱连日来大臣们强谏的不快，轻松愉快地找人聊天了。

哪知触龙并未顺着太后"女人异甚"的意思说下去，反而使用反激法，指出太后爱燕后甚过爱长安君，太后果然上当，马上反驳："你错啦，我爱燕后不如爱长安君厉害。"这正是触龙千回百转、步步引导，等着太后说的一句话，这样，他就可以借题发挥，说明太后应该像爱燕后一样爱长安君，"为之计深远"。看到太后中计，触龙马上提出他的核心观点：父母疼爱子女，就一定要为他做长远的打算，并且与太后动情地回忆了燕后出嫁时的一幕幕情景。至此，太后的回答是"然"，她已经完全接受了触龙"为之计深远"的道理，同时承认了她为燕后考虑深远的事实。在此基础上，触龙又回顾了赵国历史上位尊无功者的结果，指出让长安君"有功于国"，是他以后立足于赵国的根本。隐含的意思是，您现在就快点让你的儿子"有功于国"吧！这时，太后才终于明白触龙此次求见的真正目的，但她已经动不起气来了，因为触龙说得确实有道理，而且是真心实意地为长安君的未来着想。她完全接受了触龙让长安君"有功于国"的建议，同意长安君为质于齐。至此，一切水到渠成，大功告成。

触龙劝谏成功的关键，是他能揣摩到太后的心理，始终站在关心与理解太后的立场，无论是对太后健康的询问，还是与太后一起回顾燕后出嫁时的情景，抑或是对长安君未来如何立足于赵国的考虑，都能迎合太后的心理需求，动之以情。触龙没有像其他大臣一样批评太后不该溺爱儿子，拒绝其做人质，而是在肯定太后爱长安君的大前提下，指出她爱得还不够，应该像爱燕后一样爱得深远，太后听起来自然顺耳高兴，易于接受。他从始至终都没有正面提出让长安君做人质，没有触碰到太后明告左右的那条谕令，而是最后由太后自己心悦诚服地说出：由你处理一切吧。这样既给太后留足了面子，又能避免自己陷入难堪境地。

巧设圈套也是触龙劝谏成功的重要原因。《战国策》中的篇章，多记载战国时期策士们游说各国国君的言论，为了达到游说目的，策士们往往纵横捭阖，剧谈雄辩，铺陈排比，甚至虚构夸饰，语言极具煽动性，以造成危言耸听的效果，打动人主。本篇与《战国策》的总体文风不同。触龙初见到太后，没有像其他大臣一样或晓之以理，或捶胸顿足地慷慨陈词长安君为质于齐对赵国安危的重要意义，因为他明白，这时任何高深的道理对于盛怒之时的太后都无济于事。他采用了迂回战术，与太后开始闲聊，选择的都是老年人喜欢寒暄的饮食起居、家庭儿女等内容，家长里短，琐碎日常，絮絮叨叨，逐渐消除了太后的逆反心理，缓和了她的情绪。聊天看似无意，实则有心，每一句话都为后边的劝谏做铺垫，在漫不经心的拉家常中，他一步步将太后带进了自己的圈套。整个劝谏过程，环环相扣，层层推进，过渡自然，合情合理，触龙始终掌握着谈话的主动权。《古文观止》评曰："左师悟太后，句句闲语，步步闲情，又妙在从妇人情性体贴出来。便借燕后反衬长安君，危词警动，便尔易入。"[1]

本篇中的两位人物性格突出，形象鲜明。作者善于通过人物的语言声情和动作神态，反映人物隐幽微妙的心理活动和性格特征，如触龙的"入而徐趋""至而自谢"，太后的"盛气而胥之""色少解""笑曰"。触龙忠诚为国的精神，高超巧妙的方法，委婉亲切的语言，热情真诚的态度，成就了他作为战国策士群体中重要一员的历史地位。赵太后开始专横固执，但经过触龙的一番劝说，终而改正错误，深明大义，通情达理，她能成为战国时期最闪耀的女性之一，有其必然性。战国时期太后专权的现象，并不罕见，如秦昭王时期的宣太后，主政达三十余年，为了消灭义渠戎，太后甚至亲自施

---

① （清）吴楚才、吴调侯：《古文观止》（上），中华书局1959年版，第152页。

美人计。二人相比较，赵太后的境界、见识高下立见。

《战国策·齐策四》中有《陈翠合齐燕》一篇，陈翠劝说燕太后质子于齐，情节与本篇相似，但语言、结构、人物神态描写远不及本篇。战国时期，《战国策》中的篇章多作为策士们学习揣摩的范本，也许《陈翠合齐燕》是策士们的初稿，本篇是定稿吧。

古人云"伴君如伴虎"。君臣意见不合，大臣为了国家利益，尽忠劝谏国君，这是职责。但如果一味直言进谏，容易给自己招来杀身之祸，如比干劝谏商纣王，反遭被杀；伍子胥劝谏吴王夫差，终致赐死。大臣有济世安邦的忠心固然重要，但只有忠心和热情还不够，做事的方法策略同样不可忽视。人们常说"文死谏，武死战"，文臣武将能够不顾个人的生命安危冒死劝谏或杀敌，其精神可歌可泣，值得敬佩。但是，死谏、死战是走投无路迫不得已的选择，如果既能免于付出生命代价，又能达到目的，岂不是两全其美，皆大欢喜吗？在日常生活中，如何巧妙善意地给他人提出建议，帮助他人改正错误，是我们常常遇到的困境。我们需要追求的目标是，努力探索解决问题的最佳方法和策略，尽可能减少不必要的损失和牺牲。本篇就是谋臣巧谏成功的经典案例，给我们提供了不少借鉴和启迪。

本篇也为我们提供了其他方面的启示。父母疼爱孩子，乃人之常情。但如何正确疼爱和教育孩子，并不是所有的父母都能真正解其意。当今的一些官二代、富二代，从小娇生惯养，锦衣玉食，成年后惹是生非，胡作非为，甚至锒铛入狱。父母溺爱孩子，无原则地一味满足孩子的要求，这样的"爱子"，已经背离了真正的爱。反观两千多年前触龙提出的"父母之爱子，则为之计深远"，难道不值得当今人深思吗？

思考

比较《左传》中的行人辞令与《战国策》中的游说辞的异同。

（延娟芹）

子路、曾皙、冉有、公西华侍坐章①

论语·先进

子路、曾皙、冉有、公西华侍坐[1]。

子曰："以吾一日长乎尔，毋吾以也[2]。居则曰：'不吾知也！'如或知尔，则何以哉？"

子路率尔而对曰："千乘之国，摄乎大国之间，加之以师旅，因之以饥馑；由也为之，比及三年，可使有勇，且知方也。"

夫子哂之[3]。

"求！尔何如？"

对曰："方六七十[4]，如五六十[5]，求也为之，比及三年，可使足民。如其礼乐，以俟君子。"

"赤！尔何如？"

对曰："非曰能之，愿学焉。宗庙之事，如会同[6]，端章甫[7]，愿为小相焉[8]。"

"点！尔何如？"

鼓瑟希[9]，铿尔，舍瑟而作[10]，对曰："异乎三子者之

---

① 杨伯峻译注：《论语译注》，中华书局1980年版，第118～122页。

撰^[11]。"

子曰："何伤乎？亦各言其志也。"

曰："莫春者，春服既成，冠者五六人^[12]，童子六七人，浴乎沂^[13]，风乎舞雩^[14]，咏而归。"

夫子喟然叹曰："吾与点也！"

三子者出，曾皙后。曾皙曰："夫三子者之言何如？"

子曰："亦各言其志也已矣。"

曰："夫子何哂由也？"

曰："为国以礼，其言不让，是故哂之。"

"唯求则非邦也与？"

"安见方六七十如五六十而非邦也者？"

"唯赤则非邦也与？"

"宗庙会同，非诸侯而何？赤也为之小，孰能为之大？"

注释

[1]子路：名仲由，字子路。曾皙：名点，字皙。冉有：名求，字子有。公西华：名赤，字子华。

[2]以：同"已"，停止。这里是不敢畅所欲言的意思。

[3]哂：微笑。

[4]方六七十：长宽各六七十里。

[5]如：或。

[6]会同：诸侯会盟。

[7]端：古代的一种礼服，为黑颜色，故又称玄端。章甫：礼帽。

[8]相：司仪。

[9]希：稀，指乐音逐渐变得微弱。

[10]舍：放下。作：起，指挺身跪起。古人席地而坐时臀部压于脚跟，挺身跪起，是表示恭敬的动作。

[11]撰：同"譔"，陈述。

[12]冠者：成年人。古代男子二十行冠礼，表示成年。

[13]沂：水名，在今山东曲阜县南。

[14]风：乘凉，吹风。舞雩：古时祭天求雨的土坛。鲁国的祭天求雨土坛地在今山东曲阜县东面。

赏析

《论语》各章篇幅都不长，这是由《论语》语录体的性质决定的。孔子去世后，弟子们各自授徒讲学。然而各弟子跟随夫子时间有先后长短，接闻于夫子的内容也不相同，这样传承下去，夫子之道就有散佚甚至中断的危险。有鉴于此，弟子及再传弟子们相约建立一个"孔门弟子群"，大家都将自己与孔子相处的情形，特别是孔子的教诲上传到群里去，然后由"弟子群"组织的"编委会"整理成书，希望能够完整地留传孔子的思想，这就是《论语》。由于时间相隔较长，孔门弟子能够记住夫子的话大多是言简意赅，精练概括，而且幽默风趣，富于形象性和哲理性的名言警句，所以篇幅大多比较短小。而《子路、曾皙、冉有、公西华侍坐章》（以下简称《侍坐章》）是全书篇幅最长的一章，大概是因为在场弟子人数多，各自的回忆可以相互补充，记录的内容就特别丰富；也因为谈论的内容给弟子留下难以磨灭的印象，所以记录比较完整。本篇不仅记录孔子的言论，而且绘声绘色地描述师生交谈的过程，俨然一篇完整的记叙文。

《侍坐章》记述的事情发生在什么时候？事件发生需满足几个条件：一是出场的四位弟子均已师从孔子。根据《史记·仲尼弟子列传》的记载，子路比孔子小9岁；《仲尼弟子列传》没有记载曾皙的年龄，他是曾参的父亲，而曾参比孔子小46岁，由此推算，曾皙应该比孔子小20多岁，在四人中排行第二；冉有比孔子小29岁；公西华比孔子小42岁。所以这事不太可能发生在前497年孔子55岁离开鲁国周游列国以前。二是出场的四位弟子同时在孔子身边。前492年，孔子60岁时，冉有返鲁为季氏宰。所以这事不太可能发生在此之后。三是孔子既然问弟子"如或知尔，则何以哉"，说明这时四位弟子皆未被人所"知"，尚未从政。符合这三个条件的时间，最有可能是在前495—前494年，孔子57～58岁期间，这时孔子正在卫国。卫灵公按照孔子在鲁国当大司寇的标准拨付俸禄，为孔子提供了较安稳的授徒讲学的条件。但是卫灵公并不重用孔子，致使孔子多次离开卫国另谋出路。

《侍坐章》记述的是孔子和四位弟子一次闲聊的过程。弟子们平时对老师是毕恭毕敬的，所以孔子先鼓励大家畅所欲言，不要因为我比你们年纪大一些，就不敢说话，然后引出聊天的话题。这些弟子跟随孔子东奔西走，处处碰壁，个个有怀才不遇之叹，所以"不吾知也"是在场的弟子经常谈到的话题。可见孔子对弟子们所思所虑非常了解。其实，这是包括孔子自己，甚至是所有和他们相同身份的"读书人"——士都要面对的问题。自从礼崩乐坏，"士"成为依靠自身学识安身立命的独立阶层那一天起，得到君主的赏识重用，就是他们施展才华、实现理想的前提条件。而能够得到君主"知"的人毕竟是少数，多数士人都认为自己得不到赏识重用。孔子就是因为在鲁国得不到君主"知"，于是率弟子周游列国寻找"知吾"之君，"累累若丧家之狗"（《史记·孔子世家》）。但是如果孔子问"不吾知也，则何以哉"？那就会将大家噎住了：老师您也是"不吾知"啊，您都没办法，我们能有什么办法！这很容易引起大家吐槽，发泄一堆负能量，就不能好好聊天了。而孔子的高明就在于问一个假设的问题："如或知尔，则何以哉？"一下就让弟子们憋在心里的话喷涌出来了。

孔子话音刚落，子路就"率尔而对"。"率尔"是不假思索的意思。子路性急，有时显得粗鲁，但他"率尔而对"是有道理的。首先，以齿为序，弟子中子路最年长，习惯了其他同学让他先说。其次，子路年近五十，尚功业无成，时不我待的紧迫感特别强烈。最后，孔子任鲁大司寇期间，子路曾担任季桓子宰，是当时四位弟子中唯一有施政经历者，所以对如何施展才华有更多的思考，也更有自信。子路这段话阐述施政目标明确，思路清楚，逻辑严密，说明他平时就深思熟虑，否则不可能"率尔而对"。

但是，孔子听了子路发言后微微一笑，觉得他不谦让。一方面，按照礼的要求，当长者向众人发问时，晚辈要先环顾四周，看到没有人发言，自己再回答。《礼记·曲礼》："侍于君子，不顾望而对，非礼也。"子路怕被人抢了先似的，所以说不谦让。另一方面，子路一番话自信满满，当仁不让：首先说要治理千乘之国。春秋时期除了几个霸主以万乘之国自称，其他大国也只是千乘之国。《左传·僖公二十八年》记载晋文公倾全国之力与楚在城濮决战，能出动的兵力也仅是"七百乘"而已。《论语·学而》："子曰，道千乘之国，敬事而信，节用而爱人，使民以时。"孔子理想的施政对象也只是千乘之国，子路开口就说可以治理千乘之国，口气不小。其次，子路还不断给自己增加难度，极力渲染这个国家内忧外患，以此凸显自己的施政能力。最后，子路对施政的成效定下很高的标准，以三年为期，不仅要把这个内忧外患的千乘之国变成人人勇敢善战，而且个个懂得礼义。在孔子看来，让百姓勇敢善战还比较容易，但要让人民懂得礼义，就相当困难。所以孔子笑子路不谦虚。但是，孔子"哂之"，绝不是讥讽轻视，也没有指责子路狂妄自大之意。对子路的施政能力，孔子是非常信任的，曾经说过"由也，千乘之国，可使治其赋也"（《论语·公冶长》）。对子路的性格，孔子也非常了解，知道他的老毛病又犯了，所以才会善意一笑。

子路抢先发言后，似乎出现了短暂的冷场，于是孔子点冉有的名。冉有就谦逊多了，先是说自己只能治理一个小国。"方六七十"本来就小，但冉有觉得还是大了，又改口说"如五六十"。然后说三年为期，要达到的目标只是让老百姓富足，至于礼乐教化，则逊不能，有待贤明君子来施行。

孔子没有表态，又点公西华的名。公西华更谦虚，首先说不一定能做到，然后说不敢像前面两位师兄那样治理一个国家，只希望在举行宗庙祭祀典礼，或者诸侯会盟典礼的时候，能够穿着礼服，戴着礼帽，做一个小司仪。

孔子也没有表态。剩下最后一位了，"点！尔何如？"曾皙并没有马上回答，而是"鼓瑟希，铿尔，舍瑟而作"。

天啊！曾晳在鼓瑟！原来整个过程是有音乐伴奏的！就像魔术师暗藏机关的遮布被掀开一样，上文制造的很多悬念一下都解开了。首先是佐证这次交谈的性质是闲聊。有人认为这是一堂孔子的课堂实录，有人说这是一次孔子的主题班会，如果是这样，曾晳不可能还在鼓瑟。从《论语》记载看，孔子很少给学生上大课，也没有正儿八经的讲课、班会，多是弟子与孔子相处过程中随时问学。师徒在一起聊天，孔子没有要求曾晳停止弹奏，曾晳也没有因为老师在场而停下来，说明孔子师徒关系融洽，弟子在老师面前很放松。其次，解开了冉有、公西华不主动发言，直到孔子点名才回答的疑惑。难道孔子弟子平时都不积极主动发言的？都在孔子面前很拘谨的？直到这时，我们才知道，子路发言之后，按辈分应该曾晳发言。所以冉有、公西华在等师兄先说，这正是礼的要求。孔子见曾晳还在弹奏，不想打断他，于是让冉有、公西华先发言，最后才问曾晳的看法。表现出孔子随和的性格以及对曾晳鼓瑟的欣赏。从《史记·孔子世家》"孔子学鼓琴于师襄子"的记载可知，孔子有很高的音乐造诣。他对弟子演奏水平要求也很高，子路鼓瑟不精，孔子生气地说"由之瑟，奚为于丘之门"（《论语·先进》）！孔子不仅容许曾晳在聊天时鼓瑟，还不忍心打断他，说明曾晳演奏水平很高，演奏的乐曲与聊天的主题、与现场的氛围很吻合，不仅不会打扰师徒交谈，还能为聊天提供优美的背景音乐。如果一开头就写曾晳在鼓瑟，整个效果就完全不一样了。

值得注意的是曾晳在孔子点名后的反应。如果曾晳自顾自弹奏，没有听老师和几位同学的谈话，那么当孔子点名时就会慌乱，急忙把瑟一推，仓促作答。可是曾晳不慌不忙，完成最后一个乐句才起身回答，还不忘潇洒地结束动作：铿尔。铿是象声词，曲终收拨瑟弦的声音，这就是"曲终收拨当心画，四弦一声如裂帛"（白居易《琵琶行》）的效果。说明曾晳一边弹奏，一边聆听各位同门的发言，思考孔子提出的问题，胸有成竹。这样，曾晳的弹奏，就有借琴瑟抒怀的意味。所以，当孔子提问时，他从容说道"异乎三子者之撰"。

接着曾皙谈了自己的志向，就是下面这段著名的话："莫春者，春服既成，冠者五六人，童子六七人，浴乎沂，风乎舞雩，咏而归。"曾皙这段话是什么意思？孔子为什么喟然叹曰"吾与点也"？向来众说纷纭，值得认真探究。

曾皙描绘的应该是我国古代的一个重要节日——上巳节。上古习俗，在暮春三月的第一个巳日（后来定为三月初三），人们脱下笨拙的冬装，换上轻便的春服，到河边举行祓禊仪式，沐浴、春游，祈福除灾，祈求一年风调雨顺，五谷丰登，人丁兴旺。青年男女趁此吉日良时幽会交合，以助天地阴阳造化。《诗经·郑风·溱洧》写的就是上巳节男女交往的情事。有人觉得夏历三月，在山东气温应该还是较低的，"浴乎沂，风乎舞雩"似乎不合情理。其实，世界上许多民族至今仍然留存在春天到来的时候，到江河沐浴，涤除污秽，迎春接福，展现勇敢和青春活力的风俗。

曾皙描绘上巳节与年轻人春游的活动表达了怎样的志向？一种意见认为，曾皙所言，正是儒家理想的太平社会，与《礼记·礼运》记载孔子所陈述的大同社会理想是一致的，所以得到孔子的赞赏。另一种意见认为，曾皙描绘的正是不求为政，优哉游哉的隐退生活，而孔子周游列国处处碰壁，有点心灰意冷，萌生退意，所以对曾皙的话表示赞同。我们理解曾皙这段话的含义，不能脱离当时的语境。曾皙是回答孔子"如或知尔，则何以哉"之问，所以他描绘的这个场景就是期望得到君主信任，治国理政的成果，将子路"可使有勇，且知方也"、冉有"可使足民"的目标以及孔子大力倡导的礼乐文明具化为百姓安居乐业、心情舒畅、有很高幸福指数的日常生活场景，同时也表现出曾皙举重若轻、游刃有余的气度。我们前面说过，《侍坐章》之事发生在孔子居卫期间。孔子虽没得到卫灵公的重用，但是施展政治抱负的雄心犹在，曾说"苟有用我者，朞月而已，三年有成"（《史记·孔子世家》）。所以，孔子赞同曾皙，既是对曾皙施政能力的赞赏，也是对自己政治理想的憧憬。

聊天结束后，几位弟子相继离开，而曾皙留在后面向老师请教。这正是孔门弟子的学习态度。曾皙不因为受到老师表扬而自喜，而要究其所以然。

孔子只是在子路发表意见的时候微笑一下，对冉有、公西华的发言并没有表态，曾皙不明白孔子为什么笑子路，也想知道孔子对冉有、公西华发言的看法。

后人对几位弟子的发言一直有不同理解。有认为四个弟子发言一个比一个水平高的，也有认为四个弟子发言每况愈下的。其实最了解他们的是孔子。子路开口就说要治理千乘之国，孔子相信他有这个能力，只是不够谦让。冉有说只能治理一个小国，孔子明白这只是他谦虚而已，相信他有能力治理好一个国家。公西华说自己只能当一个小司仪，孔子明白能够主持国君的宗庙祭祀、诸侯国的会盟，实际就是治理一个国家。就像现在能够主持国家最高等级的典礼，主持各国领袖会议的人，一定具有国家领导人的地位一样。所以，包括曾皙在内，弟子们的志向都是治国理政，就这一点来说，并没有高下之分。但是每个弟子性格不同，兴趣爱好不一样，所以表述的侧重点也不一样。

这就是令我们心向往之的孔门师生关系。学生在老师面前畅所欲言，不必揣摩老师的好恶，而老师了解学生的才能，也了解学生的个性。对学生既严格要求，又充分信任。这样的老师是幸福的，能成为孔子的学生，更是一种福分。

作为一部语录体的著作，《论语》具有后代同类著作难以达到的艺术水准。论及《侍坐章》文学特色时，前贤时人多关注其通过对人物神情语态的生动描写，刻画出孔子师徒的人物形象。这无疑是对的。但《侍坐章》在文学上的最大贡献，莫过于通过巧设悬念的篇章构思，充分挖掘出文字的独特表现力。按一般的叙述方法，写孔子和四位弟子聊天，各自陈述自己的志向。当时曾皙正在鼓瑟……这样就索然无味啦！作者故意隐匿了曾皙鼓瑟这一重要情节，就使整个故事叙述充满悬念。曾皙"鼓瑟希，铿尔，舍瑟而作"的动作，如同相声中响亮的"抖包袱"，具有强烈的震撼力，既为曾皙说出不同于其他同学的志向作了铺垫，也为孔子"吾与点也"的慨叹作了渲染。而这样的"隐匿"效果，只有文字可以做到。试想，如果将《侍坐章》改编成舞台剧、影视作品或是绘画，无论如何都不能达到这段文字的效果。

人们经常赞赏"诗中有画"，赞赏通感的艺术魅力，然而，以语言文字为基本表现手段的文学，其艺术的最高境界，应该是其他艺术手段无法到达的，专属语言文字的疆域。在这方面，《侍坐章》为我们作出了光辉的榜样。

思 考

孔子为什么说"吾与点也"？

（陈一平）

逍遥游①[1]

庄　子

北冥有鱼[2]，其名为鲲[3]。鲲之大，不知其几千里也。化而为鸟，其名为鹏。鹏之背，不知其几千里也。怒而飞[4]，其翼若垂天之云[5]。是鸟也，海运则将徙于南冥[6]。南冥者，天池也[7]。

《齐谐》者，志怪者也[8]。《谐》之言曰："鹏之徙于南冥也，水击三千里[9]，抟扶摇而上者九万里[10]，去以六月息者也[11]。"野马也[12]，尘埃也，生物之以息相吹也[13]。天之苍苍[14]，其正色邪[15]？其远而无所至极邪[16]？其视下也[17]，亦若是则已矣[18]。

且夫水之积也不厚[19]，则其负大舟也无力[20]。覆杯水于坳堂之上[21]，则芥为之舟。置杯焉则胶[22]，水浅而舟大也。风之积也不厚，则其负大翼也无力。故九万里则风斯在下矣[23]，而后乃今培风[24]；背负青天而莫之夭阏者[25]，而后乃今将图南[26]。

蜩与学鸠笑之曰[27]："我决起而飞[28]，抢榆枋[29]，时则不至[30]，而控于地而已矣[31]，奚以之九万里而南为[32]？"

适莽苍者[33]，三飡而反[34]，腹犹果然[35]；适百里者，宿春粮[36]；适千里者，三月聚粮[37]。之二虫又何知[38]！

小知不及大知[39]，小年不及大年[40]。奚以知其然也[41]？朝菌不知晦朔[42]，蟪蛄不知春秋[43]，此小年也。楚之南有冥灵者[44]，以五百岁为春，五百岁为秋；上古有大椿者[45]，以八千岁为春，八千岁为秋。而彭祖乃今以久特闻[46]，众人匹之[47]，不亦悲乎！

汤之问棘也是已[48]：穷发之北[49]，有冥海者，天池也。有鱼焉[50]，其广数千里[51]，未有知其修者[52]，其名为鲲。有鸟焉，其名为鹏，背若太山，翼若垂天之云，抟扶摇羊角而上者九万里[53]，绝云气[54]，负青天[55]，然后图南，且适南冥也[56]。

斥鷃笑之曰[57]："彼且奚适也？我腾跃而上，不过数仞而下[58]，翱翔蓬蒿之间[59]，此亦飞之至也[60]。而彼且奚适也？"此小大之辩也[61]。

故夫知效一官[62]，行比一乡[63]，德合一君，而徵一国者[64]，其自视也[65]，亦若此矣[66]。而宋荣子犹然笑之[67]。且举世誉之而不加劝[68]，举世非之而不加沮[69]，定乎内外之分[70]，辩乎荣辱之境[71]，斯已矣[72]。彼其于世[73]，未数数然也[74]。虽然[75]，犹有未树也[76]。

夫列子御风而行[77]，泠然善也[78]，旬有五日而后反[79]。彼于致福者[80]，未数数然也。此虽免乎行，犹有所待者也[81]。

若夫乘天地之正[82]，而御六气之辩[83]，以游无穷者[84]，彼且恶乎待哉[85]！故曰：至人无己，神人无功，圣人无名[86]。

尧让天下于许由[87]，曰："日月出矣，而爝火不息[88]，其于光也，不亦难乎！时雨降矣[89]，而犹浸灌[90]，其于泽也[91]，不亦劳乎！夫子立而天下治[92]，而我犹尸之[93]，吾自视缺然[94]。请致天下[95]。"许由曰："子治天下[96]，天下既已治也，而我犹代子[97]，吾将为名乎？名者，实之宾也，吾将为宾乎[98]？鹪鹩巢于深林[99]，不过一枝；偃鼠饮河[100]，不过满腹。归休乎君[101]，予无所用天下为[102]！庖人虽不治庖[103]，尸祝不越樽俎而代之矣[104]。"

肩吾问于连叔曰[105]："吾闻言于接舆[106]，大而无当[107]，往而不返。吾惊怖其言[108]，犹河汉而无极也[109]，大有径庭[110]，不近人情焉。"连叔曰："其言谓何哉？"曰："藐姑射之山[111]，有神人居焉。肌肤若冰雪，淖约若处子[112]；不食五谷[113]，吸风饮露；乘云气，御飞龙，而游乎四海之外；其神凝[114]，使物不疵疠而年谷熟[115]。吾以是狂而不信也[116]。"连叔曰："然[117]。瞽者无以与乎文章之观[118]，聋者无以与乎钟鼓之声。岂唯形骸有聋盲哉[119]？夫知亦有之。是其言也[120]，犹时女也[121]。之人也[122]，之德也[123]，将旁礴万物以为一[124]，世蕲乎乱[125]，孰弊弊焉以天下为事[126]！之人也，物莫之伤[127]，大浸稽天而不溺[128]，大旱金石流[129]。土山焦而不热。是其尘垢秕糠，将犹陶铸尧舜者也[130]，孰肯以物为事！"

宋人资章甫而适诸越[131]，越人断发文身[132]，无所用之[133]。

尧治天下之民，平海内之政。往见四子藐姑射之山[134]，汾水之阳[135]，窅然丧其天下焉[136]。

惠子谓庄子曰[137]："魏王贻我大瓠之种[138]，我树之成[139]，而实五石[140]。以盛水浆[141]，其坚不能自举也[142]。剖之以为瓢，则瓠落无所容[143]。非不呺然大也[144]，吾为其无用而掊之[145]。"庄子曰："夫子固拙于用大矣[146]。宋人有善为不龟手之药者[147]，世世以洴澼絖为事[148]。客闻之，请买其方百金[149]。聚族而谋曰：'我世世为洴澼絖，不过数金，今一朝而鬻技百金[150]，请与之。'客得之，以说吴王[151]。越有难[152]，吴王使之将[153]。冬，与越人水战，大败越人，裂地而封之[154]。能不龟手一也[155]，或以封[156]，或不免于洴澼絖，则所用之异也。今子有五石之瓠，何不虑以为大樽而浮乎江湖[157]，而忧其瓠落无所容？则夫子犹有蓬之心也夫[158]！"

惠子谓庄子曰："吾有大树，人谓之樗[159]。其大本拥肿而不中绳墨[160]，其小枝卷曲而不中规矩[161]。立之涂[162]，匠者不顾[163]。今子之言，大而无用[164]，众所同去也[165]。"庄子曰："子独不见狸狌乎[166]？卑身而伏[167]，以候敖者[168]；东西跳梁[169]，不辟高下；中于机辟[170]，死于罔罟[171]。今夫斄牛[172]，其大若垂天之云。此能为大矣[173]，而不能执鼠。今子有大树，患其无用，何不树之于无何有之乡[174]，广莫之野[175]，彷徨乎无为其侧[176]，逍遥乎寝卧其下。不夭斤斧[177]，物无害者，无所可用，安所困苦哉！"

注释

〔1〕逍遥：自由自在，无拘无束的样子。游：交游，活动。逍遥游是指人的活动没有任何凭借，也不受任何束缚，即绝对的自由。

〔2〕冥（míng）：同"溟"，昏暗的样子，这里指海。北冥：北海。

〔3〕鲲：鱼卵。鱼卵本极小，庄子故意把它写成其大无比的鱼。这正是庄子滑稽的文笔，是庄子的"谬悠之说，荒唐之言，无端崖之辞"（《庄子·天下》）。

〔4〕怒而飞：即奋飞的意思。怒：奋发的样子。

〔5〕垂天之云：遮盖天际的云。垂：通"陲"，边际。

〔6〕海运：海动。运：动也。这里指海里掀起大风。南冥：南海。

〔7〕天池：天然形成的大池。

〔8〕《齐谐》：齐国谐隐之书。志：记。此言有一部叫《齐谐》的书，是专门记载怪异之事的。

〔9〕水击：指大鹏飞起时翅膀击打水面。三千里：指大鹏飞起时溅起的水花。

〔10〕扶摇：特大的旋风，大概类似龙卷风。这是庄子创造的词。

〔11〕去：离开。息：止歇。这句话的意思是一直飞了六个月才歇息。

〔12〕野马：指春天林泽间的雾气。山泽雾霭袅袅，远望好像野马奔腾。

〔13〕生物：指自然界生生不息的物类。在庄子看来，野马尘埃，也是生物。息：气息。

〔14〕苍：深蓝色。

〔15〕其：表反问的语气词，正色：真正的颜色。

〔16〕无所至极：没有办法到达它的尽头。极，尽头。

〔17〕其：指鹏。视下：从高空往下看。

〔18〕是：这样。指人从地上仰望天空。则已：而已。

〔19〕厚：深。

〔20〕负：载。

〔21〕覆：倒。

〔22〕胶：粘住不能动。

〔23〕斯：就。

〔24〕而后：然后。乃今：也是然后的意思。这里是同义重复表示强调。

〔25〕莫之夭阏：莫夭阏之的倒装。之：指大鹏。夭阏：阻拦。

〔26〕图：图谋，打算。

〔27〕蜩：蝉。学鸠：鸟名，即斑鸠。

〔28〕决：跃。

〔29〕抢：突，掠，冲上。

〔30〕时：有时。则：或。不至：指到不了榆树、枋树。

〔31〕控：投，掉下。

〔32〕奚：何，哪里。以：用。之：往。为：疑问助词。

〔33〕适：往，到。莽苍：指郊野。

〔34〕反：同"返"。

〔35〕果然：谓饱貌。

〔36〕宿：隔宿，隔天。舂：将谷子捣磨去壳成米。

〔37〕三月聚粮：提前三个月准备粮食，言其需要之多。

〔38〕之：此。二虫：指蜩与学鸠。古时将动物泛称为虫，鸟为羽虫，虎为大虫，人为裸虫。

〔39〕小知：低等智慧的生物。及：比。大知：具有高等智慧的生物。知，同"智"。

〔40〕小年：指短命的生物。大年：指长寿的生物。年，本指谷熟。谷一岁一熟，故泛指生命周期，也就是寿命的意思。

〔41〕奚以：何以，怎么。奚：何。然：这样。

〔42〕朝菌：一种生存期限很短的菌类植物。

[43] 蟪蛄：蝉。春秋：指一年。商及西周前期一年只分春秋两季，故以春秋代指一年。

[44] 冥灵：传说中的一种灵龟，寿命很长。

[45] 椿：传说中的一种大树。

[46] 彭祖：古代传说中的长寿者。或谓乃帝颛顼之玄孙，历虞、夏、商三代，年七百岁。乃今：而今。久：指长寿。特：独，特别。

[47] 匹：相比。

[48] 汤：商朝开国帝王。棘：夏棘，一称夏革，传说是商汤时贤人。商汤问夏棘事，见《列子·汤问篇》。是已：表示肯定、赞同。

[49] 穷发：指北方边远荒凉的不毛之地。穷，没有。发，指草木。

[50] 焉：兼词，于此。

[51] 广：宽。

[52] 修：长。

[53] 羊角：形容旋风曲行而上，形如羊角。

[54] 绝云气：指超越于九天云气之上。绝，穿越。

[55] 负：背负。

[56] 且：将。适：到。

[57] 斥鴳：生活在小池泽中的一种小鸟。斥，池，小沼泽。

[58] 仞：古代高度单位，以七尺或八尺为一仞。

[59] 蓬蒿：皆草名。这里泛指野草。

[60] 至：极。

[61] 辩：通"辨"，区别。

[62] 知：同"智"。效：验，这里是胜任的意思。

[63] 行：行为。比：投合，迎合。

[64] 徵：取信。

[65] 自视：自我估价。

[66] 此：指斥鴳。

[67] 宋荣子：传说是宋国的贤者。《庄子·天下篇》有宋钘

（jiān），《孟子》有宋牼，《荀子》有宋子，《韩非子》有宋荣、宋荣子，其实都是一人。从这些记载看，宋荣子思想杂糅墨家与道家。犹然：笑的样子。

[68]举世：全社会。举，全。誉：称赞。加：更加。劝：勉力，进取。

[69]非：非议，批评。沮：沮丧。

[70]定：认定，确定。内：主体，内心之精神世界，主观。如上文之"不加劝""不加沮"，皆指"内"。外：客体，外在之事物，客观。如上文之"誉""非"，均属"外"。分：分别。

[71]辩：通"辨"，别。境：界限。

[72]斯：这样。已矣：犹言罢了。已，止。

[73]彼：指宋荣子。其：句中语助词。

[74]数数：常常，多。然：这样。

[75]虽然：虽然如此。

[76]犹：尚且。树：立。未树：还没有树立的，也就是还不到家。

[77]列子：姓列，名御寇，战国时郑国人，哲学家，《庄子》《尸子》《韩非子》《吕氏春秋》《战国策》等并称其言举其事。但庄子笔下的列子，成了神话般人物。御风：驾风。

[78]泠然：轻妙的样子。善：高超完美。

[79]旬有五日：即十五天。旬：十天。有：又。

[80]致福：追求幸福。

[81]有所待：有所依靠。

[82]若夫：至于。乘：顺应。正：正气，指自然的本性。

[83]六气：指阴、阳、风、雨、晦、明。辩：通"变"。

[84]无穷：指时间与空间无穷无尽的境界。

[85]恶：何。

[86]至人、神人、圣人：皆庄子的理想人格。无己：忘掉自己。无功：不求有功。无名：不求声名。

[87] 尧：传说中的上古帝王，为"五帝"之一，名放勋，号陶唐。让：致，送。许由：传说中上古的隐士。

[88] 爝火：小火把。息：同"熄"。

[89] 时雨：适应时令而降的雨。

[90] 浸灌：指人工灌溉。

[91] 泽：滋润作物。

[92] 夫子：对人的尊称，这里指许由。立：指立为君主，践帝位。

[93] 尸之：指占据天子的位置。尸，主，作动词用。古代祭祀时以人扮充所祭之神以受祭，名曰尸。后引申作无其实而徒居其位之意。之，指天下。

[94] 缺然：有所欠缺，不够格。

[95] 请：表示请允许做某事。致天下：将天下让给许由。致，送。

[96] 子：对对方的尊称。

[97] 代：代替。

[98] 为宾：附属。

[99] 鹪鹩：一种善于筑巢的小鸟，也叫巧妇鸟。

[100] 偃鼠：即田鼠，喜饮水。

[101] 归休乎君：这是倒装句，即"君归休乎"！

[102] 为：语气词，用在句末表示感叹语气。

[103] 庖人：厨师。治庖：下厨掌勺。

[104] 祝：传鬼神辞为祝，即祭祀时执祭板对尸而祝，并传达鬼神旨意的神职人员。樽俎：代指祭祀用具。樽：酒器。俎：古代祭祀时盛放牛羊肉的器皿。

[105] 肩吾、连叔：皆庄子虚构的得道之人。《庄子·大宗师》亦言及肩吾。

[106] 接舆：传说是楚国狂士，隐居不仕。

[107] 大而无当：夸大不实，不切实际。大：浮夸。当：底，根据。

[108] 惊怖：惊奇。

[109] 河汉：天河，即银河。无极：没有边际，没有尽头。

［110］大有径庭：这里比喻接舆的话与实际人情相距甚远。径，户外的小路。庭，户内堂前地。二者互不相关。

［111］藐：辽远。姑射：神话传说中山名。相传是北海中神人居住之山。

［112］淖约：绰约，文静优美的样子。处子：处女。

［113］五谷：五种谷物，说法不一，或谓麻、菽、麦、稷、黍为五谷。这里代指人间食物。

［114］凝：聚。言其神志专一。

［115］疵疠：泛指物类的疾灾。疵，小毛病。疠，恶疮。年谷熟：即五谷丰登的意思。年，庄稼成熟。五谷丰收为有年。

［116］吾以是狂：吾以是为狂。以：以为。是：此，指上文接舆之言。狂：同"诳"，谎言。信：真实。

［117］然：这样。注意，这里不是认同肩吾的观点，而是说肩吾体认大道的水平不及此，故无怪乎其不信接舆之言。

［118］无以与：没有办法参与。这里指没有办法欣赏。与，参与。文章：各种色彩交织而成的美丽图案或花色。注意，用"文章"来指文辞是一种比喻，汉代以后才有这种用法。

［119］形骸：形体。

［120］是：此。其言：指上文关于瞽聋的那一段话。

［121］时：是。女：同"汝"，你。

［122］之人：这种人，指神人。

［123］之德：指神人的道德。

［124］旁礴：无所不包容。一：一体。

［125］蕲乎乱：即求乎治之意。蕲：求。

［126］孰：谁，这里指神人。弊弊焉：忙碌疲惫的样子。

［127］莫之伤：莫伤之。没有什么能伤害到神人。

［128］大浸：大水。稽：至。溺：淹没。被水淹死叫溺。

［129］流：熔化。

［130］秕糠：比喻琐碎而无价值的东西。秕：瘪谷。糠：谷皮。陶：烧制陶器。铸：铸造金属器具。这里用陶铸比喻造就、培育。尧、舜：传说中上古两位帝王，是人们传颂的圣人。

［131］宋：春秋诸侯国名，地在今河南商丘一带。宋是商朝的后裔。资：货，贩卖。章甫：商朝时的一种礼帽，上充首饰，须以发成云鬓，方能承戴此冠。

［132］断发：剃光头发。断，剪断。文身：在身上刺绘花纹。

［133］无所用之：没有用得着帽子的地方。

［134］四子：指王倪、啮（niè）缺、被衣、许由，是庄子虚构的所谓得道之人。

［135］汾水之阳：当即今山西临汾县。昔尧都于此。汾水，黄河支流，在山西。阳，水北山南为阳。

［136］窅然：怅然失意的样子。丧：遗忘。

［137］惠子：人名，姓惠名施，战国时宋国人，曾为梁惠王相。名家，是庄子的朋友和论辩的主要对手。

［138］魏王：即梁惠王。战国时魏自河东迁都大梁，故魏亦称梁。贻：赠送。瓠：葫芦，可剖为瓢。

［139］树：种植。成：言葫芦长成。

［140］实五石：指葫芦瓜的容积。实，葫芦瓜。石，容量单位，十斗为一石。

［141］水浆：偏义复词，指水。浆，泛指饮料。

［142］坚：指葫芦壁的坚硬度。举：承受得住。

［143］瓠落：廓落，空廓的样子。

［144］呺然：空而大的样子。

［145］掊：击破。

［146］拙于用大：不善于使用瓠的虚大。

［147］为：做，这里是制造的意思。不龟手之药：保护手皮肤不被冻裂的药。龟，皲裂，皮肤因干冻而破裂。

［148］洴澼：在水中漂洗捶打。絖：同"纩"，丝絮。

［149］请：请允许。方：不龟手药的药方。金：古代的货币单位。

［150］鬻技：出卖技术。鬻，卖。

［151］说：游说。吴：春秋诸侯国名，地在今江苏南部及浙江、安徽部分地区。

［152］难：发难，指越国对吴国发动战事。

［153］将：率军应战。

［154］裂：分割。封：将土地赏赐给人。此句主语是吴王。

［155］一：一样。这里指不龟手药在宋人手里和客人手里都能"不龟手"，这是一样的。

［156］或：不定指代词，有的。以封：因此而得到封地。

［157］虑：考虑，打算。樽：原义指酒器，这里指像酒樽模样的渡河用具，挂在腰间，又叫腰舟。

［158］蓬之心：比喻见识迂曲浅陋，不开窍。蓬，指野草。也夫：语气词连用，起加强语气的作用。

［159］樗：一种落叶乔木名。树形高大而木质粗劣。

［160］大本：指树身与主干。拥肿：即臃肿，指木瘤盘结，虚大不实。中：符合。绳墨：木匠画直线的工具。

［161］规矩：木匠用来画方圆的工具。

［162］涂：通"途"。

［163］匠者：木匠。

［164］今子之言：指上段关于"瓠"之大用的话。子：指庄子。

［165］去：遗弃。

［166］独：副词，表反问，难道。狸：即野猫。狌：即鼬鼠，俗称黄鼠狼。

［167］卑：低。卑身：趴下身子。

［168］敖：通"遨"。敖者：指路过的小动物。

［169］梁：乃"踉"字之假借，跳跃也。

［170］中：触到。机辟：猎人为捕捉鸟兽而设置的机关，如陷阱、捕兽夹之类。

［171］罔罟：捕捉鸟兽的网类的总称。

［172］嫠牛：即牦牛，形体较大。

［173］能为大：指有适应其庞然大物生存的本领。

［174］无何有之乡：什么也没有的地方。

［175］广莫：广袤，辽阔。

［176］彷徨：徘徊。无为：无所事事，无所作为。

［177］夭：折。斤：砍木头的斧子。

赏析

　　《逍遥游》是《庄子》的开篇之作，深刻揭示了庄子思想的要义，是理解庄子的钥匙。初中、高中语文教材都有《庄子·逍遥游》节选。对中学生而言，《逍遥游》既是他们接触《庄子》的开端，同时也是他们阅读《庄子》的一大难点。首先是理解文章主旨之难。一般认为，《逍遥游》这个题目就揭示了庄子的人生理想，也就是文章的主旨。然而，怎样的人生是逍遥的人生，如何才能做到"逍遥游"，却是见仁见智，莫衷一是。其次是理解文章结构、行文思路之难。清代刘熙载《艺概·文概》是这样形容庄子之文："文之神妙，莫过于能飞，庄子之言鹏曰'怒而飞'，今观其文，无端而来，无端而去，殆得'飞'之机者。"①

　　何谓"逍遥"？历代主要有以下两种不同理解：一是郭象所说的"夫小大虽殊，而放于自得之场，则物任其性，事称其能，各当其分，逍遥一也，岂容胜负于其间哉"②。意思是顺应天性、守住本真就可以无所牵累而自得其乐。什么是牵累？有为就是牵累。顾桐柏对此解释说："道者，销也；遥

---

　　①　（清）刘熙载：《艺概》，上海古籍出版社1978年版，第8页。

　　②　（晋）郭象注，（唐）成玄英疏，曹础基、黄兰发点校：《庄子注疏》，中华书局2011年版，第2页。

者，远也。销尽有为累，远见无为理，以斯而游，故曰逍遥。"①二是支道林所说的"夫逍遥者，明至人之心也。庄生建言大道，而寄指鹏鷃。鹏以营生之路旷，故失适于体外，鷃以在近而笑远，有矜伐于心内。至人乘天正而高兴，游无穷于放浪。物物而不物于物，则遥然不我得；玄感不为，不疾而速，则道然靡不适。此所以为逍遥也"②。意思是超越物我的种种界限，便可狂放而自在。什么是狂放？穆夜说："逍遥者，盖是狂放自得之名也。至德内充，无时不适，忘怀应物，何往不通！以斯而游天下，故曰逍遥游。"③郭象之说强调顺应本性，任其自然；支道林之解着重突破天然局限，解放天性。

《逍遥游》从鲲鹏之变开始讲起，水击三千里、抟扶摇直上九万里的大鹏与遨游于蓬蒿之间的蜩、学鸠、斥鷃，构思奇特、对比鲜明，让人过目难忘，而疑问也随即纷至沓来。如果说大鹏、小鸟的行文挑战的是读者的想象力，那么读到"野马也，尘埃也，生物之以息相吹也"便有些糊涂了。这句话是什么意思？放在大鹏展翅南飞宏阔气象的描写之后是何用意？"小知不及大知，小年不及大年"是说小知、小年比不上大知、大年吗？那为什么紧接着又说"而彭祖乃今以久特闻，众人匹之，不亦悲乎"？到底要不要比？"小大之辩"究竟是什么？是大鹏逍遥还是蜩和学鸠逍遥呢？要回答这些问题，我们还得回到文本。

首先，野马是指春天林泽间的雾气。山泽雾霭袅袅，远望好像野马奔腾。将细微的水气蒸腾说成是野马，正如将鱼卵说成巨大无比的鱼一样，是庄子的"谬悠之说，荒唐之言，无端崖之辞"。在这之前文章讲鲲鹏之大，其飞之高，其运之远，皆一般生物不可能为之，而鲲鹏习以为常，以为逍遥。此乃逍遥者之气概。不过我们要明白海运、水击三千里、抟扶摇、九万

① （晋）郭象注，（唐）成玄英疏，曹础基、黄兰发点校：《庄子注疏》，中华书局2011年版，第2页。
② 徐震堮：《世说新语校笺》，中华书局2001年版，第120页。
③ （晋）郭象注，（唐）成玄英疏，曹础基、黄兰发点校：《庄子注疏》，中华书局2011年版，第2页。

里，六月息种种，既是硕大鹏鸟之气势，也是其所待之条件。庄子说到这里，恐怕有人误会他专意赞叹鹏鸟的伟大，而鄙视细小的物事，所以赶紧补述了"野马尘埃"这几句。意谓鹏鸟之大，借海运而行，是依赖大自然的气息。而小到野马尘埃，也是依靠大自然的气息而行。大到极大，小到极小，皆依赖自然气息而行，说明不同生物受所处环境影响往往有所局限，各有所待。

紧接着的"天之苍苍，其正色邪？其远而无所至极邪？其视下也，亦若是则已矣"几句则进一步阐明，所谓天，即大自然，实际上是弥漫无穷的，所有生物，大鹏也罢，野马、尘埃也罢，无论极大还是极小，都在这个范围内活动，而这些活动又都是有条件的。偏处一端的观照者往往有所局限，或只看到此而看不到彼，或只看到彼而看不到此，而且往往也看不到这些活动所需要的条件。换而言之，在造化范围内，万物活动都有其必需的条件，也有其局限。而万物往往只能从自身的角度看彼物，其实转换一下视角，从彼物看此物，亦如从此物看彼物，只不过各不自知、互相不能理解罢了。正如蜩、学鸠、斥鴳不理解大鹏，而大鹏又何尝能理解它们？如果我们把此处的描写看成"互文"，理解起来会更加顺畅：鲲鹏可以自得其乐，同时也很难理解小鸟，正如小鸟可以自得其乐，但也难以理解鲲鹏一样。因为都受到各自条件的限制，各有局限。由此可见，尽管行文中庄子似乎对大鹏有所偏爱，但这应该只是欲抑先扬的手法而已，庄子本质上是泯除大小，对世间万物一律视为平等的。这其实也为下文的小大之辩定了基调。

其次，"小知不及大知，小年不及大年"中的"不及"不是"比不上""不如"的意思，庄子在这里要说的是物分小知大知、小年大年，是自然的分别，是客观存在的区别，如同鲲鹏、小鸟，朝菌、蟪蛄、冥灵、大椿、彭祖、众人等一样，都各有所适，也各有局限，所以不能互相比较，也不必互相企慕。小鸟不可嘲笑大鹏，众人也不必仰慕彭祖。

最后，虽然庄子一再说物各其适、不必比较，但是大鹏和小鸟这两个显而易见的参照物还是让古往今来无数学者执着于要去比较并讨论：大鹏和小鸟到底谁逍遥？

第一种观点是消解小大之别，主张只要各安其性，则大小皆可逍遥。以郭象为代表，他说："各以得性为至，自尽为极也。向言二虫殊翼，故所至不同，或翱翔天池，或毕志榆枋，直各称体而足，不知所以然也。今言小大之辩，各有自然之素，既非跂慕之所及，亦各安其天性，不悲所以异，故再出之。"①宋代王安石之子王雱也持同样见解："鲲鹏之图南，斥鷃笑之；斥鷃之腾跃，自以为足矣，此小大之不同也，故曰此小大之辩。然鲲鹏斥鷃各有其体，所以不逍遥尔。夫逍遥者岂离乎本体哉，但能各冥其极，均为逍遥，累乎其体，均为困苦。故逍遥之与困苦，特在其了与不了之间尔。"②郭象认为各安其性皆逍遥，王雱认为各冥其极为逍遥，但庄子明明既说二者的逍遥，也说二者的不逍遥。换而言之，如果说鲲鹏、小鸟都逍遥了，那么也就可以说鲲鹏、小鸟都不逍遥，二者不可只取其一而言之。

第二种观点是破小立大，认为去除浅见，神游寥廓，方是逍遥。罗勉道说："此一节，说蜩、鸠、斥鷃化之小，而反笑鹏之九万里。凡言'九万里'者四，大意只解说此句，要见天池，距天实有九万里，太虚寥廓，神游无碍，以破世俗浅漏之见，而豁其逍遥之胸次。"③陆长庚也说："教人把胸襟识见扩充一步，不得以所知所历者而自足也。"④此观点认为鲲鹏（大）逍遥而小鸟（小）不逍遥，因为鲲鹏展翅九万里，何其逍遥，而斥鷃受制于蓬蒿之间，当然不逍遥，而且如前所述，庄子的行文的确有明显的美鲲鹏而贬斥鷃之意。但庄子在文中也说"风之积也不厚，则其负大翼也无力"，显然大鹏图南有待于风，没有风，大鹏也就没有了南飞的可能，由此可见大鹏也是不能逍遥的了。

第三种观点认为大小皆不逍遥，如支道林所说，鲲鹏受制于体大须御

① （晋）郭象注，（唐）成玄英疏，曹础基、黄兰发点校：《庄子注疏》，中华书局2011年版，第9页。

② 王水照编：《王安石全集第9册外编老子训传南华真经新传元泽佚文》，复旦大学出版社2016年版，第196页。

③ （宋）罗勉道撰，李波点校：《南华真经循本》，中华书局2016年版，第9页。

④ （明）陆西星撰：《庄子副墨》，华龄出版社2018年版，第4页。

风，斥鷃受制于矜伐之心，所以皆不逍遥。①当然也有人认为鲲鹏斥鷃皆受制于环境，所以皆不逍遥。但和第二种观点一样，庄子既说了二者的不逍遥，也说了二者的逍遥。单方面认为大小皆不逍遥，与单方面认为小大都逍遥一样，都不符庄子原意。

第四种观点认为庄子只是用鲲鹏、小鸟作比喻，而不是讨论鲲鹏、小鸟谁逍遥，所以没有必要争论谁逍遥。②但是《逍遥游》总论部分用鲲鹏、小鸟意象统领全篇，而且反复用重言证明，绝不只是比喻而已。二者的大小之辩显然是全文主旨的重要内容，不能忽视。

综上所述，我们认为，《逍遥游》的小大之辩可分两个层面来理解：一是生物形体层面，万物不论大小，不论生存环境如何千差万别，不管是身居高位还是蟄处下层，不管是富贵还是贫穷，都有自适其性和"有待"的一面，从这个意义来说，大小一也。二是从生物识量的层面，如能认识到万物不论大小，不论生存环境如何千差万别，都存在"有待"的一面，并且能自适其性，则为大，不能认识到这一点，不能自适其性，而是以己度人，以此抑彼，则为小。小鸟不理解甚至嘲笑鲲鹏，显然就是识量小者。而鲲鹏并未以己度人，以此抑彼，相较于小鸟，鲲鹏识量为大。总而言之，所谓小大之别，一方面是说物各有性，大鹏与小鸟本性有所不同；另一方面也是说不同生物的识量也不同。庄子笔下的大鹏，其识量要比小鸟大，因为大鹏之"待"在于客观条件的限制，如风，如高度。而小鸟之"待"既在客观，又在主观。客观是万物以息相吹，即需要气息吹动才能运动；主观而言是小鸟看不到自己的局限性而对大鹏冷嘲热讽。

庄子此处以鹏、雀作比，说明识量小者往往自以为是，但同时，庄子又让人们不要看到泽中之雀自夸自满讥笑大鹏，就以为只有小鸟识量短浅，其实人类何尝不是如此？从而引发下文对人世间的思考。

从"夫知效一官，行比一乡，德合一君，而征一国"的世俗之人，到宋

---

① 徐震堮：《世说新语校笺》，中华书局2001年版，第120页。

② 张松辉：《〈逍遥游〉的主旨是无为》，《齐鲁学刊》1999年第1期。

荣子、列子，虽然能耐越来越大，识量越来越大，"有待"程度越来越低，但终不能摆脱所处环境的局限，仍有所待。即便是列子也还要依靠风，没有风，他就无能为力了。既然有所待也就不能随意自在，不能称之为逍遥游。就像鲲鹏虽然比小鸟识量大，但仍然有所待，所以算不上真正的逍遥一样。那么，庄子所说的"无所待"之游究竟是什么呢？

有人认为"无所待"就是顺物应变，如能顺应万事万物的变化就可以无穷而逍遥。郭象说："乘天地之正者，即是顺万物之性也；御六气之辩者，即是游变化之涂也。如斯以往，则何往而有穷哉！所遇斯乘，又将恶乎待哉！此乃至德之人玄同彼我者之逍遥也。"[1]王雱也说："夫乘天地之正，而御六气之辩以游无穷者，此圣人之所能也。夫圣人尽道之无，入神之妙，与物不迕，惟变所适，其所往则不疾而速，其所来则不行而至，圆通用流，无所滞碍，了然逍遥而岂有所待。"[2]王夫之说得更详细："'若夫乘天地之正'者，无非正也。天高地下，高者不忧其亢，下者不忧其汙，含弘万有而不相悖者，皆可游也。'御六气之辩'，六气自辩，御者不变，寒而游于寒，暑而游于暑，大火大浸，无不可御而游焉，汙隆治乱之无穷，与之为无穷，则大亦一无穷，小亦一无穷，乡国可游也，内外荣辱可游也，泠然之风可游也，疾雷迅飙、烈日冻雨可游也。己不立则物无不可用，功不居则道无不可安，名不显则实固无所丧。为蜩、学鸠，则眇乎小而自有余，不见为小也；为鲲、鹏，则謷乎大而适如其小，不见为大也，是乃无游而不逍遥也。"[3]

又有人认为，"无所待"就是游神无极之先，如能游神无极之先，则可无待而逍遥。刘辰翁说："乘天地之正者，立乎万物之初，一气之上，无

---

① （晋）郭象注，（唐）成玄英疏，曹础基、黄兰发点校：《庄子注疏》，中华书局2011年版，第11页。

② 王水照编：《王安石全集第9册外编老子训传南华真经新传元泽佚文》，复旦大学出版社2016年版，第197～198页。

③ （明）王夫之著，船山全书编辑委员会编校：《船山全书》（第13册），岳麓书社1996年版，第87页。

阴无阳，无风雨，无晦明，虽天地与我并生，而万物惟我独立矣，而非以有形托于彼也。"①罗勉道说天地之正气，即人所得以生者；六气，散在天地间而具于人身者也。"若乘天地之正而御六气之辩，以神游无极者，无非取之吾身，又何待于外？至此无不化矣。"②陆长庚云："舍夫乘阴阳二气之正，御六时消息之变，以游神于无极之先，则彼且恶乎待哉？"③

如果能顺应自然的本性，驾驭六气的变化，而遨游于无穷无尽的境界，那还要依靠什么呢？这就是挣脱环境的束缚，进入无所待的境界，就是与道同体的境界。这样的境界说起来容易，而要真正去落实谈何容易？那么，如何才能做到呢？庄子直接给出答案：至人无己，神人无功，圣人无名。那至人、神人、圣人有何区别呢？无己、无功、无名又是什么意思？

有人主张至人、神人、圣人三者实无区别。成玄英言："'至'言其体，'神'言其用，'圣'言其名。故就体语'至'，就用语'神'，就名语'圣'，其实一也。诣于灵极，故谓之至；阴阳不测，故谓之神；正名百物，故谓之圣。一人之上，其有此三，欲显功用名殊，故有三人之别。"④今人张默生、谢祥皓皆持此说。张默生对此有非常详细的阐释，他说："乘天地之正，即是顺万物的本性，使物物各遂其自然的法则，一任其盈虚消长，没有丝毫的造作之意，去触犯这自然的大法。御六气之辩，即是游变化的坦途，大自然无时无刻不在变化着，我亦随其变化而变化，即是所谓物来顺应，因物付物。决不作执一守故的妄行。如此，则与大化为一，也就是与道为一。道是无所不在，无时不有的，我也是无处而不自得，无时而不逍遥的。道是独立不改，周行而不殆的，我也是真宰常存，健行不息的。如此，则随变是适，以游无穷，还有什么等待的呢？这便是逍遥的极境了。能达到这种极境的，称之为'至人'也可，称之为'神人'也可，称之为'圣人'

① （明）焦竑撰：《庄子翼》卷一，金陵丛书本，第1192页。
② （宋）罗勉道撰，李波点校：《南华真经循本》，中华书局2016年版，第10页。
③ （明）陆西星撰：《庄子副墨》，华龄出版社2018年版，第4页。
④ （晋）郭象注，（唐）成玄英疏，曹础基、黄兰发点校：《庄子注疏》，中华书局2011年版，第12页。

亦可。'至人无己'，是按其本体说，他是与道为一，也即是与万物为一，故云无己。'神人无功'，是按其功用说，他是无为而无不为的，虽说功在万世，却又无功可见，故云无功。'圣人无名'，是按其名相说，他是常守'无名之朴'的，虽说是歌颂载道，而又荡荡乎民无能名，故云无名。道的体用如此，得道的人亦复如是。"①谢祥皓也说："'无己'言其体，'无功'言其用，'无名'言其社会影响，均要求消除自我，超越自我。"②

有人则认为至人、神人、圣人三者有深浅之别。如罗勉道说："大而化之谓圣，圣而不可测之谓神，至者神之极。三等亦自有浅深。"③三者的极致是至人。圣人之说诸家皆有，而神人、至人的确是庄子的创造。从这个角度来看，认为三者得道程度有所差异也讲得通。

至于无己、无功、无名三者的内涵，亦主要有两种观点：其一，就入道状况解。王雱认为："至人知道，内冥诸心，汎然自得而不累于物，故曰无己。神人尽道，无有所屈，成遂万物而妙用深藏，故曰无功。圣人体道，寂寞无为，神化荡荡而了不可测，故曰无名。"其二，就处世态度解。陈寿昌主张："至人无己，不存我相；神人无功，不为世用；圣人无名，不求人知。"

综上所述，我们认为庄子的无己、无功、无名有下面几层涵义：

首先，无己即无我，就是不要有谋求自身利益的想法，消弭自我意识。这里所说的自我意识与人的觉醒的自我意识、生命意识不一样，它更多指向人的私欲、成见。道家认为，人世间各种矛盾纷争都是由于人们自私自利造成的。无己就是要去除"我"的执念，正如《老子》所说："吾所以有大患者，为吾有身，及吾无身，吾有何患。"④能无我，才能与道和一，实现大我。其次，无功即不追求功业。正因为不刻意追求功业，所以才能成就最大的功业，也就是《老子》所说的"无为而不为"⑤"功成事遂，百姓皆谓：

① 张默生原著，张翰勋校补：《庄子新释》，齐鲁书社1993年版，第79～80页。

② 谢祥皓：《庄子导读》，中国国际广播出版社2008年版，第140页。

③ （宋）罗勉道撰，李波点校：《南华真经循本》，中华书局2016年版，第11页。

④ 陈鼓应注译：《老子今注今译》，商务印书馆2016年版，第121页。

⑤ 陈鼓应注译：《老子今注今译》，商务印书馆2016年版，第250页。

我自然"①。最后，无名即不追求世俗的名誉，挣脱名缰利锁。无名是道的基本属性。帛书《老子》三十七章："道恒无名，侯王若守之，万物将自化。化而欲作，吾将镇之以无名之朴。"无名是最大的名，正如无誉是最高的誉。《老子》三十九章："至誉无誉。"不过，在老子这里，无我、无功、无名是手段，而庄子的无我、无功、无名本身就是目的。所以，庄子的无己、无功、无名不能简单地看成是无欲无求，它追求的是最大的利益，是大我、大功、永恒之名。

庄子"至人无己，神人无功，圣人无名"的人生境界，就是逍遥游的境界，是《庄子》的总命题。可以说，《庄子》一书都在回答这一问题，这也是《逍遥游》成为《庄子》总纲的根本原因。

那么，庄子提出"无己、无功、无名"的意义在哪里？庄子所处的时代是理性觉醒、哲学突破的文化轴心时代。当时的思想家虽然政治主张不同，哲学理念不同，但都不约而同地提出了超越物质欲求、追求精神需要的人生理想。孔子说："饭疏食，饮水，曲肱而枕之，乐亦在其中矣。不义而富且贵，于我如浮云。"②孟子云："鱼，我所欲也；熊掌，亦我所欲也。二者不可得兼，舍鱼而取熊掌者也。生，亦我所欲也；义，亦我所欲也。二者不可得兼，舍生而取义者也。"③他们共同描述了儒家崇尚的君子品格。而庄子则第一次明确提出无己、无功、无名，认为"与道为一"就是人生的理想境界。应该说，孔子、孟子和庄子论述的人生境界虽然有很大的差异，对所崇尚的"道"定义也不同，但对人必须超越物质性欲求的要求却是一致的。儒道之"道"是人的精神世界高度的追求，是春秋战国文化轴心时代哲学突破的重要成果，是中华民族代代相传的宝贵精神财富。当代共产党人"我将无我，不负人民""功成不必在我，功成必定有我"的崇高精神境界，虽然与儒道之道有很大的差异，但都主张不汲汲于一己之私欲，昭示着为实现远大理想不惜舍弃个人的功名物欲，甚至舍生取义，这正是对中华优秀传统文

① 陈鼓应注译：《老子今注今译》，商务印书馆2016年版，第141页。
② 杨伯峻译注：《论语译注》，中华书局2006年版，第80页。
③ 杨伯峻译注：《孟子译注》，中华书局2010年版，第245页。

化精神传承基础上的升华，是我们民族为世界创造的伟大的精神财富。

但也有人认为，庄子无己、无功、无名的人生观是无所作为、消弭自我，是消极的。诚然，人生活在现实世界中，不可能完全没有束缚，人的欲望没有止境，人的需求也不可能全部实现，所以，在现实的物质世界中实现绝对的逍遥几乎是不可能的。从这个层面上讲，"乘天地之正，而御六气之辩，以游无穷"的逍遥游就成了虚无缥缈的幻境，而且很容易被理解为逃避现实、消极处世的托词。我们认为这种理解是没有洞察庄子无己、无功、无名的真意。

首先，庄子的无己、无功、无名主张忘掉小我，与道为一。庄子的无己不是不要我、没有我、舍弃我，而是要坚守我的纯粹与自然。此处的"己"是吾丧我中的"我"，是非彼无我、非我无所取中的"我"，是"坐忘"之前与道分离的那个"我"。而"无己"之后不是虚空，"无己"之后的主体依然存在，是"入于天""游心于物之初"的那个主体，是《齐物论》所说的"天地与我并生，而万物与我为一"的那个"我"。"无己"实际便是入道，"无己"的主体成为道的组成部分，与道不分彼此、合二为一。习近平总书记说："各级领导干部要有功成不必在我、功成必定有我的境界，不要搞急功近利的政绩工程，多做一些功在当代、利在长远、惠及子孙的事情。"在中央政治局党史学习教育专题民主生活会上，习近平总书记又指出："中央政治局的同志要自觉践行初心使命，有大格局、大情怀，站得高、看得远、谋得深、想得实，看淡个人得失、看开功名利禄，时刻以党和人民事业为重，始终同人民群众心心相印、生死相依、命运与共。"虽然庄子所谓的道与当代中国共产党人一心为民的境界不可同日而语，但是"功成不必在我，功成必定有我"与"无己、无功、无名"在忘记小我成就大我、抛掉私心成全初心这一点上无疑是相通的。2019年3月22日，国家主席习近平在罗马会见意大利众议长菲科。菲科问习近平："您当选中国国家主席的时候，是一种什么样的心情？""因为我本人当选众议长已经很激动了，而中国这么大，您作为世界上如此重要国家的一位领袖，您是怎么想的？"习近平主席的目光沉静而充满力量，他说："这么大一个国家，责任非常重、工作非常艰巨。我将无我，不负人民。我愿意做到一个'无我'的状态，为中国的发展奉献自己。"看淡个人得失、看开功名利禄，"无我"地奉献，这是中国共产党人初心本色的真实写照，也无妨看成是"无己、无功、无名"方能逍遥的当代话语转换。

其次，庄子的无己、无功、无名在根源处消解了二难选择的发生。儒家的人生观是一道选择题，当富贵贫贱与道产生不可调和的矛盾之时，宁愿选择道。所以孔子说："不义而富且贵，于我如浮云。"[①]当生存与义产生不可调和的矛盾之际，孟子说得更激越：宁愿舍生而取义。这虽然可歌可泣，自古至今，无数仁人志士舍生取义、为道献身，自然值得敬重和传颂，但这种选择也容易走向某种宁为玉碎、不为瓦全的极端，比如屈原。在道和生之间选择道，既是对道的弘扬，但也是对生的轻视，向来被视为利己主义代表人物的杨朱显然看到了这种主张可能带来的危害，所以他也将命题推到极致：拔一毛以利天下而不为。这是从对道的极端推崇走向了对生命的极端推崇。庄子也看到了儒家的主张可能带来的弊端，他的处理则显得更有智慧，庄子不像杨朱那样走向完全利己的极端，而是让自己从一开始就不要也不必去面对"道"与"利"、"生"与"义"这样的二难选择，因为他主动选定"无己、无功、无名"，把它作为逍遥的人生境界的唯一尺度。庄子这个观点的积极意义就在于从某种程度上解决了理想与现实可能出现的矛盾，不必选择，只需不断修炼自身、抵达逍遥。

再次，庄子的无己、无功、无名为在现实社会遭受挫折、怀才不遇的仁人志士提供了精神栖息的家园。孔子曰："邦有道，如矢。邦无道，如矢。"又说："邦有道则仕，邦无道则可卷而怀之。"[②]孔子在这里提供了两种人生选择，有的如史鱼，不管乱世还是治世，他都如箭一般刚直；有的如蘧伯玉，政治清明就为官，政治黑暗就归隐。孔子对这两人都给予了赞许，不过后者显然更容易为人所接受，所以孟子将其发展为："穷则独善其身，

---

① 杨伯峻译注：《论语译注》，中华书局2006年版，第80页。

② 杨伯峻译注：《论语译注》，中华书局2006年版，第183页。

达则兼济天下。"①这也成为两千多年来为士大夫广为称道的为人处世的法则。而庄子的无己、无功、无名则为在现实受挫的仁人志士提供了另外一种出路。陶渊明深谙其道，他在《归去来兮辞》中说："已矣乎！寓形宇内复几时？曷不委心任去留？胡为乎遑遑欲何之？富贵非我愿，帝乡不可期。怀良辰以孤往，或植杖而耘耔。登东皋以舒啸，临清流而赋诗。聊乘化以归尽，乐夫天命复奚疑！"这是陶渊明从对田园生活的憧憬，深化为对生命的哲思。陶渊明为什么能够既不去追求世俗的富贵荣华，又不去寻求长生不老的神仙世界呢？这是因为庄子早就为他构建了一个顺应生命本质变化、任其随心所欲、自然生死的逍遥游的境界。苏轼《赤壁赋》中所云也是如此，苏子曰："客亦知夫水与月乎？逝者如斯，而未尝往也；盈虚者如彼，而卒莫消长也。盖将自其变者而观之，则天地曾不能以一瞬；自其不变者而观之，则物与我皆无尽也，而又何羡乎！且夫天地之间，物各有主，苟非吾之所有，虽一毫而莫取。惟江上之清风，与山间之明月，耳得之而为声，目遇之而成色，取之无禁，用之不竭，是造物者之无尽藏也，而吾与子之所共适。"在大自然风光最美好的时候，静心凝神，取之不尽用之不竭，任其自然，又怎么会再去牵挂俗世间的有无、得失、消长呢？精神既已自由，夫复何求？

最后，庄子的无己、无功、无名为中国人保存了难能可贵的精神的超越。讲到这里，也许很多人仍要追问：庄子无己、无功、无名的人生境界在现实生活中有没有可能实现？我们认为，庄子学高行远，他虽然也凝视人间冷暖，但他更看重的是独与天地精神往来，因此，庄子所说的完全无待的逍遥，是一种绝对的精神自由，只能在精神层面实现。春秋时期，儒家已为显学，不语怪力乱神的孔子关注的是世俗的种种伦理关系，"未知生焉知死"的实践理性主义让想象折戟，思想更为激进的孟子依然为社稷奔波，三任祭酒的荀子亦汲汲于人事，腾云驾雾、餐风饮露的山林风范只在庄子这里保留并持存。这份精神的超越是中国人在密集的伦理关系的罅隙中持有的一丝天外来风，是星云飞天在中国人生命中闪过的吉光片羽，它对自然有善意、有

---

① 杨伯峻译注：《孟子译注》，中华书局2010年版，第281页。

尊重、有好奇、有关爱，而无关征服、拯救或较量，它是天地人神的商量问答、交相养护。庄子所描绘的逍遥游的境界和实现逍遥游的方式，因其超越性的类似宗教的情怀，不单为神仙说提供了理论依据，也为后来的宗教修炼学说留下了空间。但这绝不可片面地看成是庄子的消极影响，庄子并没有创设实在化的一神或独神的企图，他那孕万物且蕴万物的"道"也不是要人们虔诚笃信的唯一神，超越性并没有变为一统天下的精神垄断。文学需要想象力，需要超越性，需要把人类的思想引向比天地更为广阔的精神宇宙的召唤，庄子的无己、无功、无名合则唯道集虚，开则与道俱化，在天、地、人、神的交相提升中虚己成化。

自篇首至此是全篇的总论，其归结之点，为自"若夫乘天地之正"至"圣人无名"数句。这几句可视为本文的篇眼。以上若干话，因其"有所待"的缘故，几乎都是从反面立论的文字。这几句才是本篇的正意，因其"无所待"的缘故，必须无己、无功、无名，才是达到逍遥游的境界，这就是庄子所说的"道体"。这道体，是活泼泼的，有体也有用的。所谓"至人""神人""圣人"，都是这道体的化身，可说是"三位一体"，但与基督教中所说"三位一体"却不一样。庄子的人生最高境界，正是期合着"与道同体"而解脱自在。以下各段就是分证此数句的涵义。每段或用寓言的写法，或用重言的写法，有时亦做现身说法，都能自成一意。故离之可以各自成篇，合之则统属于总论，这是庄子的特殊文体。《列子》及《淮南子》，有时模仿此种体裁，但都未能及其精核。此外同期及往后的著作中，则很少见到这类体制。以下且看这数段分论：

首先是"尧让天下于许由"的故事，"越俎代庖"的成语便出自本段。意思是在祭祀时，祭师是主，庖人是仆，所以不能越俎代庖，自失身份。同时因为祭祀时尸祝要斋戒洁身，所以不能越俎代庖，靠近膻腥。张默生说："本段就是庄子的'重言'，他假借'尧让天下于许由'的事，以明'圣人无名'之义。"①后文凡见庄子假托古人立论者，都是重言一类，可以例

----

① 张默生原著，张翰勋校补：《庄子新释》，齐鲁书社1993年版，第82页。

推。我们必须了解，无论是重言还是寓言，其中必藏有庄子自己。本段中的许由，就是庄子的代言人。在许由看来，"治大国若烹小鲜"，国家应当是无为而治。尧既有心治天下，就落入有为而治，正如庖人的有心治庖，不似尸祝的无为而处。有为而处，则万物难以各得其所，因为其违反了自然大化的法则。无为而为才是自然大化的常法，同时，无为的结果却是自然而然而无不为的。有为，就有造作，就有声闻；无为，就是任其自然，也就无名可指。古语云："帝力何有于我哉？"《老子》云："百姓皆谓我自然。"①正是"圣人无名"的极好注脚。

其次是肩吾与连叔关于姑射山神人的对话。本段的写法，是"重言"中包括"寓言"。从肩吾与连叔的问答形式看，是重言，中间叙述接舆所称说的姑射山神人体象一事，是寓言。后文相同的论述方式，可依此例推。文中的神人是本段讨论的主题，是借以喻道之功用的。总论中"神人无功"一语是本段的主旨，也在此得到了具体的说明。接舆、连叔，都是庄子的代言人。庄子在全书中，往往喜欢把抽象的道具体化，拟人化；此神人，便是如此。几乎《庄子》的每篇中，都有这种写法。而连叔的一番议论，更是为神人的体象加以充分的说明，也就是为大道的体用，予以合理的诠释。所谓"物莫之伤"者，大道是体物而不遗的，水不得它不流，火不得它不燃，一切的事物不得它不成，物又何能伤害它呢？这是就其本体而言。至其功用呢？它的功用，正是它本体的自然流行，自然散发，而物物即各得其所。神人与道不二，自然可无为而为。虽功垂万世，却不肯以功自见，故曰：神人无功。②

最后便讲到了资章甫于越国的宋人和见四子的尧。宋人完全是以自己的好尚去推度别人，以为天下人都跟自己一样留着头发、需要戴帽子，这就是不能"忘己"。这个故事正是"圣人无己"的反面，在此段是陪衬的说法。以下尧见四子才是阐述"圣人无己"的正面意思。关于四子有几种说法：一

---

① 陈鼓应注译：《老子今注今译》，商务印书馆2016年版，第141页。

② 张默生原著，张翰勋校补：《庄子新释》，齐鲁书社1993年版，第85页。

是指四师。即王倪、啮缺、被衣、许由。二是指四德、四大。成玄英认为：四子者，四德也：一本、二迹、三非本非迹、四非非本迹也。言尧反照心源，洞见道境，超兹四句，故言往见四子。[①]范应元曰："四子喻四大，藐姑射言其幽渺，谓尧虽治天下、平海内，迹若有为而心不离道，能反观四大于幽渺之中。"[②]三是认为四子不必定指。林希逸说："四子既无名，或以为许由、啮缺、王倪、被衣。或曰《山海经》云：'藐姑射在寰海外；汾阳，尧都也。在尧之都，而见姑射之神，即尧心也。'一本、二迹、三非本非迹、四非非本迹也。如此推寻。转见迂诞，不知此正庄子滑稽处，如此揣摸前后解者，正落其圈襛中，何足以读《庄子》？其实皆寓言也。"[③]四是指神人。浦起龙曰："无名子，即神人。"[④]高亨则说："'四'疑原作'是'，声近而误。'是子'即前文藐姑射之山之神人也。"[⑤]

至于如何理解尧"窅然丧其天下焉"，也有不同的观点：有人认为这是说尧身在汾阳，而心往姑射，故若丧天下。郭象的"天下虽宗尧，而尧未尝有天下也，故窅然丧之。而尝游心于绝冥之境，虽寄坐万物之上而未始不逍遥也"，[⑥]成玄英的"圣人无心，有感斯应，故能缉理万邦，和平九土，虽复凝神四子，端拱而坐汾阳；统御万机，窅然而丧天下。是以姑射不异汾阳，山林岂殊黄屋"[⑦]都是这个意思。有人认为这是说尧往姑射，归汾阳，

① （晋）郭象注，（唐）成玄英疏，曹础基、黄兰发点校：《庄子注疏》，中华书局2011版，第18～19页。

② （宋）褚伯秀撰，方勇点校：《南华真经义海纂微上》，中华书局2018年版，第29页。

③ （宋）林希逸撰，周启成校注：《庄子鬳斋口义校注》，中华书局1997年版，第10页。

④ 崔大华：《崔大华全集第2卷庄子歧解》，社会科学文献出版社2022年版，第30页。

⑤ 高亨：《诸子新笺》，齐鲁书社1980年版，第54页。

⑥ （晋）郭象注，（唐）成玄英疏，曹础基、黄兰发点校：《庄子注疏》，中华书局2011版，第18页。

⑦ （晋）郭象注，（唐）成玄英疏，曹础基、黄兰发点校：《庄子注疏》，中华书局2011版，第19页。

而后有丧天下之感。林希逸说："此章亦见广而后知自陋之意。以尧之治天下、古今第一人矣，而于汾水之南，见四子于藐姑射之山犹且恍然自失，况他人乎？"[1]罗勉道说："汾阳，尧所都。尧见四子于藐姑射之山，归汾水之阳，而窅然若丧其天下，盖见四子而自失也。"[2]

当尧治天下之民，平海内之政的时候，还是有心去治民、有心去为政的，在庄子看来这样便不能算是"忘己"。等到他到藐姑射山、汾水之阳拜见得道的四子之后，顿有所悟，才知天下原乃身外之物，实不足为治，更不值得眷恋。能忘天下的人，必须先能忘己；若自身不忘，势必如宋人的固执己见，又怎能忘天下之大器呢？所以能达到物我同泯的境界，则忘天下亦即忘我了。这便是所谓"至人"。故曰：至人无己。本段亦当属重言之类，借尧之忘天下，以明"至人无己"的意思。

至此，"至人无己，神人无功，圣人无名"便由三段四个故事分论完毕。然而庄子仍觉意犹未尽，所以又用自己与惠子的两段对话来进一步阐释"逍遥游"之理。

庄子与惠子的关系颇为微妙，他们应该相识于微时，两个都是绝顶聪明之人，所以时时能进行针锋相对的论辩，有人甚至说，一部《庄子》，就是庄子与惠子的论辩集，此言虽然偏执，但也有一定的道理。作为庄子理论体系中最为重要的概念——逍遥，便是在与惠子的论辩中首次出现的，这很难说只是无意为之的巧合。惠子对功名利禄比较热衷，所以早早就凭着自己的聪明才智官至丞相，而庄子却极力维护自己人格的独立、精神的自由，即使面黄肌瘦、穿着破旧的草鞋，过着有一顿没一顿的生活，他仍不肯向现实妥协。可见他们两人对人生的追求是不同的，甚至于庄子有一次路过魏国，惠子为了防止自己被庄子取而代之，下令搜城三日，惠子因此被庄子讽刺为嗜食腐鼠的猫头鹰。但是，这些并不妨碍他们进行思想的交锋。庄子在过惠子墓时说："自夫子之死也，吾无以为质矣!吾无与言之矣。"（《庄子·徐

---

[1]　（宋）林希逸撰，周启成校注：《庄子鬳斋口义校注》，中华书局1997年版，第10页。

[2]　（宋）罗勉道撰，李波点校：《南华真经循本》，中华书局2016年版，第13页。

无鬼》）这番深情的表白，足见两人在思想上的高度契合。

大瓠之种一段是庄子借着与惠子的问答，以明二人的思想不同。惠子执着大小，执着有用为用，而暗中却是讥讽庄子之言乃"大而无用"。庄子则一无执着，是因物为用，故说惠子正是"拙于用大"的。次段的涵义也可说是借以说明"乘天地之正，而御六气之辩"的道理。我们从这一段中可见惠子的名家本色，惠子注重分析，由整个的葫芦而分剖为瓢，由瓢又击为碎片，这便是一种分析的精神，也正是名家的实质。惠子的意思，原在求其有用，于是就以有为的态度，去寻求大瓠的适用条件，结果则归于完全无用。像这样的拿成见来对待事物，就是"有所待"了。有所待，自然不能优游自得，又何能谈到逍遥游呢？庄子是注重浑同的，也就是反对以成见成心去分析事物以致其破碎支离。他循顺万物的本性，随着自然的变化而变化。比如既然大瓠不能盛水，又何必一定使它盛水呢？为什么不顺其本性作为腰舟而渡呢？此段中"何不虑以为大樽，而浮于江湖"二语，真是要妙之言！这就是"无所待"而无所不适，点出"逍遥游"之真谛。①

吾有大树一段与上段是同样的写法，在上段中，惠子说五石之瓠，是大而无用的；庄子就说他是"拙于用大"。在本段中，惠子又说臃肿之樗，是大而无用的，并且讥讽庄子之言，也是大而无用的。面对惠子一再的挑衅，庄子设喻作答，进一步说明"以无用为用"，以应总论中"游无穷"及"无所待"之言，归结于逍遥游主旨。本篇至此，可谓阐发无遗义了。大道是无穷的，不受时空限制，我亦当因时而动，随遇而安；大道是自然而然的，亦即是任运而化的，我亦当廓然大公，物来顺应。如果能做到心存此意，则其精神显发，始可"上与造物者游，而下与外死生、无终始者为友"，不受形体之限，不为外物所累。终无往而不逍遥了。②

《逍遥游》最突出的特点，在于将深奥的哲学思想通过生动形象的文学手段表现出来，形成哲理与文学的奇妙结合，形象思维与理性思维（抽象思

---

① 张默生原著，张翰勋校补：《庄子新释》，齐鲁书社1993年版，第85页。

② 张默生原著，张翰勋校补：《庄子新释》，齐鲁书社1993年版，第92页。

维、逻辑思维）的巧妙对接。理性思维是运用概念、判断、推理等形式来认识现实的一种思维活动；形象思维则是通过形象、感性、具体等形式来认识世界。《逍遥游》既讲哲理，又绘形象，含蕴哲理于形象之中。其形象思维与理性思维错综交织，浑然一体，形成《庄子》文章的独特风格。

其实，以文学手段表现一定的思想理论，在先秦诸子中并不少见，如《孟子》《荀子》《韩非子》等，既是深奥的哲学、政治学著作，又具有相当浓重的文学色彩。实际上，优美而准确的语言，以及诸如比喻、夸张之类的文学手法，是先秦散文所共有的文学因素。那么，《庄子》一书，特别是《逍遥游》的奇特之处，表现在哪里呢？

首先是富于想象，表现出"汪洋辟阖，仪态万方"的形象思维。一开头所展现的大鹏展翅也好，高飞九万里也好，藐姑射之山上的神人也好，都是作者凭空虚构，以意取象而塑造出来的。其一，作者通过想象创造的形象是丰富多样的。就人物而论，《逍遥游》塑造了诸如姑射山之神、四子、惠子等形象；就生物界而论，则鲲、鹏、学鸠、小雀，乃至大瓠、樗树、狸狌、斄牛信手拈来，以庄子心胸之豁达、知识之广博，天上、人间、历史、现实中的任何一个人物，神与人、鸟与兽、有生者与无生者，一切可以耳闻目睹的现象，随时都可以进入其瑰丽的艺术殿堂。其二，庄子的艺术想象是非常奇特的，变幻莫测，出人意表。如鲲由鱼卵化为极大之鱼，再化而为极大之鸟，思绪天马行空，毫无所拘。

其次是多用寓言故事。庄子创造了大量的寓言故事，虚构、借用了大量历史人物、历史故事和神话传说中的人物和故事。全文用了六七个寓言，甚至一个寓言中又包含着另一个寓言。以寓言说理，一来加强文章的形象性，二来使文章的主旨更加隐藏、含蓄，耐人寻味。

再次，在结构上，跳跃性大。在段落与段落之间，寓言与寓言之间，行文甚少有过渡语，也没有前后关系的交代。所以刘熙载在《艺概·文概》中说"庄子是跳过法"。其文大开大合，难以捉摸。胡适在《答顾颉刚书》一文中就说："每篇的前一大段是真的，每篇的后面数小段大概是后人加上去的。"冯友兰在《中国哲学史新编》也说："'圣人无名'以下几段小故事，跟前面意义不连贯。这些可能都是随后加上去的。"我们认为这种看法并不准确。当我们理清了全文的脉络、熟悉了庄子论述方式之后，不难发现《逍遥游》的结构还是比较清晰的：大鹏展翅南飞的故事由庄子自述、引用《齐谐》记载、引证汤与棘的对话这三个版本展开论述，得出"至人无己，神人无功，圣人无名"这个论点，然后针对这个论点分三段四个故事来论述，最后由庄子与惠子的两个对话点明"逍遥"的主题以收束全文。这是《庄子》行文的特色，与现代论说文惯用的先提出观点再加以论述的方式不同，因而造成我们阅读的疑惑。

最后，描绘具体，体物入微。先秦文学多抒情、叙事，描绘并不多见。而《庄子·逍遥游》异乎寻常，描绘用得很多，也很出色，如对小雀"决起而飞""翱翔蓬蒿之间"之类的描绘，如果没有对现实生活体贴入微的观察，实难有如此精准的描述。

生活于战国中期的庄子，在刀光剑影、生命以朝夕计的岁月中，居然能以天地时空的眼光去观察事物，为我们留下了如此生动活泼、生机盎然的《逍遥游》。它开阔我们的视野，涤荡我们的胸怀，让我们在现实、理性和世俗的辖制中抬头望向苍茫的星空，在天才直面造化的自由歌唱中神采奕奕、神韵激荡、神思高扬。

思考

1. 本文的篇眼在哪里？这个篇眼在文中的作用是什么？
2. 大鹏与小雀，哪个逍遥？理由是什么？
3. 文中表现了庄子怎样的人生哲学？你对他如何评价？
4. "至人无己"三句后的几个寓言，其寓意分别是什么？

（孙雪霞　陈一平）

谏逐客书①

李　斯

臣闻吏议逐客，窃以为过矣。昔缪公求士，西取由余于戎[1]，东得百里奚于宛[2]，迎蹇叔于宋[3]，来丕豹、公孙支于晋[4]。此五子者，不产于秦，而缪公用之，并国二十，遂霸西戎。孝公用商鞅之法[5]，移风易俗，民以殷盛，国以富强，百姓乐用，诸侯亲服，获楚、魏之师[6]，举地千里，至今治强。惠王用张仪之计[7]，拔三川之地[8]，西并巴、蜀，北收上郡，南取汉中，包九夷[9]，制鄢、郢[10]，东据成皋之险[11]，割膏腴之壤，遂散六国之从，使之西面事秦，功施到今。昭王得范雎[12]，废穰侯，逐华阳[13]，强公室，杜私门，蚕食诸侯，使秦成帝业。此四君者，皆以客之功。由此观之，客何负于秦哉！向使四君却客而不内，疏士而不用，是使国无富利之实而秦无强大之名也。

今陛下致昆山之玉[14]，有随、和之宝[15]，垂明月之珠[16]，服太阿之剑[17]，乘纤离之马[18]，建翠凤之旗，树灵鼍之鼓[19]。此数宝者，秦不生一焉，而陛下说之，何也？必

---

① （汉）司马迁撰：《史记·李斯列传》，中华书局1959年版，第2541～2545页。

秦国之所生然后可，则是夜光之璧不饰朝廷，犀象之器不为玩好，郑、卫之女不充后宫[20]，而骏良駃騠不实外厩[21]，江南金锡不为用，西蜀丹青不为采。所以饰后宫充下陈，娱心意，说耳目者，必出于秦然后可，则是宛珠之簪，傅玑之珥，阿缟之衣，锦绣之饰不进于前[22]，而随俗雅化佳冶窈窕赵女不立于侧也。夫击瓮叩缶[23]，弹筝搏髀[24]，而歌呼呜呜快耳者，真秦之声也；《郑》《卫》《桑间》《昭》《虞》《武》《象》者[25]，异国之乐也。今弃击瓮叩缶而就《郑》《卫》，退弹筝而取《昭》《虞》，若是者何也？快意当前，适观而已矣。今取人则不然，不问可否，不论曲直，非秦者去，为客者逐。然则是所重者在乎色乐珠玉，而所轻者在乎人民也。此非所以跨海内制诸侯之术也。

臣闻地广者粟多，国大者人众，兵强则士勇。是以太山不让土壤，故能成其大；河海不择细流，故能就其深；王者不却众庶，故能明其德。是以地无四方，民无异国，四时充美，鬼神降福，此五帝、三王之所以无敌也。今乃弃黔首以资敌国，却宾客以业诸侯，使天下之士退而不敢西向，裹足不入秦，此所谓"藉寇兵而赍盗粮"者也[26]。

夫物不产于秦，可宝者多；士不产于秦，而愿忠者众。今逐客以资敌国，损民以益雠，内自虚而外树怨于诸侯，求国无危，不可得也。

注释

[1]缪公：即秦穆公，春秋秦国君，名任好，前659—前621年在位。由余：春秋时晋人，入戎为官。秦穆公用计离间戎国君与由余的关系，由余奔秦，穆公以礼遇之。秦在由余帮助下灭十二戎国，开地千里。

[2]百里奚：楚国宛（其地在今河南南阳市）人，原为虞国大夫，晋灭虞，掳百里奚，以之为晋献公女的陪嫁奴仆，送给秦国。百里奚逃回楚国。秦穆公听说他贤能，想把他夺回，但又怕引起楚国注意，就用当时一个奴隶五张公羊皮的价格把他换回，任为相，号为五羖大夫。

[3]蹇叔：百里奚的好友。百里奚向穆公推荐蹇叔，穆公于是以重金将正在宋国的蹇叔接到秦国，任为上大夫。

[4]丕豹：晋国人，郑大夫丕郑之子，因其父被杀，逃奔至秦，穆公任为将。公孙支，岐人，先游于晋，后归秦，穆公任以为大夫。

[5]孝公：春秋秦国君，名渠梁，前361—前338年在位。商鞅：姓公孙，名鞅，原是卫的庶公子，故又称卫鞅。入秦佐孝公变法，封于商（地在今陕西商县），故称商鞅。

[6]获楚、魏之师：指秦孝公二十二年（前340年），商鞅率秦军大败魏军，魏割河西之地求和；同年，商鞅又率军战败楚军。

[7]惠王：即秦惠文王，名驷，秦孝公之子，前337—前311年在位。张仪：战国魏人，著名连横家，秦惠王时任秦相，为秦筹划连横策略。

[8]三川：指今河南省黄河以南、灵宝以东地区，因境内有黄河、洛川、伊水，故称。秦攻占后设立三川郡。

[9]九夷：泛指当时楚国境内的少数民族。

[10]鄢：楚地名，在今湖北宜城，曾为楚都。郢：楚都，地在今湖北江陵。此以鄢、郢代指楚国。

[11]成皋：古地名，在今河南荥阳西北，为古代著名军事要塞。

[12]昭王：即秦昭襄王，惠文王之子，前306—前251年在位。范雎：

战国卫人，后入秦为相。

[13] 穰侯：即魏冉，昭襄王母宣太后异父弟，曾为秦相，封于穰，专朝政三十余年。华阳：即华阳君，宣太后同父弟，封于华阳。穰侯、华阳是秦国守旧宗室势力的代表，昭襄王采用范雎建议，免去他们的官职，并将其驱逐出关。

[14] 昆山：即昆仑山。昆山之玉，古代昆仑山北麓和田盛产宝玉。

[15] 随、和之宝：指随侯之珠、和氏之璧。随，春秋时诸侯国名，地在今湖北境内。相传随侯曾救治一条受伤的大蛇，蛇从江中衔珠为报，珠大径寸，绝白有光，号曰"随珠"。和，指和氏之璧。据说楚人卞和得璞玉于山中，先后献给楚厉王、武王，不受，反诬卞和欺谩，砍去他的双脚。楚文王立，卞和抱璞玉泣于荆山之下，泣尽而继之以血。文王使人理其璞，果得稀世宝玉，称为"和氏之璧"。

[16] 明月之珠：即夜光珠。相传西域大秦国所产。

[17] 太阿之剑：古宝剑名，相传为春秋时吴国冶匠干将与欧冶子合铸的宝剑之一。

[18] 纤离：骏马名。

[19] 鼍（tuó）：鳄鱼类动物，或谓扬子鳄，产于长江下游，其皮可以为鼓。

[20] 郑、卫：皆春秋时诸侯国名，地在今河南境内。古人认为郑、卫多美人。

[21] 駃騠（jué tí）：骏马名。

[22] 宛：古地名，在今河南南阳，当时其地盛产珍珠。宛珠之簪：嵌有宛地出产的珍珠的簪子。傅：同"附"，镶嵌。玑：不圆之珠，这里泛指珠玉。珥（ěr）：耳饰。阿：地名，在今山东东阿。缟：白绢。

[23] 缶（fǒu）：一种瓦器。秦国民间以瓮、缶一类器具为打击乐器。

[24] 髀：大腿。搏髀：拍击着大腿打拍子，形容秦国音乐粗犷质朴。

[25]《郑》《卫》：指郑国、卫国的乐曲。《桑间》：古地名，在卫

国濮水之滨（今河南濮阳一带），相传为卫国男女欢会之地，此指桑间的民乐，尤以情歌为代表。《昭》《虞》：相传是舜时的乐曲。《武》《象》：相传是周代的乐曲。《昭》《虞》《武》《象》皆当时的高雅音乐。

［26］赍（jī）：给予。

赏析

本文作者李斯（？—前208年），秦代著名政治家、文学家，楚国上蔡（今河南上蔡西南）人。原是楚国的小吏，后进入秦国，官至丞相。秦始皇死后，李斯被腰斩于咸阳。《谏逐客书》是李斯的散文代表作。前237年，秦王下令驱逐一切在秦为官的外国人。李斯当时任客卿，也在被驱逐之列。李斯给秦王写了这篇上书，历数外国人才对秦国的贡献，详尽分析逐客之害。秦王遂取消逐客令。

历史上对李斯的评价毁誉参半。在秦王嬴政时期，李斯屡屡为秦实现统一天下伟业出谋划策，得到秦王赏识。秦王朝建立后，李斯担任丞相，成为实行郡县制、车同轨、书同文等政策的制定者和执行者。这些政策、施政措施对中国历史影响深远。但是，李斯的人生观、价值观一直为人诟病，他背弃祖国楚，投靠敌国秦的行为，他阐述入秦动机时所说的"诟莫大于卑贱，而悲莫甚于穷困"（《史记·李斯列传》），都与我们民族的主流价值观格格不入。秦始皇死后，李斯为了保住荣华富贵，参与赵高矫诏谋杀太子扶苏、立少子胡亥的政变，更是令人不齿。不过对李斯的这篇《谏逐客书》，历代几乎众口一词大加赞赏。

《谏逐客书》为谏止秦王驱逐在秦外国人（客）的决策而作，但逐客的原因向来有不同说法。当代各种文学史、赏析文章流行的说法是因为"郑国修渠案"引发逐客，依据是《史记·李斯列传》："会韩人郑国来间秦，以作注溉渠，已而觉。秦宗室大臣皆言秦王曰：'诸侯人来事秦者，大抵为其主游间于秦耳，请一切逐客。'李斯议亦在逐中。斯乃上书曰……"第二种说法认为逐客是因为嫪毐叛乱事而起。据《史记·吕不韦列传》，"（始皇九年）九月，夷嫪毐三族，……诸嫪毐舍人皆没其家而迁之蜀"，逐客即由此而来。第三种说法认为逐客是针对吕不韦的宾客势力。《史记·吕不韦列传》载"秦王十年十月，免相国吕不韦"，故逐客是为了清除吕不韦门客的势力。各家说法虽各有所据，但皆未成定论。至于人们持此说而否定彼说的各种理由，都缺乏说服力。

其实，秦国逐客事件是秦国主张政治变革的力量与守旧贵族势力长期斗争的结果，并不是某一单独事件造成的。秦穆公以来，历代有为之君坚持实行两大基本国策：一是广纳天下贤才，甚至不惜一切手段搜罗各国人才；二是在国内推行鼓励耕战、严明法度的政策。这些措施收到富国强兵之效，也深层次地触动了旧贵族的利益，引起他们的强烈反抗。孝公支持商鞅变法，而孝公一死，商鞅就被车裂。到秦王政时期，秦国并吞天下大势已成，否定变法图强的声音弱小了，但是，随着各国人才怀着各种目的涌进秦国，挤占了宗室贵族的生存空间，这些贵族抓住一切机会对秦王施加压力，要求驱逐外国人。始皇九年、十年间接连发生的事件，给了贵族驱逐客卿的口实。首先是"郑国修渠案"。修渠始于始皇元年，但工程旷日持久，郑国的间谍身份也是在修渠过程中暴露的，这个事件在始皇九年、十年间是可能的。其次是嫪毐事件。嫪毐受宠专权期间，"家僮数千人，诸客求宦为嫪毐舍人千余人"（《史记·吕不韦列传》）。最后就是罢免吕不韦事件。如果只是某一单独事件，恐怕难以让秦王逐客。"郑国修渠案"案发，"秦欲杀郑国。郑国曰：始臣为间，然渠成亦秦之利也。秦以为然，卒使就渠"（《史记·河渠书》）。连郑国本人都没有被追究，更不至于以此驱逐所有外国人。罢免相国吕不韦事件中，"岁余，诸侯宾客使者相望于道，请文信侯"（《史记·吕不韦列传》），说明当时也没驱逐客卿。但是接二连三的外国间谍活动、客卿把持朝政、宾客辩士势力坐大等事件，对秦国构成威胁，秦宗室贵族利用这些事件最终迫使秦王下达逐客令。至于《史记》不同篇章记载的差异，则是司马迁并存异说的互见法史笔，读者往往需要相互参见理解。

逐客！这对李斯来说就是晴天霹雳。据《史记·李斯列传》记载，李斯原是楚国一个掌管乡间文书的小吏，观察厕所老鼠和粮仓老鼠不同遭遇，悟到"人之贤不肖譬如鼠矣,在所自处耳"的"老鼠哲学",觉得如果一直待在乡下,即使再有才华,充其量也是一只优秀的"厕所老鼠"而已,所以他要寻找心目中的"粮仓"。于是他师从荀子学习"帝王之术"。学成之后,他环顾天下,认定只有秦国才是有可能实现荣华富贵的"粮仓"。来到秦国后,经过多年苦心经营,他终于得到秦王赏识,当上秦国为外国人设立的最高官职"客卿"。他无论如何不愿意这样窝窝囊囊地被赶走,于是在最后关头写了这篇给秦王的上书。

在中国文学史上流传有不少臣下就个人情事给君主的上书,如汉初邹阳的《狱中上梁王书》、西晋初李密的《陈情表》,都是传世名篇。李斯知道,他的前途都拴在这篇文章里了,一定要把它写好。但是他不能像后来的邹阳、李密那样委婉陈情,反复致意,写得言辞恳切。因为如果写自己如何想出人头地,如何不愿离开秦国,央求秦王开恩,只会令人生厌,秦王是不会同情可怜虫的。那么,李斯是如何打动秦王这个"虎狼之君",一封上书扭转乾坤,使秦王撤销逐客令,让自己官复原职的?

李斯开篇就很高明:"臣闻吏议逐客,窃以为过矣。"明明是秦王下令逐客,却说"吏议逐客",这是臣下给君主提意见的"潜规则",不能直接指责君主,只能说是君主身边的小人干的。三国时魏文帝曹丕禁止兄弟同路返回封地,曹植在《赠白马王彪》中也只能说"有司以二王归藩,道路宜异宿止",是"苍蝇间白黑,谗巧令亲疏"。"吏议逐客"还有个好处,表示自己是针对那些"吏"的,可以直截了当地批评逐客的错误。

文章第二段回顾数百年来秦国由弱到强的兴盛史,列举备受后代推崇的四位贤君招贤纳士、振兴秦国的史实,充分肯定了客卿在秦国发展不同时期做出的重要贡献,说明客卿对秦有百利而无一害。第一位就是秦穆公。秦本偏处西北一隅,外受西戎袭扰,内遭列国排挤,中原诸侯会盟都不让秦参与。穆公即位后,大力搜罗各国人才,甚至不惜使用离间计,从西戎挖来由余;从楚国赎回年逾七十的百里奚;重用蹇叔;从晋国招来丕豹、公孙支……李斯赞扬秦穆公采取非常措施搜罗人才,不仅解除了秦长期以来的西北之患,还使秦国拥有雄厚的人才储备,为实现强国大计打下了坚实的基础。第二位是秦孝公。李斯赞扬孝公在穆公的基础上，进一步吸引各国人才，坚定实施"商鞅变法"，废除世卿世禄制，奖励耕织，奖励军功，为实现富国强兵目标创造了良好的政治经济环境。第三位是秦惠王。李斯赞扬惠王面对山东六国组成的合纵抗秦阵线，重用张仪，用连横之策成功瓦解六国合纵之谋，实现强国的初期目标。第四位是秦昭王。李斯赞扬昭王重用范雎，打击破坏秦国强国战略的旧贵族，实施"远交近攻"蚕食诸侯的策略，创建了统一天下的帝业。文章水到渠成地总结说："此四君者，皆以客之功。由此观之，客何负于秦哉？向使四君却客而不内，疏士而不用，是使国无富利之实，而秦无强大之名也。"

文章第三段接着抓住秦王使物与用人的尖锐矛盾，通过对比说明逐客之非。这段文字虽多铺陈罗列，但是正述反诘，在错综变化中形成一种不可辩驳的气势和不容喘息的压迫感：先是正面列举秦王喜欢的各种珍宝没有一种产自秦国，全部都是进口货，然后反问："此数宝者，秦不生一焉，而陛下说之，何也？"却问而不答，为下文蓄势。再从反面说如果"必秦国之所生然后可"，那么这些声色犬马秦王都不能享受，文气迫切凌厉。之后语气一缓，正面叙述然后收束，回答上文"说之，何也""若是者何也"两个问题："快意当前，适观而已矣。"段末对比秦王对待珍宝玩物和人才的不同态度，充分暴露出逐客在逻辑上的不合理和道义上的不应该。

最后一段是从理论上分析逐客与纳客的利弊，强调了逐客的危害。着墨不多，然文意曲折，分析步步深入。先是人们都认同的常识："臣闻地广者粟多，国大者人众，兵强则士勇。"然后举例加以引申，再将这一观点上升为上古盛世的原因。在正面论述的基础上，用逐客的行为作对比，最后提出严厉警告：逐客是"藉寇兵而赍盗粮"的愚蠢行为，"今逐客以资敌国，损民以益雠，内自虚而外树怨于诸侯，求国无危，不可得也"。

到这里，我们可以总结一下《谏逐客书》成功的原因了。

首先，李斯的直接动机虽是为一己私利央求秦王，却闭口不提个人去留，反而站在秦的立场上，为秦的根本利益，为秦实现统一天下宏伟大业考虑。正如清人余诚所说："李斯既在逐中，若开口便直斥逐客之非，宁不适以触人主之怒，而滋之令转甚邪！妙在绝不为客谋，而通体专为秦谋。"①
这就使整篇上书变成献给秦王的关系国运兴衰的大计，不由得秦王不重视。

其次，李斯清楚秦王最在乎的是什么，最担心的是什么，抓住秦王的心
理进谏。很多赏析文章都高度评价《谏逐客书》铺陈史实说明客卿对秦国富
强所起的重大作用，从而为论述逐客错误提供有力论据。然而，李斯的用意
不仅于此。文章之所以用穆公等四位国君为例，是因为这几位国君是秦国历
史上公认的中兴之君，他们重用各国人才，实现国家富强，是秦国君臣上下
公认的成功经验，即便是当今君主也不能背弃。在君主专制的时代，臣下劝
谏君主一个有效的办法，就是搬出老祖宗来压阵。诸葛亮的《出师表》中先
帝长先帝短，数百字的篇幅竟有13次提到先帝，正是这种写法。当今秦王以
穆公开创的中兴伟业继承者自居，最忌惮被后人指责破坏传统，不遵祖制，
李斯则大量征引老祖宗重用客卿，使秦国日益强盛的史实，言外之意是如果
驱逐客卿，就是偏离秦国历代国君奉行的基本国策，你看着办吧。这就使
秦王不敢不重视。而作为有雄才伟略的君主，秦王最怕被后人讥评重个人享
乐而轻视贤才。李斯则列举秦王日常享受不拒绝"进口货"，而对人才则非
秦者去，为客者逐，说明这种做法有违贤明君主的风范。秦王最在乎的是如
何实现统一天下大业，李斯则直接指出，如果一切逐客，损害自己，壮大敌
人，不要说并吞六国，恐怕连自保都做不到。如此直戳内心，怎不令秦王似
醍醐灌顶！

最后，当然就是《谏逐客书》的文学魅力和艺术感染力了。文章激情充
沛，文气畅通。婉转措辞与犀利词锋相结合，既论证充分，逻辑严密，说理
透彻，又铺陈扬厉，纵横捭阖，收放自如。文章节奏起伏跌宕，张弛有度，
既有强大的逻辑力量，又有浓郁的感情色彩。《谏逐客书》的写法对后代文
章影响很大，贾谊的《过秦论》就深受此文影响。

《谏逐客书》在先秦文章中独树一帜。它并不是典型的法家文章，与

---

① （清）余诚：《重订古文释义新编》卷五，武汉古籍书店影印1986年版，第
242页。

《韩非子》比较，可以看出二者文风明显的差异。《谏逐客书》有明显的纵横家文风，或者说是纵横家文风和法家文风的综合体。李斯是战国后期法家的代表人物，但是从处世态度、人生观上说，李斯更多是纵横家的做派。李斯弃楚入秦，与苏秦当初弃秦而奔燕赵没有本质的区别。纵横家奉行"士为知己者死"，只要得到君主任用，便竭尽全力为君主谋利益。《战国策》中的冯谖如此，苏秦、张仪也是如此。从这点来说，纵横家还是颇有"职业道德"的。李斯在被驱逐之时写的《谏逐客书》仍是以秦国的根本利益为出发点，这不仅仅是文章的写法问题，也是李斯的处世态度使然。纵横家长于辩论，善于揣摩对方心理，抓住对方最关心之处一语破的，《战国策·触龙说赵太后》就是典型的例子；纵横家之文善于铺陈排比，讲究语言气势，这些在《谏逐客书》中都有淋漓尽致的表现。李斯的上书言辞犀利精辟，甚至直戳秦王痛处，这正是法家、纵横家文章的特点。后世臣子给君主上书再也不敢这样写了。先秦百家争鸣、处士横议时代结束，《谏逐客书》这样的文章也就成为绝响。

思考

　　李斯《谏逐客书》和诸葛亮《出师表》都是给君王的上书，二者在写法上有什么异同？为什么？

（陈一平）

陌上桑①

汉乐府

日出东南隅，照我秦氏楼。秦氏有好女，自名为罗敷。罗敷喜蚕桑，采桑城南隅。青丝为笼系，桂枝为笼钩。头上倭堕髻[1]，耳中明月珠[2]。缃绮为下裙[3]，紫绮为上襦[4]。行者见罗敷，下担捋髭须[5]。少年见罗敷，脱帽著帩头[6]。耕者忘其犁，锄者忘其锄。来归相怨怒，但坐观罗敷。

使君从南来[7]，五马立踟蹰。使君遣吏往，问是谁家姝？秦氏有好女，自名为罗敷。罗敷年几何？二十尚不足，十五颇有余。使君谢罗敷[8]："宁可共载不？"罗敷前致辞："使君一何愚！使君自有妇，罗敷自有夫。"

东方千余骑，夫婿居上头。何用识夫婿，白马从骊驹[9]。青丝系马尾，黄金络马头。腰中鹿卢剑[10]，可值千万余。十五府小史，二十朝大夫。三十侍中郎，四十专城居[11]。为人洁白皙，鬑鬑颇有须[12]。盈盈公府步，冉冉府中趋。坐中数千人，皆言夫婿殊。

---

① （宋）郭茂倩编：《乐府诗集》，中华书局1979年版，第410～411页。题作"《陌上桑三解》，古辞，一曰《艳歌罗敷行》"。当代学者多认为这是一首汉乐府诗。

注释

[1]倭堕髻：当时妇女时髦的发型，发髻偏斜一边，似坠不坠状。

[2]明月珠：珠光晶莹似月光的宝珠，也叫夜光珠。

[3]缃：浅黄色。绮：素地织花的丝织物。

[4]襦：短袄。

[5]髭：唇上的胡子。须：下巴的胡子。捋髭须：这是年长者表示赞许的习惯动作。

[6]帩头：古人用来束发的纱巾。古时男人亦蓄发，先用帩头束发，用发簪固定，再着冠。

[7]使君：指太守，州郡最高长官。

[8]谢：询问。《玉台新咏》吴兆宜注引晋灼《汉书注》曰："以辞相告曰谢。"

[9]骊：纯黑色的马。

[10]鹿卢剑：剑柄为辘轳形状的剑。鹿卢：即辘轳，井上汲水工具，一般呈H形，用手柄摇转绞动井绳提水，现代北方农村仍然使用。

[11]专城居：主政一方的封疆大吏，在汉代就是太守一级的官。

[12]鬑鬑：鬓发稀疏的样子。颇：略微。

赏析

这首诗最早见于南朝梁沈约所撰《宋书·乐志》，题为《罗敷·艳歌罗敷行·古词（三解）》，属"大曲"一类。按照《宋书·乐志》的体例，标题中"罗敷"是题目，"艳歌罗敷行"是曲调名。《宋书·乐志》在《艳歌罗敷行》文末注云："前有艳词曲，后有趋。""艳"是音乐演唱时的前奏，"趋"则相当于尾声。但是这首歌词哪些部分属于"艳"，哪些部分属于"趋"，《宋书·乐志》没有说明。《乐府诗集》将这首诗收入"相和歌辞·相和曲"。《宋书·乐志》卷三："相和,汉旧歌也。丝竹更相和,执节者歌。"丝是指弦乐器,如琴瑟等;竹是指竹制管乐,如箫笛等;节是一种控制音乐节拍的乐器。音乐一章称作一解,"三解"则说明乐曲演奏演唱时分三个乐章。"艳歌罗敷行"既有各种乐器伴奏,又有前奏和尾声,还分三个乐章,可以想见演奏起来气氛是很热烈的。而"古词"则说明是这个曲调最早的歌词。

可见,《艳歌罗敷行》原本就是"罗敷之歌",和"陌上桑"没有关系。《宋书·乐志》中另有题为《陌上桑》的曲子,与《艳歌罗敷行》并不相涉。南朝梁陈时徐陵在《玉台新咏》中收录《艳歌罗敷行》诗,题为《日出东南隅行》。南朝陈释智匠《古今乐录》则将《艳歌罗敷行》《日出东南隅行》看作《陌上桑》的古辞。宋代郭茂倩《乐府诗集》卷二十八收录此诗,并直接题为《陌上桑(三解)·古辞》。这就是《艳歌罗敷行》逐渐与《陌上桑》混为一名,最后以《陌上桑》取代本名的过程。之所以如此,大概是由诗中罗敷采桑的情景附会而来。附会在这首诗上的故事还有不少,晋崔豹《古今注》云:"邯郸人有女名罗敷,为邑人千乘王人妻。……罗敷出采桑于陌上,赵王登台见而悦之,因饮酒欲夺之。罗敷乃弹筝,作《陌上桑》之歌以自明焉。"①后世又有人认为《艳歌罗敷行》讲的就是"秋胡戏妻"故事,凡此种种,皆不足信。在流传过程中民间文学不同作品杂糅是正常现象,然而弄清楚《陌上桑》的来龙去脉,对正确解读作品有重要意义。

对这首《陌上桑》的解读向来众说纷纭。今人余冠英说:"这诗叙述一个太守侮弄一个采桑女子遭到抗拒的故事。诗中揭露了上层统治阶级荒淫无耻的面目,同时刻画了一个坚贞美丽的女性形象。"②朱东润主编的《中国历代文学作品选》也表达了相同的看法③。但这一观点却有无法自圆其说的矛盾:如果说诗歌主人公的身份是采桑女子,如何解释她"头上倭堕髻,耳

---

① (晋)崔豹:《古今注》卷中,《四部丛刊》三编,223册。
② 余冠英:《汉魏六朝诗选》,人民文学出版社1978年第2版,第28页。
③ 朱东润:《中国历代文学作品选》上编第一册,上海古籍出版社1979年版,第365页。

中明月珠"？如何解释"东方千余骑，夫婿居上头"？还有，"使君"是上层统治阶级荒淫无耻的形象吗？诗歌的主题是揭露和批判吗？我们真的可以在作品中读出批判的味道吗？针对上述解读的矛盾，有人提出相反的看法，说主人公是富家女。这样，对《陌上桑》的解读就陷入怪圈：如果主人公是富家女，那又如何解释"罗敷喜蚕桑，采桑城南隅"？如果诗歌不是揭露批判，那又如何评价使君这个形象？我们要走进作品产生的文化环境中去，走进作品创设的艺术情境中去，才有可能走出解读的"迷魂阵"，探寻这一文学经典的艺术奥秘。

诗第一句"日出东南隅，照我秦氏楼"，太阳为什么不是从东方升起，而是从东南角升起？在我国，除春分、秋分这两天之外，大部分的时间太阳都不是从正东方升起的。我国传统民居从采光、通风和居住舒适角度考虑，多取朝南坐向。风水学认为正南北为水火之位，民居宜避免正南朝向，而以南偏东方位为宜。所以"日出东南隅"是民居最好的坐向。两层以上的房屋为楼，在汉代，能住上楼的都是家境很好的人家。这里用"我"，并不是作者自称，而是表示一种亲密的语气，给人一种主人公是自家人的亲切感。这是说主人公家居环境是最好的，房子是最好的。

"秦氏有好女，自名秦罗敷"，这句最难解是"自名"。很多人解释成自己起个名叫罗敷，这就不对了。名乃父母所赐，不能随意更改，更别说自己起名了。这里的"自"是代词，犹言"其"[1]，自名就是其名。而罗敷是汉代美女的通名，如《孔雀东南飞》"东家有贤女，自名秦罗敷"。在那个时候，不叫"罗敷"都不算高颜值。可见主人公名字也是最好的。

"罗敷喜蚕桑，采桑城南隅"。蚕桑，指养蚕采桑，是当时乡村劳动妇女最基本的劳动。这说明罗敷热爱劳动，品德也是最美的。"青丝为笼系，桂枝为笼钩"，这两句描写罗敷采桑带的工具。古代女子大概很喜欢青色，《孔雀东南飞》有"箱奁六七十，绿碧青丝绳"，本诗下文有"青丝系马尾"。女子所居处亦谓青楼，《西洲曲》有"望郎上青楼"。青丝以其色

---

① 徐仁甫：《广释词》，四川人民出版社1981年版，第356页。

泽鲜艳又代表青春妙龄而为女子所喜爱。笼，用竹编织成的用具，这里指装桑叶的竹筐。桂枝常被古人用作芳香圣洁和高贵的象征，科举应试得中称为"蟾宫折桂"。这是说罗敷采桑用具是最美好、最圣洁的。

接着写罗敷的发饰、首饰、服饰。头上是倭堕髻，倭堕髻从东汉开始流行，直到唐代仍是一些贵妇人时髦的发式。陕西唐代墓葬中出土描写仕女生活的壁画，不少宫中女子就梳倭堕髻。唐许景先《折柳篇》："宝钗新梳倭堕髻，锦带交垂连理襦。"女子发式变化很快，今年流行的，也许明年就过时了。而罗敷的倭堕髻竟然引领潮流数百年！首饰有明月珠。李斯《谏逐客书》云"今陛下致昆山之玉，有随、和之宝，垂明月之珠"，可见明月珠珍贵无比，是帝王的稀罕物，现在竟然戴在罗敷的耳边！罗敷穿着杏黄色绫子的裙子和紫色绫子的短袄。一般说来，古代服装上衣而下裳，衣用正色，裳用间色，那么就应该"紫绮为下裙，缃绮为上襦"，恐怕现代女孩子也大多习惯这种搭配。而我们罗敷偏不！这是说罗敷的发式是最时髦的，首饰是最珍贵的，服饰是最新潮前卫的。

作者的描写由远而近，从太阳出来照在秦家楼上，秦家有位美丽的姑娘，写到这位姑娘去采桑；从罗敷采桑用具写到她的穿着打扮。接着该直接写到罗敷的容貌了吧？谁知作者宕开一笔，却写各种人见到罗敷时的反应：

过路的长者见到罗敷，情不自禁地放下担子，下意识地用手捋捋胡须。而小伙子被罗敷的美貌吸引，急忙整理衣饰，希望引起她的注意。连耕田犁地、锄土的人也被罗敷的美貌吸引而忘记劳作。"来归相怨怒"不是埋怨不该看罗敷而耽误工作，而是说，这不是你我的错，都是罗敷惹的祸，只怪她太美了。

那么，见多识广、妻妾成群的达官贵人见到罗敷又怎样呢？"五马立踟蹰"！天子驾车用六马，诸侯驾车用五马，汉代太守仪仗参照诸侯，故用五马驾车，这是写太守的派头。不说太守被罗敷的美貌惊呆了，而是说马匹止步不前，正是以马写人的手法。大官自有大官的做派，一见靓女，就让手下的小吏去打听：这是谁家的美女！小吏的回复刚开口，太守便迫不及待地插问："罗敷年几何？"小吏接着说："二十尚不足，十五颇有余。"在古人眼里，作为妙龄女郎来说，二十已嫌大，十五又太小，罗敷十七八岁正当时，可见罗敷的年龄也是最美的。使君一听，赶忙邀罗敷上车，遭到罗敷气愤斥责："使君你多么愚蠢！你有你的妻子，我有我的丈夫！"

接着便是著名的"夸夫"了：你看我丈夫带着一千多个随从策马从东方奔来，你不认得他？最前面骑着白马，后面跟着小黑马的就是了。马尾还系着青丝带呢！青色是罗敷喜欢的颜色，而丈夫马尾的青丝应该就是罗敷亲手所系。这句含蓄地表现了罗敷夫妻之间的生活情趣和恩爱。先秦时期剑多是直柄，在激烈格斗时容易脱手或因用力过猛伤及虎口。辘轳形状的剑柄既可以有效护住虎口，又可以防止格斗时脱手，是制剑技术的重大创新，直到现在世界各地的剑仍然是以辘轳形状居多。马笼头是黄金打造的，腰间剑是最新款的，可值千万钱！这是说丈夫威风八面，既富且贵。

然后是丈夫的"威水史"：十五、二十等数字，皆指丈夫的年龄。府小吏，是指官府中的小吏。为什么罗敷会夸耀丈夫府小吏的经历呢？原来，重点不在府小吏，而在"十五"这个年龄。东汉以后门第渐严，世家大族子弟可以年纪轻轻就出来做清要的官职。"上车不落则著作，体中何如则秘书"虽是南朝谚语，实际上这种现象在东汉后期就存在了。出仕年龄越小，说明门第越显赫。朝大夫是泛指有资格上朝议事的大夫，侍中郎是泛指皇帝身边的亲信。这是说丈夫家世显赫，步步高升。

最后是丈夫的容貌和风度。汉代审美标准，男人以有须髯为美，但又不是须发浓密，而是疏朗俊秀。盈盈、冉冉，都是慢慢行走的样子。公府步，也就是所谓官步。古代礼节，尊贵者走路步幅大，步频慢；卑贱者相反，步幅小，步频快。这里用盈盈、冉冉形容丈夫举止舒泰，节度迟缓，威严地迈着官步在官府中踱来踱去。

读完全诗，我们就明白，诗歌并不是在叙述一个太守侮弄采桑女子遭到抗拒的故事，而是名副其实的"罗敷之歌"，成功地塑造了罗敷这个集众美于一身的理想化人物形象。罗敷是善与美的化身，她的一切都是最理想的。名字是最美的，用具是最讲究的，衣饰是最华丽的，外貌是最漂亮的，行为也是符合公认的道德规范的。她不仅有外在美，更有内在美。她热爱劳动，勤劳能干，她对爱情忠贞，拒绝太守的利诱等等，都是罗敷完美人格的重要组成部分。诗歌的作者把世间最美好、最理想的东西都集中到自己喜爱的人物身上，至于是否与人物身份有矛盾抵牾之处，作者则不去细究。它寄托了作者美好的愿望，至于事实上是可能还是不可能，那又有什么关系呢？

这种理想化的表现手法，是汉乐府诗常见的手法。如《羽林郎》写一个当垆卖酒的姑娘："胡姬年十五，春日独当垆。长裾连理带，广袖合欢襦。头上蓝田玉，耳后大秦珠。两鬟何窈窕，一世良所无。一鬟五百万，两鬟千万余。"如果我们拘泥凿实去理解，胡姬光是两只耳环就是千万余，怎么还会当垆卖酒受欺辱？又如《孔雀东南飞》写刘兰芝被赶出焦家时的穿戴："足下蹑丝履，头上玳瑁光。腰着流纨素，耳着明月珰。"如果凿实去看，也难以理解，既然刘兰芝如此富有，焦母为何还嫌她贫寒，配不起她的儿子而要赶走她？理想化的表现手法是抒发作者好恶爱憎感情最朴素、最直观的手法，是民间文学的显著特征。各种戏曲、说书故事的主人公，尽管出身寒微，历尽艰辛，往往或是科举高中，或是幸遇明君，最终夫荣妻贵，衣锦还乡。外国民间流传的童话故事，主人公也往往是王子、公主，尽管他们被魔法变成了青蛙或是其他，但历尽艰险，最终有美满幸福的结局。

在《陌上桑》提供的艺术舞台，所有的聚光灯都打在罗敷身上，所有的人物都是为了衬托罗敷而出现的，使君也不例外。在诗中，使君和上文的"行者""少年"的作用相同，都是为了衬托罗敷之美。使君身为高官，妻妾成群，仍然被罗敷的美貌弄得神魂颠倒，这是衬托罗敷的美貌；使君的行为映衬出罗敷拒绝利诱、忠于爱情的高尚心灵；使君的做派与罗敷夸夫形成鲜明对比，反衬出罗敷的高贵。诗歌对使君这个人物确有批判。见到罗敷，"行者"是善意的欣赏，"少年"是想引起对方的注意，而使君却是轻薄邀约，显得猥琐卑劣。但说这就是"上层统治阶级荒淫无耻的面目"，似乎言重了。至于罗敷丈夫这个人物，也是为了说明罗敷的完美。在那个时代，一个完美的女性，不仅要家世好，美貌善良，还要有一个英俊潇洒、既富且贵、有情有爱的好丈夫。罗敷的丈夫无论是相貌风度，还是富有权势，都"秒杀"使君：你算什么东西？我丈夫比你更厉害！

　　《陌上桑》在文学上最令人称道的是它的描写手法。《陌上桑》中有环境描写、器物描写、服饰描写等，而最精彩的是对人物的描写。读者惊艳于罗敷的美貌，然而全诗竟然没有一个字正面描写罗敷的容貌长相，没有一般描写美女用滥了的字眼，如柳叶眉、丹凤眼、瓜子脸、樱桃嘴等，而是通过旁人的眼光，通过其他人物见到罗敷的反应，从侧面描写罗敷的美丽，这正是《陌上桑》令人拍案叫绝的地方。这种侧面描写、虚写，比正面描写、实写更有表现力，它可以借助读者无限的想象去弥补作者描写的不足。这种虚实相生、以虚写实的方法，成为我国文学理论和实践中鲜明的民族特色。

　　《陌上桑》是不朽的中国文学名著，也是具有丰厚历史内涵的文化经典。诗歌诠释了两千年前人们的审美观，不仅塑造出罗敷这个集众美于一身的理想化人物，还通过"夸夫"环节，在文学史上第一次完整提出男性的审美标准。诗歌描绘了中国传统的理想夫妻生活模式。在一般人看来，中国传统家庭一般恪守礼教，夫妻之间尊卑森严，而罗敷夫妻生活充满情趣。中国传统家庭一般比较保守，而罗敷夫妇却是非常新潮：一个倭堕髻引领千年，一把鹿卢剑风骚至今。《陌上桑》传递了那个时代普通百姓的价值观，体现了我们民族的文化精神，具有永恒的艺术魅力。

 思考

　　你如何理解《陌上桑》所阐释的审美观、价值观？

（陈一平）

十五从军征①

汉乐府

十五从军征，八十始得归。道逢乡里人，家中有阿谁？遥看是君家，松柏冢累累。兔从狗窦入[1]，雉从梁上飞。中庭生旅谷[2]，井上生旅葵[3]。舂谷持作饭，采葵持作羹。羹饭一时熟，不知饴阿谁？出门东向看，泪落沾我衣。

 注释

[1] 窦：洞。狗窦：农家墙根留给家狗出入的小洞。

[2] 旅：寄，指野生的，不是有意种植而生的。旅谷：野生的谷子，古时稻、黍、稷、麦、豆等统称为谷。

[3] 葵：古时一种蔬菜名。

赏析

这首诗最早见于《乐府诗集》卷二十五《横吹曲辞五·梁鼓角横吹曲》，题为《紫骝马歌辞》。横吹曲辞是汉代以来流行的军乐，包括鼓吹曲和横吹曲，鼓吹曲以鼓、角为主要乐器，横吹曲以笛、箫等为主要乐器。实

① （宋）郭茂倩编：《乐府诗集》，中华书局1979年版，第365页。

际上鼓吹和横吹互有兼容，鼓吹也使用笛、箫等乐器，横吹也使用鼓、角等乐器，所以后来并称鼓角横吹曲。今人一般认为《十五从军征》是一首独立的作品，是汉代的乐府古辞。

《乐府诗集》"梁鼓角横吹曲"是指南朝梁代乐府机关收集整理的鼓角横吹曲，这些乐曲主要是汉代以来在北方，包括游牧民族流行的军乐，其中有许多属于北朝乐府诗歌。为什么汉代乐府古辞《十五从军征》会收入北朝乐府呢？汉代数百年间，中原农耕民族与北方游牧民族的战争不断，产生了大量军旅题材的诗歌音乐作品，并在军中传唱，成为当时的军乐。由于边境前线农耕与游牧军队对峙，犬牙交错，汉朝的军乐也就传入游牧民族控制地区。东晋以后，北方游牧民族入主中原，社会尚武之风兴盛，汉朝军乐和游牧民族军乐都广泛流传。而这些诗歌传入南朝，受到普遍欢迎，许多文人模仿北朝乐府创作。北朝乐府机关收集整理的诗歌没有流传下来，而南朝梁代乐府机关收集的"外国音乐"——"鼓角横吹曲"却幸运地保存下来了。所以北朝"鼓角横吹曲"中既有游牧民族的军乐，也有汉朝中原的军乐。

诗开头两句中的十五、八十，皆指诗歌主人公的年龄。本来按照汉朝的规定，青年男子二十三岁开始有服兵役的义务，到五十六岁就可以退役归田了。《汉书·高帝纪》注引《汉仪》注曰："民年二十三为正（正丁）……年五十六衰老，乃得免为庶民，就田里。"但事实上官方经常征召老弱从军。楚汉相争时，萧何就"发关中老弱未傅者悉诣军"（《汉书·高帝纪》），到汉匈战争吃紧时，征召老弱的情形就更普遍。这首诗的主人公十五岁就去当兵出征参战，直到八十岁才得以回家！这一方面是诗歌的夸张写法，另一方面也反映了汉代战事频仍对社会造成的影响。对主人公来说，是幸运还是不幸？相对于"可怜无定河边骨，犹是春闺梦里人"（唐陈陶《陇西行》）的战死者来说，他是幸运的，毕竟打了一辈子仗还活着。相对于虽然活着，但一辈子都没有机会回家，只能客死他乡的人来说，他是幸运的，因为在垂暮之年还可以回到故乡。但是，主人公的青春，一生的年华都耗在战场上，他没有办法对父母尽孝，没有机会成家立业、养儿育女，他又是不幸的。

　　然而，更大的不幸还在后头。几十年没回家，音信断绝，主人公对家可能出现的变故早有无数的猜想。唐人宋之问有一首《渡汉江》："岭外音书断，经冬复历春。近乡情更怯，不敢问来人。"道出了无数游子的真实感受，主人公也一定是这样的。越近家，越兴奋，越激动，也越恐惧。不敢问，是怕听到害怕听到的消息。但是遇到同乡，主人公还是忍不住问："家中有阿谁？"这句问得让人心酸！如果是离家不久的人，会问得更加具体：我父母身体怎么样了？我的兄弟姐妹怎样呢？但是，主人公离别的时间太久了，父母应该不在了，兄弟姐妹也不知道还在不在世，只能问我家还有谁！

　　这位同乡是很了解他们家情况的，并没有正面回答他，应该说是不忍心将真情告诉他，便答非所问地指着远方说"遥看是君家"。瞧，那远远望得见的地方就是你的家了。主人公顺着他指的方向望去——"松柏冢累累"，只见一片松树、柏树，遮盖着纵横交错的荒坟，哪里是家呢？古时候的风俗，在坟墓周围种植松树、柏树。汉乐府民歌《平陵东》："平陵东，松柏桐。"有些选本标点为"遥看是君家，松柏冢累累"[1]。将"松柏冢累累"也看作是乡里人的话，细味之不然。同乡人不忍心告诉主人公实情，才答非所问，手指而已，如说出"松柏冢累累"，则没味道了。

　　而主人公听到同乡的话，不敢相信，不愿意相信，宁愿他手指的只是家的方位，于是一步步向前走去。走近了，残破的房屋看得清楚了，只见野兔从狗洞里跑进跑出，野鸡在屋梁间飞来飞去。这就是主人公日思夜想的家！家里早就一个人都没有了，眼前一片破败。房子久没人住，当年家里人在院子里晾晒谷子时撒落的一些谷粒，发芽长成植株，又结出果实了。大概是当年人们在水井边洗菜，掉下一些蔬菜的种子，时间长了，长成野菜。这就是主人公魂牵梦萦的家乡！整个村子早就一个人都没有了，眼前一片荒芜。

　　主人公从未成年离家，到耄耋之年回来，六七十年孤独在外，他是怎么熬过来的，经历了多少苦难，他一句话都没说。也许，和一定要回家与亲

---

①　吴小如、王运熙、章培恒、曹道衡、骆玉明等撰写：《汉魏六朝诗鉴赏辞典》，上海辞书出版社1992年版，第184页。

人团聚的信念相比，几十年的艰难困苦不算什么。正是这种信念支撑着他坚持到八十岁回来。可是，回来了，他的一切都没有了。亲人没有了，家没有了，生于斯长于斯的村子没有了。这是一个惨绝人寰的场景，这是主人公伤心欲绝的时刻。作者该如何描写他的悲伤？然而诗歌却描写了主人公一个出人意料的举动：

"舂谷持作饭，采葵持作羹"。羹，有的注解说是汤。在古代羹与汤是两码事。羹是连肉、菜一起熬成的有汁液的食物，而汤是指热水。后来羹、汤区别不明显了。但现在饭店里羹和汤还是有所不同的。诗中说的羹，实际上只是水煮野葵。老人把庭院里长着的野谷舂成米做饭，将井边长着的野菜采来熬成羹。羹和饭一会儿就做好了，可是请谁来一同吃呢？

这是令很多读者难以理解的行为。主人公面临如此深哀巨痛，即使不是捶胸顿足、抢地呼嚎，也不会有心情那么细心地将庭院中的谷子捋下来、舂成米、做成饭，不会有心情将水井边的野菜摘下来煮成羹。这正是主人公遭受重大打击，精神崩溃，陷入迷狂状态的真实表现！不能为父母尽孝，不能陪伴家人是主人公终身的遗憾。在他一生漫长的征戍生涯中，曾经无数次想象过回到家中与亲人团聚，亲手做一顿饭请父母、家人品尝的情形。现在他回来了，却没有一个亲人能吃上他亲手做的饭菜了。这一刻，他完全神志不清了，木然地进行着在幻想中重复过无数次的程序：捋谷，舂米，摘菜，熬羹，做饭。饭菜做好了，招呼家人就餐，四顾无人，才发现这一切是幻觉。当他回到现实中来的时候，才想起那位同乡手指的"松柏冢累累"，赶忙"出门东向看"，面对着一片坟堆，止不住老泪纵横了。可见，老人看到家的惨状，没有流泪，反而舂米做饭的反常举动，正是主人公心灵遭受毁灭性打击的独特反应，因为真实，所以更具有摄人心魄的艺术震撼力。有些鉴赏文章将"舂谷持作饭，采葵持作羹"两句理解为老人回到家后，生活无依无靠，只能用野谷做饭，野菜作羹，饭熟了也无人同餐。这样解读似乎未得作者之意。

今天的读者在为《十五从军征》感动的同时，不禁要问：为什么汉乐府民歌能达到那么高的艺术水准？其艺术渊源何自？汉乐府诗的艺术源头在

《诗经》。我们只有理解二者的源流关系，才能更好地理解《十五从军征》的艺术价值。

《十五从军征》与《诗经》同类作品有相似的产生机制。史载汉武帝始立乐府，就是要模仿《诗经》，以重建礼乐文明。虽然《诗经》的时代不可复制，但汉乐府机关收集整理诗歌，并组织谱曲演唱的做法和《诗经》一脉相承。《十五从军征》也是经过乐府机关整理润色，在官方规定的各种场合演奏演唱的。

《十五从军征》继承了《诗经》战争题材诗歌所开创的文化传统，不是追求战场上刀光剑影的感官刺激，而是多维度、全方位地反映战争这一特殊社会现象。重视人在战争中的遭遇，表现理性与感情，国家整体利益与个人利益的矛盾冲突。一方面参军参战是每个社会成员应尽的义务，杀敌立功是最大的光荣；但另一方面，战争给每个社会成员都带来不同程度的灾难：不仅使千万青壮年在战场上丧生，使许多像主人公那样的士卒终身劳役，而且还摧毁了千家万户的和平生活。诗歌不仅表现了主人公的不幸，同时也表现了全体人民的不幸，反映了整个社会的悲剧。从《诗经》到《十五从军征》，呈现出情与理尖锐冲突这一中国文学描写战争的永恒主题。后代许多战争题材的作品，如唐代杜甫的《无家别》，都遵循这一主题进行创作。

《十五从军征》丰富、发展了《诗经》战争题材诗歌在故事叙述、情景描写、心理刻画方面的艺术技巧。将《诗经·豳风·东山》和《十五从军征》比较，就可以看出二者在艺术上的继承和发展的关系。

思考

有人认为诗中"舂谷持作饭，采葵持作羹"是老人回到家后生活无依无靠的写照，你如何理解？

（陈一平）

145

燕歌行①

曹　丕

　　秋风萧瑟天气凉[1]，草木摇落露为霜。群燕辞归鹄南翔，念吾客游多思肠[2]。慊慊思归恋故乡[3]，君何淹留寄他方。贱妾茕茕守空房[4]，忧来思君不敢忘。不觉泪下沾衣裳，援瑟鸣弦发清商[5]，短歌微吟不能长[6]，明月皎皎照我床[7]。星汉西流夜未央[8]，牵牛织女遥相望[9]，尔独何辜限河梁[10]？

注释

　　[1]萧瑟：风的声音。当时人喜欢用"萧瑟"来描写秋风。曹操《步出夏门行·观沧海》："秋风萧瑟，洪波涌起。"

　　[2]念：思念，主动者可为闺妇也可为游子。

　　[3]慊慊（qiàn）：失意、怅恨的样子，形容丈夫思归的情状。

　　[4]贱妾：古时女子的自谦词。茕茕：孤独的样子。今有成语"茕茕子立"。

　　[5]援：取。鸣弦：奏响琴弦，也就是演奏的意思。古代文人在忧愁烦闷的时候，大多用弹琴来排解。如阮籍《咏怀》诗第一首就说"夜中不能寐，起坐弹鸣琴。"清商：古乐曲名，也叫清商乐，包括平调、清调、瑟调

―――――――

　　①　（宋）郭茂倩编：《乐府诗集》，中华书局1979年版，第469页。

（即宫调、商调、角调在当时的俗称），故又称"清商三调"。

[6]短歌：短促的乐曲。微吟：低声吟唱。

[7]床：《释名·释床帐》："人所坐卧曰床。"古时将坐具和卧具统称床。用作坐具的床实即较低矮而平的凳子，如同今之琴凳。这里的床，就是指主人公弹琴时所坐之床，而不是睡觉之床。

[8]星汉西流：指夜已深。星汉，指天上的银河。曹操《步出夏门行·观沧海》："星汉灿烂，若出其里。"西流，西斜。夜未央：夜深未尽时。央，尽。

[9]牵牛织女遥相望：指两星隔银河遥遥相望。牵牛，即河鼓星，在银河南。织女，即织女星，在银河北。

[10]尔：你们，指牵牛、织女。辜：罪过。限河梁：银河上没有桥梁，故云限河梁，被天桥所限而不能见面。限，阻隔。河梁，河上的桥梁。

赏析

《燕歌行》是乐府诗的一个题目。"燕"是地名，在今河北省北部一带。"行"是曲的意思。乐府诗有一类在题目上冠以地名，用来表示乐曲的地方特点，如《齐讴行》《吴趋行》《会（kuài）吟行》等等，所以《燕歌行》也就是燕地的民歌。在汉末魏初，辽东、辽西（今辽宁以及内蒙古与河北交界地区）为鲜卑族占领，燕地成为北方边地，征战不绝，所以《燕歌行》在内容上有一个显著的特点，就是多写征夫怨妇的离别之情。

曹丕这首《燕歌行》在《乐府诗集》中属《相和歌·平调曲》。从现存记载看，《燕歌行》这个曲子最早就是曹丕的作品。所以有人认为此曲乃曹丕所创。也有人认为此曲本为民歌，只是民歌原辞失传，而曹丕所作则流传了下来。不过这种说法纯属猜测，没有什么依据。

曹丕这首《燕歌行》通篇以妻子的口吻，叙述对在远方客游的丈夫的思念。古诗中写闺妇相思的作品比比皆是，从描写相思的情形、类型来看，主要有两种类型：一类是像《饮马长城窟行》那样，丈夫客游杳无归期，盼不回人却盼来信。"客从远方来，遗我双鲤鱼。呼儿烹鲤鱼，中有尺素书。长跪读素书，书中竟何如？上言加餐食，下言长相忆。"妻子起码知道丈夫还在爱着自己，思念着自己，自己日夜相思也是值得的。另一类是虽然盼不回丈夫，甚至连信件也没有，但是夫妻心心相印，充分信任，毫无怀疑之心，坚信丈夫迟早会回来，正如南朝乐府民歌的《西洲曲》的主人公那样。这两类相思是苦中有寄托，苦中有希望。而曹丕的《燕歌行》写的是另一种类型，这也许是在各种相思中最痛苦的一种。

诗歌开头三句写时令节候。第一句写自然节令，秋风刮起，天气渐渐凉了。第二、第三句具体写秋天到来的景象。先写植物，草木在清劲秋风中落叶断枝，原先凝结在枝头的露水变成一层白霜。再写动物，选取了对节令变化最敏感的迁徙的候鸟作为秋天的象征。通过总写、分写，由近而远，描绘出一幅秋景图，渲染了一种凄清落寞的气氛。以秋景写悲思，是我国古代诗歌常见的艺术表现手法。什么叫愁？愁就是离人心上秋，愁绪往往与秋景联系在一起，故曰"悲秋"。而"群燕辞归鹄南翔"则是承上启下的起兴句，燕归、雁的南归与盼望着的丈夫回归联系起来。燕、雁都懂得回归了，丈夫为什么还不回来呢？引发了更深的思念。

"念君客游"一句写出了两地相思，此处有两层意思：一层是说（闺妇）思念客游的丈夫，令我"思断肠"；另一层，"念"可以解为料想，意为想象丈夫在外客游也一定会思念家乡，思念亲人，也会"思断肠"，主动者是丈夫。因为我想念你，所以我就想到你一定也想念我，也想回到家里来看我。杜甫的"今夜鄜州月，闺中只独看"，苏轼的"我思君处君思我"都是同样的意思。"慊慊思归恋故乡"句则是对"思断肠"的具体说明，又由此引起疑虑："君何淹留寄他方？"你既然思归，饱受相思之苦，为什么还要在外淹留，而不快点回家呢？这里隐约地透露了妻子对丈夫处境的忧虑：丈夫是身处逆境不得脱身呢，还是另有什么原因？他知道不知道妻子在家苦想着他呢？

接着便是妻子在心里向远行的丈夫诉说心中的思念：我孤身一人守着空荡荡的家，经历了数不清的烦闷和忧愁，但是时时刻刻都不敢忘记你，甚至忧思流泪，沾湿了衣裳还不觉察。这里说"不敢忘"，有许多解释说"不敢忘"就是不能忘，其实"不敢忘"的内涵比"不能忘"更加丰富。"不能忘"是一种客观上的不可能，而"不敢忘"是因为有外在压力而不可能。除了表明对丈夫思念的急切外，还有一重"你一日为我夫君，终身都是我夜夜梦里人"的道德义务。不管对方是否负心，为人妻者是不敢忘的，不然怎么自称"贱妾"呢？为人夫者是"敢"忘的，那么你忘了没有呢？正是这重重忧虑伤感，才使主人公泪湿沾衣而不觉。

　　紧接着主人公从遐想中回到现实，觉得老是这样相思也不是办法，还是弹一曲凄楚的清商曲消遣一下吧。此处的短歌微吟是什么意思？有人认为清商曲本身就是短歌，所以只能短歌微吟。其实，清商曲是有长调的，它有许多舒缓悠长的曲调，较适宜表现凄清哀婉的感情。这首《燕歌行》本身就是平调曲，音乐上分为七解，不能说是短歌。这里之所以说"短歌微吟"，是因为主人公悲伤过度，流泪哭泣哽咽不能自已，不能弹奏舒缓悠长的曲调，也无法放声歌唱，只能短歌微吟，由此更加深了心中的忧闷。弹琴纾缓忧愁看来是行不通了，主人公无奈地放下琴，这才发觉皎洁的月光透过窗户正照在她坐的琴凳上，月光把她引出户外。抬头一望，银河已经偏西，已是半夜时分了。但是，仰望星空并未能让她放下心中的忧愁，反而从天上的牵牛星、织女星联想到他们的悲剧故事，不由得心里发问：我和丈夫是不得已而两地分离，而你们又是因为什么罪过而被分隔无缘相会呢？言外之意是，天上人间都有夫妻两地分离的悲剧，这是谁造的孽呢？此处需要说明的是牵牛星、织女星虽然早已出现在《诗经》中，但在《诗经》中两者并未产生关联，《古诗十九首》中的《迢迢牵牛星》可以说是最早将两者联系起来的作品，而曹丕的这首《燕歌行》，可以说是将牵牛星、织女星为银河所隔绝的悲剧加以定型的作品。

　　通读全诗我们不难体会《燕歌行》主人公的心情，她一天天思念着丈夫，却一天天增添着担心和忧虑，担心对方的处境，疑虑对方是否变心。越想越像，越想越怕，越想越无可奈何，最后竟想到即使对方变了心，自己也毫无办法，有一种"一日为我夫君，终身都是梦里人"的道德义务，只能听天由命。所以，不管对方对自己怎么样，都"不敢忘"，是一种义务和责任，是一种命运。这种苦痛无疑是各种相思中最惨烈的。正因为《燕歌行》写出了这种苦不堪言的思妇心绪，所以不仅引起闺房思妇的共鸣，就是那些在外客游的征夫游子，也无不为之感动。宋吴文英《唐多令》就写道："燕辞归，客尚淹留。垂柳不萦裙带住，漫长是，系行舟。"意思是群燕辞归，向着南方飞去，我却还长久地在异乡飘零。那垂下的柳丝绾不住游子的衣带，它徒然这样长，想系住船儿，不让人远行。如果《燕歌行》中的男子也能这样替女主人公着想，她该有多么幸福！

本诗的断句也很有意思，《宋书·乐志》《乐府诗集》皆以两句为一解，最后三句为一解，全诗共七解。今人黄节等持此说。北京大学出版社出版的《魏晋南北朝文学史参考资料》则把除"贱妾"至"沾衣裳"三句为一断外，其他两句一断。朱东润《作品选》：前九句每三句一断，后六句两句一断。余冠英《三曹诗选》即如此分。今多从之。也有人主张全部皆三句一断，如吴小如等人。现在看来，各种断句皆有道理，都行得通。为什么会这样呢？我们认为原因主要有两个：一是因为整首诗是每句皆押韵，所以怎么断句都是押韵的，不会破坏音韵和谐流畅。二是因为整首诗内容上前后相接，没有明显的中断痕迹，所以怎么断句意思都是完整的，不会造成支离破碎的感觉。

《燕歌行》句句用韵，形成一种回环往复、委婉缠绵的情调，很好地表达了诗歌主人公解不开、赶不走的相思情怀。这一点为后人大为赞赏，清沈德潜评论说："读之油然相感，节奏之妙，不可思议。句句用韵，掩抑徘徊。短歌微吟不能长，恰似自言其诗。"[1]每句押韵是七言诗初期的一种常见形式。相传作于汉武帝时的七言诗《柏梁台联句》，是由众人各作一句而成，就是每句押韵的。这种形式受到的限制也是比较多的。写得不好的话，很容易使诗歌缺少一种抑扬顿挫的节奏感，所以后来人写七言诗就很少用每句押韵的形式。但这种形式对描写缠绵思绪却有一种独特的艺术效果。曹丕

---

① （清）沈德潜撰：《古诗源》卷五，中华书局1963年版，第110页。

的《燕歌行》巧妙地运用写景与抒情的转换，注意写出主人公相思感情的步步加深，使全诗句句押韵既有回环往复之美，又不至于节奏单调，这正是曹丕高明的地方。

"三曹"作为建安文学的代表群体，很好地体现了建安文学关注现实、个性昂扬的精神风貌。曹操、曹丕的诗风就很不一样，后人对曹操的评价是"魏武帝如幽燕老将，气韵沉雄"①"魏武沉深古朴，骨力难侔"②。而对曹丕的评价往往是婉转清丽之类的话。清代陈祚明说："魏文帝诗如西子捧心，俯首不言，而回眸动盼，无非可怜之绪。倾国倾城，在绝世佳人，本无意动人，人自不能定情耳。"③我们比较《蒿里行》和《燕歌行》，确实可以看出两位作者决然不同的创作风格。

首先是题材不同。《蒿里行》写的是反映时局、描写当代历史的题材，而《燕歌行》写的是思妇的题材。

其次是内容不同。《蒿里行》深刻地反映了汉末军阀混战、民不聊生的社会现实，对人民的苦难寄以深切同情，对祸国殃民的军阀表示了极大的义愤。而《燕歌行》真实地描绘了闺妇的相思之情。

最后是表现手法与艺术风格不同。曹操叙事抒情都是粗线条勾勒，极其概括简练。《蒿里行》对汉末一段如此复杂的历史，只用几句话就概括了。而《燕歌行》写一个女子的相思委婉曲折，反复致意。从时间上的从早到晚，彻夜不眠；从行为上的坐卧不宁，百无聊赖。望景色不行，静思不行，弹琴不行，唱歌不行，望星光、月亮还是不行。作者写出了这种看不见、摸不着的情思。如同细线条描绘的工笔画，极其细致精工。《蒿里行》多是直接叙述的语言，而《燕歌行》则多是细腻的描写。诗歌一开头写秋景，就连用三句，从视觉、听觉、感觉各个方面写出了情、景、声的完美结合。第一句"秋风萧瑟天气凉"，就写出了声音（萧瑟风声）、感觉（天气凉），第二、第三句写视觉所见，又是从近到远，从低到高，这就构成了一幅立体的

---

① （明）杨慎撰：《丹铅总录校证》，中华书局2019年版，第1134页。
② （明）胡应麟撰：《诗薮》，上海古籍出版社1979年版，第23页。
③ （清）陈祚明评选：《采菽堂古诗选》，上海古籍出版社2019年版，第138页。

秋景图。而这种秋景又引出下文抒发的相思情怀。可见《燕歌行》对景物的描写是多角度、全方位的。而《蒿里行》写自然景色的很少，《步出夏门行·观沧海》写到秋景，也只是"秋风萧瑟，洪波涌起"，不及《燕歌行》细腻。

从抒情方式看，《蒿里行》显得直率质朴，一针见血。怎么想就怎么说，看见什么就写什么，所以它说"势利使人争，嗣还自相戕""白骨露于野，千里无鸡鸣"。而《燕歌行》则非常含蓄委婉，明明对丈夫迟迟不归有各种猜测和疑虑，但话说出口只是"君何淹留寄他方"，变成一句淡淡的疑问，多少不言的哀怨尽在其中。从两首诗的结尾也可以看出不同的风格。《蒿里行》抒发作者感慨，一句"念之断人肠"戛然而止。而《燕歌行》用一句"尔独何辜限河梁"问句作结，给人留下很多回味的余地。可以理解为对造成天上人间夫妻两地分离的社会的不满，也可以理解为对天上人间普遍存在的夫妻两地分离现象的无奈，对命运的感慨，显得含蓄委婉。

所以，《蒿里行》代表了建安诗歌反映现实、悲凉慷慨这一时代特征，而《燕歌行》代表了建安诗歌大胆探索文学本体特征、细腻描绘人的情感世界、自觉追求文辞、意象华美的另一时代特征。《蒿里行》和《燕歌行》所代表的不同的艺术风格，都是建安文学精神的重要组成部分，都对后代文学有深远的影响。

曹操沉深古朴的诗作风格与他戎马一生、作诗述情、无意笔墨功夫的客观条件有关，也与他志在宏观、登高望远而不在细微处计较的个性有关。而曹丕诗歌婉转清丽的风格则与他的个性与生活环境有密切关系。从生活环境看，曹丕长期留守大本营，过着较安稳舒适的生活，经常与一班公子哥儿和文人纵情酒色。从个性来看，曹丕较重女色，缺乏叱咤风云的气度。204年，曹操攻陷袁绍大本营邺城，年仅18岁的曹丕进入袁氏府第时，遇见了来不及逃走的袁绍次子袁熙的妻子、比他大5岁的甄氏，遂娶为妻，后来又嫌她年长色衰而弃之，最后还逼她自杀。曹丕还喜欢狎妓，曾纳歌妓为妾。一些公子哥儿的活动如斗鸡赌博，曹丕也很在行。所以曹丕的作品多缠绵婉约，而少慷慨之气。

曹操与曹丕的诗歌虽然在内容、风格上有明显的差异，但是他们有一个共同点，即在艺术上不甘墨守成规的创新精神。《蒿里行》原是古挽歌，曹操第一个用它来叙写历史事件，在内容上扩充、更新和改造，变送葬为哀民。在句式上，为了适应表达思想内容的需要，他大胆突破原乐府古辞句式、音律的限制。《蒿里行》古辞是杂言四句，曹操却用整齐的五言十六句。除《蒿里行》外，他的《薤露行》《步出夏门行》《善哉行》等都在乐府古辞上进行了大胆创新。曹丕则在当时文人还很少涉足的七言诗领域大胆开拓，写出了第一首完整的七言诗。同时，运用边地民歌抒写征夫思妇的离愁别绪，从现存材料来看，曹丕也是第一人。曹氏父子在艺术上敢于创新的精神，正反映了建安时代的风气。

 思 考

与其他写闺妇相思的作品相比，《燕歌行》这首诗有什么特色？

（孙雪霞　陈一平）

悲愤诗①

蔡 琰

汉季失权柄[1]，董卓乱天常[2]。志欲图篡弑[3]，先害诸贤良。逼迫迁旧邦[4]，拥主以自强[5]。海内兴义师[6]，欲共讨不祥[7]。卓众来东下[8]，金甲耀日光。平土人脆弱[9]，来兵皆胡羌[10]。猎野围城邑[11]，所向悉破亡[12]。斩截无孑遗[13]，尸骸相撑拒[14]。马边悬男头，马后载妇女。长驱西入关，迥路险且阻[15]。还顾邈冥冥[16]，肝脾为烂腐[17]。所略有万计[18]，不得令屯聚[19]。或有骨肉俱，欲言不敢语。失意几微间[20]，辄言毙降虏[21]。要当以亭刃[22]，我曹不活汝[23]。岂复惜性命，不堪其詈骂[24]。或便加棰杖[25]，毒痛参并下[26]。旦则号泣行，夜则悲吟坐。欲死不能得，欲生无一可[27]。彼苍者何辜[28]，乃遭此厄祸[29]。

边荒与华异[30]，人俗少义理[31]。处所多霜雪，胡风春夏起[32]。翩翩吹我衣[33]，肃肃入我耳[34]。感时念父母[35]，哀叹无穷已。有客从外来[36]，闻之常欢喜。迎问其消息，辄复非

———————

① （宋）范晔撰，（唐）李贤等注：《后汉书》，中华书局1965年版，第2801~2802页。

乡里[37]。邂逅徼时愿[38]，骨肉来迎己[39]。已得自解免[40]，当复弃儿子[41]。天属缀人心[42]，念别无会期[43]。存亡永乖隔[44]，不忍与之辞[45]。儿前抱我颈[46]，问母欲何之[47]。"人言母当去，岂复有还时。阿母常仁恻[48]，今何更不慈[49]？我尚未成人，奈何不顾思[50]！"见此崩五内[51]，恍惚生狂痴[52]。号泣手抚摩，当发复回疑[53]。兼有同时辈[54]，相送告离别。慕我独得归，哀叫声摧裂。马为立踟蹰，车为不转辙[55]。观者皆歔欷[56]，行路亦呜咽[57]。

去去割情恋[58]，遄征日遐迈[59]。悠悠三千里[60]，何时复交会[61]？念我出腹子[62]，胸臆为摧败[63]。既至家人尽[64]，又复无中外[65]。城廓为山林[66]，庭宇生荆艾[67]。白骨不知谁，纵横莫覆盖。出门无人声，豺狼号且吠[68]。茕茕对孤景[69]，怛咤糜肝肺[70]。登高远眺望，魂神忽飞逝[71]。奄若寿命尽[72]，旁人相宽大[73]。为复强视息[74]，虽生何聊赖[75]！托命于新人[76]，竭心自勖励[77]。流离成鄙贱[78]，常恐复捐废[79]。人生几何时，怀忧终年岁！

注释

[1]汉季：汉末。古以伯（孟）、仲、叔、季为排行顺序。季是最后的意思。权柄：指皇帝统治全国的权力。柄，本意为器物的把，后用以比喻权力。

[2]天常：天的正常秩序，自然规律。《荀子》："天有常行。"古人认为社会秩序是与自然规律相适应的，所以把社会道德秩序称为

天常。

[3]志：心意。图：谋取。篡：封建社会特指臣子非法夺取君位。弑：古代称儿子杀父亲、臣子杀君主为弑。董卓想废掉汉朝皇帝取而代之，是为篡；他杀少帝、何太后，是为弑。

[4]旧邦：指长安。这句指初平元年（190年）董卓焚烧洛阳，逼迫君臣百姓迁都长安事。

[5]拥主：指拥戴汉献帝。自强：加强自己的权势。拥主是手段，自强是目的，即所谓"挟天子以令诸侯"。

[6]海内：犹言天下。古人认为中国是一块四方的大地，四周有海水环绕，故称国内为海内。

[7]不祥：不善之人，恶人。祥，善。

[8]卓众：指董卓部下的军队。初平三年（192年），董卓部下李傕、郭汜率军从陕县出发，洗掠了陈留等地。当时诗人正住在陈留娘家，就在这次洗掠中被掳走了。不过，董卓本人没有参加这次洗掠。来东下：从陈留角度说，董卓军是向东南而来。

[9]平土：平原。指作者家乡一带中原地区。

[10]胡羌：胡和羌都是当时的西北少数民族，过游牧生活，性格勇猛凶悍。董卓军原称西北军，有不少胡羌族将士。

[11]猎野：在田野上猎取，指洗掠农村。

[12]悉：全部。

[13]斩截：杀戮。无孑遗：一个不剩。孑遗，独存。仅剩的一个。孑，单。《诗经·大雅·云汉》："周余黎民，靡有孑遗。"

[14]撑：抵住。拒：通"拄"（zhǔ）。

[15]迥：长。

[16]还顾：回顾。还，转。邈冥冥：邈远迷茫的样子。邈，远。冥，昏暗。

[17]肝脾为烂腐："为"下省介词宾语"之"。形容悲痛到了极点。古人认为极度的悲伤激愤，会造成内脏损伤。下文还有不少这类写法。汉乐

府古辞："大忧摧人肺肝。"与《蒿里行》中"生民百遗一，念之断人肠"的描写相同。

［18］略：掠夺。

［19］令：使。屯：聚集。

［20］失意：不合董卓军队士兵的心意。几微：极微小。

［21］辄：立即，就。毙降虏：一解"毙"为动词，意为"杀了你们这些俘虏"，但如此则与后二句意思重复。所以不如将"毙"解为状语，"毙降虏"就是"该死的俘虏"，是骂人的话。

［22］要：应该。先秦两汉时"要"没有"应""欲"义，魏晋始有此义。以：用。下省介词宾语"之"。以亭刃：用来停放刀子，即挨刀子的意思。亭，通"停"。

［23］我曹：犹"我们"，董卓军队那些兵士的复数自称。不活汝：不让你们活。活，使动用法。汝，指俘虏。

［24］詈（lì）：责骂。

［25］便：就。棰（chuí）：短木棍。棰、杖：都是指用木棍打人的刑罚。

［26］毒：憎恨。参并：交错在一起。这句话是说兵士随意毒打被掳掠的人，被打的人心中的憎恨与肉体的痛楚交杂在一起。

［27］一可：一点可能。可，可能。

［28］彼：那。苍：深蓝色或深绿色。天空常呈蓝色，故称苍天。《诗经·秦风·黄鸟》"彼苍者天"是歇后语的用法：那青青蓝蓝的是天。后遂用"彼苍者"代指天。辜：罪孽。"何辜"前省略主语。

［29］乃：竟然。厄：灾难。

［30］边荒：边远之地。荒，远方。华：指中原地区。

［31］人俗：指胡人也就是南匈奴人的风俗。

［32］胡风：胡地之风。这里是说春夏本来不是刮风季节尚且多烈风，秋冬刮风季节更不待言了。这是以偏代全法，并非说只在春夏有风。

［33］翩翩：轻快飞舞的样子。

［34］肃肃：拟风声。

［35］感时：感叹时世。念父母：思念父母。蔡琰父亲蔡邕是当时著名的文人，192年被王允所杀。此时蔡琰可能已经知道了父亲的死讯。

［36］外：从作者所住地方来说，凡是其他地方来都可说是从外来。这里指从中原来。

［37］辄：总是。

［38］邂逅：偶然遇见。徼（jiǎo）：侥幸。时愿：平时的愿望。

［39］骨肉：最亲近的人。这里指曹操派去接她回去的使者。

［40］解免：指解免了俘虏、奴隶的身份。结束了在南匈奴的屈辱生活。

［41］儿子：指蔡琰入南匈奴后所生之二子。

［42］天属：有血缘关系的直系亲属，犹言天伦。如父母与子女、兄弟姐妹等。缀：联结。

［43］念：想到。

［44］存亡：指生死之别。乖隔：就是分离、隔离的意思。乖，违背，不协调。

［45］之：指儿子。

［46］前：动词，上前。

［47］何之：之何的倒装。之，动词，去。

［48］阿母：犹言妈妈。仁恻：仁慈恻隐。即慈爱的意思。

［49］更：变更。

［50］奈何：如何。顾：照顾。思：思念。

［51］崩：碎裂。五内：五脏。古人以心、肝、脾、肺、肾为五脏。

［52］恍惚：神志不清。

［53］回疑：迟疑。

［54］同时辈：指当年同时被掳掠来的人。

［55］不转辙：就是不走的意思。辙：车轮碾过的痕迹。这里代指车轮。这句话是说拉车的马因为伤心而徘徊不前，车轮因为伤心而不能转动

了。此处用移情修辞手法，把人的感受转移到物体上，渲染出送别时天悲地惨的气氛。

[56]歔欷：抽泣。不是放声哭，而是抽抽搭搭地哭。

[57]行路：过路的行人。

[58]去去：犹言走了，走了，叠用以加强语气。情恋：指母子间的恋情。

[59]遄：快。逈：远。迈：去。这句话是说迅速赶路，一天天地走得远了。

[60]悠悠：遥远的样子。三千里：极言从南匈奴返家路途之远。

[61]交会：相会。交，互相。

[62]出腹子：犹言亲生子。

[63]胸臆：指五脏。

[64]既：副词，已。至：到。

[65]中外：指内表亲、外表亲。父亲的姐妹（姑母）的儿女叫外表，母亲的兄弟姐妹（舅父、姨母）的儿女叫内表。互称中表。这里"中外"泛指亲戚。

[66]廓：同"郭"，城的外围加筑的一道城墙。城、郭对称时分别指内城、外城，合称则泛指城。

[67]庭：厅堂。宇：屋檐。这里"庭宇"泛指房屋。荆艾：泛指杂草。

[68]号（háo）、吠：皆指豺狼的嚎叫声。

[69]茕茕：孤独的样子。茕，没有兄弟的人。景：同"影"。

[70]怛咤（chà）：惊呼。怛，惊恐。咤，叹息声。靡：烂。

[71]魂神忽飞逝：灵魂忽然离开人体消逝了，也就是不省人事的意思。魂，灵魂。神，精神。魂神就是灵魂的意思。古人最难理解昏倒的现象，不省人事，又能复活，只能解释为灵魂短暂地离开了躯体。如久离不归，则人死矣。故人死要招魂。

[72]奄：忽然。

[73] 宽大：宽解劝慰。

[74] 为复强视息："为"下省介词宾语"之"。因为旁人相劝。强，勉强。视，睁眼看。息，呼吸。这里的"视息"代指人的生存。

[75] 聊赖：都是依靠、寄托的意思。

[76] 新人：指蔡琰回到家乡再嫁的丈夫董祀。

[77] 竭心：竭尽心机，努力。勖（xù）励：勉励。

[78] 流离：由于灾荒战乱而流转离散。

[79] 捐废：都是抛弃的意思。

赏析

狄德罗在《论戏剧艺术》中说："什么时代产生诗人？那是在经历了大灾难和大忧患以后，当困乏的人民开始喘息的时候。那时想象力被伤心惨目的景象所激动，就会描绘出那些后世未曾亲身经历的人所不认识的事物。"[1] 蔡琰正是建安时代产生的一位伟大的女诗人。

蔡琰（约177—？），字文姬，又字昭姬，是东汉末年著名学者、文学家蔡邕的独生女儿，是中国历史上著名的才女。她父亲年轻时就以博学闻名，天文历法、音乐术数、诗赋文章可以说无所不通。蔡琰在父亲的熏陶下，也是博学多才，精通诗歌音律。民间流传着他们父女惊人音乐天赋的传说。父亲蔡邕有"焦尾琴"的故事。传说蔡邕在吴郡（今江苏苏州一带）的时候，有一次路过一户人家，那户人家正在做饭，灶膛里的木柴烧得正旺，发出哔哔啪啪的响声。蔡邕一听就知道那是一块好木材，是制琴的好材料，就赶紧冲进去，把那块木柴从灶膛里拖出来。一看，原来是块桐木，已经烧焦了一截。蔡邕把这截桐木带回去，制成一把琴，弹出的琴声果然音色美妙无比。这就是著名的"焦尾琴"的故事。而女儿蔡琰则有听音而知弦的传

---

[1] 中国社会科学院文学研究所编：《文艺理论译丛（上）》，知识产权出版社2010年版，第386页。

说。其父晚上弹琴，突然弦断了。蔡琰随口说：是第二根弦断了。蔡邕一看，果然。他以为是凑巧被她说对了，便不作声，换上一根弦继续弹，然后突然故意弄断一根弦，想看看女儿的反应。蔡琰头也没抬就说：这次是第四根弦断了。蔡邕一看，果然是第四根弦。

蔡琰父女聪明绝顶，才华出众，但他们都生逢乱世，命运多舛。董卓掌权之时，要罗致一些学者名流来支撑门面，下令蔡邕到京城报到。蔡邕借口有病不肯去。董卓勃然大怒，说："我有权杀尽一个人的祖孙三代，蔡邕要是拿架子不肯来，我马上就让他大祸临头！"[①]同时限令地方官护送蔡邕到京。蔡邕被迫当了董卓的官。后来，司徒王允杀了董卓。当时蔡邕正在王允家作客，消息传来，蔡邕情不自禁地叹息了一声。王允本来就与蔡邕不和，度量又小，听了大怒，喝道："董卓是窃国大盗，现在我为国除害，你竟然同情哀伤他，岂不是和董卓同谋乱国吗？"[②]就把蔡邕抓起来杀了。女儿蔡琰的生活道路和父亲不同，但遭遇却比父亲更为悲惨。

蔡琰大概在16岁就嫁给河东卫仲道，不久丈夫死了，没有儿子，只好回到娘家去住。大概在192年，她被从陕县（今三门峡市）来中原搜掠的董卓部下李傕、郭汜军队掳走，受尽凌辱。194—195年间，南匈奴军队从山西临汾附近南下打败李傕、郭汜，抢走了一批被掳掠的妇女并将其带回山西临汾，作为战利品，将她们分配给将士为妻妾，蔡琰也在其中。她被迫嫁给匈奴左贤王，生了两个儿子，困在匈奴十二年。曹操打败袁绍、统一北中国以后，开始整顿社会秩序，恢复生产，落实知识分子政策。曹操向来很敬重蔡邕，同情他的遭遇，便寻找蔡邕的亲属，想予以照顾。经多方打听，得知蔡琰陷身胡地，遂与匈奴交涉，派人用玉璧把蔡琰赎回中原。蔡琰虽然能够重返故土，但是又要与亲生儿子生离死别，心情十分矛盾痛苦。回到家乡，已是家破人亡。后来经曹操等人协助，再嫁同郡董祀。

受尽磨难的蔡琰十分希望能忘掉过去，平安度过余生，谁料平地又起

---

① 参见《后汉书·蔡邕传》。

② 参见《后汉书·蔡邕传》。

风云。董祀任屯田都尉时犯了法，按规定要被处死。使者已经带着曹操处死董祀的命令出发了。蔡琰冲到魏王府向曹操求情。当时公卿名士及远方使者满堂。曹操接到通报后对宾客说："蔡邕的女儿来了，我让大家见一见。"蔡琰进来，大家一看她的样子：大冷天，她光着脚，披头散发，向曹操叩头请罪。她据理力争，言辞恳切，在座宾客都感动得流泪。曹操说："你的苦衷，实在令人同情，但是命令已经发出去了，怎么办呢？"蔡琰说："您的马厩里好马万匹，手下猛士如云，为什么舍不得派出一匹快马，救回一条人命呢？"曹操被她感动了，于是下令追回前命，赦免了董祀的死罪。这时，曹操看到蔡琰冷得发抖，就赐给她衣服鞋帽，让她穿戴整齐后再接见。曹操问道："听说你父亲有许多古籍和文章，不知道你还记得不记得？"蔡琰说："以前父亲留给我四千卷书，流离涂炭，已经全散失了。父亲的文章，我现在能背诵的，只有四百多篇。"曹操说："那太好了！我派十个字写得好的差吏跟你把它们写下来。"蔡琰说："男女有别，礼不亲授。乞给纸笔，真草随命。"于是缮书送之，文无遗误。①

蔡琰的作品，共有三篇流传下来。一是五言体《悲愤诗》，一是骚体《悲愤诗》，一是琴曲歌辞《胡笳十八拍》。这三篇作品内容大致相同，都是描述自己的悲惨经历。今人多认为五言体《悲愤诗》为蔡琰所作，骚体《悲愤诗》大致可定为后人伪托，而《胡笳十八拍》则尚未有定论。

五言体《悲愤诗》的思想内容，可以概括为三点：一是记叙了董卓之乱的实际情况，揭露与控诉了统治阶级的罪恶；二是反映了人民的痛苦；三是反映了时代、阶级以及各种观念加诸妇女的迫害。

建安时期有不少文人诗揭露了军阀混战的罪恶，反映人民在战乱中的痛苦，曹操的《蒿里行》、王粲的《七哀诗》都是其中的名篇。但历代学者都不曾因为有这些名篇而看轻蔡琰的《悲愤诗》，说明与其他名篇相比，《悲愤诗》自有其独到之处，甚至是其他名篇所不及的。

首先，蔡琰是东汉末年战乱的亲历者。同样是揭露、批判军阀混战给

① 参见《后汉书·烈女传·董祀妻传》。

162

人民造成的苦难，曹操只作一般概括，好比一幅写意画，很多情节需要读者去想象。王粲也只是写到他的所见所闻。饥妇弃子时他尚有马骑，虽然他是被迫前往南方，但毕竟还没有落到与难民同等的地步。而蔡琰却不同，她是建安诗人中社会地位最为低下的一个，即使是未被掳掠的时候，她也只是一个死了丈夫，又没有儿子，不得不回娘家的寡妇而已。身为女性，她蒙受了比男人更多的侮辱、欺凌，更经历了别人难以想象的悲惨遭遇，成为一个最下贱的俘虏。所以，她对军阀的揭露控诉，就不仅仅是一般的咒骂而已，而是像工笔画那样，用细腻的笔触，描绘出军阀纵兵烧杀淫掠的情形，描绘出千千万万老百姓妻离子散、家破人亡的苦痛，使读者有如身临其境。面对诗人描绘的真实的惊心动魄的场面，谁都会激起对军阀的痛恨。诗人写的虽然只是她自己的经历，但她的经历本身就是一份对祸国殃民的军阀的控诉书！

其次，蔡琰的《悲愤诗》带有普遍的社会意义。诗人处处把自己看作受苦受难的人民中的一员，是千万个被掳掠的妇女中的一个。因此，她写自己的经历，自己的悲愤，就不仅仅是抒发个人的悲愤。诗歌一开头从整个国家局势下笔，写她的痛苦遭遇时也关注到有相同命运的同辈，概括了全体人民的苦难。她被掳掠的苦痛是和中原人民被蹂躏的命运结合在一起的。特别是"兼有同时辈，相送告离别"一段，当年一起被掳的姐妹们送诗人返回中原，"同时辈"的送别不像一般的分别那样依依不舍，她们并不是为诗人的离开而哭，相反，她们是羡慕诗人的回乡，而为她们自己没有回乡机会而痛哭。所以"哀叫声摧裂"与其说是与诗人难舍难分，倒不如说是那些姐妹联想到自己的辛酸经历，借送别人的机会为自己痛哭一场。这不仅写出了诗人与姐妹们患难中的情谊，也概括了姐妹们诉不完、说不尽的苦痛。诗人只不过是"有万计"的苦难姐妹中的一个，她的遭遇代表了姐妹们的遭遇。"同时辈"的痛哭，是对掳掠者的控诉，也从侧面说明了诗人宁愿割断母子之情也要回家乡的理由。也就是说，为什么诗人能狠下心抛弃儿子回中原？从难友们的哭声中可以寻到答案。难友们因不能回乡而"哀叫声摧裂"，我们不难看出，如果也有回乡的机会，她们一定也会像蔡琰一样毅然抛弃在匈奴的一切，包括最难割断的母子之情，坚决回到家乡去的。诗人的这些描写，使我们同情的不只是一个蔡琰，而是千千万万个蔡琰，甚至更多比她惨得多的劳苦大众。诗歌通过对作者自身遭遇的叙述，深刻而具体地反映了战乱的事实和人民的灾难。

值得特别指出的是：《悲愤诗》是文学史上描写封建社会妇女在战乱中的悲惨遭遇的为数不多的作品之一。封建社会的妇女，本来就生活在社会的最底层，一经战乱，她们的处境就更为可悲。你看："马边悬男头"，丈夫在战乱中死去了，她们却被掳走了，供那些杀死自己亲人的刽子手玩乐，欲生不得，欲死不能。她们旷日持久地客居异域，像蔡琰这样侥幸有机会回到家乡的，却又要经受抛弃亲子之痛，而那些没有机会回到家乡的俘虏，更是含恨终身，尸骨都不知被抛在什么地方。然而可悲的是，像蔡琰这样付出巨大的代价，历经千辛万苦终于回到家乡的妇女，万万料想不到，自己日夜思念的亲人都不存在了，故乡土地上只有荆艾、白骨、豺狼。这已经够痛苦了，更可怕的是自己被掳掠的经历，不仅得不到社会的同情，反而"流离成鄙贱"，被人瞧不起。真是有苦无处诉，有冤无处申啊，只有满怀忧恨直到死去。《悲愤诗》写出了一个不幸妇女的痛苦史。诗人的悲愤，是封建社会广大妇女的悲愤。她一生的不幸命运，也是封建社会千万妇女的不幸命运。这正是诗歌深刻的典型意义之所在。

《悲愤诗》的艺术特色也颇值得称道：

首先，选材点面结合，剪裁详略得当。《悲愤诗》叙述了诗人自被掳掠到返归故土前后十多年的经历，时间跨度长，写的内容又很丰富。既有整个社会和千万苦难妇女这个"面"，又有自己切身经历这个"点"，如何处理两者之间的关系很能看出诗人谋篇布局的能力。诗人用简明洗练的笔触来描写"面"，而用淋漓尽致的笔墨来突出写"点"，很好地处理了面与点的关系。换句话说，诗歌以诗人自身经历为重点，以社会情况作为自身经历的历史背景，以众多的一起被掳掠的妇女作为自己遭遇的映衬。反过来，通过自己的遭遇，反映了整个社会，概括了广大妇女的命运。这样的点面结合，避免了平均用力，从而能够重点突出地表现深刻的内容。

但即便是以诗人自身经历为重点，也存在着一个如何剪裁的问题。诗歌显然省略了不少诗人自己的经历，如被掳掠时与家人的诀别，在李郭军中的生活，再被匈奴掳掠的情形，被迫嫁与胡人的情形，等等。对在南匈奴生活的十二年也只是一笔带过，再嫁董祀的情形也回避了。那么，诗人剪裁取舍的标准是什么呢？为什么要作这样的省略？我们认为诗人的剪裁有这么几个特点：一是以表现"悲愤"这一基调为标准，选取最能表现自己悲愤心情的生活横断面来展开描写；二是选取最有利于读者展开想象、写一知十的情节来写，用比较少的篇幅表现尽可能多的内容，显得浓缩、紧凑；三是避开一些最不愿提及的事情，做到不便说的就不明说，难说尽的就隐括过去。

比方说，蔡琰不仅省略了第二次被掳（由李郭军中转入南匈奴之手）的经过，也省略了在陕县李郭军中两三年的生活，这引起了后世很多人的误会，其实这里正见作者剪裁的苦心。同是被掳掠，第一次是因为突然离开故土，又目睹亲人被虐杀，所以分外伤感。第二次则是因为从异地到异地，绝望人已生麻木心，所以简省了。可见第一次被掳掠的情形最能表现诗人的悲愤心情，浓墨重彩的抒写更有艺术感染力。而诗人侧写了在南匈奴的生活，可使读者推想她在陕县的生活，同时，或者作者对那段生活有难言之隐，所以只留下一些线索供我们想象。按常理推测，她在陕县的生活会比在南匈奴的生活更悲惨。因为胡人虽凶悍，但被掳掠来的妇女与他们配成婚后，这些妇女还能过着较稳定的生活，而被李郭军在战乱中掳掠的民女是赏给兵士，供他们玩乐，随时可以被抛弃的。南匈奴军一到，蔡琰等不就是被扔了吗？诸如此类避而不写的，还有蔡琰与胡地丈夫分别的情形。

其次，叙事与抒情紧密结合。《悲愤诗》以诗人在战乱中被掳掠的遭遇为结构线索，按时间顺序进行叙述，叙事逼真，层次分明。同时，《悲愤诗》以诗人的无限悲愤作为贯穿全诗的感情线索，随着情节的发展而发展，情感细腻，真挚动人，抒情手法又灵活多变，表现了高超的抒发复杂情感的技巧。

诗人用蘸满悲愤之情的笔触来叙事。比如"平土人脆弱，来兵皆胡羌。猎野围城邑，所向悉破亡"，又如"既至家人尽，又复无中外。城廓为山林，庭宇生荆艾"，作者悲愤的心情是通过笔下描述的景象表现出来的。叙事、抒情的紧密结合，使读者更容易与诗人产生感情上的共鸣。

诗人不仅写出自己遭受的一系列不幸的经历，而且注意真实地描述诗人在经历这些事件时的心理活动、精神状态。比如在诗歌第二部分，诗人细腻地描写了自己思乡若渴的心情，后来，家乡真的派人来接她回去了。按一般人的想法，诗人理当欣喜若狂，但是，诗人不但不写她如何欢喜，反而大写其别子之悲，表现了诗人矛盾和痛苦的内心世界。因为当她如痴似狂地想念家乡而又近乎绝望的时候，她没有想到自己还会有牵挂的，这是很自然的心理状态，不如此不足以见其思乡之痴。而当她知道返回家乡成为即将实现的事实时，她似乎突然意识到自己还有两个亲生儿子，才突然发现和儿子一别就再也不能见面了。原先占据她心灵的绝大部分是思乡之情，母子之情被暂时掩盖了。当思乡之情得到满足时，母子之情便成为主要的情感表达，母子之情与思乡之情不可避免地成为尖锐的对立面。我们看不到诗人对南匈奴有什么依恋，但对儿子，她是倾注了全部的母爱，儿子们是她在匈奴生活的精神寄托和支撑。诗歌既写了作者思乡之切，更写了别子之痛，表现了诗人在特定环境下的真实感受。也正因为其真实，《悲愤诗》才更有感人的力量。

《悲愤诗》抒情的细腻超过了它以前的诗歌，我们可以说，它不仅是一篇杰出的叙事诗，也是一首优秀的抒情诗。

思考

1. 《悲愤诗》是叙事诗还是抒情诗？为什么？
2. 《悲愤诗》在选材剪裁方面有什么特点？

（孙雪霞　陈一平）

归去来兮辞①并序

陶渊明

余家贫，耕植不足以自给。幼稚盈室[1]，瓶无储粟，生生所资[2]，未见其术。亲故多劝余为长吏，脱然有怀，求之靡途。会有四方之事[3]，诸侯以惠爱为德，家叔以余贫苦[4]，遂见用为小邑。于时风波未静，心惮远役，彭泽去家百里[5]，公田之利[6]，足以为酒，故便求之。及少日，眷然有归欤之情。何则？质性自然，非矫厉所得[7]。饥冻虽切，违己交病[8]。尝从人事，皆口腹自役。于是怅然慷慨，深愧平生之志。犹望一稔[9]，当敛裳宵逝。寻程氏妹丧于武昌[10]，情在骏奔，自免去职。仲秋至冬，在官八十余日。因事顺心，命篇曰《归去来兮》。乙巳岁十一月也。

归去来兮，田园将芜胡不归？既自以心为形役，奚惆怅而独悲！悟已往之不谏，知来者之可追；实迷途其未远，觉今是而昨非。舟遥遥以轻飏，风飘飘而吹衣。问征夫以前路，恨晨光之熹微。

乃瞻衡宇[11]，载欣载奔。僮仆欢迎，稚子候门。三径就荒[12]，松菊犹存。携幼入室，有酒盈樽。引壶觞以自酌，眄庭柯以怡颜。倚南窗以寄傲，审容膝之易安。园日涉以成趣，门虽

---

① 逯钦立校注：《陶渊明集》，中华书局1979年版，第159页。

設而常关。策扶老以流憩，时矫首而遐观。云无心以出岫，鸟倦飞而知还。景翳翳以将入，抚孤松而盘桓。

归去来兮，请息交以绝游。世与我而相违，复驾言兮焉求[13]？悦亲戚之情话，乐琴书以消忧。农人告余以春及，将有事于西畴。或命巾车，或棹孤舟。既窈窕以寻壑，亦崎岖而经丘。木欣欣以向荣，泉涓涓而始流。善万物之得时，感吾生之行休。

已矣乎，寓形宇内复几时，曷不委心任去留[14]？胡为乎遑遑兮欲何之？富贵非吾愿，帝乡不可期[15]。怀良辰以孤往，或植杖而耘耔。登东皋以舒啸[16]，临清流而赋诗。聊乘化以归尽[17]，乐夫天命复奚疑。

注释

[1]幼稚：年幼的儿女。盈室：满屋子，形容其多。陶渊明有五个儿子。

[2]生生：维持生活。

[3]四方之事：指晋末各地军阀如桓玄、刘裕等争权夺位的混战。

[4]家叔：指陶渊明的叔父陶夔，曾任太常卿。

[5]彭泽：当时的县名，在今江西彭泽县西南。

[6]公田：指县令的俸禄田。古时地方官的薪酬，除了一定数量的俸银按时发给外，还按官职高低有一定数量的俸禄田，由役卒耕种，收获即为职官的俸禄。

[7]矫厉：勉强，造作。

[8]交病：指使身体和精神都受到折磨。

[9]稔：庄稼成熟。农作物收获一次叫一稔。

[10]程氏妹：陶渊明同父异母的妹妹，因嫁给程家，故言程氏妹。

[11]衡：指横木为门。衡宇：犹言"寒舍"。

[12]三径：李善注引《三辅诀录》说：汉蒋诩隐居时，于舍下开了三条小路，只与求仲、羊仲两人来往。后人遂以三径作为隐士居所之称。

[13]驾言：《诗经·邶风·泉水》："驾言出游，以写我忧。"后人遂以"驾言"指出游交往。

[14]去留：即生死，去为死，留为生。

[15]帝乡：仙乡。《庄子·天地》："乘彼白云，至于帝乡。"

[16]啸：把口撮起来吹气发出又长又亮的声音。魏晋名士常用吟啸寄寓放浪形骸、傲然自得的情怀。陶渊明《饮酒·其七》："啸傲东林下，聊复得此生。"

[17]乘化：随顺大自然的运转变化。

赏析

《归去来兮辞》写于东晋义熙元年（405年）十一月，陶渊明辞官归田之初，是作者与官场诀别的宣言书。

这是陶渊明唯一的"辞"体作品。有人说辞本专指《楚辞》，后来将模仿《楚辞》的文体也称作"辞"。但是《归去来兮辞》与《楚辞》相去甚远，为什么说是模仿《楚辞》呢？也有人说辞即赋，故并称辞赋。但是《陶渊明集》第五卷"赋辞三首"，分别是《感士不遇赋》《闲情赋》和《归去来兮辞》。可见在陶渊明眼里，赋是赋，辞是辞，分得可清楚了。《说文》曰："辞，讼也。"讼，从言公声，公开言说。《史记索隐·吕太后本纪》："讼，诵说也。"可见辞是用公开诵说的方式来抒情言志。辞、赋都是专供吟诵，都不配乐演唱，但辞重抒发情志，赋重铺陈。就陶渊明三篇辞赋来看，《感士不遇赋》《闲情赋》有明显的铺陈、仿作痕迹，而《归去来兮辞》抒情言志，戛戛独造，从中也可看出辞体的特点。

《归去来兮辞》有序，说明求官弃官的原因和过程，是全篇的写作缘起和思想依据。序文一开始就叫穷。陶渊明有五个儿子，说幼稚盈室，还

169

不算太夸张，但说瓶无储粟，显然过分了。下文明明说"僮仆欢迎"，有酒盈樽，为什么还叫穷呢？接着说求官原因和过程，也是让人云里雾里。首先说在亲戚朋友劝说下动了当官的念头，但"求之靡途"。在军阀混战的环境中，靠叔父走后门才当上小官。陶渊明选择当官的任所更是吊儿郎当："彭泽去家百里，公田之利，足以为酒，故便求之。"陶渊明嗜酒如命，萧统《陶渊明传》载："公田悉令吏种秫，曰：'吾常得醉于酒足矣。'妻子固请种粳，乃使二顷五十亩种秫，五十亩种粳。"①由此可知彭泽县令的俸禄田有三百亩。刚刚不是说穷得揭不开锅，才走后门求官的吗？怎么突然云淡风轻，挑个薪水够喝酒的地方就行啦？袁行霈觉得"公田之利，足以为酒""语涉诙谐，而此文通篇庄重，且上文一言'余家贫，耕植不足以自给。幼稚盈室，瓶无储粟'，再言'饥冻虽切'，所求者唯食饱也，非为酒也，且语极沉痛。此处竟以'足以为酒'为求彭泽县令理由，文义未能衔接"，于是校改为"公田之秫，过足为润"②。但袁氏的说法也有问题。彭泽地处长江南岸，居民以水稻为主粮，县令之公田更不可能是无法种水稻的贫瘠之地。陶渊明坚持用公田种秫，只有一个解释：酿酒用的。这不还是"语涉诙谐"吗？

而序文的"诙谐"之处不仅于此。陶渊明县令没当多久，便"眷然有归欤之情"，为什么还不走呢？竟然是因为惦记着那些酿酒的高粱。为了这高粱，"违己交病"都可以忍受，这不是"诙谐"，而是奇葩哦！宋代马永卿就指出陶渊明这话不靠谱："仲秋至冬，在官八十余日，此非种秫时也。"③然而"程氏妹丧于武昌"，陶渊明等不及高粱成熟就离职了。按当时礼制，已出嫁的妹妹去世，是不需要丁忧的，即便奔丧，也是短期请假，不必因此辞官。所以，有人称赞陶渊明兄妹情深。但是因为奔丧而辞职的说法也遭到质疑。《归去来兮辞》写辞官归田，是那样轻松愉快，哪有一点悲伤的样子？正如宋代洪迈在《容斋随笔》所说"词中正喜还家之乐，略不及

---

① 袁行霈撰：《陶渊明集笺注》，中华书局2011年版，第421页。
② 袁行霈撰：《陶渊明集笺注》，中华书局2011年版，第317页。
③ （宋）马永卿撰：《懒真子》卷五，新文丰出版公司《丛书集成新编》11册，第336页。

武昌"。可见作者自己说的话也不可靠。萧统《陶渊明传》则给出另一种说法："会郡遣督邮至县，吏请曰：'应束带见之。'渊明叹曰：'我岂能为五斗米，折腰向乡里小儿！'即日解绶去职，赋《归去来》。"①《晋书》《宋书》《南史》所载皆大同小异，这成为陶渊明辞官原因最流行的解释。然而这个解释也有点说不通，正如林云铭所说："岂未仕之先，茫不知有束带谒见之时，孟浪受官，直待郡遣督邮，方较论禄之微薄，礼之屈卑耶？"②

我们该如何理解序文的真情与曲笔，解读作者的字外之意、弦外之音呢？

青年时期的陶渊明对社会是肯定的，对官场仕进是向往的。不管是作为长沙郡公、八州都督陶侃的非嫡系后裔，还是以武昌太守陶茂之孙的身份，陶渊明都不至于因为贫穷而求官，也不至于"求之靡途"。彭泽县令也不是陶渊明的第一个官职，在这之前，陶渊明已经在官场摸爬滚打将近13年。他先是做州祭酒，很快"不堪吏职，少日自解归"③。陶渊明当官，是冲着曾祖父那样的功业去的，当一个打杂的祭酒，注定不可能实现理想，于是毅然辞官，憋居在家。多年之后，陶渊明决定去当军阀的幕僚，先后担任过荆江两州刺史桓玄、都督八州军事刘裕、江州刺史刘敬宣的参军。按传统观念，桓玄、刘裕这些军阀都是乱臣贼子，所以有人指责陶渊明"出处不检"。这从一个侧面说明陶渊明为了实现建功立业的理想，的确豁出去了。然而，陶渊明发现不管是桓玄还是刘裕，都不是理想之"君"，便毅然离去。陶渊明对仕途从"脱然有怀"变为厌恶不已，越来越怀念过去的田园生活。在出任彭泽县令之前，他早已萌生与官场决绝之意。明白这一点，就不难理解陶渊明选择任所时吊儿郎当，以戏谑的口吻说"公田之利，足以为酒"，在当去未去之时，说"犹望一稔，当敛裳宵逝"。熬了八十多天，最终拂袖而去。至于是为程氏妹奔丧，还是避见督邮，都不过是托词而已。

那么，陶渊明为什么夸大自己的贫困呢？魏晋南北朝时期，社会阶层固

---

① 袁行霈撰：《陶渊明集笺注》，中华书局2011年版，第421页。
② （清）林云铭评注：《增订古文析义合编》，经元堂藏校卷十。
③ （梁）沈约撰：《宋书·陶潜传》，中华书局1974年版，第2286页。

化，骄奢淫逸成为贵族身份的标签。前有西晋石崇、王恺斗富，后有北魏诸王竞奢。陶渊明年轻的时候并不叫穷，因为他以陶侃后代的身份自勉，雄心勃勃地想建功立业。然而十多年时仕时隐、时出时归的经历使他清醒，自己不属于上层社会，不可能实现曾祖父那样的功业。这时候，陶渊明就公开宣称甚至夸大自己的贫穷，这是对官场、对世俗叫板，将贫穷作为自己清高的象征。而到归田后期，陶渊明生活真的贫穷的时候，他笔下贫穷生活的描写就不再是夸大的，而是实实在在的写实了。

序文"质性自然，非矫厉所得"几句，是陶渊明对官场生活的深刻反思，是他辞官归田的思想依据。陶渊明的"平生之志"应该包括两方面：一是建功立业，这个方面在他青壮年时更为突出；二是质性自然，任真自得，这是陶渊明的底线。当建功立业与任真自得的生活理想发生冲突时，他便毫不犹疑地与官场决绝，坚守任真自得本性。经过十多年官场煎熬，陶渊明最终认识到，只有田园生活才能实现他任真自得的生活理想。

关于《归去来兮辞》的写作时间，一直有不同说法。本来序文已经标明写于"乙巳岁十一月"，但有人依据后文"农人告余以春及"等内容，认为应写于第二年春，这种无视序文的说法不可取。也有人说，序与正文不是同时所写，这种说法则于理不合。也有人认为"《归去来兮辞》将归而赋耳，既归之事，当想象而言之"[①]。但此说也有未善之处。我们认为，全文不是写于将归未归之际，而是写于刚刚回到田园之时。所以，文中既有实写，也有想象，二者在结构上分界的标志，就是正文两处"归去来兮"的呼告。

开篇一句"归去来兮"，如樊鸟脱笼，似池鱼入渊，无数次默念的话终于吼出口，多年官场的憋屈一扫而光！陶渊明从主客观两方面说明归田的必要和迫切：从自己经常挂在心上的田园这个角度说"田园将芜胡不归"，这是客观的理由；从自己的秉性、心理的角度来说"既自以心为形役，奚惆怅而独悲"，这是主观的理由。"自""独"，都在挪揄自作自受。"迷途""昨非""不谏"形容出仕，"今是""可追"形容归田，鲜明的对比，表达了陶

---

① （金）王若虚：《滹南遗老集》卷三十四《文辨》，《四部丛刊》1357册。

渊明对官场的极端厌恶，以及对自己迟迟未归田的悔恨和自责。

踏上回家的路，先是乘船："舟遥遥以轻飏，风飘飘而吹衣"，陶渊明伫立船头，任风拂衣，何等轻松愉快！继而登岸："问征夫以前路，恨晨光之熹微"，昼夜兼程，归家何等急切！终于到家了，"僮仆欢迎，稚子候门"，写出到家的温暖。陶渊明第一眼看见的是"三径就荒，松菊犹存"，这里一方面是实写家中庭园的小路快要荒芜了，松树、菊花还长在那里，同时也以三径代指田园生活，以松菊代指傲然独立的气节。虽然羁梏官场，差点辜负田园，但幸好松菊之心尚在。"有酒盈樽"，这更让他欣慰。为了"公田之利，足以为酒"，陶渊明不得不"口腹自役"。而家里有盈樽的酒等着他，有"松菊犹存"的庭园等着他，官场更不值得留恋了。接着写闲坐家中自斟自酌、漫步遐观的闲情逸致。遐观所见何物？唯"云无心以出岫，鸟倦飞而知还"。景与情融，寄情于景，这正是"山气日夕佳，飞鸟相与还"（《饮酒》其五）的雏形，也说明"倦飞知还"是归田后不变的感受。陶渊明认为世人是不理解他的，后文还说"世与我而相违"。他与众人有不同的志趣：饮酒喜自酌，县令不安而容膝易安，"门虽设而常关"，太阳下山还"抚孤松而盘桓"，这正是陶渊明自命清高的情趣，也是"倚南窗以寄傲"所寄托的东西。而这种"质性自然"的生活，只有回到田园才能得到。可见，从第一句"归去来兮"至此，是实写归田的决心、过程以及初归田园的感受。

接下来要过一种怎样的田园生活呢？陶渊明再用一句"归去来兮"领起，宣示自己理想的归田生活。首先是"请息交以绝游"。因为"世与我而相违，复驾言兮焉求"！息交绝游有什么乐趣呢？一可以"悦亲戚之情话"，这里的情话不是谈情说爱，而是指心里话；二可以"乐琴书以消忧"；三可以随时躬耕、体会大自然的神韵。去耕种时或者乘车或者荡舟，可见对此时的陶渊明来说，农耕还是朦胧的想象，当他真正参加劳动时才会晓得虽"带月荷锄归"，仍"草盛豆苗稀"（《归园田居》其三）的不易。陶渊明"息交绝游"并不是与世隔绝，不是隐居遁世，只是与官场绝交，与俗世断游，而向亲朋戚友开放，对山水田园敞怀。陶渊明目的不在耕种，而在领略自然美景，体悟生命真谛：大自然是这样美丽，万物得时变化，生生

173

不息，而人的生命是那样渺小、短暂，只有融入大自然的律动之中，才能获得生命的永恒。

最后，陶渊明将对田园生活的憧憬，深化为生命的哲思。是啊，活在世上能有多长时间，为什么不随心所欲，任其自然地生死？大自然风光最美好的时候，就该拄着手杖去欣赏；田园到了该耕作的时候，就该放下手杖去除除草、培培苗；登上东边的高冈，心旷神怡的时候，就顺从自己的心愿放声长啸；来到清清的水溪旁，诗兴大发的时候，就要让它自然地抒发出来而成为诗篇。既不想追求世俗的富贵荣华，又不可能寻求虚无缥缈的神仙幻境，姑且顺随着生命的自然变化了结一生吧，乐天安命，还疑虑什么呢？

和陶渊明许多名篇一样，《归去来兮辞》得到历代文人的激赏。或谓之"沛然如肺腑中流出"[1]，这是陶渊明率性直寄的率真，这也是陶渊明心口如一的任真。他不掩饰不甚光彩的求官过程，不掩饰对陷身仕途的悔恨，不掩饰辞官归田的喜悦。序文中的曲笔，更凸显其对官场、对世俗厌恶之真情。他曾经渴望建功立业，然而一旦发现在官场无法实现任真自得的生活理想，他便毅然决然拂袖而去。《归去来兮辞》篇末的哲思应该说有当时文坛流行风气的影响。但陶渊明不是玄学家虚幻无情的山水喻道，也不是早期山水诗情景乖隔的玄言尾巴，而是经历官场煎熬之后，对田园价值的重新认识，对生命意义的深刻思考，是作者最真实的人生体验。正是这种如肺肝出的真情流露，深深感染了后代读者。

 **思考**

如何理解陶渊明文中的真情与曲笔？

（陈一平）

---

① 参见（宋）李公焕《笺注陶渊明集》卷五引李格非语，《四部丛刊》590册。

饮酒（其五）

陶渊明

结庐在人境[1]，而无车马喧。

问君何能尔？心远地自偏。

采菊东篱下，悠然见南山[2]。

山气日夕佳，飞鸟相与还。

此中有真意，欲辨已忘言。

注释

[1] 结庐：建造住宅。人境：人间，指世俗社会。

[2] 南山：庐山。陶渊明家在柴桑，位于庐山之北，所以当地人称庐山为南山。

赏析

这是陶渊明组诗《饮酒》中的第五首。《饮酒》共有二十首，其序云："余闲居寡欢，兼比夜已长，偶有名酒，无夕不欢。顾影独尽，忽焉复醉。既醉之后，辄题数句自娱。纸墨遂多，辞无诠次。聊命故人书之，以为欢笑

---

① （晋）陶潜著，龚斌校笺：《陶渊明集校笺》，上海古籍出版社1996年版，第219～220页。

尔。"从序中可见，这组诗虽不是一时所作，但也是在相对集中的一段时间里完成的。关于这一组诗的写作年代有不同说法。有说403年的①，有说415年的②，有说417年的③。我们支持《饮酒》作于417年的观点。组诗说"贫居乏人工，灌木荒余宅"（《饮酒》十五），"终死归田里"（《饮酒》十九），"吾驾不可回"（《饮酒》其九），可见这组诗应该写于归田后较长的一段时间，这是陶渊明思想成熟的时期。他既经过了年轻时"少年罕人事，游好在六经"（《饮酒》十六），"投策命晨装"（《始作镇军参军经曲阿》）、"投耒去学仕"（《饮酒》十九）那种对功名利禄的迫切追求，也经过了"自古叹行役，我今始知之"（《庚子岁五月中从都还阻风于规林二首》之一）那种官场生活的煎熬，还跨越了归田之初对田园生活充满诗意的憧憬，讴歌"息交游闲业，卧起弄书琴"（《和郭主簿》之一）的阶段，回归到"晨出肆微勤，日入负禾还"（《庚戌岁九月中于西田获稻》）那种真实的田园生活。此时的陶渊明，诗与人俱老。《饮酒》既有丰富阅历的体悟，又有探究哲理的反思；既有超越世俗名利的平淡，又有参透人生真谛的欣然。从组诗小序中可知，这些诗或酒后所写，或借酒而写，或故作醉语，皆不加掩饰，尽情抒发，真情流露。再者，从诗中描写景物看，组诗都写于秋冬之夜。夜深人静，天寒地冻，在孤寂之中无可倾诉，唯有诉于诗笺。这些认识，是我们理解《饮酒（其五）》的基础。

诗开头四句就是一个悬念："结庐在人境，而无车马喧。"在人世间盖房子居住，生活在世俗尘嚣之中，却没有世俗的喧哗吵闹。这是陶渊明对自己生活环境的描述，是无数人企慕的生活境界，又是无数人无法达到甚至难于理解的生活环境。所以才有下面一问："问君何能尔？"

诗人自揭谜底："心远地自偏。"因为内心和尘俗离得远，地也就显得偏僻了。如何处理理想与现实的矛盾？这既是魏晋以来玄学家激辩的哲理问题，更是历代贤士、隐士、义士用不同的处世方式回答的现实问题。有

---

① 逯钦立校注：《陶渊明集·事迹诗文系年》，中华书局1979年版，第271页。
② 邓安生：《陶渊明年谱》，天津古籍出版社1991年版，第150页。
③ 袁行霈：《陶渊明集笺注》，中华书局2003年版，第237页。
唐满先：《陶渊明集浅注》，江西人民出版社1985年版，第100页。

人刻意拉开与现实的地理距离，隐居山林，不与现实社会接触，如传说中的许由。在魏晋则有《晋书·隐逸传》记载的孙登、郭文等人。但这完全与物质文明脱节，岩居穴处，刀耕火种，是一种极端的生活方式，非一般人能接受。有人则主张"朝隐"。魏晋以来"朝隐"成为玄学家时髦的话题，但实际上没有谁能真正做到"朝隐"。当代有学者认为，陶渊明的"心远地自偏"正是玄学家所追求的境界。这是对陶渊明的误读。没错，"心远"是玄学家讨论的概念，指拉开与现实的心理距离。但玄学家所要远离的现实，是指整个现实社会，既包括官场，也包括乡村生活和平民百姓的柴米油盐。玄学家所谓心远，只是"坐忘""心斋"式的心理调适，没有也不可能真正实践。这就很容易成为养尊处优的士族名士标榜清高、沽名钓誉的借口。如晋王衍之流，一方面过着奢华荒诞的生活，蝇营狗苟；另一方面终日谈玄论道，斥钱为"阿堵物"，摆出一副不食人间烟火的姿态，"心远"就成为虚伪的遮羞布了。陶渊明融通儒释道，深谙玄学之理，对"心远"有完全不同于玄学家的阐释：远官场，亲田园；远世俗，亲自然。陶渊明的"心远"，不仅是心理调适，更重要的是身体力行，身心合一。

接下来的两句"采菊东篱下，悠然见南山"被历代读者激赏，历代读者一致击掌赞叹，这种现象在中国古代诗歌接受史上还不多见。好像谁不叫好，谁就是不懂诗的朽木疙瘩一般。自唐以降，模拟唱和者代不乏人。但不管这些人如何名震诗坛，模拟唱和之作始终无法与陶诗比肩。这两句似乎脱口而出，信手写来的"大白话"，何以有那么大的艺术魅力？为什么后代拟之者、和之者皆无法超越？

第一，这两句诗用菊花来寄托诗人傲然独立，不与世俗同流合污的志气。菊花凌寒绽放，叶枯不落，花槁不零，有一种超世脱俗的气质。屈原《离骚》就说"夕餐秋菊之落英"。陶渊明更是酷爱菊，家中庭院种有许多菊花。《归去来兮辞》写他辞官回到家，最令他欣慰的是："三径就荒，松菊犹存。"萧统《陶渊明传》载，陶渊明"尝九月九日出宅边菊丛中坐，久之，满手把菊"。《饮酒（其七）》云："秋菊有佳色，裛露掇其英。泛此忘忧物，远我遗世情。"陶渊明正是以菊花的品格自况，将菊花作为"遗世情"的象征物，赋予菊花意象更丰富的内涵。而后世多不能做到陶渊明那样傲然独立，超世脱俗，所以，真正喜欢菊花的也就不多了。正如周敦颐《爱莲说》所云："菊之爱，陶后鲜有闻。"后人对陶渊明这两句诗的赞赏，表达的是对陶渊明精神气节由衷的敬佩。

第二，这两句诗以"采菊东篱下"作为诗人追求的任真自得生活理想的表征。萧统《陶渊明传》说："潜少有高趣，博学善属文，颖脱不群，任真自得。"这的确是知陶之言。任真自得就是不以世俗的价值判断来左右自己的行为，而是按自己的本性，过自己觉得舒适的生活。"采菊东篱下，悠然见南山"正是任真自得生活的表现。任真自得是陶渊明追寻的目标，也是他坚守的底线。年轻时候为了追求功名，他可以忍受行役的辛劳，可以不顾"出处不检"之讥，可是一旦发现这样的官场生活不能实现任真自得的生活理想，他便毅然决然拂袖而去。后人无不向往"采菊东篱下，悠然见南山"这种无忧无虑、自由自在的生活，但是大多只能在诗文中吐槽一下，发泄一下，很少人能够像陶渊明那样毅然欣然地付诸实践。这就是《红楼梦》中《好了歌》说的："世人都晓神仙好，惟有功名忘不了！"后人对陶渊明这两句诗的赞赏，有几分敬意，有几分羡慕，更有几分为自己不能为之的遗憾和被陶渊明诗句牵扯的隐隐心痛。

第三，这两句诗语言平淡自然，准确熨帖地表达了"心远"的丰富内涵。"悠然"有版本作"时时"，王叔岷斥之曰："拙甚！必非此诗之旧也。"[1]"见"，有些版本作"望"，也被苏轼批驳[2]。这有点像王安石《泊船瓜州》"春风又绿江南岸"句中"绿"字不可替代一样。可见，这两句诗每一个字都是最恰当的，看似信手拈来，却是一字不能易，独具神采，自成妙趣。在陶渊明的时代，还没有人用如此平白如话的语句描写身边平凡的景色，揭示人生深邃的哲理。陶渊明之前的玄言诗自不必说，就是与陶渊明同时代的山水诗开山祖谢灵运也是雕字琢句，时有生涩之处。在陶渊明的时代，田园生活还没有进入文人的视野，身边的寻常景色也不是文人欣赏的对象。玄言诗、游仙

① 王叔岷撰：《陶渊明诗笺证稿》，中华书局2007年版，第291页。

② （宋）苏轼撰，（明）茅维编，孔凡礼点校：《苏轼文集》卷六十七，中华书局1986年版，第2092页。

诗中的景物，几乎都带有非现实的虚幻色彩，谢灵运山水诗则多写登临奇山异水，幽险之境，不屑关注身边寻常景色。"采菊东篱下，悠然见南山"的写法和当时主流诗风大相径庭。正因为如此，陶渊明在当时并没有得到多少掌声。人们在经历长时间的探索后才明白，陶渊明的诗既平白如话，又准确地传神达意；既关注身边寻常景物，又揭示深远意蕴，是诗歌语言的最高境界。后人对陶渊明这两句诗的赞赏，是对超越时代的诗歌艺术先行者的顶礼。

第四，这两句诗境与意会，心共物融，开创了中国诗歌物我关系全新的言说方式。自然景物一直是诗歌的描写对象。中国诗歌在不同的发展时期，对物我关系有不同的言说方式。《诗经·豳风·东山》"我徂东山，慆慆不归。我来自东，零雨其濛"，《诗经·小雅·采薇》"昔我往矣，杨柳依依。今我来思，雨雪霏霏"是将景物作为叙事抒情的背景。曹操的《观沧海》"水何澹澹，山岛竦峙。树木丛生，百草丰茂"是借景抒情。而玄言诗中的景物，往往是借景喻道、借景证道，一旦领悟了玄妙之道，山水景物就可以遗忘了，也就是所谓"筌者所以在鱼，得鱼而忘筌"（《庄子·外物》）。魏晋以后诗人写景抒情手法更为娴熟，曹植《赠白马王彪》："归鸟赴乔林，翩翩厉羽翼。孤兽走索群，衔草不遑食。"阮籍《咏怀诗》（之一）："孤鸿号外野，翔鸟鸣北林。"作者笔下的景象与心中的情是交融在一起的。但是，这种交融更多的是比况，是感物伤怀，所描绘的景物也不一定是眼前真实所见的。谢灵运的山水诗客观精细描绘山水景物，则是为景写照，他的《石壁精舍还湖中作》："林壑敛暝色，云霞收夕霏。芰荷迭映蔚，蒲稗相因依。"《游南亭》："时竟夕澄霁，云归日西驰。密林含余清，远峰隐半规。"都是流传的名句，这些描写尽管观察细致，形神兼备，但诗人始终是外在于景物的观赏者。而陶渊明诗中的自然景物是寻常生活中真实所见，又与诗人的情感结合在一起，物我相融，已经分不清哪是景，哪是情。所以王国维将"采菊东篱下，悠然见南山"作为无我之境的典型例子。无我之境不是没有"我"在，而是"我"融入景物之中。正如王国维所说："无我之境，以物观物，故不知何者为我，何者为物。"①犹如一个老

---

① 谢维扬、房鑫亮主编：《王国维全集 第一卷》，浙江教育出版社2009年版，第461页。

农，在一天耕牧之后，放耕牛于水边草地，让它饮水食草，而自己坐在草地上，吸上一袋烟，欣赏着眼前美景的那种境致。在这个画面中，人不是外在的观赏者，而是整个画面的有机组成部分，是画面中一抹最亮丽的色彩。在此之前，还没有人在诗歌中将自我如此了无痕迹地融入自然之中。后人对陶渊明这两句诗的赞赏，是对陶渊明揭示的物我关系的神会。

第五，这两句诗体现了陶渊明云淡风轻的豁达心态和超越俗世的诗意情怀。陶渊明写《饮酒》之时，已经归田多年，建功立业的执念早已熄灭，生活上也不再有归田之初的惬意，而是面临着"旧谷既没，新谷未登"（《有会而作》）、"南圃无遗秀，枯条盈北园。倾壶绝无沥，窥灶不见烟"（《咏贫士》之二）的窘境。然而，陶渊明依然有诗和远方。衣食无忧时"采菊东篱下"或许是一种雅兴，很多人可以做到；但在生活艰难的时候依然能"采菊东篱下"，就是一种超然境界了。这正是诗的本真意义所在。后人对陶渊明这两句诗的赞赏，是对诗本真价值的精神回归。

第六，这两句诗在结构上前呼后应，近释"心远地自偏"之妙，远解"结庐在人境，而无车马喧"之惑，同时勾连下文，使全诗衔接流畅，不露痕迹，浑然一体，不可句摘。为什么能"结庐在人境，而无车马喧"？因为"心远地自偏"。为什么能做到"心远地自偏"？不是心斋、坐忘，而是走进田园，亲近自然。正因为陶醉在"采菊东篱下，悠然见南山"的闲适之中，所以能身处尘嚣之中却不受世俗影响。悠然所见之南山景色是怎样的呢？自然带出下文。而下文的描绘，又是对"采菊东篱下"这两句诗的内涵作进一步拓展。这两句不是孤立存在的，人们对这两句诗的赞美，实际上是对整首诗的心赏。

陶渊明"采菊东篱下，悠然见南山"所见到的是"山气日夕佳，飞鸟相与还"。庐山、黄山这些南方名山，秋天的山色应是最绚丽多彩的。山上树木的叶子有些正黄，有些偏红，有些灰白，有些则仍然翠绿。五颜六色的花儿仍在竞相开放。日夕之时，由于雾霭的过滤，阳光着色能力更强，山间姹紫嫣红，错落有致，实在是最美的景致。这两句既是陶渊明"悠然见南山"所见的实景，又是他心中的真情。从少年时向往建功立业，而后"误落尘网中，一去三十年"（《归园田居》其一），到了人生"日夕"之时，才重新认识田园生活的价值，明白任真自得的生活理想只有在田园中才有可能实现，回到田园，采菊东篱，景色才佳了。所以陶渊明看到的"山气日夕佳"，正是自己晚年的佳境。而在傍晚众多"佳"景当中，诗人注意到的是"飞鸟相与还"。陶渊明常以鸟自况，只不过形容归田前的自己是羁鸟（《归园田居》其一"羁鸟恋旧林，池鱼思故渊"），归田后，形容自己是倦飞的归鸟（《归去来兮辞》"云无心以出岫，鸟倦飞而知还"），此时，陶渊明完全融入自然万象之中，至于"山气"是什么样子的，在何处出现，是笼罩山顶，还是缠住山腰，抑或弥漫山脚；"日夕佳"是如何佳，是晚霞光照，还是山岚幽烟，抑或丛林尽染；"飞鸟"是什么鸟，有几只，从何处飞来，又往何处飞去，这一切都不重要，重要的是眼前景色与心中之情，与自己的人生感悟真切地融为一体。读至此，我们回头看"采菊东篱下，悠然见南山"两句就会有更深一层的理解。而这些所见所感，是无法用言语、文字来言说的。

"此中有真意，欲辨已忘言。"在这里，真意是"心远地自偏"的玄思哲理，是"采菊东篱下"的生活意趣，是"山气日夕佳"的人生感悟，是将个体融入宇宙生命律动的平和喜悦，而这些都是世俗之人渴望索解而百思不得其义的。虽然我想要作出解说，却找不到合适的言辞。因为我陶醉其中，忘了该如何表述；也因为要理解其中的真意，是需要身体力行、用心体悟，不是坐而论道的高论可以言说的；而且，人生体验的厚度和思考的深度也决定了你对"此中真意"的把握程度。

是的，如果我们没有陶渊明那种人生的体悟和思考，起码要能理解陶渊明的体悟和思考，才有可能理解"采菊东篱下，悠然见南山"，才能理解这首《饮酒（其五）》。

 思考

"采菊东篱下，悠然见南山"究竟好在哪里？

（陈一平）

登池上楼①

谢灵运

潜虬媚幽姿[1]，飞鸿响远音[2]。薄霄愧云浮[3]，栖川怍渊沉[4]。

进德智所拙[5]，退耕力不任[6]。徇禄反穷海[7]，卧疴对空林[8]。

衾枕昧节候[9]，褰开暂窥临[10]。倾耳聆波澜[11]，举目眺岖嵚[12]。

初景革绪风[13]，新阳改故阴[14]。池塘生春草，园柳变鸣禽。

祁祁伤豳歌[15]，萋萋感楚吟[16]。索居易永久[17]，离群难处心[18]。

持操岂独古[19]，无闷征在今[20]。

注释

[1]潜虬：即深深潜藏的龙。虬，传说中有两角的小龙。媚幽姿：认为自己的幽姿很美好，很可爱，也就是有自我怜惜的意思。媚，本是美好、

① 顾绍柏校注：《谢灵运集校注》，中州古籍出版社1987年版，第63页。

可爱之意，这里用作动词。幽姿，指潜虬潜藏时的美好姿态。

　　〔2〕鸿：大型雁类的泛称。响：作动词用，发出声响。远音：指鸿在高空发出的又高又远的鸣叫声。

　　〔3〕薄霄：高飞直达云霄。指出仕做官成就一番事业，也就是下句"进德"的意思。薄，迫近。

　　〔4〕栖川：在山川中栖身，指归隐。也就是下句"退耕"的意思。怍：惭愧。

　　〔5〕进德：增进德业。此用《周易·乾卦》"君子进德修业欲及时也"意。指在官场做一番事业。智所拙：智力所不及。

　　〔6〕力不任：体力所不能胜任。

　　〔7〕徇禄：追求禄位。徇，求。穷海：边远偏僻的海滨，指永嘉。穷，困塞。

　　〔8〕疴：病。空林：秋冬树林叶落，故谓之空林。

　　〔9〕衾：被子。昧节候：不知道季节气候变迁。昧，暗，不明。

　　〔10〕褰：揭起，拉开。窥临：从小孔或缝隙看叫窥。从高处向低处看则叫临。又因为是拉开帷帘，所以叫窥；因为是在楼上往下看，所以叫临。可见诗人用词非常准确。

　　〔11〕倾耳：侧耳倾听。聆：细听。

　　〔12〕举目：抬起眼睛。岖嵚（qīn）：山高险的样子。

　　〔13〕初景：初春的阳光。景，日光。革：清除。绪风：冬天余留的风采。绪，残余。

　　〔14〕新阳：新春。阳，指春天。故阴：过去的冬天。阴，指冬天。

　　〔15〕祁祁：指《诗经·豳风·七月》。其中有"春日迟迟，采蘩祁祁，女心伤悲，迨及公子同归"的诗句。豳歌：指上面这首《豳风》诗歌。

　　〔16〕萋萋：指《楚辞·招隐士》，其中有"王孙游兮不归，春草生兮萋萋"的诗句。楚吟：楚地诗人的歌咏，指上面这首《招隐士》。

　　〔17〕索居：离群独居。索，离散，孤独。易永久：容易感到日子长久。

　　〔18〕处心：安心。

[19] 持操：坚持节操。

[20] 无闷：用的是《周易·乾》"遁世无闷"的话。意思是遁世隐居而无所烦忧。征：检验。

赏析

《登池上楼》是谢灵运的名作之一。这里的"池"指谢公池，在永嘉郡（今浙江温州）西北三里。据《太平寰宇记》记载："谢公池，在温州（永嘉）西北三里，其池在积谷山东，谢灵运《登池上楼》诗云'池塘生春草'……即此处也。"[①] 谢灵运在永初三年（422年）七八月间到景平元年（423年）大约一年时间在永嘉任太守，从诗歌内容看，此诗作于春季，由此可知这首诗大约写于423年春天。

我们知道，谢灵运是在参与谢混集团反对刘裕掌权失败，想与刘裕次子义真交往以求得志又落空的情况下，以"构扇异同，非毁执政"的罪名被赶出京城，而出任永嘉太守的。经此变故，谢灵运心情很不好，到永嘉后不久就病倒了，一直到第二年春天才算痊愈。当早春的阳光赶走了萧瑟寒风，他登楼远望，感慨万千，因而写下这首著名的诗歌。

诗歌开头以潜虬与飞鸿为喻，感慨虬深潜则可自媚其美，大雁高飞则可自扬其音，自然界之灵物进退皆可自得其所，而自己既不能出仕干一番事业，所以面对着飞鸿而感到惭愧，又不能退隐耕田，所以面对着潜虬而感到羞惭。中国古代知识分子经常处在这种追求个性自由与建功立业的矛盾之中，豁达恬淡如陶渊明，出仕时有"望云惭高鸟，临水愧游鱼"[②] 的愧疚，而隐居后又有"有志不获骋"[③] 的凄情。这种矛盾在谢灵运身上体现得更加突出：想在仕途上干一番事业，但又不是自己智能所及；想退隐耕田，但自

---

① （宋）乐史撰：《太平寰宇记》，卷九十九江南东道十一。
② （晋）陶渊明：《始作镇军参军经曲阿诗》。
③ （晋）陶渊明：《杂诗十二首》其二。

己的体力又吃不消。正如王钟陵所说："谢灵运并不具备谢安的政治家风度，也没有其祖名将谢玄的军事才能，甚至连一般的审时度势的能力亦不足，他确是过于躁进。但中国的文人们往往是这样：仅仅只具有文士之才，却爱做伊周管乐的梦想，以建立盖世功业自命。而一旦一厢情愿构造的梦想，在严峻现实的岩石上一再撞碎后，不是据此去清醒地认识自己，而是激愤和玩世不恭。唐代李白是激愤的代表，谢灵运则是玩世不恭的典型。'进德智所拙，退耕力不任'（《登池上楼诗》）写出了他内心的惶然失据。所谓'力不任'者，其实应是'心不甘'。"①

开篇六句托物起兴，感怀喻志。诗人把飞鸿高飞和仕途进德，把潜虬深藏与遁世退隐联系起来，然后将自己和飞鸿、潜龙作比较，嘲笑了自己既不能进又不能退的处境，表现了贯穿全诗的官场失意的颓丧情绪和进退失据的思想感情，同时也交代了来永嘉任职的原因。

"徇禄反穷海，卧疴对空林"两句承上启下，从感怀回到现实，叙述了诗人卧病之初，正是叶落林空的冬天，和下文写到莺飞草长的今日相对照，给人以明确的时间观念。同时它在诗的意境发展上也起着桥梁的作用，把心里的志与外界的景紧密而有机地结合起来。"衾枕昧节候，褰开暂窥临"是说自己卧病在床困于衾枕，感觉不到季节气候的变化，忍不住拉开帷帘暂且临窗眺望。"倾耳聆波澜，举目眺岖嵚"这两句写远景：侧耳细听山涧隐约的波涛声，抬头远望远处的崇山峻岭。诗人在此处流露出一种很久没有与自然景物接触、迫不及待、喜出望外的神情，感觉处处新鲜。"初景革绪风，新阳改故阴"是说初春的阳光清除了冬季遗留的寒风，新的阳气改变了旧的阴氛，诗人正是从中感受到冬去春来的季节变化。"池塘生春草，园柳变鸣禽"，池塘里长出了嫩绿的春草，在园子里的杨柳树上叽叽喳喳欢叫的鸟儿已换了种类。这两句写近景，也是谢灵运的名句。诗人自己对此两句也非常得意。钟嵘《诗品》引《谢氏家录》云："康乐每对惠连，辄得佳语。后在

---

① 王钟陵：《中国中古诗歌史》，江苏教育出版社1988年版，第560～561页。

永嘉西堂，思诗竟日不就。寤寐间，忽见惠连，即成'池塘生春草'。故常云：'此语有神助，非吾语也。'"①大诗人李白，才由天授，诗以神运，却也拜倒在谢灵运此句之下。后世诗人经常提到这两句诗，如《感时留别》云："梦得春草句，将非惠连谁？"《送舍弟》云："他日相思一梦君，应得池塘生春草。"《赠从弟》云："梦得池塘生春草，使我长价登楼诗。"皆其例也。此外还有《宫中行乐词》云："宫花争笑日，池塘暗生春。"《书情寄从弟》云："东风引碧草，不觉生华池。"亦本于此。②

那么，这两句看似平平常常的诗句，究竟好在哪里？其实，这两句并没有什么特别，只是观察精细，笔意清新，而又不加雕饰，自然天成而已。谢灵运的诗句大多精雕细刻，如我们讲文学史时经常举的例子："云日相辉映，空水共澄鲜。"（《登江中孤屿》）"林壑敛暝色，云霞收夕霏。"（《石壁精舍还湖中作》）美则美矣，但也不难看到诗人殚精竭虑、精雕细琢之后造成诗句质实板滞之弊。所以突然有"池塘生春草，园柳变鸣禽"这种明白如话、发自天然的句子，以简净明快的语言表现出山明水秀、月白风清的直观印象，境界清朗爽目，就特别引人注目，钟嵘在《诗品》中赞许其有如"青松之拔灌木，白玉之映尘沙"③。"池塘生春草，园柳变鸣禽"这两句诗的妙处就在于诗人敏锐地捕捉住节物变异所触动的生命代谢之感，朴实自然地写出了一片生机蓬勃的大好春光，及其在心头引起的无限新鲜而惆怅的情绪，谢灵运自己也称此语有神助，所谓神助，即兴来神到，天机自流。对生活具有敏锐的直观感受，同时又能直寻兴会，用最明白直达的语言表现对自然刹那间的领悟，而不是停留在对景物形貌特征、外在动态的精确刻画上，对自然之道的体悟变成对自然景物的兴悟，这是山水诗彻底摆脱玄言诗的哲学思维方式，向独立发展的康庄大道迈进的关键性一步。④明代胡

---

① （梁）钟嵘著，曹旭集注：《诗品集注》，上海古籍出版社1994年版，第284页。

② 王叔岷撰：《钟嵘诗品笺证稿》，中华书局2007年版，第668～669页。

③ （梁）钟嵘著，曹旭集注：《诗品集注》，上海古籍出版社1994年版，第160～161页。

④ 葛晓音：《山水田园诗派研究》，辽宁大学出版社1993年，第47～48页。

应麟《诗薮·外编》卷二说得老实："'池塘生春草'，不必苦谓佳，亦不必谓不佳。灵运诸佳句，多出深思苦索，如'清晖能娱人'之类，虽非锻炼而成，要皆真积所致。此却率然信口，故自谓奇。"[1]

中间这十句写的是诗人在永嘉的生活。先是叙述到永嘉之后患病卧床，连季节变换都模糊了。而久病初起开窗远眺，远海涛声隐隐入耳，近郊山色历历在目，风日清丽，阳光和煦，春色满园，生机盎然。这样的环境触动了诗人的情怀，扫除了他困于久病的烦闷，同时也使他从诗歌开头所流露的颓丧、进退失据的茫然中解脱出来，感受到大自然的美，从而产生了新的联想。

紧接着诗歌进入第三层，"祁祁伤豳歌，萋萋感楚吟"两句实际是"伤祁祁豳歌，感萋萋楚吟"的倒装。这是从眼前春景联想到古人描写春天的诗句，而这些诗句又引起自己的感伤。又因"萋萋感楚吟"用的是《楚辞·招隐士》的典故，所以诗人的感慨一触即发：我来到偏僻闭塞的永嘉离群索居，也和遁世归隐一样，而我正能像古人那样遁世无闷、无所忧虑地生活。从眼前春景所生发的感想，到最后以处穷海当遁世的态度作结，诗歌呼应了开头提出的进退失据的问题。但是，诗人从未放弃过政治上的野心，并不可能真正做到"无闷"，所以，诗中抒发的感想也只能是聊以自慰而已。

这首诗的艺术特色主要有以下两点：

其一，以情入理。诗人极力把他丰富而生动的感情融注于《易经》耐人寻味的玄理之中，使情与理二者较好地结合了起来。如开头六句，诗人用《周易》中"潜龙勿用""鸿渐奋飞""进德修业"等概念来表述自己进退失据的复杂的思想情绪，比喻形象贴切。

其二，以画入诗。诗人善于客观地描绘出自然界的山水景物，诗歌从观察景物的视觉到构思处理都颇似绘画上的散点透视法。仰观俯察，以楼上小窗为视点，窥望出去，远近上下，视野渐次展开。而眼前景物与不尽思绪互

---

① （明）胡应麟撰：《诗薮·外编二·六朝》，明万历三十七年张养正刻本，第325页。

为映衬。谢灵运相当一部分山水诗好用这种上下俯仰、左右眺顾的结构，这固然与汉魏诗歌的写景传统有关，但宇宙俯仰观照的方式无疑对谢灵运的创作有着更直接的影响。这就使他的山水诗不但万象罗会，而且按照上下左右东西的空间顺序排列，形成了大全景的构图。这种构图的缺点在于造成了为后人诟病的上句写山、下句写水的固定公式，但从山水诗的长远发展来看，又为中国山水诗画找到了以流转曲折的散点透视全面表现空间万象起伏的基本方式，它使山水诗的境界不受具体的时间和固定的视点限制，朝夕之间的风云变化、阴阳开合，天地之际的山川泉石、草虫鱼鸟均被诗人组织成一个顺应自然之道的和谐完整的境界，构成诗人心灵中的宇宙空间。①

这首诗很能代表谢灵运山水诗的特色。正如我们在文学史教材上经常说的，谢灵运诗中的山水景物描写总是与玄理结合在一起，带有一条玄言的尾巴。虽然也有像"池塘生春草，园柳变鸣禽"这样千古传诵的名句，但全诗还是显得艰涩，这点与谢朓的诗歌两相比较就更加明显。

思 考

你认为"池塘生春草，园柳变鸣禽"这两句好在哪？

（孙雪霞　陈一平）

---

① 葛晓音：《山水田园诗派研究》，辽宁大学出版社1993年版，第39页。

石壁精舍还湖中作①

谢灵运

昏旦变气候[1]，山水含清晖[2]。清晖能娱人[3]，游子憺忘归[4]。

出谷日尚早[5]，入舟阳已微[6]。林壑敛暝色[7]，云霞收夕霏[8]。

芰荷迭映蔚[9]，蒲稗相因依[10]。披拂趋南径[11]，愉悦偃东扉[12]。

虑澹物自轻[13]，意惬理无违[14]。寄言摄生客[15]，试用此道推[16]。

注释

[1] 昏：黄昏。旦：清晨。

[2] 清晖：指清亮的日光。

[3] 娱人：使人快乐。娱，欢乐，这里是使动用法。

[4] 游子：离乡远游的人。这里是诗人自指。憺（dàn）：安适的样子。

[5] 出谷：走出山谷。

[6] 阳已微：日光已经昏暗。

---

① 顾绍柏校注：《谢灵运集校注》，中州古籍出版社1987年版，第112页。

　　[7]敛：与下句"收"都是收、藏的意思，这里是被动用法。暝（míng）色：暮色。暝，日落，天黑。

　　[8]夕霏：与上句"暝色"同义，指暮色昏暗的样子。霏，云气。

　　[9]芰（jì）：菱角。两角者为菱，四角者为芰。迭：与下句"相"互文见义，互相的意思。映蔚：映照。

　　[10]蒲：即菖（chāng）蒲，一种水草。稗（bài）：一种常长在稻田里的杂草。因依：依倚。

　　[11]披拂：拨开。这里是指用手拨开遮道的草木。趋：快步走。南径：南边的小路。

　　[12]偃：歇息。扉：门。

　　[13]澹（dàn）：澹泊，恬静寡欲。物：指自身形体之外的东西，如功名富贵等。

　　[14]惬（qiè）：满足。理：法则，指宇宙万物所遵循的法则。

　　[15]寄言：以言相寄，以言相托，有传话之意。摄生客：渴望顺从自然以保全生命的人。摄生，养生。

　　[16]此道：即上两句"虑澹物自轻，意惬理无违"所揭示的道理。推：推求，寻求。

赏析

　　这首诗写于423—426年间（南朝刘宋永初三年至元嘉三年左右）。这时，谢灵运称病辞去永嘉太守职务，回到会稽郡始宁故宅。谢家祖籍陈郡阳夏（今河南太康），东晋南渡后，原北方的世家大族到浙江至福建一带建立据点，谢家便在会稽始宁营造庄园。经几代人努力，加上谢灵运大力扩建，形成一个依山带水、规模巨大的庄园。它包括南北两山，中间有一个巫湖。两山之间不通陆路，仅有水道往来。山南山北到处建有别墅，石壁精舍就是其中的一处。石壁，地名。精舍，有两种含义：一是指学舍，也就是李善所谓的"读书斋"；另一个意思是指僧人、道士修炼的场所。谢灵运把自己营建的居所称为"精舍"，这两层意思大概是兼而有之的。石壁精舍既在始宁故宅，那么这个湖自然就是巫湖了。

作为山水诗的代表作品，这首诗自然从景色描写开始。清晨不同于傍晚的气候，山山水水都洒上了清亮的日光。这种山山水水含清晖的景色可以使人欢乐，使远游的人陶醉在其中而忘记了归去。从石壁精舍山中出来时还是清晨，到上船渡湖时已是日落西山了。从精舍到湖边的路途本来不远，诗人却整整玩了一天，可以想见"山水含清晖"的景色是多么迷人了。诗人登舟后仍恋恋不舍地回头眺望那郁郁葱葱的山峰沟壑，它们已隐没在越来越浓的暮色中，变得模糊不清，像是被暮色装了起来。再抬头望望天上，原来绚丽的云彩也被黄昏的云气收起来了。诗人只好把目光转回身边。这时，小船已经快靠岸了，诗人看到岸边湖面上又是另一番动人的景致。水面的菱角与荷花随着水波晃动，光色互相映照，岸边的菖蒲与稗草随着阵阵清风亲密地互相依偎。诗人正欣赏这景色，不觉船已到岸了。他用手拨开遮道的草木，在南边的小路上快步走回住所，怀着欢欣喜悦的心情在东门休息。很显然，诗人"趋南径"并非是思家所致，而是表现出一种观赏山水美景引起的激动和兴奋。所以回到家休息仍按捺不住喜悦的心情，还在回味着一天的游历，并由此生发开去，引发更深的联想：思虑如果恬静寡欲，自然就会将功名富贵之类的外物看得很轻，也只有不违背万物的至理常道，才能做到心满意足。希望读者们转告那些希望保全生命的人们，试用我所讲的这个办法去寻求吧。这末四句抒发一天观赏水光山色得来的体会，并且很自信地认为他悟到了万物不变之理，并极力把它推荐给他人。

从这首诗我们可以看到，谢灵运的山水诗客观地、精细地描绘山水景物的本来面貌，像在我们面前展现出一幅逼真的山水画。但仅仅把谢灵运的诗比作山水画，还不足以概括谢灵运山水诗的成就。因为诗人不仅仅描绘了山水景物的外形，而且描绘了景物的微妙变化。可以说，他能用最恰当的文字把景物的神韵传达出来。请看诗中的"山水含清晖"，不是说太阳光洒在山山水水之中，而是说山山水水都蕴含着清亮的阳光。这就把山水景物从被动的客体变成积极的主体，赋予没有人类生命的山水以人类特有的动作

"含"，这就把景物写活了，使读者仿佛看到了一个含情脉脉的山水整体形象。

"林壑敛暝色，云霞收夕霏。芰荷迭映蔚，蒲稗相因依"四句，向来被公认为是写景名句。它好就好在诗人用最恰当的文字描绘了景物在特定环境中独有的情态，就像是高明的摄影师，抓住最佳拍摄角度、最佳拍摄时间拍出来的精品。"敛"和"收"都是过程性动词，生动地表现了林壑、云霞在傍晚渐渐隐没消失的情形，给人一种时间上的纵深感。同时，把林壑、云霞在视线中从模糊到消失说成是暝色、夕霏把它们收起来了，藏起来了，既生动，又形象。似乎林壑、云霞是大自然向我们展示的一幅幅美妙绝伦的艺术珍品，展示一段时间后，大自然珍惜地把它们收起来了。它们不仅是观赏者眼中的美景，更是造物主的宠物，早早把它们收藏起来……不必再多费笔墨，便可使人想象到这景色的美丽，流露出作者对大自然景物的珍爱和依依不舍的心情。

谢灵运观察、描写景物的功夫，还表现在他能发现蕴藏在各种景物中的特有的美。山壑、云霞逐渐消失了，他又在傍晚朦胧的湖光山色中发现，靠着水的反光，湖面上芰角荷花互相映照，水草互相依偎，又是令人陶醉的画面。

谢诗景物描写之所以能取得这样大的成就，首先要归功于他对自然景物有深厚的感情，有真挚的爱。正因为如此，他观察景物才能做到细致入微。也正因为他对山水的感情比别人深了一层，所以他能发现别人不能发现的山水之美。其次要归功于诗人深厚的文学功底。可以这样说，谢灵运的山水诗，发掘了语言文字对景物进行描写的潜力，丰富了诗歌的表现力。

从这首诗也可以看到谢灵运山水诗的不足之处。这主要是因为全诗结构不够完整，并且带有一条"玄言的尾巴"。诗歌从开头至"蒲稗相因依"，是一气呵成的，意与象协调，情与景交融。但最后却来了一处"虑澹物自轻，意惬理无违"的说教。而这种说教所表现的消极感情、玄妙的气氛与诗歌前半部分展示给读者的生机勃勃的世界、积极乐观的精神是矛盾的。这就破坏了全诗结构的完整和意象的一致。所以说，后人指责谢诗往往"有句无篇"，也不是没有道理的。

请比较谢灵运山水诗与谢朓山水诗的不同。

（孙雪霞　陈一平）

西洲曲

南朝乐府

忆梅下西洲[1]，折梅寄江北。单衫杏子红[2]，双鬓鸦雏色[3]。西洲在何处，两桨桥头渡。日暮伯劳飞[4]，风吹乌臼树[5]。树下即门前，门中露翠钿[6]。开门郎不至，出门采红莲。采莲南塘秋，莲花过人头。低头弄莲子，莲子青如水。置莲怀袖中，莲心彻底红。忆郎郎不至，仰首望飞鸿。鸿飞满西洲，望郎上青楼[7]。楼高望不见，尽日栏杆头。栏杆十二曲，垂手明如玉。卷帘天自高，海水摇空绿[8]。海水梦悠悠，君愁我亦愁。南风知我意，吹梦到西洲。

注释

[1] 西洲：地名，诗中女主人公所居地。

[2] 杏子红：像杏子成熟时那种红色，这里是指女子所穿单衫的颜色。

[3] 鸦雏：小乌鸦。鸦雏色：形容两鬓黑发像小乌鸦的绒毛那样黑亮柔软。

---

① （宋）郭茂倩编：《乐府诗集》，中华书局1979年版，第1027页。

　　[4]伯劳：一种雀鸟，夏季是其繁殖季节，雌雄绕飞，求偶交配，共同筑巢，孵育幼鸟。

　　[5]乌臼树：也叫乌桕树，一种落叶乔木。

　　[6]钿：用金、银、贝壳等物镶嵌器物。翠钿：镶嵌着翠玉的首饰。

　　[7]青楼：本指富贵人家的闺阁，也作为女子居处的通称，唐以后青楼成为妓院的代名词。

　　[8]海水：这里指江水。

赏析

　　这首《西洲曲》最早见于南朝徐陵《玉台新咏》，题为江淹所作。宋郭茂倩《乐府诗集》收入《杂曲歌辞》类，说是古辞。沈德潜《古诗源》则将此诗归于梁武帝名下，注云一作晋辞。现代学者一般认为它是南朝民歌，可能产生于梁代。不过，《玉台新咏》是本诗最早著录者，徐陵又是梁陈时人，他的意见应受到特别重视。南朝文人多有拟乐府之作，许多文人诗与民歌难以分辨。《西洲曲》有可能是文人所作，至少，《西洲曲》是经过文人加工整理的民歌。

　　《西洲曲》被公认为南朝乐府诗歌中艺术水平最高的一首。但如何理解这篇作品，则有许多不同看法。诗歌开头"忆梅下西洲，折梅寄江北"两句就有点让人云里雾里，几乎所有对此诗的不同理解都是从这两句理解分歧开始的。所以读懂这两句成为理解全诗的关键。大家都认同这是一首情歌，多数人也认同抒情主人公是女子，西洲是女子所居地，而她的情人在江北。但是谁"忆梅"，谁"下西洲"？如果说男子"下西洲"，那就和女子见面了，为什么还要"折梅寄江北"呢？其实，这首诗的特点正在于"续续相生，连附接萼，摇曳无穷，情味愈出"[1]，具有首尾相连、回环往复之美。而首两句正是全诗环状艺术结构中不可分离的一环，不能把这两句和全诗分

　　① （清）沈德潜选：《古诗源》，中华书局1963年版，第290页。

离开来孤立求解。"忆梅下西洲"就是全诗末句"吹梦到西洲"的内容。这里的"梅",是梅花,是春天的信息,也是西洲——女子所居地的特征。"梅"也许是他们爱情的信物,也许承载着他们当初热恋的美好记忆。因此,"梅"寓意多关,但中心意思还是男子心目中情人的象征。而"忆梅"的主动者自然就是男子。两句意思是:男子日夜思念女子"梅"这种信息通过梦境传到西洲。女子是与情人梦中相见,从梦中知道情人也正在思念着梅,思念着自己,便折一枝梅花,想寄到江北情人手中。寄梅传情,古已有之。和《西洲曲》大致同时代的陆凯就有一首《赠范晔》:"折梅逢驿使,寄与陇头人。江南无所有,聊赠一枝春。"[①]

既然寄梅传情,接下来应该叙述对情人的思念了。可是女主人公却说起自己的穿着打扮来:"单衫杏子红,双鬓鸦雏色。"有人觉得突兀,不好理解,甚至说:如果全诗都是女子的口吻,一个女子怎会直言不讳地夸耀自己服饰的华美,容颜的美丽呢?其实,这正是女主人公对恋人爱得深沉的表现。女主人公思念着对方,趁寄梅的机会倾吐心中的思念。又因为知道情人也在挂念着自己,为了使他放心,便首先详尽地介绍自己的情况。在古往今来的爱情故事中,有不少情人离别后一直穿着对方亲手缝制或者对方最喜欢的服饰,或者一直保留对方最喜欢的发式、妆容,以此表达对情人的思念和对爱情的忠贞,女主人公正是这样。你还记得"单衫杏子红,双鬓鸦雏色"吗?我现在就穿着那件杏红色的单衣,还是梳着那种发式,两鬓黑发还是像小乌鸦的绒毛那样黑亮柔软。

女主人公继续唤起对方对以往相处生活的共同回忆:分别那么长时间了,你还记得我的样子吗?她是那样充满感情地回忆以前和情人在家里欢会时的情形:你还记得西洲在哪里吗?当初你不是常常打着双桨从桥头渡过来?你还记得我们家吗?屋前有棵乌臼树,在微风中摇曳。日暮之时,许多成双成对的伯劳鸟在树上绕飞、栖息。树下就是家门口了。当初每次你来的时候,我都是半开着门迎候你。"门中露翠钿",从半掩着门看进去,只露

---

① 《太平御览》卷九七〇引《荆州记》。《玉台新咏》吴兆宜注则谓此乃范晔诗。

出头上的首饰，这就活画出女子倚门盼郎的情态：早早在等候盼望，又怕旁人看见，惹人笑话，不敢站在门口守候，只好等在门后。听到有脚步声了，赶紧趴着门缝往外看，如果发现不是他，就"嘭"一声掩上门；终于等到他了，就会打开门扑出来。

但回忆并不能真正消除相思的苦痛。一旦回到现实，女主人公自己也惆怅了：当初，我可以在这门口迎候你的到来。可现在，我一次次打开房门都不见你，多么令人失望。我只好满怀惆怅，去劳动，去采红莲。然而，女主人公相思情深，目之所及，无不与情人联系起来，无时无地不在相思之中。

"采莲南塘秋，莲花过人头。低头弄莲子，莲子青如水。"南塘：南面的池塘，不一定是特指地名。到秋天的南塘去采莲子，那里的莲长得很茂盛，莲花比人头还高。"莲"与"怜"谐音。"怜"是爱的意思，是南朝乐府民歌中常见的对情人的昵称。女主人公一下子从采莲想到自己的情人。又因为女主人公把莲看作情人的化身，所以总是把莲的情况与想象中情人的情况联系起来，就使这几句诗寓意多关。第一层是表面意思，写采莲劳动。莲长得很茂盛，把摘下的莲子洗干净，只见莲子一个个青青绿绿，像水一样纯洁；第二层意思，看到莲子纯洁如水，就意味着情人对自己的感情还像以前那样纯洁无瑕；第三层意思，"莲子"与"怜子"谐音，怜子者，爱你也，所以女主人公将眼前莲子的情况与自己对情人的感情联系起来，用莲花满塘比喻对情人的深情，用"莲子青如水"隐喻自己对情人的爱情好像莲子一样纯洁无瑕。

"置莲怀袖中，莲心彻底红。"这也有三层意思：第一层是表面意思，指采莲的动作。女子在莲塘采莲时，先将莲子装进怀中的围兜里，待围兜满了再装入放在塘埂的箩筐中。看到莲子心都红透了，说明莲子熟透了；第二层意思，"莲心"与"怜心"谐音，怜心者，情人之心也，指对方对自己的感情像莲心一样彻底红，像莲心一样成熟，一样热烈；第三层意思是指女主人公自己对情人的感情像莲心那样红，那样热烈。这几句通过采莲劳动的描写，含蓄地表示已体会到情人一片真挚的爱情，包含有满足、感激的意味。同时也叙述了自己如痴如醉的相思，向情人表达同样的真情。

美好的回忆，不尽的相思，更加深了女主人公的苦痛。"忆郎郎不至，仰首望飞鸿"，望飞鸿就是盼望情人书信的意思，女主人公觉得"郎至"已很渺茫，退而求其次，能得到情人的音讯也是莫大的安慰啊。古人有"鱼传尺素，雁寄鸿书"的传说，古乐府《饮马长城窟行》："客从远方来，遗我双鲤鱼。呼儿烹鲤鱼，中有尺素书。"《汉书·李广苏建传》亦有汉使者谓单于有鸿雁传书告知苏武下落的记载[1]。可是，鸿雁倒是不少，一群一群落满了西洲，哪一只能给我带来你的消息呢？索性跑到楼上去眺望，希望能看到你。然而，楼虽高，却无济于事，还是望不见。明知望不见也不死心，整天整天地凭栏盼望着，等待着。"栏杆十二曲，垂手明如玉"活画出女子失望的神态：痴痴地望着曲折迂回的栏杆，内心的忧愁郁结也像这栏杆般曲折迂回。她如同雕像一般伫立在那里，手垂下来洁白如玉。

一直到天色昏暗，女子失望地回到闺房。"卷帘天自高"，把原来放下的窗帘卷了起来，房间里顿时明朗起来，好像天也自然地变高了，变亮了。往外望见的是"海水摇空绿"。江南很多地方的人们都将有宽阔水面的江河称作海，这里的海就是指江。窗外，像大海一样的江水空自摇荡着绿波。江水微波荡漾，本无所谓"空"，女主人公是将自己的感情移给了江水：你一天天孤零零地枉自摇动绿波，是不是也在等待情人？大概也像我这样永远盼不来情郎吧！

天色慢慢黑下来了，如海的江面变得一片迷迷茫茫。这迷迷茫茫的江水真像那虚无缥缈的梦境啊。想到梦境，女主人公马上又想到情人：正是在像江水一般无休无止、邈远无边的梦中，我还可以和情人见面。正是通过梦境，我知道"君愁"，知道你也在时时思念着我。可是你知道"我亦愁"吗？知道我也在思念着你、盼望着你吗？我见不到你，梦成了联系我们爱情的纽带。感激南风知道我们的心意，夜夜把你的相思吹到我的梦中。这是女主人公失望之中的唯一安慰，她不敢设想，要是向南吹的风都不帮她，那她怎么活下去？

---

① （汉）班固撰：《汉书·李广苏建传》，中华书局1962年版，第2466页。

可见，在整首诗的结构中，"梦"是将全诗首尾相连的一环。由不尽的相思而致梦，又由于梦见情人在思念自己而引出寄梅一节，引出对情人更深的思念。梦由痴情生，因梦更痴情。全诗自始至终都在表达三层含义：一是回答对方的思念，以释对方悬念。女主人公饱尝思念之苦，深知相思之人最热切希望知道对方的生活情况，所以她向对方介绍自己的服饰打扮，描述自己的家居环境和日常生活。二是表示理解和接受对方对自己的爱。三是表达自己对对方的爱，诉说自己无尽的相思。一次次的希望，一次次的失望，但女主人公始终没有对对方起半点怀疑之心。自己每天被相思所折磨，但她想到恋人也同样在想念自己，受着折磨，所以她折梅寄给情人，安慰对方，与他一起回忆甜蜜的过去。用莲子的纯洁、莲心的热烈来比喻自己的专一，同时也把它们看作恋人对自己真挚感情的象征。可见，诗歌主人公的爱情是建立在充分的信任、心心相印的基础上的，是建立在互相信赖的基础上的。女主人公总是以自己温柔、热烈的心去揣度对方，不像一些情歌所表现的那样充满猜忌，对比之下，更显得诗歌女主人公心地的美好纯洁。

前面说过，《西洲曲》"续续相生，连附接萼，摇曳无穷，情味愈出"，这不仅体现在以梦为纽带、首尾相连的艺术构思，还体现在诗歌抒发女主人公从早到晚，从春到秋，从梦境到现实，从回忆过往到面对当下，回环宛转绵绵无尽的相思之情，表现出很高的抒情技巧。而作者熟练运用谐音双关、顶针勾连等修辞手法，又使诗歌具有浓郁的民歌韵味。这也是《西洲曲》流传千载，深为人民喜爱的一个原因。

思考

汉乐府《饮马长城窟行》、曹丕《燕歌行》和这首《西洲曲》都写情人相思，它们各有什么特点？

（陈一平）

拟行路难（其四）

鲍　照[1]

泻水置平地，各自东西南北流。人生亦有命，安能行叹复坐愁？

酌酒以自宽，举杯断绝歌《路难》。心非木石岂无感？吞声踯躅不敢言[2]。

注释

[1] 鲍照（约416—466年），字明远，东海（今山东郯城）人。在为临海王刘子顼参军时，子顼起兵失败，鲍照为乱军所杀。鲍诗气骨劲健，语言精练，常常表现出慷慨不平的思想情感。

[2] 吞声：声将发又止。踯躅（zhí zhú）：徘徊不前。

赏析

鲍明远这首《拟行路难（其四）》，文字质朴，意思也明白，但要准确理解其思想和情感，我们还须全面了解作者生活时代的特征以及作者写作

---

① 钱仲联增补集说校：《鲍参军集注》，上海古籍出版社1980年版，第229页。钱仲联说："《行路难》本汉代歌谣，晋人袁山松改变其音调，制造新辞，古辞与袁辞，今俱佚。"《乐府诗集·杂曲歌辞》中"行路难"曲，首列鲍照拟作18首。此诗为第四首。

时的生活状况与精神状态，也要略微了解整组诗（十八首）的大致情况，不然，解读怕也只是流于表面的认知。

鲍照一生主要在南朝的刘宋王朝度过。魏晋南北朝时期，整个社会都十分注重"门第"等级，从"九品中正"制开始，渐渐演变为"上品无寒门，下品无世族"的畸形社会，甚至于到了士族与庶族之间不得通婚嫁的地步，更不要说士族与平民之间了。那个时代，出身士族家庭如王家、谢家的，即使是庸才，也能身居高位，执掌朝廷要职，出将入相；而出身寒微的庶族文士，不管有多大才能，即使能跻身仕途，也只是沉沦下僚，充当府掾、主簿之类的属官，大不了做一个县令，基本上都只能空怀一腔热忱而报国无门，只得在壮志难酬的遗憾中徒然一生。在这样的人才选拔制度下，那些有理想有才华的庶族文人，大都备受抑制煎熬，困顿失意。鲍照就是这样一个才华横溢却又出身寒微的庶族知识分子，其诗文虽然当时就与谢灵运齐名，成为很有影响的"三体诗"之一，其乐府诗甚至被认为是"如五丁凿山，开人世所未有"①，并且很早就凭诗才被临川王刘义庆（宋武帝刘裕侄子）所欣赏，但"北州衰沦，身地孤贱"（鲍照《拜侍郎上疏》），无高贵门第可资凭借，终其一生，他也只做过王国的侍郎、中书舍人、参军、县令一类的属官或小官，可谓郁郁不得志。从他有大名而无史传（只在《宋书》《南史》《临川王刘义庆传》中附于他传之后几句）的遭遇中，我们就可知其生前身后的寂寞清冷了，以至于齐梁时期的钟嵘发出了"才秀人微，故致湮当代"②的感叹。而鲍照是要"不顾一切地要以自己的才能实现个人的价值，而当他的努力受到社会现实的压制、世俗偏见的阻碍时，心灵中就激起冲腾不息的波澜，表现出愤世嫉俗的深沉愤慨"③，如此一来，鲍照的悲剧也就注定了。

鲍照《拟行路难》（十八首），虽然并不是同一时期的作品，所咏者

---

① （清）沈德潜选，闻旭初标点：《古诗源》卷十一，中华书局2017年版，第206页。

② （南朝梁）钟嵘著，古直笺，许文雨讲疏，杨焄辑校：《诗品》卷中，上海古籍出版社2020年版，第113页。

③ 章培恒、骆玉明主编：《中国文学史》，复旦大学出版社1996年版，第376页。

也非一事，但艺术风格和抒发的情感比较一致：皆"文甚遒丽"①，辞藻华美，很有气势且感情强烈，基本都是抒发寒门出身的读书人在仕途上备遭压抑的痛苦与正直之士在社会上难以容身的伤悲。

如此情形下的鲍照，其诗该会是怎样的慨叹，又该有如何的情感呢？

前两句"泻水置平地，各自东西南北流"是起兴。"泻"，就是水从高处往下倾倒的意思；"置"，即为动词"放置"，在此可以与"泻"连在一起解释，"置"后省略"于"，相当于现代汉语介词"在"或"到"。整句意思是：从高处把水倾泻到平地上。所谓平地，也只是我们一般人眼中所见的"平"而已，实际上未必就是真正的"平"，这个意思在这里似乎不太明显，在后面才表现出来。后一句"各自东西南北流"，则是讲水倒在地上后的结果：水各自往各个方向流去。这里的"东西南北"，不仅仅是指四个方向，也不是专指哪个方向，而是指具有偶然性的不同方向、每一个方向。"各自"二字则表明了水泻于平地后，互不关联，失去了先前的整体性，变成了分散个体，其行为也具有偶然性，即随着各自地势高下的不同而出现不同的结果。或者说，某个"个体"，在一种状态下（如水在盆中）是某种遭遇，在另一状态下（如水被倾泻于地），其遭遇又会有变化，也就是说，"各自"前后因际遇不同而相异。

这两句诗写的是生活中最为常见的现象，但也因为其太平常，可能谁都没在意过。作者"信手拈出"，看似不经意，实则苦心孤诣。

三四句"人生亦有命，安能行叹复坐愁？"是由上一句的"物"而及于此处的"人"，或说是由上一句的生活现象而转到此处的人生百态，即是由吟咏的"他物"转而引出此诗"所咏之物"来。

上下各两句诗如何才能联系成一个有机的整体呢？作者用了一"亦"字，就是"也一样"的意思，很巧妙地从咏"他物"（水）转到"所咏之物"（人）上来，不像很多起兴诗句，二者是截然分开的——虽然那也没什么问题，但毕竟有些隔。水的各自东西南北随意而流，是因为地的不平

① （南朝梁）沈约撰：《宋书·卷五十一（列传第十一·宗室）》，中华书局1974年版，第1477页。

（上文的"平"其实是一种假象），而每一个人的际遇之所以会有不同，恰恰也是因为有一个叫"命运"的东西在冥冥中主宰着，也就是说人各自有"命"。而这所谓的命，在鲍照的现实中，实际上就是家庭出身和社会背景：家庭出身高贵，是门阀世家的，不管他是怎样一个人，因其家族构成了一个强有力的团体，又有政府资源可供利用，也就已注定其社会地位的高贵，一辈子高官厚禄，命运亨通；而寒门庶族出身的士人，纵使才华横溢，纵使拼力奋斗，也不能越过门第天堑、冲破等级藩篱而到达所希望的位置。这一切，确为魏晋南北朝社会的真实写照，绝对不是诗人的牢骚语。当时，士族、庶族之大防，远过今天我们一般人的想象，甚至于到帝王都无可奈何的地步。《宋书》记载了很多"门第"故事，其中有这样一件事：中书舍人徐爰[①]，是（宋）文帝宠幸的人，文帝告诉他说，要想有身份，就必须和王球同坐，并且让徐爰去拜王球，说"称旨就席"。但结果却是，王球并不买账，举扇直接曰"君不得尔"。徐爰回去如实报告，文帝也只能说"那我也没有办法了"——可见当时"门第"之严。

　　既如此，渺小的个体也就没有办法了，唯一能做的就只有顺天安命。所以作者接下来也就自我安慰了：既然命运如此，我们也就不必"行叹""坐愁"了。这里的行叹与坐愁用了互文与借代的修辞手法。所谓互文，即"行叹""坐愁"要合并成"行坐叹愁"来理解，意思是"行走和停坐都不住叹息，不胜忧愁"；所谓借代，就是说这里的"行""坐"是代指人的所有行为，而非只指"行"与"坐"两个行为，而"叹""愁"也是指人所有的伤感，包括叹息、愁苦、无奈、悲伤等，而非只叹、愁两种。现在我们再回过头来看看"安能"一词。安能意思是不能或怎么能，它表达的似乎是一种"躺平"思想：既然改变不了，那我们就乐天安命，不必逆天行事。但作者内心真是这样想的吗？显然不是！如是的话，那就没下文的内容了，此诗也没写的必要了。我们可以结合看看作者的《瓜步山楬文》，作者通过"瓜步山者，亦江中眇小山也，徒以因迥为高，据绝作雄，而凌清瞰远，擅奇含秀，是亦居势使之然也"的现象，点出"故才之多少，不如势之多少远矣"

---

　　① 原文为"弘兴宗"，今据后人考证改。

的现实后，接着笔锋一转，"四迁八聘之策，三黜五逐之疵，贩交买名之薄，吮痈舐痔之卑，安足议其是非"，表达对现实的强烈批判与嘲讽。

由此可见，作者"安能"这一平静语背后的无比激愤与无声抗争：越是自我宽慰与故作超脱，就越表现出心灵被压抑的痛苦与同命运挣扎的痛苦，这是一种反讽的笔法。

既然不必行叹坐愁，那又该如何处置呢？自然是解愁。如何解愁呢？最好的当然是以酒浇愁。于是，作者便很巧妙地过渡到诗歌的下一个层次："酌酒以自宽，举杯断绝歌路难。"这两句是通过相互关联的两组动作描写，客观冷静地表现自己的主观情感，既是上一句诗意的自然延伸，也是情感的继续蓄势。

"酌酒以自宽"一句意思很清晰。酌酒是一个比较文雅的词，本意是从大的盛酒器里用勺子舀出酒来。其实，这里就是斟酒，即从酒器中倒酒到杯子里的意思（当然，那时代还没"杯子"，只有"盏""爵"之类的饮器），并非是要表达舀酒这个动作。自宽就是自我宽慰、自我解脱的意思。自酒发明以来，人们在品尝其美味的同时，还发现了它的另一作用：可以麻痹人的神经，使人暂时忘却烦恼与哀愁。于是，古人尤其是文人，很多时候就用饮酒来暂时解决生活中的烦恼，于是有了"以酒浇愁""一醉解千愁""用他人之酒杯，浇自己心中块垒"等说法，如渔父劝屈原"哺其糟而歠其醨"来麻痹自己，曹操有"何以解忧？唯有杜康"之感，毕卓有"拍浮酒池中，便足了一生"之叹，比鲍照前一个多世纪的"竹林七贤"，更皆以酒解愁者。鲍照生活的南北朝时代，知识分子继承并发扬了这一文化人特有的"传统"，一不如意，就以酒浇愁。

"举杯断绝歌《路难》"是全诗最难解的一句，主要争议在于：一是"断绝"具体是什么意思？二是"断绝"的是歌声还是愁思？

关于第一个问题。第一种解释，"断绝"由断和绝两个字并列组合，断就是中断，而绝则是没有了的意思。那么顺着这个思路，或者是因为举杯饮酒，所以歌就中断了，或者是愁中断了而歌就停下来了。但这两种解释非常勉强，逻辑上不太说得过去，因为原诗并没有"A断了B就没有了"这个意思，诗中直接就是断绝了"歌《路难》"，并没有说到愁。第二种解释，就是直接把"断绝"二字当作一个整体看，就是中断、停止的意思。我们赞同这种简单明了的方法，因为它更符合原诗表达的意思。

至于"断绝"的是歌声还是愁思？一种认为是歌断绝，根据是鲍照的《发后渚》中有"声为君断绝"诗句。而认为是愁断绝的，也是根据鲍照诗句"裁悲且减思"（鲍照《拟行路难》其一）。韦凤娟在《悲歌一曲诉愁肠》中赞成第二说，认为"酌酒原为排遣愁怀，然而满怀郁结的悲愁岂是区区杯酒能驱遣的？'抽刀断水水更流，举杯消愁愁更愁'，平添的几分酒意反倒更激起了愁海的狂澜，诗人趁着酒意击节高歌，唱起了悲怆的《行路难》，将一腔悲愤倾泻出来，长歌当哭，这是何等的悲烈境况……"[1]而人民教育出版社等单位编著的高中《语文》教材[2]则是采用第一种理解："因要饮酒而中断了《行路难》的歌唱。断绝，停止。"也就是说，教材和配套的《教师教学用书》对此的理解并不一致。

就诗论诗，我们认为此教材的注释比韦凤娟的解释更贴切一些：毕竟诗中所写的就是"断绝歌《路难》"，而非"断绝愁思绪"。但教材的解释也有缺陷：这个因果关系很奇怪、很无厘头。我们认为"饮酒"与"断歌"之间并没有因果关系，并非因为要饮酒（且诗中用的是"举杯"而非"饮酒"），所以就要停歌。且不说举杯的同时可以放歌，甚至可以举杯高歌，就算举杯等同饮酒，而饮酒那一瞬虽不能同时歌，但饮之前后皆可歌，作者并非强调饮那一瞬间，我们平时不是经常饮酒作歌吗？之所以出现这种误解，我们以为是对"断绝"一词解说得太呆板。在这里，"断绝"的意思是中断，没问题，但还可以稍微延伸一下，中断了，就是不要再唱了，这样一来，诗句就明白了：还是举杯喝酒罢，终止唱那《行路难》吧！更白话一点：还是各自举杯罢，不要

---

① 人民教育出版社、课程教材研究所、中学语文课程教材研究开发中心、北京大学中文系、语文教材研究所等编著：《普通高中课程标准实验教科书·语文选修·中国古代诗歌散文欣赏》之《教师教学用书》，人民教育出版社2016年版，第15页。

② 人民教育出版社、课程教材研究所、中学语文课程教材研究开发中心、北京大学中文系、语文教材研究所等编著：《普通高中课程标准实验教科书·语文选修》第一单元，人民教育出版社2006年版，第12页。

唱什么《行路难》了！这样不仅文从字顺，下面的转折也顺理成章了。

读到此，作者的不平气似乎已经没有了：喝酒吧，不要去想那些不平事儿。我们读者本以为作者会继续作解愁语，继续这种心理慰藉。但就在这时，作者突然笔锋一转，一句"心非木石岂无感？吞声踯躅不敢言"，使文章峰回路转，内容更进一层，情感再次掀起波澜。

"心非木石岂无感"，是对现实社会不平现象振聋发聩的呐喊与抗争。首先，因为"抽刀断水水更流，举杯消愁愁更愁"，以酒忘忧，借酒浇愁，都不过是自欺欺人的无奈行为，都只是高压下注意力的暂时转移而已，毕竟现实生活中不平之事俯拾即是，不平之相举目尽见，不平之物触手可及，诗人不平之气只可能暂时被压抑下去而绝不可能被掩盖消失，即是说，暂时的麻痹只是痛苦的一时忘却而非永久失去，酒醒之后，只会是更大、更深的忧愁与伤痛。况且，人心皆肉，人心能思（孟子曰"心之官则思"），人不是无情无感无思的花草木石——此处"感"是诗语，它包括了情、感、思等一切心理活动。另外，作为诗人，作者的情感比一般人更敏感，也更脆弱；作为寒门才人，作者遇到的不平事本身比一般人更广泛；而厕身官场，表面的负盛名被尊崇与实际的受歧视沉下僚交织在一起，作者更能感受到门阀等级的沉重压迫。在此情况下，要作者心平气和、安于现实，那是绝对不可能的，所以他心潮激荡、百感丛生也就是必然的了。作者这声"心非木石岂无感"的反问，真如高天迅雷，破空而来，挟裹着千钧之力，不可阻挡地震撼着读者的心灵——这不仅仅是诗人内心的伤感与诉说，而是对那个时代的呐喊与抗争，它使诗歌情感达到了高潮！

紧接着，诗以"吞声踯躅不敢言"而急转直下，把自己的情绪陡然由云霄之巅一下子跌落到地心深处，有如"飞流直下三千尺"一般，给人以强烈的心灵震撼。诗句以鲜明的对比度与强烈的感染力，达到了动人心魄的艺术效果。本来，"所感"强烈，应该大声疾呼、拼死抗争，这似乎才符合生活逻辑。但现实又逼得诗人只能低下高昂的头颅，不得不对不平现象吞声忍气，不得不对得志小人委曲求全，不得不对仕途艰难忍辱负重。作者为什么只能"吞声踯躅"，敢怒而不敢言呢？一是作者本来出身寒门，没有背后的力量支撑自己，即使反抗，也没有多大力量，非但不能改变自己的命运，或许会被打入另册甚至粉身碎骨。作者当时在刘义庆手下为官，还能被欣赏，也有一席之地，而率性反抗，只会砸了饭碗，头破血流。更重要的是，整个社会都已经形成了这样一种风尚，作者一介寒士，家无隔夜之粮，身无缚鸡之力，手无持戟之兵，对个人际遇的不平、对社会现实的不满，不吞声踯躅又能够怎样呢！

就表现力而言，上句"心非木石岂无感"有多慷慨激昂，下句"吞声踯躅不敢言"就有多心酸无奈，上句有多震撼人心，下句就有多刺痛人心，"岂无感"越丰富、越激昂，"不敢言"就越深沉、越悲哀！作者用这戏剧性的对比，把自己不得已的屈辱不堪而又忍气吞声的矛盾心理表现得淋漓尽致。读者读到此处，没有不为诗人不幸命运掩卷长叹、潸然泪下的！

"鲍照是中国文学史上第一个七言诗大家，对七言诗的发展作出了重大贡献"[1]。这首《拟行路难（其四）》以七言为主，最大的艺术特点有二：一是语言质朴，情感真挚。全诗近乎口语，晓畅明白，本非为"写诗"，实在就是把自己的见闻感触随口道出而已，所以表现出来的情感也就非常自然真实，很能感染人。二是一波三折，对比强烈。这种结构是作者精心设计的（表现出来则是自然生成的），既能充分表现情感的曲折有致，又能带给读者"山重水复疑无路，柳暗花明又一村"的感受，使读者情绪起伏，达到惊心动魄的艺术效果。

思考

杜甫在《春日忆李白》中说"清新庾开府，俊逸鲍参军"，在《拟行路难（其四）》中，你从哪些地方能感受到鲍照的"俊逸"？

（唐远廷）

---

[1] 李旭：《先唐文学十九讲·第十四讲》，上海古籍出版社2012年版，第314页。

梦游天姥吟留别[1]

李 白

海客谈瀛洲[1]，烟涛微茫信难求[2]。越人语天姥[3]，云霞明灭或可睹。天姥连天向天横[4]，势拔五岳掩赤城[5]。天台四万八千丈[6]，对此欲倒东南倾[7]。我欲因之梦吴越[8]，一夜飞度镜湖月[9]。湖月照我影，送我至剡溪[10]。谢公宿处今尚在[11]，渌水荡漾清猿啼[12]。脚著谢公屐[13]，身登青云梯[14]。半壁见海日，空中闻天鸡[15]。千岩万转路不定，迷花倚石忽已暝[16]。熊咆龙吟殷岩泉[17]，栗深林兮惊层巅[18]。云青青兮欲雨，水澹澹兮生烟[19]。列缺霹雳[20]，丘峦崩摧。洞天石扇[21]，訇然中开[22]。青冥浩荡不见底[23]，日月照耀金银台[24]。霓为衣兮风为马，云之君兮纷纷而来下[25]。虎鼓瑟兮鸾回车[26]，仙之人兮列如麻[27]。忽魂悸以魄动[28]，怳惊起而长嗟[29]。惟觉时之枕席[30]，失向来之烟霞。世间行乐亦如此，古来万事东流水。别君去兮何时还，且放白鹿青崖间[31]。须行即

---

① （唐）李白著，瞿蜕园、朱金城校注：《李白集校注》，上海古籍出版社2018年版，第1063页。篇名又作《梦游天姥山别东鲁诸公》或《别东鲁诸公》。天姥，天姥山，位于今浙江省绍兴市新昌县东南部。西晋张勃《吴录·地理志》："剡县有天姥山，传云：登者闻天姥歌谣之响。"

骑访名山。安能摧眉折腰事权贵^[32]，使我不得开心颜？

注释

[1]海客：航海的人。骆宾王《饯郑安阳入蜀》："海客乘槎渡，仙童驭竹回。"瀛洲：海上仙山。《列子·汤问》："渤海之东不知几亿万里，有大壑焉，实惟无底之谷，其下无底，名曰归墟……其中有五山焉：一曰岱舆，二曰员峤，三曰方壶，四曰瀛洲，五曰蓬莱。其山高下周旋三万里，其顶平处九千里。山之中间相去七万里，以为邻居焉。其上台观皆金玉，其上禽兽皆纯缟。珠玕之树皆丛生，华实皆有滋味，食之皆不老不死。所居之人皆仙圣之种……"

[2]微茫：隐约，迷蒙。信：的确，确实。

[3]越人：越地的人。

[4]向天横：遮住天空。横，遮蔽。

[5]拔：超出。掩赤城：掩，遮蔽。赤城，山名，位于浙江省天台山西北方向，号称天台山的南门，山色赤赭如火。

[6]天台：天台（tāi）山，位于浙江省中东部。

[7]对此欲倒东南倾：面对天姥山，天台山要拜倒在东南方。东南倾，屈原《天问》："康回冯怒，地何故以东南倾？"

[8]因之：根据越人的话。因，根据，按照。之，代前面越人所讲的话。

[9]镜湖：即鉴湖，在今浙江绍兴市。

[10]剡溪：浙江省绍兴市嵊州境内的主要河流。

[11]谢灵运有诗："暝投剡中宿，明登天姥岑。高高入云霓，还期那可寻？"（《登临海峤初发强中作与从弟惠连见羊何共和之》）

[12]渌：清澈。清：清越。

[13]谢公屐：谢灵运发明的登山用的木屐。《宋书·谢灵运传》：

"寻山陟岭，必造幽峻，岩嶂千重，莫不备尽。登蹑常著木屐，上山则去前齿，下山去其后齿。"

[14] 青云梯：高耸入云的登山道。谢灵运《登石门最高顶》："惜无同怀客，共登青云梯。"

[15] 天鸡：神话传说中率领天下之鸡鸣叫的鸡。《述异记》："东南有桃都山，山有大树，名曰桃都，枝相去三千里，上有天鸡，日初出照此木，天鸡则鸣，天下之鸡皆随之而鸣。"

[16] 暝：昏暗。

[17] 熊咆龙吟：熊在咆哮，龙在吟叫。淮南小山《招隐士》："虎豹斗兮熊罴咆，禽兽骇兮亡其曹。"殷：念yǐn，震动，此处是使动用法。

[18] 层巅：高耸而层叠的山峰。

[19] 澹澹：动荡不定。

[20] 列缺：闪电。霹雳：疾雷。

[21] 石扇：石门。一作"石扉"。

[22] 訇然：形容声音很大。

[23] 青冥：蓝天。屈原《九章·悲回风》："据青冥而摅虹兮，遂倏忽而扪天。"

[24] 金银台：仙山上的宫阙。《史记·封禅书》："自威、宣、燕昭使人入海求蓬莱、方丈、瀛洲。此三神山者，其傅在勃海中，去人不远；患且至，则船风引而去。盖尝有至者，诸仙人及不死之药皆在焉。其物禽兽尽白，而黄金银为宫阙。"

[25] 云之君：一说驾乘云彩的神仙；一说从云中来的神仙。

[26] 鸾：传说中凤凰一类的鸟。回车：调转车头。

[27] 仙之人兮列如麻：形容仙人众多。《步元曲》："忽过紫微垣，真人列如麻。"

[28] 魂、魄：人的精神。古人认为精神能离形体而存在者为魂，依形体而存在者为魄。

[29] 悦：同"恍"，猛然。

［30］觉：念jiào，醒。

［31］白鹿：求仙者所乘。庄忌《哀时命》："与赤松而结友兮，比王侨而为耦。使枭先导兮，白虎为之前后。浮云雾而入冥兮，骑白鹿而容与。"李白《游泰山》："清晓骑白鹿，直上天门山。"

［32］摧眉：低眉，低头。

赏析

《梦游天姥吟留别》是李白的名篇之一，近几十年被选入了多个版本的中学语文教材。

天宝初年，李白因吴筠与贺知章等人的推荐，进入朝廷，供职翰林。后来，李白与权贵不和，"知不为亲近所容，恳求还山。天子知其不可留，乃赐金放归。"[①]在被放还之后，李白返回当时处于山东的家，后来又游历各地，本诗是他离开东鲁、前往吴越游历之前所写。对于本诗，或曰山水诗，或曰游仙诗，或曰记梦诗。关于本诗主旨，有"讽刺宫廷生活""蔑视权贵""追求理想世界""争取自由""回归自然"等不同说法。笔者认为，本诗的题目与两个别名都没有离开"别"字，主旨其实也落在"留别"上，诗中所包含的对过去遭遇的再现与感慨、对未来去向的预测与想象、对自我心迹的剖白与宣誓，其实都没有超出留别诗的一般内容。但需留意，本诗并不是一首简单的留别诗，而是李白在特殊的人生阶段感慨于所遇，运用杰出的创作才能挥笔写就的一首杰作，无论对于研究李白的思想，还是对于研究李白创作的艺术特色，都有重要意义。

要理解本诗，需先理清"政治理想""游仙""山水"几个要素在李白思想及创作中的意义。李白的人生理想是"申管晏之谈，谋帝王之术，奋其智能，愿为辅弼。使寰区大定，海县清一，事君之道成，荣亲之义毕。然后与陶朱、留侯，浮五湖，戏沧洲，不足为难矣"。[②]其中成为明主辅弼的政治抱负

① 黄锡珪编：《李太白年谱》，作家出版社1958年，第13～14页。

② （唐）李白撰，安旗、薛天纬、阎琦、房日晰笺注：《李白全集编年笺注》（第一册），中华书局2017年版，第1749页。

是居于首位的，同时，受到儒家思想的影响，他追求"荣亲"，但与传统儒家知识分子不同的是，李白描绘的人生蓝图里还有源于老子"功成身退"的自得逍遥的一面。李白从少年时期开始就好游名山大川，也好求仙问道。受社会风气影响，当时的名山多与道教有所联系，故而李白诗文中有许多结合了游仙诗与山水诗内容的佳作。另外，或许出于身为异民族之子、漏于属籍等原因，李白一生未参加科考，在当时的社会文化中，他要为天子所用、实现自己的政治理想，只有通过文学干谒这一途径；而当时统治者重视道教，求仙之事蔚然成风，所以李白的创作中也就自然而然地多次出现游仙内容。

由此可见，来源于儒家的政治抱负与来源于道家的求仙思想在李白庞杂的思想中都占据重要位置。有人认为，二者是相互统一的，"庄、屈实二，不可以并，并之以为心，自白始。"①也有人认为，"他几乎一边说着出世的话，一边又在做着用世的打算。使人感到他所谓出世云云，往往是作为暂时的自我缓解"②，即李白一生主要想用世，所谓出世思想的出现，不过是因为用世理想的暂不可行。笔者认为，李白当然是具有积极理想的诗人，但是求仙思想于他也不能被低估，具体分析每首诗中两者的含义和关系，或许才能更接近他真实的样子。

先来看看本诗的具体内容。

开篇四句以瀛洲仙山起兴，引出将要游历的天姥山；接着四句诗人以惯用的夸张与对比手法，极言天姥山的高峻。

随后诗人的梦境开始了，在飞往天姥山的过程中，李白写了老朋友月亮，在此处，月与他很亲近，在月色的照映下，李白到达了剡溪，天姥山游历在轻捷、灵动、梦幻的氛围中拉开序幕。

到达天姥山的第一站，李白追寻了谢灵运的脚步——诗才卓越、好游山水的谢灵运是李白的"偶像"，李白的不少诗作中都写到了他；谢灵运的作品影响了李白的创作，清代王琦在给李白集作注的时候，多次引用谢灵运作

---

① （清）龚自珍著：《龚自珍全集》，上海人民出版社1975年版，第255页。

② （唐）李白撰，安旗、薛天纬、阎琦、房日晰笺注：《李白全集编年笺注》（第一册），中华书局2017年版，第15页。

品；与唐代其他诗人对谢灵运的欣赏不同，李白对谢灵运有一种出于人生理想的心照、相惜的认同和追随。[①]"渌水荡漾清猿啼"一句视听结合，所见的水是清澈的，所闻之猿啼是清越的。李白穿着谢公发明的登山木屐，沿着高耸入云的山梯一路往上；身处半山，海日初升，天鸡鸣叫，诗人面前是一片辉煌灿烂的晨景。

在诗人眼花缭乱的游历中，很快天色暗了下来。诗人开始描摹他所见到的神仙世界，与诗人选用的楚辞句式一致，此处诗句的具体含义也不可避免地带上了楚辞固有的文化基因。"熊咆龙吟殷岩泉，栗深林兮惊层巅。云青青兮欲雨，水澹澹兮生烟"四句有较浓烈的楚辞《招隐士》的影子。《招隐士》是淮南王刘安所作，为招屈原之魂，极言野外之怖，给人的感觉是压抑、震恐："山气巃嵸兮石嵯峨，溪谷崭岩兮水曾波。猿狖群啸兮虎豹嗥，攀援桂枝兮聊淹留……罔兮沕，憭兮栗，虎豹穴。丛薄深林兮，人上栗……"[②]凶猛动物的意象如咆哮的熊被保留了；对环境和天气这些自然环境的关注被保留了；一些词汇如"深林"和表示人的感受的"栗"也被保留了。相比于《招隐士》笼罩全篇的浓厚的震悚氛围，这几句主要体现一种氛围的变化，为下文梦境中神仙的出现做铺垫。

随后电闪雷鸣，石门中开，李白看到这样的画面：背景是一望无际的蓝天，场所是被日月照耀着的仙山宫阙——金银台，聚焦目光的主角出场了——以云彩为衣裳、乘风而来的众多仙人纷纷下临到仙山宫阙，老虎奏瑟、鸾鸟掉转车头，一时间仙人众多，盛势非凡。值得注意的是，李白选择用楚辞句式来描写神仙世界，这其实是沿袭了屈原所开创的传统。在《离骚》中，屈原描写了一个神仙世界，以自己在神仙世界的行而不通映射现实中美政理想的处处碰壁："女嬃之婵媛兮，申申其詈予……济沅、湘以南征兮，就重华而陈词……驷玉虬以乘鹥兮，溘埃风余上征……吾令帝阍开关

---

① 中国李白研究会、马鞍山李白研究所编：《中国李白研究（2012）》，黄山书社2012年版，第268～280页。

② （宋）洪兴祖撰，白化文、许德楠、李如鸾、方进点校：《楚辞补注》，中华书局1983年版，第232～234页。

兮，倚阊阖而望予……朝吾将济于白水兮，登阆风而绁马……忽反顾以流涕兮，哀高丘之无女。"后来的楚辞创作者们对此也有发挥，不过基本没有脱离屈原所开创的语境，如贾谊《惜誓》曰："攀北极而一息兮，吸沆瀣以充虚。飞朱鸟使先驱兮，驾太一之象舆。苍龙蚴虬于左骖兮，白虎骋而为右騑。建日月以为盖兮，载玉女于后车。驰骛于杳冥之中兮，休息虖昆仑之墟。"①在这条脉络上我们看到，遨游于神仙世界、霓为衣、风为马、虎鼓瑟、鸾回车，并不是李白的首创，而是李白从固有文化中选择的意象。所以我们有理由认为，屈原和贾谊所表达的，也就是李白一定程度上要表达的——神仙世界是朝仕经历的映射。

忽然魂魄惊动，猛然惊起长叹，只有醒来时所依的枕席，梦中追寻得到的烟霞与世界已经无处可寻。"世间行乐亦如此，古来万事东流水"两句从人生经历的回顾宕开，讲内心的调适和未来的打算。最后几句回到"留别"主旨，告诉东鲁诸公，自己将要骑白鹿、访名山。此时的李白心知"北阙青云不可期"②，将要开始一段游历，区别于以往的是，这一次，他心中感受极端复杂，一方面仕途失败、理想幻灭，一方面难以割舍、还存恋阙之情，但即便内心如此痛苦，他还是不肯妥协，发出了"安能摧眉折腰事权贵，使我不得开心颜"的呼喊。至此，一个傲岸的、纵放的、不屈的李白站立在我们面前，诗人的人格魅力也为诗歌增添了激荡人心的力量。

将本诗与《登峨眉山》《游泰山》《蜀道难》等诗对比，可以更好地理解李白在此时的心境，也有助于品鉴本诗的艺术特色。在不同时期，"求仙"之于李白，具有不同的心理内涵；而越到心境复杂的时候，李白创作所采用的艺术手法也更含蓄多元。

先将本诗与同写游山求仙内容的《登峨眉山》《游泰山》对比。

《登峨眉山》写于开元十年左右，李白出蜀前后。在此之前，李白以

① （宋）洪兴祖撰，白化文、许德楠、李如鸾、方进点校：《楚辞补注》，中华书局1983年版，第227～231页。

② （唐）李白撰，安旗、薛天纬、阎琦、房日晰笺注：《李白全集编年笺注》（第一册），中华书局2017年版，第897页。

诗干谒益州长史苏颋，没有成功。在诗中，李白直接而明确地表达了修仙愿望，就像年轻人赌气一样干脆，此时求仙于他是精神上的另一条出路。《游泰山》组诗六首，写于天宝元年，同年后期李白被玄宗征召入朝。以下事实不能忽略：开元十三年，唐朝皇帝东封泰山；天宝元年，朝廷号庄子为南华真人，文子为通玄真人，列子为冲虚真人，庚桑子为洞虚真人；李白此次到泰山，是从皇帝走过的"御道"而行；李白之所以被征召，是由于一位名叫吴筠的道士的推荐。我们可以理出一条这样的线索：李白之所以能被召见，是因为他的创作能迎合当时玄宗的兴趣；玄宗是因道士的推荐才召见李白的，那么玄宗有可能会读李白关于道教内容的诗；因此李白在写作这组诗的时候，也有可能带着干谒的心情。所以，在《游泰山》中，求仙与求官其实有所重叠，求仙的心态一定程度上代表了求官的心态。在仙人面前，诗人故作谦虚，又不自觉地被吸引；有所期待，又害怕落空；这样的患得患失，也正是他在面对仕途机遇时忐忑心境的写照。

而《梦游天姥吟留别》中的神仙世界，如前所说，则是朝仕经历的一种映射。此时的李白已经实实在在地到达过长安、接触过朝廷，对以前所想象的"明主"、同僚、朝廷生活，甚至对当朝统治集团的现状，都有了清楚的把握和了解；以前是苦于无路可出，现在则是明白"有路难为"，其中的痛苦和纠结与之前的怀才不遇不可同日而论。人生理想的幻灭，暂离朝堂的不甘，对朝廷的留恋，坚持自我的不屈和愤慨，种种情绪凝结一体，使得诗人此时的心境比以往更加深沉。这种心情，千年前的屈原应该可以体会。

从艺术上讲，《登峨眉山》《游泰山》都是五言诗，或描写记叙，或抒情议论，泾渭分明，这与诗人的心态是相对一致的。而《梦游天姥吟留别》既然有了复杂深沉的思想内涵，在艺术上也呈现出相对应的含蓄隐微的特点：借梦为名，写人生与理想之梦，梦幻与真实交织；借游仙内容，表达政治上的期待与失意、对朝堂的诀别与留恋，神话传说与现实相融。并且，诗人一改《游泰山》中与仙人的接触和交流，在《梦游天姥吟留别》中采取了一种远观的视角，远远地望着众仙齐聚的盛大场面，并在最繁盛时"忽魂悸以魄动"，回到现实。

再将本诗与李白另一杰作《蜀道难》对比。关于《蜀道难》的编年和主旨，学界一直有不同声音，综合各家观点，笔者认为安旗所持"写于开元十九年、初入长安之后，以送友人入蜀为名，借蜀道艰险抒发仕途坎坷"之说可信。① 诗人一入长安，求仕无门，沿袭《蜀道难》乐府古题，取阴铿《蜀道难》"蜀道难如此，功名讵可要"② 之意，借蜀道之难，比求取功名之难。相比《梦游天姥吟留别》，《蜀道难》的思想内容是比较单纯的，这时诗人的愤懑和感慨，是"大道如青天，我独不得出"的一腔热血，好像自己什么都具备，只缺了向他打开的一扇门；而到了写作《梦游天姥吟留别》的时候，诗人已经明白了，即使那扇门已经朝他打开，他自身的秉性才能和当时那个朝廷也是格格不入的，因此多了一种不能适应、难以实现的痛苦；自知与统治集团已经不能相容之后，他也不知道该如何处理自己的政治抱负，痛苦之中带着迷茫，这些感受使历来狂放的诗人更加情感充沛，创作手法也随之更加含蓄、奇幻、多元。《蜀道难》笔力遒劲，比兴明显；《梦游天姥吟留别》则梦幻恣肆，丰富万端，读来令人神往，细想令人兴叹。

总而言之，《梦游天姥吟留别》内容瑰丽丰富，思想含蓄曲微，艺术手法浪漫多样，是诗人李白在特殊的人生阶段，由于特殊的遭遇和特殊的心境，在创作天才加持下写出的不可多得的一首佳作。

思考

1. 本诗的诗句形式与诗歌内涵是否有关联？
2. 你认为本诗的主旨是什么？

（陈晓萍）

---

① （唐）李白撰，安旗、薛天纬、阎琦、房日晰笺注：《李白全集编年笺注》（第一册），中华书局2017年版，第161页。

② （宋）郭茂倩编：《乐府诗集》，中华书局1979年版，第591页。

闻王昌龄左迁龙标遥有此寄①

李　白

杨花落尽子规啼[1]，闻道龙标过五溪[2]。我寄愁心与明月，随风直到夜郎西[3]。

注　释

[1] 杨花：柳絮。子规：即布谷鸟，又称"杜鹃"。

[2] 五溪：今湖南西部、贵州东部五条溪流的合称。

[3] 夜郎：唐代夜郎有三处，两个在今贵州桐梓，本诗所说的"夜郎"在今湖南怀化境内。

赏　析

鉴赏这首诗，起码要知道王昌龄与李白有以下一些"交集"。第一，两人年龄很接近，基本上算是生活在同一时代。李白生卒年相对确定：生于701年，卒于762年，享年62岁。而对王昌龄生卒年，学术界有不同看法：部编本教材（"义务教育教科书"《语文》七年级·上册，人民教育出版

---

① （唐）李白著，瞿蜕园、朱金城校注：《李白集校注》卷十三，上海古籍出版社1980年版，第841页。王昌龄（？—约750年），字少伯，京兆长安（今陕西西安）人。天宝年间被贬为龙标尉。左迁，降职。龙标，唐代县名，在今湖南洪江县西。

社2016年版）认为王昌龄生年不可考，卒年则为750年；李云逸则认为王昌龄生于694年或690年，大约卒于756年①。而大多数学者倾向王昌龄大约生于698年，大约卒于756年。《唐才子传》有这样一段记载："（王昌龄）以刀火之际归乡里，为刺史闾丘晓所忌而杀。后张镐按军河南，晓衍期，将戮之，辞以亲老，乞恕，镐曰：'王昌龄之亲，欲与谁养乎？'晓大惭沮。"②这说明王昌龄是在"安史之乱"爆发后遇害的。萧涤非、程千帆等主编的《唐诗鉴赏辞典》，虽然没有确定其生年为哪一年，但按照"作家排列，大致以生年先后为序"（辞书"凡例"语）的标准，是把王昌龄（？—756年）放在生于699年的祖咏之前一个位置上的，且明确其卒年为756年（"安史之乱"爆发后的第二年）③。第二，王李二人交往的基本情况。根据新、旧《唐书》《唐才子传》《唐诗纪事》《河岳英灵集》等书综合考证，王昌龄于开元二十七年（737年）被贬岭南，739年遇赦北归；而是年秋，李白漫游吴地后，逆江西上，行至巴陵（今湖南岳阳）时，正好遇上北归的王昌龄。于是，两位素仰对方名声的大诗人就这样一见如故，进而结为挚友，王昌龄有诗《巴陵送李十二》记载此事。现代学者詹锳在《李白诗文系年》里，对此有较详细的考证。而此后不久（大约739年底或740年初），王昌龄就外放做"江宁丞"④，直到747年再贬龙标；李白则西入长安，做了两年不到的"翰林供奉"后"赐金离京"，到东南一带游玩去了。虽然二人同在东南，但并没有过交往的记载。第三，王昌龄被贬龙标时，李白当时的情况。王昌龄贬龙标的时间较确定，是天宝六年（747年）的秋天（到达贬所则是第二年春），原因是"不护细行"⑤，即生活上失于检点，但具体

① 李云逸注：《王昌龄诗集·前言》，中华书局2020年版，第1页。
② 关鹏飞译注：《唐才子传》，中华书局2020年版，第87、88页。
③ 萧涤非、程千帆、马茂元等撰写：《唐诗鉴赏辞典》，上海辞书出版社1983年版，第1401页。
④ 也有说作"江宁令"的。江宁即今南京。
⑤ （后晋）刘昫撰：《旧唐书》卷一百九十下（列传第一百四十下·文苑下），中华书局1975年版，第5050页。

是什么事，现已无法考证。王昌龄在去贬所的路上迁延了数月，从《留别武陵袁丞》）一诗可知，因武陵袁县丞（名字不详）的热情招待，王昌龄在武陵待了一段时间。这一年李白47岁，秋天到越中，往会稽吊贺知章、登天台山，冬天才返回金陵，直到第二年夏天离开。很显然，李白是747年冬回到金陵后，才得知王昌龄被贬消息的，此诗则写于第二年春天。

诗歌首句"杨花落尽子规啼"，是以写景开始的。杨花，《辞源》解释为"柳絮"，古代诗词中"杨柳"意象不是指杨、柳两种树，而是特指柳树，且一般指垂柳，如庾信《春赋》有"新年鸟声千种啭，二月杨花满路飞"之语。另外，古人常有"折柳送别"的习俗：一方面是柳与"留"谐音，有依依惜别之意；另一方面，柳丝又常"缠绕"，亦含"不舍"意味。如隋无名氏《送别》有"柳条折尽花飞尽，借问行人归不归？"之句，王维《送元二使安西》有"客舍青青柳色新"之语，王实甫《西厢记·长亭送别》有"柳丝长玉骢难系"等词，李白在此特意提到"柳"（杨花），即有表达朋友之间的"别情"。子规，俗称"布谷鸟"，一般人称之为"杜鹃"，又名"杜宇"，传说为蜀帝杜宇冤魂所化，其叫声类"不如归去"音，且"常夜鸣，声音凄切"，故常借以抒悲苦哀怨之情，如"又闻子规啼夜月，愁空山""杜鹃啼血猿哀鸣""杜鹃声里斜阳暮""更那堪，鹧鸪声住，杜鹃声切""回首故宫归不得，声声啼血染山花""巴山欲晓风露清，杜鹃飞鸣绕江城""杜宇声声不忍闻"等诗句。

作者在这里选这两个暮春时节的意象，于此事而言是十分贴切的。"杨花"以轻柔著称，随风而飘，一无定所，与"浮萍""征蓬"一样，是古诗词中最能表现"漂泊之意"的几种意象之一，这正与王昌龄的遭遇差不多：王昌龄因"不护细行，屡见贬斥"；《唐才子传》也说他"晚途不矜小节，谤议腾沸，两窜遐荒"[1]，先贬岭南，次放江宁，终贬龙标。在李白眼中，春天里那随处可见、因风乱舞的杨花，不正如后世苏轼所表达的"细看来，不是杨花，点点是离人泪"那样的悲切吗？而那声声"不如归去"的

---

① 关鹏飞译注：《唐才子传》，中华书局2020年版，第89～90页。

杜鹃悲鸣，在李白听来，恰恰就如在呼唤好友归来。但李白也知道，王昌龄此时无论如何都是"难以归来"的，所以，那随风乱飞的杨花就真如"点点离人泪"，而那彻夜悲鸣的杜鹃也就更是"声声不忍闻"了。前已言及，李白写此诗是748年春，诗中这些景物既正好切合本诗所反映的节序，又正好能够恰当地烘托渲染作者悲婉哀伤的情感，同时还寄寓了对友人飘零、凄楚境地的慨叹，真是一举数得。王国维"景语""情语"之意，古人所谓"景融物中""情见字外"等语，用以评价李白此诗句的意境，那真是再恰当不过了。

次句"闻道龙标过五溪"，内容上是由写景转为叙事。人们对这句诗中的"龙标"一词有不同理解：一种认为指地点，一种认为指"王昌龄"。后者如2016年版"义务教育教科书"就认为"指王昌龄，古代常用官职或任官之地的州县来称呼一个人"（见《语文》七年级·上册第4课注释④，第15页，人民教育出版社2016年版）。那么，这样一来，"过"肯定就要理解为一个"动作"，即"经过"或"渡过"的意思，诗句的意思就成了："听说王昌龄（此时）正在渡（或，渡过了）五溪。"

此理解显然不符合生活逻辑。虽说"古代常用官职或任官之地的州县来称呼一个人"是常事，而王昌龄被后人称为"王江宁"或"王龙标"，确因为他曾经担任过"江宁丞""龙标尉"这些职务。但大家要明白，古人这种"以官称人"的方法，也有一些不成文的规矩：原则上是以一个人一生中所任的最高官职称之，如王右丞（王维）、张水部（张籍）等；如所做的官并不起眼，生前人们并不以此官名称之，只有死后人们才用此名之，或如杜工部（杜甫）、柳屯田（柳永）等；如被贬，当时人肯定不会以此称之，尤其是不会"立即"以此"贬官"称之，如真要以"官名"称之，肯定也是以"贬前"官名称之，而绝不会以所贬之官称之。李白刚听到王昌龄被贬为"龙标尉"，就在给对方的诗里称其为"王龙标"而不称"王江宁"，大家觉得会有这样的事吗？显然是绝对不可能的！

另外，在唐代，被贬地之远近，一般是根据"罪行"轻重决定的：罪越重，贬地越僻远。王昌龄此次被贬，其"罪"并不大："不护细行"，或曰"不矜小节，谤议腾沸"，总之就是一些生活小事儿。其实或者是因才高（"选博学宏词科，超绝群伦"——顾况语）、诗奇（"奇句俊格，惊耳骇目"——《唐才子传》），再加之可能说话不太注意或行事有些高调，得罪了"用事者"而已。"五溪"，《文献通考》认为是西溪、辰溪、巫溪、武溪和阮溪；而《水经注》则认为是雄溪、樠溪、酉溪、潕溪（潕水）、辰溪，虽然说法不一，但所指均为位于现湘西怀化所在区域的几条溪流，而"龙标"则是在今湖南洪江县西。不管"五溪"还是"龙标"，李白都没有去过，并不十分清楚，但王昌龄一路走去，写了很多诗，诗中多次提到五溪或其中某一溪，如"水与五溪合"（《九江口作》），"饮饯五溪春"（《武陵田太守席送司马卢溪》），"长江还共五溪滨"（《至南陵答皇甫岳》），"冬夜觞离在五溪"（《送程六》），"阮溪更远洞庭山"（《西江寄越弟》），"武陵溪口驻扁舟"（《泸溪别人》），"沅江流水到辰阳"（《送吴十九往沅陵》）等等，从这些传回江宁的王昌龄诗中，李白也才明白了龙标还在五溪更西、更南的地方——"过五溪"。实际上，直到今天，五溪所在地都是苗族、侗族、土家族等少数民族聚居处，本属"化外之地"了，而龙标还"远过"五溪——南边快到瘴疠弥漫的两广，西边快到蛮荒未化的黔地了。被贬五溪仅次于流放岭南，属于对罪行较重的犯官的处罚，而王昌龄不过就是因为一些生活琐事而得罪当权者，被贬五溪都很有些过分，现在居然还被贬到远过五溪的龙标，这完全出乎李白意料了。

所以说，"闻道"一语，虽没有元稹听到白居易被贬江州时"垂死病中惊坐起"的那种惊愕（《闻乐天授江州司马》），但李白在得知好友被贬边鄙荒远的龙标时，还是非常吃惊的——毕竟太出乎意外了。"闻道龙标过五溪"的意思应该是："听人们说，龙标已经远过五溪了！"——这么点过错，居然被贬到这么偏远之地，太令人想不到了！作者虽然未遭"悲痛语"，但我们从平平的"闻道"二字，还是可以读出诗人心中巨大波澜的。

第三句"我寄愁心与明月"，是由写景叙事转为抒情了，并以此点出了题目后半句："遥有此寄"——这样，加上前面内容，就基本上"括尽题意"了。但李白的"愁心"到底是什么？为何要寄与"明月"而不是其他东西呢？

有人认为"愁心"是"同情与怀念之心"，但我们觉得这种说法略有一点"泛"。大家可以结合前两句想一想：王昌龄一生，才华虽高，不到30岁就中了进士（开元十五年，即727年"李嶷"榜），但仕途一直都不太顺利：先是授予汜水尉这样一个小官，后虽又"中宏词"，但最高职位也就一"秘书省校书郎"，且不久又不知何因被贬岭南（737—739年），赦回长安后第二年，官运似乎稍好一点，外放比较富庶的江宁，做了八九年的江宁丞，没想到在50来岁时（747年），又因"不护细行"而出人意料地被贬蛮荒之地——比五溪还远的龙标县，做一个极低级的地方小官：县尉。年龄已然衰老，路途如此遥远，贬所这般蛮荒，职位那样低下，如此境遇有几人能受得了呢！《唐才子传》说："使知音者喟然长叹，失归全之道，不亦痛哉！"①是比较中肯的评论。李白"愁心"更主要的就是对远方朋友的"担心"——担心其身体，是否能适应南方蛮荒之地湿热的气候；担心其精神，是否经受得住这种一贬再贬的重大打击。

至于第二个问题，一是古代诗人尤其是浪漫如李白这样的诗人，特别喜欢月亮，据统计，李白所有诗歌中，涉及"月亮"的共有78首，占其诗歌1/13左右，如"举杯邀明月""峨眉山月半轮秋""长留一片月"等等。二是月亮可以拉近相隔很远的人的距离，如杜甫"今夜鄜州月，闺中只独看"，张九龄"海上生明月，天涯共此时"，张若虚"春江潮水连海平，海上明月共潮生"，苏轼"但愿人长久，千里共婵娟"等等，都赋予了月亮两地传情、共有今宵的美好愿望。还有一个重要原因，是王昌龄在去贬所的路上，写了一首《送柴侍御》的诗："沅水通波接武冈，送君不觉有离伤。青山一道同云雨，明月何曾是两乡。"诗人明确表示，到处的"明月"都一样，同青山一道，同云雨一般，可以交通朋友之间的心灵，可以传递朋友之间的真情，可以表达朋友之间的关爱。王昌龄去贬所路上所写的这些诗，很

---

① 关鹏飞译注：《唐才子传》，中华书局2020年版，第90页。

快流传开去，尤其是江宁地区，因沿江商贾旅人极多，更方便诗歌流传，很可能是与被贬消息一同传到李白耳朵里的，因而李白选择"明月"来寄托自己无边的"愁心"，也就顺理成章，甚至理所当然了。

最后"随君直到夜郎西"，紧承上句，即景抒情，是别有悠长意味的结尾。这里，要注意两个问题：第一，"夜郎"到底在哪？第二，我们为何不选"随风直到夜郎西"句的版本？

夜郎，在汉语语境里，一直都是"偏远蛮荒未开化"的代名词，"夜郎自大"即指偏远小国的妄自尊大。仅唐代，夜郎就有三处：两个在今贵州桐梓，本诗"夜郎"则在今湖南怀化（也有说沅陵）境内。其实，从战国至汉唐，"夜郎"这个地名，各种书籍所指不一，出现在西南地区好些地方，川、滇、黔、湘皆有。如四川犍为附近，汉代就有称"夜郎国"者①，又如李白充军的"夜郎"，则在贵州，比龙标更远更偏僻。从现有史料看，龙标所在地比较明白，在今湖南怀化中部偏西。清刘献庭《广阳杂记》："王昌龄为龙标尉。龙标，即今沅州也。又有古夜郎县，故有'夜郎西'之句。若以夜郎为汉夜郎王地者，则相去甚远，不可解矣。"②也就是说，"龙标"远过"夜郎"，即在夜郎更西（南）方。既然龙标在怀化中部偏西地域，那么夜郎在其东边一带区域则可以肯定，即此"夜郎"是在湖南而非贵州或四川了，因为如在川或黔，李白这句诗就应是"随君直到夜郎东"（当然，"东"出律不押韵）了。而不管在哪，"夜郎"都已经是很偏远的地方了，此句再次表达了作者对王昌龄被贬之远的大出意外——夜郎都已很偏远了，更何况其西边的"龙标"。

李白把自己的愁心寄与明月，而明月又如王昌龄所言"何曾是两乡"，那么，李白的"愁心"应该同时就已经连接起了明月的两端，不会再需要风来作传递的使者。我们知道，天下的人都能够同被月光，用苏轼的话说，就

---

① （宋）袁枢撰：《通鉴纪事本末》卷第三《汉通西南夷》，中华书局2018版，第172页。

② （清）刘献廷撰，汪北平、夏志和点校：《广阳杂记》卷第一，中华书局1957年版，第35页。

是"千里共婵娟"。"我"的愁心，月亮会同时向远在千里的朋友传递到，彼此会一起感受到，作者以此说明，自己与王昌龄是互有灵犀，在心灵上是时时、处处相通的，是真正的知己，绝不会有所隔。如果要等风来传送，虽也能表达作者的一片真情，但"情感相通"的意味就弱得多了：一是因为"我"的情感必须待风送到朋友那里，朋友才能感受到，没有同时之意；二是愁心既然已寄与明月，难道月光还需风来吹送吗！况且，风送月亮也好，送月光也好，从生活逻辑上看，都说不通。是"我的愁心与月一道伴随您到偏远的夜郎"，而不是"我的愁心寄与明月被风吹到夜郎"，所以，"风"这个媒介是完全没有必要的。

李白这首小诗之所以千古流传、脍炙人口，除了感情真挚以外，其表现手法尤其高妙：作者把自己的牵挂与担心寄寓在客观的景物之中，赋予客观的物象人的情感和灵性，作者所见之物都与之共鸣，张泌所谓"多情只有春庭月，犹为离人照落花"（《寄人》）就是其最好的注脚。

思考

李白喜以地名入诗，如"峨眉山月半轮秋，影入平羌江水流。夜发清溪向三峡，思君不见下渝州。"（《峨眉山月歌》）中28个字居然用了5个地名，不但不使人觉得单调，而且还给人一种一泻而下的畅快感。本诗也是这种写法，连用"龙标""五溪""夜郎"三个地名，对此，你有怎样的理解？

（唐远廷）

蜀 相①

杜 甫[1]

丞相祠堂何处寻[2]，锦官城外柏森森[3]。映阶碧草自春色[4]，隔叶黄鹂空好音。

三顾频烦天下计[5]，两朝开济老臣心[6]。出师未捷身先死[7]，长使英雄泪满襟。

注释

[1] 杜甫：（712—770年）字子美，自号少陵野老。河南巩县（今河南省巩义）人。唐代伟大的现实主义诗人，与李白合称"李杜"。

[2] 丞相祠堂：此指成都"武侯祠"。

[3] 锦官城：成都别称。

[4] 映：映照。

[5] 频烦：即频繁。一说多次烦劳咨询。

[6] 开济：开，开创。济，扶助。

[7] 出师未捷身先死：指诸葛亮出师伐魏，未能取胜，于蜀汉建兴十二年（234年）病死于五丈原（今陕西岐山东南）军中。

---

① （唐）杜甫著，（清）仇兆鳌注：《杜诗详注》卷九，中华书局2015年版，第890页。该诗作于唐肃宗上元元年（760年）春，当时诗人初至成都，曾游武侯祠。蜀相，指诸葛亮，蜀汉丞相，封武乡侯。

古诗文经典讲读

赏析

要读懂这首诗，我们恐怕首先要弄清楚诸葛亮其人以及武侯祠的一些基本情况。

陈寿《三国志》对诸葛亮生平作了较为详细的介绍，其他典籍也多有记载，较有名的有宋郑樵《诸葛亮传》、张栻《汉丞相诸葛忠武侯传》，元郝经《续后汉书·诸葛亮列传》，明谢陛《季汉书·诸葛亮传》、李贽《忠诚大臣·诸葛亮》，清朱轼《历代名臣传·诸葛亮传》、章陶《季汉书·诸葛亮列传》等几十篇文章。诸葛亮作为三国时期一位杰出的政治家，为人所称道的优秀品质固然很多，但最为人们倾心敬佩的，一是他的远见卓识，二是他的治国能力，三是他的耿耿忠心。诸葛亮生前被先主刘备封为"武乡侯"，死后又被后主刘禅追谥为"忠武侯"，人们简称其为"武侯"，而尊其祠庙为"武侯祠"。

据统计，目前全国共有14个武侯祠，分布在山东、湖北、河南、重庆、四川、云南、甘肃、陕西、浙江以及台湾省，其中最有名者为成都武侯祠，其次陕西汉中勉县（古称沔县）武侯祠（最早）、河南南阳武侯祠（文物价值较高）以及湖北襄阳武侯祠（规模最大），杜甫此次拜谒的是位于成都南郊的武侯祠。

不过，我们现在看到的成都武侯祠与杜甫时代还有点不一样，现在的武侯祠实际上不是一座独立的祠堂，它是我国唯一的君臣合祀祠庙。它的名字实际不叫"武侯祠"，祠庙正大门上大书的是"汉昭烈庙"四个大字，昭烈庙后的祠堂才是我们所说的武侯祠，再后则是刘备陵寝——惠陵。只不过，所有老百姓都不叫它"汉昭烈庙"而称之为"武侯祠"，由此也见得诸葛亮在蜀人心目中的地位。

263年，诸葛亮去世后29年，后主"诏为亮立庙于沔阳"[①]。至于成都是什么时候有武侯祠的，则不见于正史，但最早可以追溯到晋代，据宋祝穆

---

① （晋）陈寿撰，陈乃乾校点：《三国志·蜀书五》卷三十五，中华书局1959年版，第928页。

226

《方舆胜览》载："李雄称王，始为庙于少城内。桓温平蜀，夷少城，独存孔明庙。"①李雄是公元304年在成都称王的，那么，成都所建的孔明庙（名称是否叫武侯祠还不得而知），时间应在西晋末东晋初，位置在当时的少城内，并不在今天的城市西南。而杜甫生活的唐代，诸葛亮的祠堂位于锦官城外，与刘备"汉昭烈庙"同在一个区域，但也只相邻而并未合在一起，这从杜甫在夔州作的《古柏行》中可找到"证据"："忆昨路绕锦亭东，先主武侯同閟宫。"君臣合祀则起于明初，明张时彻《诸葛武侯祠堂碑记》②以及何宇度《益部谈资》记载：明初蜀献王朱椿，废除原在昭烈庙西侧的武侯祠，把诸葛亮像移入昭烈庙内刘备像东侧……③

　　杜甫是在759年冬辗转来到成都的，而《蜀相》则作于次年春天，也就是说，诗人到成都刚安定下来，就急着去拜谒武侯祠了，何以如此急迫呢？这就要从杜甫当时所处的时代背景和写作此诗的心情谈起了。

　　唐王朝从618年建立至杜甫到成都时，过去150年了，在这一个半世纪里，虽然也有过武则天篡唐的大事发生，但大唐一路走来，都风光无限："贞观之治""开元盛世"名垂青史，唐王朝的百姓们基本上也富足而安定。就杜甫而言，虽然"致君尧舜上，再使风俗淳"（《奉赠韦左丞丈二十二韵》）的理想没能实现，奔走权贵门庭之时，多数时候也遭受冷落，好不容易在天宝六年（747年）参加玄宗举行的一次大型"制举"考试，却又因李林甫弄权"零录取"而落第。不过，"忆昔开元全盛日，小邑犹藏万家室。稻米流脂粟米白，公私仓廪俱丰实"（《忆昔》）的太平景象总算还是给他赶上了尾巴。

　　755年底，历史上著名的"安史之乱"爆发，100多年未经战阵的唐朝军队丢盔弃甲，首都长安很快失守，玄宗皇帝也被迫"幸蜀"。在安史之乱爆发后的一两年里，虽然肃宗（李亨）即位（756年）、安禄山被杀（757

　　①　（宋）祝穆撰，祝洙增订，施和金点校：《方舆胜览》卷五十一，中华书局2003年版，第914页。

　　②　碑现存于成都武侯祠大门至二门之间西侧之碑亭内。

　　③　（明）何宇度著，崔凯校注：《益部谈资校注》卷中，西南交通大学出版社2020年版，第46页。

年）、长安收复（757年），但史思明继续叛乱，不但攻陷东都洛阳，还自立为"大燕皇帝"，内战并没有一点结束的迹象。叛乱爆发到此时五年多了，王朝风雨飘摇，人民水深火热，生产力也遭到极大破坏，"六合人烟稀"（《北风》），"园庐但蒿藜"（《无家别》）。而趁混乱浑水摸鱼当上皇帝的肃宗却显露其本来面目：昏庸无能，猜忌功臣，任用宦官。此种处境下的杜甫，心情的苦闷与忧虑是可想而知的：国家不但急需诸葛亮那样"武能安邦，文能治国"的人才，需要"鞠躬尽瘁，死而后已"的忠臣，更需要刘备、诸葛亮二人那"鱼水相得"的君臣际遇。

以上这些，或许就是杜甫来到成都后急迫要拜谒武侯祠的原因所在。

不知大家注意到没有，这首诗的题目有些奇怪：从全诗看，即使不算是"游览"，至少也是"拜谒"吧。为何不用"游武侯祠"或"谒武侯祠"而用现在这题目呢？按一般人的想法或写法，用"游（或谒）武侯祠"似乎更合适一点啊！

其实，这个题目已暗示了作者的思想。这首诗既不是一首记录自己踪迹的"游览诗"，也不是纯粹凭吊古迹的"咏史诗"，作者虽然不再"自比稷与契"（《自京赴奉先县咏怀五百字》），但还是"凄其望吕葛"（《晚登瀼上堂》），希望通过"谒武侯祠"这件事来表达自己对诸葛亮的仰望与崇敬，更表达一种"国危思忠臣"的情怀，即诗人自己所说的"情在强诗篇"（《哭韦大夫之晋》）。所以作者把诗歌命名为"蜀相"而非"游（或谒）武侯祠"。

首联"丞相祠堂何处寻，锦官城外柏森森"，是叙事：寻找祠堂的经过，介绍祠堂地理位置和初见祠堂的总体印象。丞相祠堂，就是百姓口中的武侯祠，当时祠堂在市区二里之外的南郊，现在这里早已是成都市中心城区了，那一片区域也因祠堂而被命名为武侯区。锦官城是成都的别称，蜀锦很早就非常有名，成都织锦业发达，汉代专设"锦官"管理此行业，人们便把成都称为"锦官城""锦城"，如"花重锦官城"（杜甫《春夜喜雨》），"锦城丝管日纷纷"（杜甫《赠花卿》），"锦城虽云乐，不如早还家"（李白《蜀道难》）等。

本联有三个方面需要我们思考。一是题目既叫"蜀相"，按理，首句应该是"蜀相祠堂"（就平仄而言，也完全没有问题），可作者何以用"丞相祠堂"？作者为了让读者明确所写对象是诸葛亮，所以题目用"蜀相"这个特定称谓，而诗歌的内容并非仅仅是咏史，是要表达诗人自己对诸葛亮的景仰之情，同时，借诸葛亮的功业未遂来慨叹自己的壮志未酬，在作者心中，蜀是汉朝"正统"的延续，代表的是汉家天下，而诸葛亮是整个国家的"总管"，而非偏安一隅的蜀汉政权长官。二是对"寻"字的理解。大家要知道，在整个西南地区，直到现在，诸葛亮在人们心目中就是神一般的存在，同时，官方极为在意的汉昭烈庙也在同一地方，可以说，这里一年四季都香火不绝，尽管当时在"城外"，也是极易知道的地方，不管过去还是现在，外地人到成都说去武侯祠，根本不需要"寻"，只需随便问一下身边任何一个人，他都会清楚地告诉你武侯祠所在。既如此，作者为何下一"寻"字呢？这就需要我们明白，杜甫本不是"寻"祠堂，而是要寻找诸葛亮那样忠心耿耿、安定国家的英雄人物，表达的是对诸葛亮的无限仰慕。三是颇有味道的"柏森森"这三字。首先它确实是写实：蜀地多耐寒的柏树，如川西北剑门蜀道几百里的古柏，翁翁郁郁，一望无际。其次，古人有在祖先墓地周围栽种柏树、期望柏树生长繁茂以荫后人的习俗，武侯祠的"柏森森"，正是体现川人希望诸葛亮的英灵荫蔽蜀人的美好愿望。最后，爱护祠堂的树木，是一种爱屋及乌的心理，《诗经·甘棠》那句"蔽芾甘棠，勿翦勿伐，召伯所茇"就是最好的注释：连树都不忍砍伐，可见对人之爱戴。当然，这也是一种抒情手法，通过武侯祠"柏森森"的景物描写，造成一种庄严肃穆的气氛，表达作者从心中油然而生的一种敬意。

颔联"映阶碧草自春色，隔叶黄鹂空好音"，是细致描写武侯祠内的景物。这两句诗本身的意思很好理解：映带台阶的青青小草自由自在地开放，释放着满眼的春色；藏身于森森树叶下的黄鹂空灵婉转地鸣叫，唱出阵阵悦耳的音符。对这个画面本身，古往今来的人似乎并没有多大的争议，但由于对诗中"自""空"二字的理解有所不同，这两句诗表达的情感便有了截然不同的两种看法。

清人仇鳌《杜诗详注》就说这两句诗是在"写祠庙荒凉"。认为"自"

就是"独自","空"则是"徒然""白白地",此二字有如王勃的"槛外长江空自流"（《滕王阁诗》）句中的"空""自"一样。也就是说，武侯祠因为香火不旺，人烟稀少，甚是荒凉，只有青青的春草围绕在祠堂周围甚至台阶上，虽有生气却是孤寂地独自开放；藏在树叶之下的黄鹂，虽然鸣声悠扬婉转，优美动听，可是无人欣赏，只有自己在那里徒然浪费"美好声音"。这个理解仅从字面看，不能说没有道理，也正因如此，在相当长的时间里，很多人也赞同这一说法，直到20世纪80年代，萧涤非先生才在《杜甫〈蜀相〉赏析》一文中提出了反驳意见。

萧先生从两方面进行了反驳。一是从全诗内容着眼，认为"碧草春色""黄鹂好音"本无"荒凉"的意境，反倒是春意盎然的景象，古人也常用春草渲染春色之美，还举出江淹《别赋》"春草碧色，春水渌波"的句子来证明，认为诗人的意图正是要把祠堂的春景写得十分美好，然后用"自""空"二字"将这美好的春景如草色莺声等一起抹倒，来加倍突出诗人对诸葛亮的景仰之情"，"春色越美，鸟音越好，就越有助于表现这种心情"。二是从"自""空"两个字本身意义及用法方面进行了解说，认为"尽管映带在台阶两边的碧草并非不悦目，那藏身在森森的柏叶之中的黄莺儿的歌唱，也并非不悦耳，但诗人都无心赏玩"。认为"这里的'自'字和'空'字，是互文对举，可以互训"，并且认为"如果把这两个字对调一下，说成'空春色''自好音'，也完全可以，对诗的原意，毫无影响"。而且他还举了唐人李华的《春行即兴》诗中"芳树无人花自落，春山一路鸟空啼"二句为例，说"其中'自'和'空'二字的用法，和杜诗是相同的"。[①]

萧先生的解说是符合情理的，大部分内容我们都认同，从前面的介绍看，武侯祠的确从来就没有"荒凉"过。但萧先生说"把这两个字对调一下，说成'空春色''自好音'，也完全可以，对诗的原意，毫无影响"，对此我们有点不同看法。可能萧先生没注意到这一联字音的"平仄"关系，

① 人民教育出版社、课程教材研究所、中学语文课程教材研究开发中心、北京大学中文系、语文教育研究所编著：《中国古代诗歌散文欣赏·教师教学用书》，人民教育出版社2016年版，第20页。

根据律诗规则，此联标准格式为"（平）平（仄）仄平平仄，（仄）仄平平仄仄平"（有括号的地方表示该字"平""仄"皆可）。而"映阶碧草自春色，隔叶黄鹂空好音"，读音则是"仄平仄仄仄平仄，仄仄平平平仄平"，其中"碧""色""隔"三字是古"入声"字，属"仄"声。大家对照标准格式看一下，前一句第五字本该用"平声"字，杜甫却用了"自"这个"仄声"字，后一句第五字情况则刚反过来——本该用"仄声"字却用了"空"这个"平声"字。此格式在格律诗中被称为"拗救句"。如按照萧先生"空春色""自好音"，两句则正好是标准格式："（仄）平仄仄平平仄，仄仄平平仄仄平"。如是李白的诗，这种不注重"法度"的写法我们可以理解，但这是杜甫的诗，杜甫是极重格律的诗人，有极妥帖的标准格式弃而不用，非要去用那种不够好的"拗救句"格式，则是无论如何都说不过去的。顺便也说一下李华"芳树无人花自落，春山一路鸟空啼"诗句，它恰恰是标准格式："（仄）仄平平平仄仄，平平仄仄仄平平"——这一点与杜诗还是略有不同的。

颈联"三顾频烦天下计，两朝开济老臣心"，这两句最容易理解，几乎没有什么争执处。它从大处道来，高度概括和评价了诸葛亮一生的才干、功绩和忠诚。出句用典：著名的"三顾茅庐"。从字面上看，写的似乎是刘备虚心求才，羡慕诸葛亮的才能而三次亲访诸葛亮，请其出山辅助自己兴复汉室的史实，但实际上还是为了表现诸葛亮的雄才大略。这件事于诸葛亮而言，是他一生中的高光时刻，在第一次出师北伐时所写的《出师表》中，他也写了"先帝不以臣卑鄙，猥自枉屈，三顾臣于草庐之中，咨臣以当世之事"的话。因格律需要，"频烦三顾"倒装为"三顾频烦"；而所谓"天下计"，就是著名的"隆中对"所定下的建国方略：东联孙权，北拒曹操，先占荆襄，后取两川，南抚蛮越，以图恢复。后句的"两朝开济"重点在表现诸葛亮功业："两朝"指诸葛亮先后辅佐刘备（先主）和刘禅（后主）；"开济"则是两层意思，"开"是辅佐刘备开创帝业、建立（蜀）汉政权，"济"则是辅佐刘禅巩固帝业、济美守成。"老臣心"则是歌颂诸葛亮的忠诚，对刘备的耿耿忠心是报效"三顾"的深沉情谊；对刘禅的忠诚则是诸葛亮心怀天下的伟大人格，刘备临终托孤，那句"能辅则辅，不能辅则君可自代之"的话虽未可全信，但以诸葛亮的威望和才干，司马氏"取而代之"的戏码完全能在蜀汉上演，而诸葛亮终其一生，不但无限忠诚，毫不居功，且六出祁山，为恢复汉家天下"鞠躬尽瘁，死而后已"，作者此句充分表现了诸葛亮的老成谋国与一片忠心。

尾联"出师未捷身先死，长使英雄泪满襟"是全诗的总结，是诗人情感的集中体现。诸葛亮一生，可歌可泣的地方非常多，但让时人和后人最为感动的却是他的死。"出师"特指诸葛亮"六出祁山，恢复中原"之事而不指其他战事，也就是诸葛亮《出师表》中所写的"奖率三军，北定中原，庶竭驽钝，攘除奸凶，兴复汉室，还于旧都"的内容。以诸葛亮之智，对蜀汉所处的位置和与曹魏实力差距的了解，应深知北伐与恢复之成功，概率是极小的，但他为了"报先帝而忠陛下"，明知不可为而为之，这正是儒家思想影响下的一种高尚道德追求，以至于六出祁山，皆以遗憾而告终。最后一次，即后主建兴十二年（234年）春天，在与魏主帅司马懿渭南数月对垒的战事中，他积劳成疾，忧虑过度，而病死于五丈原军营中，死时年仅54岁，这就是"出师未捷身先死"的史实。正是诸葛亮这种"鞠躬尽瘁，死而后已"的精神，感动了所有的中国人，所以作者说"长使英雄泪满襟"。大家第一个要注意的是"长"字，不要误为"常"，前者是一个没有间隔、延续不断的时间度，而"常"则是中有间隔的，诸葛亮精神对国人的影响，是一贯且无限的。第二个要注意的是"英雄"一词。英雄是国人的代表，这是一种借代手法，所有国人都已然被感动，而英雄之"惜"则是因惺惺相惜而显得格外强烈。杜甫所处的时代更需要诸葛亮这样的英雄人物，作者联想到自己的身世、人民的不幸、国家的苦难，更禁不住悲从中来，忍不住发出了这一声长号！

历史上被诸葛武侯精神所感动的英雄人物千千万万，王叔文改革弊政，却因宦官反对而失败被贬，"但吟杜甫题诸葛亮祠堂诗末句云'出师未捷身先死，长使英雄泪满襟'，因唏嘘泣下"[1]；陆游赞叹说"出师一表真名世，千载谁堪伯仲间"（见陆游《书愤》诗）；宗泽临终时再三吟诵"出师

---

① （后晋）刘昫撰：《旧唐书》卷一百三十五下（列传第八十五），中华书局1975年版，第3736页。

未捷身先死，长使英雄泪满襟"，三呼"过河"而死①；岳飞夜不能寐，和泪挥毫，狂草《出师表》②等故事，都是对杜甫诗歌的注脚。

　　杜甫之所以被人们奉为"诗圣"，最为重要的是他那忧国忧民的情怀，他的诗是时代跳动着的脉搏，带着诗人强烈的感情。需要说明的是，杜甫诗歌情感的"强烈"与李白诗强烈感情的表现形式不一样：李白的情感洋溢于诗歌之外，我们一读诗，立马就能被感染；而杜甫的情感则是深藏在字词行间里的，若非用心体会则难以感觉出来。这首咏史诗之所以把诸葛亮写得有血有肉，之所以感人肺腑，正是因为他带着自己现实的政治目的：既希望自己能够像诸葛亮那样许身国家，扶危戡乱，安世济民，同时更希望肃宗能够像刘备那样，任用那些忠心耿耿的英雄和包括诗人自己在内的贤臣。

　　作为一代宗师的杜甫，擅长各种诗歌体裁，尤其擅长七言律诗，萧涤非说："他一个人就写了一百五十一首七律，超过现存初唐和盛唐诗人七律的总和。"③本诗是杜甫的代表作，是一首咏史诗，作为杜诗的代表作，从诗歌的语言到表现形式，如结构、对仗、声韵、炼字等各个方面，都是我们学习的典范。

思考

　　陆游在《书愤》中评价诸葛亮"出师一表真名世，千载谁堪伯仲间"，而杜甫本诗却说"出师未捷身先死，长使英雄泪满襟"。两人立足点有什么不同？请你思考。

（唐远廷）

---

　　①　淮沛、汤墨译注：《宋史选译》，巴蜀书社1990年版，第197页。
　　②　（宋）岳飞：《岳飞书前后出师表·自跋》，天津古籍出版社2006年版，第74～76页。
　　③　人民文学出版社编辑部编：《唐诗鉴赏集》，人民文学出版社1981年版，第155页。

种树郭橐驼传①

柳宗元

　　郭橐驼,不知始何名。病偻[1],隆然伏行,有类橐驼者,故乡人号之"驼"。驼闻之曰:"甚善。名我固当。"因舍其名,亦自谓"橐驼"云。

　　其乡曰丰乐乡,在长安西。驼业种树[2],凡长安豪富人为观游及卖果者,皆争迎取养[3]。视驼所种树,或移徙,无不活;且硕茂,早实以蕃[4]。他植者虽窥伺效慕,莫能如也。

　　有问之,对曰:"橐驼非能使木寿且孳也[5],能顺木之天,以致其性焉尔。凡植木之性,其本欲舒,其培欲平,其土欲故,其筑欲密[6]。既然已,勿动勿虑,去不复顾。其莳也若子[7],其置也若弃,则其天者全而其性得矣。故吾不害其长而已,非有能硕茂之也;不抑耗其实而已,非有能早而蕃之也。他植者则不然,根拳而土易[8],其培之也,若不过焉则不及。苟有能反是者,则又爱之太恩,忧之太勤,旦视而暮抚,已去而复顾,甚者爪其肤以验其生枯,摇其本以观其疏密,而木之性日以离矣。虽曰爱之,其实害之;虽曰忧之,其实仇之,故不我若也。吾又何

---

　　① (唐)柳宗元:《柳宗元集》卷十七,中华书局1979年版,第473页。本文所引用柳宗元作品皆出自该书。橐驼:骆驼。

能为哉！"

问者曰："以子之道，移之官理^[9]，可乎？"驼曰："我知种树而已，官理，非吾业也。然吾居乡，见长人者好烦其令，若甚怜焉，而卒以祸。旦暮吏来而呼曰：'官命促尔耕，勖尔植^[10]，督尔获，早缫而绪，早织而缕，字而幼孩，遂而鸡豚^[11]。'鸣鼓而聚之，击木而召之。吾小人辍飧饔以劳吏者^[12]，且不得暇，又何以蕃吾生而安吾性耶？故病且怠^[13]。若是，则与吾业者其亦有类乎？"

问者曰："嘻，不亦善夫！吾问养树，得养人术。"传其事以为官戒。

注释

[1] 病：患……的病。

[2] 业：以……为职业。

[3] 迎取养：迎取，迎接。养，雇用。

[4] 蕃：多。

[5] 孳：繁殖。

[6] 筑：捣土。

[7] 莳：栽种。

[8] 拳：拳曲，不舒展。

[9] 官理：做官与治理。

[10] 勖：勉励。

[11] 遂：养好。

[12] 飧饔：飧，晚饭。饔，早饭。

[13] 病：困苦。

赏析

本文写于柳宗元早年在长安时期，通过记叙一位驼背人种树的方法，以问答的形式阐明自己的政治见解，是一篇兼有寓言色彩和政论色彩的传记文。

对唐宋八大家之一的柳宗元，多数人印象最深刻的莫过于他被贬永州写下的《永州八记》。偏远蛮荒的永州山水在他的笔下有声有色，有情有性。柳宗元没有被贬谪流放的命运压倒，而是在艰苦困顿的生活中游览自然山水，抒发郁愤，寄托心志，直至今日，这些文章依然脍炙人口。此外，他那些篇幅短小的寓言，如《黔之驴》《蝜蝂传》等，也因形象生动又能引人思考，流传甚广。

在柳宗元被贬永州之前，他的仕途、生活总体来说比较顺利。柳宗元祖籍河东，柳氏与薛氏、裴氏并称"河东三著姓"，祖上世代为官。柳宗元的家世很好，堂高伯祖柳奭曾在高宗朝任宰相，其父柳镇曾任侍御史等职，其母出自范阳卢氏。柳宗元年少有名，相传他13岁写的文章《为崔中丞贺平李怀光表》就获得文坛前辈的赞赏。21岁的柳宗元进士及第，名声大振，后来又通过吏部考试被授予官职。他的入仕经历跟同时代的韩愈相比，实在幸运得多。此后他仕途顺遂，进士及第十年后，在外地任职的柳宗元被调回长安，任监察御史里行。《太平御览·职官部·卷二十五》中记载其职事为"分察百僚，巡按郡县，纠视刑狱，肃整朝仪"。在这个职位上，柳宗元接触的官员面更广，对政治与民生有了更深入的了解。后来他参加了王叔文的永贞革新，锐意进取，希望能振兴大唐，给唐朝带来新的气象。《种树郭橐驼传》就是柳宗元早年在长安写下的作品。

但是当时的唐朝已经走向下坡。在《新唐书·列传第八十二》里，宰相陆贽曾说："聚兵日众，供费日博，常赋不给，乃议蠲限而加敛焉；加敛既殚，乃别配之；别配不足，于是榷算之科设，率贷之法兴。禁防滋章，吏不堪命；农桑废于追呼，膏血竭于笞捶；兆庶嗷然，而郡邑不宁矣。"《捕蛇者说》中也写道："乡邻之生日蹙，殚其地之出，竭其庐之入。号呼而转徙，饥渴而顿踣。"国家财政紧张，苛捐杂税繁多，百姓的生产生活受到严重干扰，苦不堪言。这是《种树郭橐驼传》的写作背景。

这篇文章虽名为"传"，但跟史传文学有很大的不同。史家的传记，多是为有功有名的人立传；司马迁虽为下层的游侠倡优立传，但也讲究"其事核"，要通过实地调查或者搜罗整理，尽可能多地掌握事实材料。而这篇传记中的传主郭橐驼只是一个会种树的小人物，而且这个人物还不太"真实"。首先，作者并不知道郭橐驼的真实姓名，一句"不知始何名"就带过去了。因为郭橐驼驼背，后背凸起来很像骆驼，所以得了这样一个外号。只拿一个人的外号来称呼他并为他作传，明知其乡在何处却不深入走访了解，有些令人不可思议。其次，全文中郭橐驼的事迹都是作者述说的，与郭橐驼发生联系的只有乡人、长安豪富人和问者，无一有名姓。没有可考的参与者与见证者，真实性存疑。最后，这篇传记并没有如史传一般叙写传主重要的生平事迹，而是围绕郭橐驼种树比他人"寿且孳"展开，探究原因，"移之官理"，阐发官员管理百姓的方法。很明显，这篇"传记"不是为了记载郭橐驼这个人并使之传于后世，而是借郭橐驼的特长来阐发作者的政治主张。作者用"种树"喻"官理"，意味深长。从这个角度看，这篇文章只是披了"传记"的外衣，实际上是意有所指的"寓言"。

寓言的特点是形象性，要通过生动形象的物或事来阐述道理。这篇散文也是如此。为了阐明自己对"为官之理"的看法，作者没有板起面孔说教，而是塑造了郭橐驼这个形象。在文章开头，作者介绍郭橐驼即扣住这个人"与众不同"的特点来写。"与众不同"体现在两个方面，第一个方面是称呼。他患病驼背，本是一件不幸的事情，被人起了外号"橐驼"。对于这样的外号，一般人都会愤怒且自卑，可郭橐驼不仅肯定了这种说法，欣然接受，还舍弃原来的姓名以此自称。姓氏名字对一个人来说至关重要，所谓"行不改名，坐不改姓"。可郭橐驼却毫不介意，在他看来，用来标记区别于他人的"名"并不重要，"名""实"相符才重要。佝偻是既定事实，所以"名我固当"。开头短短几十字便可见这是一个不拘泥于"名"的奇人。"与众不同"的第二个方面是他的技能。郭橐驼所种的树移植成活率高，茂盛，结的果实又早又多，既有赏玩价值，更有经济价值，所以人们"争相迎取"。更神奇的是，"他植者虽窥伺效慕，莫能如也"。郭橐驼的种树本领是独门绝技，别人偷看都学不来，这就吊足了读者的胃口，一个形象的人物、一个解不开的谜团摆在读者面前，颇有些传奇色彩。

接下来作者采用对话的方式，在一问一答中，借郭橐驼之口解开了这个谜团："顺木之天""以致其性"。顺应树木的本性，不强行干扰改变，才能"致其性"。郭橐驼谈具体做法，"其本欲舒""其土欲故"，树根要舒展，不要局限树根的生长，根下的土要用原来培育树苗的土，不要随便换土，这两点都是讲要让树木按照原来的环境自由生长。老子讲"道法自然"，要顺应自然，不要刻意为之，郭橐驼的诀窍和道家思想是一脉相承的。但除此之外，还有"其培欲平""其筑欲密"。种树的时候培土要平均，捣土要结实，只有这样才有助于树木的生长。种树并非无为而治，还需要种树人发挥主观能动性精心养育。"其莳也若子"，栽种的时候就像呵护自己的孩子一样，细致用心地做好每一件该做的事。当这些都做好后就要"勿动勿虑，去不复顾"，不要再人为地干扰它的生长，"则其天者全而其性得矣"。郭橐驼还拿其他种树的人和自己作对比，这里又分为两类人。一类人是花的心思不够，"根拳而土易"，树根没搞好，土还经常换，培土"若不过焉则不及"，没能提供一个良好的生长环境，树木自然长不好。另一类人则走向另一个极端，他们花的心思太多，把自己的心思与想法强套在树木上，而不去考虑这样做对树木究竟好不好。"爱之太恩，忧之太勤，且视而暮抚，已去而复顾"。这种人看似好心却做了坏事，总是担心牵挂，甚至"爪其肤以验其生枯，摇其本以观其疏密"，为了知道树木长得好不好，不惜又抓又摇，致使"木之性日以离也"。这些"他植者"都有一个共同点：种树是从自己的想法出发，而不是从树木生长的需要出发。这不禁让人联想到《庄子·人间世》中的爱马者和《庄子·至乐》中养鸟的鲁侯。前者爱马爱得无以复加，用箩筐盛放马屎，用大贝壳盛马尿，还拍打在马身上的蚊虻，结果使马受到惊吓，"意有所至而爱有所亡"。后者抓了鸟以后"奏《九韶》以为乐，具太牢以为膳"，拿自认为最好的东西来养鸟，结果鸟不吃不喝三天就死了，这是"以己养鸟"。当然，他们和种树的人也有区别。

爱马者与鲁侯都是出于真心的"爱"，而种树人的"爱"与"忧"则是着眼于能不能繁茂结果以求得观赏价值或经济价值。种树为了赢得价值，这本无可厚非，只不过不符合事物生长规律，一切的"为"都是在加速树木往反方向发展罢了。从郭橐驼这段话可以看出，他种树的诀窍在于有所为，有所不为。种的时候要"有为"，要花心思；种完之后则要"无为"，不再去干扰它，让树木自然生长。这一切的"为"与"不为"都是以尊重树木的本性、顺应树木生长的规律为前提的。郭橐驼种树的方法，既体现了儒家积极有为的思想，也体现了道家顺应自然、遵从本性的思想。

到此为止，种树人的奇特与智慧生动地展现在我们眼前，体现了寓言的形象性。但作者并没有就此打住，而是沿着问者提问继续深入，触及了政治层面，从而把读者的思维带往更深入的一层，体现了寓言的启发性。郭橐驼面对问者的提问，一开始说"官理，非吾业也"，足见他的谦虚。但接下来的侃侃而谈，更看出郭橐驼不仅善于种树，也善于观察与思考，而且是积了一肚子的话想说。"长人者好烦其令，若甚怜焉，而卒以祸"，这难道不是跟"他植者"如出一辙？政令烦杂，表面上是爱护百姓，实际上却带来祸患。"官命促尔耕，勖尔植，督尔获，早缫而绪，早织而缕，字而幼孩，遂而鸡豚"。这些政令不禁让人哑然失笑。农耕社会男耕女织，按时节播种、种植、收获，缫丝织布，抚养小孩，喂养家畜，是维持个人生计和家庭生存的重要手段，也是一种自然而然的劳动和生活习惯。这些事情不需要言说，百姓自然会去做，这是生存的需要。而官员却要来督促勉励，敲锣打鼓地聚集百姓进行宣讲教育，这就显得多余且可笑了。表面上看起来官员勤政爱民，深入百姓，操心百姓的生计，可这都是在做表面文章。为了没必要的事情耗费百姓的时间与精力，百姓为了慰劳当差的人连吃饭都顾不上，又怎么能去顾得上好好生产生活呢？郭橐驼通过列举事实，把"好烦其令"的具体行为生动地展示出来。劳民费力，耽误生产，后患无穷，故民"病且怠"。这些官员与郭橐驼说的"他植者"的本质如出一辙。他们不了解百姓真正的需要，所作所为皆从自己的角度出发，不知道何可为何不可为。作者虽然在此没有提出正面的建议，但是参照前面种树的诀窍，也可略知一二。"其莳也若子"，要"顺木之天，以致其性"，就要爱民如子，要仔细思考百姓需要的是什么，并且精心营造良好的适合百姓生活的环境。当一切都安排妥当之后，就要让百姓好好生活，不要再去过多地干扰，更不能索取无度，干扰打乱生产生活的正常秩序。一切均要有时有度，正如孟子所说的"不违农时"，才能使"民养生丧死无憾"。

纵观全文，柳宗元从揭露和批判现实的角度出发，通过"奇人"的塑造来针砭时弊，表达对社会问题的看法，体现了"以民为本"的思想。与之类似的还有写小人物甚至是小动物的《梓人传》《蝜蝂传》等，都不是传统意义上的传记，而是有着明确的写作目的，带有寓言和政论的色彩。这些传记并无华丽的语言，而重在阐明道理，用朴实的文字塑造栩栩如生的形象，引人深思。正如他在被贬永州期间写的《答韦中立论师道书》中说的："及长，乃知文者以明道，是固不苟为炳炳烺烺，务采色，夸声音而以为能也。"[1]在《答吴武陵论〈非国语〉书》时他也说："故在长安时，不以是取名誉，意欲施之事实，以辅时及物为道。"[2]这些都体现了他强烈的关注现实的情怀，他热切地提出自己的看法，希望能够辅助时世。可惜革新失败，此后他便走上了被流放的道路。但不管是在永州还是柳州，他关注现实、革新弊政的情怀依然存在，即使在生命的最后四年，他也尽己所能在柳州开展一系列的改革，直至今天依然为人们所敬仰和怀念。

思考

1. 柳宗元是"古文运动"的倡导者，这篇文章哪些方面体现了他的文学主张？

2. 阅读《段太尉逸事状》，比较它与《种树郭橐驼传》的异同之处。

（曾一鸣）

① （唐）柳宗元：《柳宗元集》卷三十四，中华书局1979年版，第871页。
② （唐）柳宗元：《柳宗元集》卷三十一，中华书局1979年版，第824页。

琵琶行[1]并序

白居易

元和十年，予左迁九江郡司马。明年[1]秋，送客湓浦口，闻舟中夜弹琵琶者，听其音，铮铮然有京都声[2]。问其人，本长安倡女[3]，尝学琵琶于穆、曹二善才[4]，年长色衰，委身为贾人妇。遂命酒，使快弹[5]数曲。曲罢悯然[6]，自叙少小时欢乐事，今漂沦憔悴，转徙于江湖间。予出官[7]二年，恬然自安，感斯人言，是夕始觉有迁谪意。因为[8]长句，歌以赠之，凡六百一十六言，命曰《琵琶行》。

浔阳江头夜送客，枫叶荻花秋瑟瑟。主人下马客在船，举酒欲饮无管弦。醉不成欢惨将别，别时茫茫江浸月。

忽闻水上琵琶声，主人忘归客不发。寻声暗问[9]弹者谁？琵琶声停欲语迟。移船相近邀相见，添酒回灯重开宴。千呼万唤始出来，犹抱琵琶半遮面。转轴拨弦[10]三两声，未成曲调先有情。弦弦掩抑[11]声声思，似诉平生不得志。低眉信手续续弹，说尽心中无限事。轻拢慢捻抹复挑[12]，初为霓裳后六幺。大弦嘈嘈如急雨，小弦切切如私语。嘈嘈切切错杂弹，大珠小珠落玉

---

① （唐）白居易著，朱金城笺校：《白居易集笺校》卷十二，上海古籍出版社1988年版，第685页。本文所引用白居易作品皆出自该书。行，古诗的一种体裁。

盘。间关[13]莺语花底滑，幽咽泉流冰下难[14]。冰泉冷涩弦凝绝，凝绝不通声暂歇。别有幽愁暗恨生，此时无声胜有声。银瓶乍破水浆迸，铁骑突出刀枪鸣。曲终收拨[15]当心画，四弦一声如裂帛。东船西舫悄无言，唯见江心秋月白。

沉吟放拨插弦中，整顿衣裳起敛容。自言本是京城女，家在虾蟆陵下住。十三学得琵琶成，名属教坊第一部[16]。曲罢曾教善才服，妆成每被秋娘妒。五陵年少争缠头[17]，一曲红绡不知数。钿头银篦击节碎，血色罗裙翻酒污。今年欢笑复明年，秋月春风等闲[18]度。弟走从军阿姨死，暮去朝来颜色故。门前冷落鞍马稀，老大嫁作商人妇。商人重利轻别离，前月浮梁买茶去。去来[19]江口守空船，绕船月明江水寒。夜深忽梦少年事，梦啼妆泪红阑干[20]。

我闻琵琶已叹息，又闻此语重唧唧[21]。同是天涯沦落人，相逢何必曾相识！我从去年辞帝京，谪居卧病浔阳城。浔阳地僻无音乐，终岁不闻丝竹声。住近湓江地低湿，黄芦苦竹绕宅生。其间旦暮闻何物？杜鹃啼血猿哀鸣。春江花朝秋月夜，往往取酒还独倾。岂无山歌与村笛？呕哑嘲哳难为听。今夜闻君琵琶语，如听仙乐耳暂明[22]。莫辞更坐弹一曲，为君翻[23]作琵琶行。

感我此言良久立，却坐促弦弦转急。凄凄不似向前声，满座重闻皆掩泣。座中泣下谁最多？江州司马青衫湿。

注释

［1］明年：第二年。

［2］京都声：唐京都长安流行的乐曲声调。

［3］倡女：歌女。

［4］善才：对技艺高超的乐师的称呼。

［5］快弹：畅快地弹奏。

［6］悯然：忧郁的样子。

［7］出官：京官贬黜往地方任职。

［8］为：创作。

［9］暗问：低声询问。

［10］转轴拨弦：这里指琵琶女在调弦校音。

［11］掩抑：声音低沉。

［12］轻拢慢捻抹复挑：拢，手指按弦向里推。捻，揉弦的动作。抹，顺手下拨的动作。挑，反手回拨的动作。

［13］间关：形容鸟啼叫婉转动听。

［14］难：艰难。

［15］拨：弹奏弦乐的用具。

［16］部：量词，计量歌舞队、乐队。

［17］缠头：古代对歌妓舞女打赏用的锦帛。

［18］等闲：平常，随便。

［19］去来：走了。来，语气词。

［20］阑干：指泪痕交杂。

［21］重唧唧：更加叹息。

［22］暂：忽然。

［23］翻：按曲调写作歌词。

赏析

　　元和十年（815年），白居易被贬为江州刺史，继而又被贬为江州司马。次年送客至溢浦口，遇到琵琶女，听其曲听其诉之后有感而发写下这一长篇叙事诗。据传，唐宣宗本想让年老的白居易担任宰相，不料白居易已逝，唐宣宗悲伤痛惜之余作诗悼念他，其中有两句："童子解吟长恨曲，胡儿能唱琵琶篇。"童子与胡儿解吟、能唱长恨曲与琵琶篇，既说明白居易的诗作通俗易懂，也体现了他的诗作在当时社会的风靡程度。古代没有如今发达的各种媒体，一个人的诗作竟能传遍天下，华夷共赏，实在是很不简单。《琵琶行》流传最广最深入人心的两句，当是"同是天涯沦落人，相逢何必曾相识"，道尽了多少漂泊他乡的失意之人偶然相遇的感慨。惺惺相惜，在他人身上照见自己，一被触动便不可抑制，"座中泣下谁最多，江州司马青衫湿"。连衣服都被眼泪打湿，虽有夸张成分，也足见情之悲切。我们不妨以"泪"作为切入口，来品赏这首诗。

　　白居易的眼泪，为琵琶女而流，这是一个有着高超才艺却转徙江湖的女子。关于琵琶女，诗人不吝笔墨，用了相当的篇幅，展现了他认识琵琶女的过程。诗人在浔阳江边送别朋友，夜色苍凉，江水茫茫，心亦茫茫。"惨"字直接道出诗人的感受。忽然听到水上琵琶声，原先的沉闷气氛一下子被打破了。"琵琶声停欲语迟"，对于陌生男子的呼唤，她的回应并不爽快。大概是她弹奏琵琶原本是想排解百无聊赖与忧愁，没想到却招来一群慕声而来的男客。夜晚相见，有顾虑也有矜持。但对方实在太过热情，不好拒人千里之外，所以出场时"犹抱琵琶半遮面"，这个动作展现了她复杂的心态。见面的第一印象并不惊艳，但接下来的演奏，却让诗人对眼前这个女子刮目相看。

　　诗人对琵琶女的弹奏展开大段精彩的描写，这也是《琵琶行》历来为人称道的内容。读者通过白居易的文字，对乐曲的高低起伏、轻重疾徐，甚至连音色如何都能明了感受，这不得不令人佩服白居易高超的音乐鉴赏能力和强大的描摹表现能力。白居易灵活运用比喻、通感等手法描摹音乐，比如"大珠小珠落玉盘"，充分调动了读者的想象。泛着光华的白色珍珠，浅青色薄得透亮的玉盘，这两样东西的组合，本身就透着圆润与剔透的美。我们可以想象大大小小的珍珠垂直掉落在玉盘上，珠子弹起，再掉落，相互碰撞，发出清脆的声音。大珠落下的声音大，小珠落下的声音小，连续不断，叮叮咚咚，流畅不绝。虽然只有七个字，诗人便神奇地调动起读者丰富的想象，读到这里，谁的脑海里没有一幅画面呢？又如"间关莺语花底滑，幽咽泉流冰下难"，一"滑"一"难"，用通感把乐曲的宛转流利和滞涩阻塞展现出来。冷涩、凝绝，是中国弦乐弹拨乐独特的音色，钢琴、小提琴出不了这个效果。"银瓶乍破水浆迸"，一个"迸"字，把水瓶被摔破之时水有力喷溅的状态传神地描画出来，撞击之突然，力度之大，动人心弦。此时听众似乎看到精锐骑兵突然冲出，气势席卷天地，黄沙漫天，刀枪铿锵有力。乐曲激越雄壮，到此，琵琶女奏响了全曲的最强音。白居易以"东船西舫悄无言，唯见江心秋月白"作为描写乐曲的结束，实在是"言有尽而意无穷"，此时无声胜有声，比鼓掌喝彩的热闹多了许多韵味。

诗人如此用心描摹音乐，富有感染力，让读者为琵琶女演奏的高超技艺深深折服。此处越动人心弦，展现的技艺越高超，后面琵琶女的遭遇便越让人唏嘘。

弹奏完毕，琵琶女"自言本是京城女，家在虾蟆陵下住"。虾蟆陵是当时长安街中繁华的商业区，是歌楼酒馆的集中地。一个"本"字，相比当下漂泊江州，饱含了一种往事不可追的辛酸。"十三学得琵琶成，名属教坊第一部"。13岁的女子有才有貌，在同阶层的人中，她是出类拔萃、最引人注目的佼佼者。可以想象，在烛光高照、富丽堂皇的厅堂里，琵琶女成为众人追捧的对象。富贵家的少年公子给了她多少红绡，数都数不清。"钿头银篦击节碎，血色罗裙翻酒污"，寻欢作乐的骄奢显得如此稀松平常，天天如此，月月如此，春风秋月，人间的惬意和美景，在这种花团锦簇、烈火烹油的青春岁月中一晃而过。人不可能永远处于顶点，盛极必衰，对于琵琶女而言，繁华的消退来得如此迅速。"弟走从军阿姨死"，亲人相继离开，她从此无依无靠。时光流逝，青春不再，很自然地"门前冷落鞍马稀"。对于五陵少年来说，他们追捧琵琶女，只是寻欢作乐、逢场作戏。娱乐圈里最不缺青春美丽的脸孔，一波又一波的新人成长起来，富贵子弟的新鲜劲过去，很快又会转场去追捧别人，正如当年追捧琵琶女一样。最后她只能"老大嫁作商人妇"，商人为利奔波，留下她独守空船。这种昔盛今衰、被抛弃的命运，让白居易"重唧唧"而洒下同情的泪水。

有人认为，"士农工商"商人排在最末，但嫁给商人应该是身份低贱的倡女较为不错的结局了。虽然商人不在身边，至少也衣食无忧。我们对于琵琶女是封建社会"被侮辱""被损害"的女子这一说法并不赞同。但通过上面的分析，我们会发现，琵琶女苦学技艺，是身份卑微的她生存的需要，并没有太多选择。她之于富贵子弟，只是一个被玩弄的玩偶，一个随意取乐的工具。一旦他们心意转移，便弃之如敝屣，有谁在乎她的感受和以后的生计？琵琶女多年苦苦练就的引以为荣的高超技艺，一夜之间失去了所有的价值。青春都在取悦他人之中度过，不管她乐意与否，但人的尊严不被承认，人的价值不被肯定，被富贵子弟玩弄而无法掌握与改变自己的命运，这难道不是被侮辱、被损害吗？

也有人说，跟《观刈麦》的贫妇人相比，她的境遇实在好太多，"梦啼妆泪红阑干"，是有些不知足了。同样，对于白居易对自身遭际的悲伤也有人觉得不可理解。"浔阳地僻无音乐""黄芦苦竹绕宅生"，江州的物质条件的确无法与京城相比，但白居易的待遇也没有那么不堪。白居易在《江州司马厅记》中说，"司马之事尽去，唯员与俸在"，"案《唐典》：上州司马，秩五品，岁廪数百石，月俸六七万。官足以庇身，食足以给家"。如此又有钱又有闲的职位，白居易的眼泪，为何还为自己而流？

诗歌并没有对白居易的"昔"细细道来，他有着怎样的心理落差虽无明写，但和琵琶女互相参看，亦可想象一二。其实，年轻的白居易才华熠熠发光。16岁写成脍炙人口的"离离原上草，一岁一枯荣"，28岁"慈恩寺下题名处，十七人中最少年"，他成为最年轻的进士；35岁写下《长恨歌》名震天下。进士及第后，白居易在长安过了一段得意时光："十年之间，三登科第，名入众耳，迹升清贵。"（《与元九书》）此时的白居易与琵琶女当年的高光时刻是多么相似！诗人在元和三年被授官左拾遗，在皇帝身边工作。他满怀激情与责任感，"有阙必规，有规必谏，朝廷得失无不察，天下利病无不言""必密陈所见，潜献所闻"（《初授拾遗献书》）。但是他毫不保留的进言不仅得罪了权贵，也惹怒了皇帝。《新唐书·白居易传》中记载皇帝曾为此发怒："是子我自拔擢，乃敢尔，我叵堪此，必斥之。"丁忧之后，朝廷给他安排了专门陪伴太子读书的闲职。元和十年，宰相武元衡被人当街刺杀，朝野震动。白居易首先上书请求缉拿凶犯，但当时他已不再担任言官的职务，于是被认为是"越职言事"。其实包括后来诗歌被曲解污蔑，也只是一个定罪的借口。真实原因白居易自己很清楚。在《与杨虞卿书》中，他说上书之后"然仆始得罪于人也，窃自知矣。……性又愚昧，不识时之忌讳……不我同者，得以为计，媒孽之辞一发，又安可君臣之道间自明白其心乎？加以握兵于外者，以仆洁慎不受赂而憎，秉权于内者，以仆介独不附己而忌……以此得罪，可不悲乎？"白居易自知他"得罪于人"，兢兢业业、满腔的正义感得不到回应，反而招来祸患。所有的荣光和前途，一夕之间就这么离他远去。从在皇帝身边工作到被贬到偏僻的江州，与政治中心绝缘，这是白居易今昔对比的巨大落差。

所以，琵琶女与很多底层的普通人相比，白居易与不少被贬的官员相比，他们的境遇不至于很"惨"，但是他们的眼泪，都是对自身价值不被承认肯定，曾有的努力化为乌有的不甘与伤心。诚如古龙所说，英雄末路，美人迟暮，都是世上最无可奈何的悲哀。

对于琵琶女来说，生命中所有的热闹和灿烂，全在青春年少的时候绽放了。而后漫长的岁月里，是一眼望得到头的单调，往日的荣光与欢乐不会再来，毫无期盼的平常岁月，在普通人看来也许不会有太多感触，可是她曾经见识过、经历过被捧上云端的快乐，内心又如何能波澜不惊？应该说她已经接受命运了，只是"夜深忽梦少年事"，"忽"字说明这个梦来得那么猝不及防，心灵深处某个角落的往事，在某个时候苏醒，刺痛她的神经，让她"梦啼妆泪红阑干"。

而白居易也是如此。诗前面的小序说："予出官二年，恬然自安，感斯人言，是夕始觉有迁谪意。"白居易也如同琵琶女一般，在无可奈何中接受了自己的命运，来到江州两年还"恬然自安"，这是心灵对抗不如意遭遇的自我保护。在《江州司马厅记》中他写道："由是郡南楼、山北楼、水溢亭、百花亭、风篁、石岩、瀑布、庐宫、源潭洞、东西二林寺、泉石松雪，司马尽有之矣。苟有志于吏隐者，舍此官何求焉？"他也和很多失意之人一样，用游山玩水来宽慰麻痹自己，纾解内心，但是埋藏在心底的郁愤在与琵琶女相遇听曲听诉之后瞬间被唤醒，如果资质平平也就算了，如果未曾有过机会也就罢了，可偏偏都见识过、经历过，却忽然一切被剥夺。压抑已久的情绪、才华与境遇的巨大落差让他再也无法控制自己的情绪，在最后"青衫湿"中来了一个总爆发。

"同是天涯沦落人，相逢何必曾相识"，读懂他们的眼泪，才更能明白"天涯沦落"的无奈与感伤。其实白居易在写《琵琶行》之前，还写过一首《夜闻歌者》："夜泊鹦鹉洲，秋江月澄澈。邻船有歌者，发调堪愁绝。歌罢继以泣，泣声通复咽。寻声见其人，有妇颜如雪。独倚帆樯立，娉婷十七八。夜泪似真珠，双双堕明月。借问谁家妇，歌泣何凄切？一问一沾襟，低眉终不说。"可能这更接近真实的生活。可是歌女说与不说，又有什么关系呢？白居易不过是借琵琶女的遭遇，来浇自己心中之块垒罢了。

思考

1. 请根据白居易对琵琶女音乐的描写分析乐曲的变化。

2. 本诗与李贺的《李凭箜篌引》在描写音乐方面有何异同？请试作比较分析。

（曾一鸣）

248

清 明①

杜 牧

清明时节雨纷纷，

路上行人欲断魂[1]。

借问酒家何处有，

牧童遥指杏花村。

注释

[1]断魂：销魂，愁苦伤心至极。

赏析

该诗未收录于杜牧的《樊川文集》，始见于南宋末谢枋得《千家诗》，故是否为杜牧所作尚有疑问。有人以为是许浑诗，明清以来诗文选本大多归为杜牧所作。这首诗文字浅显，意象鲜明，似乎不难懂。但要真正理解诗意并不容易，要细细咀嚼文本提供的重要信息：

首先是"清明时节"。清明是中国民俗一个重要的节日，其重要性首先是源于我们民族悠久的宗法传统。在宗法社会，血缘关系成为维系亲情

---

① 张立敏编注：《千家诗》，中华书局2009年版，第20页。

的纽带，是在宗族内部区分尊卑长幼、规定继承秩序以及权利和义务的法律依据。所有宗族成员都必须绝对尊崇血缘地位比自己高的父辈、祖辈，不仅要对活着的父母尽孝，也要对去世的历代祖先尽孝，以示慎终追远，尊祖敬宗。清明节最重要的活动就是祭拜祖先、扫墓，通过这些活动，将远祖与后代紧密联系起来。祭拜祖先和扫墓并不是子孙单向对祖先尽孝，祖先享用祭品后，祭品就得到祖先的赐福，子孙分享祭祀后的胙肉，就得到祖先的庇佑，这就完成了宗族的孝慈之道。所以，清明祭祖并不是渲染悲伤，而更多的是看到整个家族祭祖之后，在祖宗面前分享丰盛的食品，其乐融融。如果不能在清明和家人一起祭祖扫墓，就不能表达孝心，不能得到祖先的赐福，不能与家人团聚，甚至可能受到祖先的惩罚，所以整年都会惴惴不安。清明另一项活动是踏青，清明节也叫踏青节。所谓踏青，就是在郊外赏春游玩。在唐代，人们往往将清明扫墓和春游踏青结合在一起，一家人扫墓之后，分享了胙肉，然后一起赏春游春。可见，这也是家人团聚的重要时刻。

其次是"雨纷纷"。清明时令正是多雨的季节，春天的雨，不是夏天那种骤然而来的倾盆大雨，而是迷迷蒙蒙的、连绵不断的细雨，这样的雨并不会妨碍人们的出行。有人觉得这一句是写"天街小雨润如酥"的意境，描写春雨之美，但后一句"路上行人欲断魂"就突兀了。有人说"清明时节雨纷纷"渲染凄清的氛围，为后一句作铺垫。这也只说对一半，因为这句写时间、氛围，并不一定就是悲伤的氛围。假如接着写"携友踏青逛花园"，意境就完全不同了。这正是"清明时节雨纷纷"的艺术张力：蒙蒙细雨，有如无尽的思念，在祭拜祖先时增添一种悲伤的气氛。蒙蒙细雨，飘在脸上柔软滑润，在与亲朋踏青时则增添一分浪漫的朦胧美感。但对路上行人来说，蒙蒙细雨打湿衣服，则增添几分寒意，几分凄凉。往常在这雨纷纷的时候，这位"路上行人"是在和家人一起祭拜祖先、踏青赏春，而今天却在凄风冷雨中独行。这样的时刻，这样的氛围，勾起对祖先精神上的归属感，对家人情绪上的依附感，反衬出强烈的现实中的孤寂感，"路上行人欲断魂"就真实自然了。

很多赏析文章都把这个"路上行人"解作诗人杜牧自己，这是很可商榷的。杜牧数次在外地做官，官阶都不低，有人认为这首诗是杜牧担任池州刺史时所写，也有人认为可能是杜牧任监察御史、分司东都时所写①。很难想象，一个刺史，或是监察御史，会在清明节一个人孤寂地，挨饿受冻地走在荒野上。有赏析文章甚至说这是杜牧在上坟回来的路上，这玩笑好像开大了。就算杜牧再舍不得祖先，也不能把祖坟当成随官家属，跟着他到处任职，两年一迁、三年一换的。这个"路上行人"应是诗人创造的艺术形象，不必与作者对号入座。这个"行人"，应该是身在异乡，不能赶在清明节回乡祭祖扫墓，不能和家人一起踏青的人。而从诗描写的环境来看，这个"行人"还是孤寂地冒雨行走在陌生他乡的人。因为如果是当地人，是不会"借问酒家何处有"的。是什么人在清明时节不能回乡祭祖扫墓，而要一个人孤寂地、挨饿受冻地走在荒野上？或是追逐功名的学子。在唐代，学子除了要熟读经典，还要怀揣诗文，壮游天下，四处行卷。或是身不由己，奉命远役的官宦。或是出于生计，长年在外奔波的商贾。我们就不难理解这样的"路上行人"会"欲断魂"了。这和《天净沙·秋思》的"断肠人"还不一样。如果说"欲断肠"是蚀肉的，那么"欲断魂"是蚀骨的、蚀心的。在最容易勾起思乡情怀的时刻，最容易伤感的季节，最孤寂寒冷饥饿的他乡，更觉得自己一不能尽孝，二不能与家人共享天伦之乐，在外奔波有什么意义呢？一种蚀骨的愧疚，一阵阵蚀心的苦痛，就是失魂落魄的感觉。

正是这种失魂落魄的感觉吞噬全身，"路上行人"走不动了。他要慰藉，要排遣，要御寒，要歇脚，也许，还要酹酒一杯，遥祭祖先。但是环顾四周，哪里有歇脚的酒家呢？"借问酒家何处有，牧童遥指杏花村"，答话的是牧童，一是说明在郊野，二是说明路上寂静无人。顺着牧童手指的方向，"路上行人"看到了杏花村。清代编撰的《江南通志》载：杜牧任池州刺史时，曾经到过金陵杏花村饮酒。现在此地已经成为风景旅游区，有各种与这首《清明》诗相关的景点，当然这些都是不可当真的。不过，杏花村是一个美丽的村

①　陈寅恪：《元白诗笺证稿·附校补记》，生活·读书·新知三联书店2001年版，第371页。

庄则是确定无疑的。古诗词中写到的杏花村无不引人遐想。三至四月正是杏花开放的季节，在蒙蒙细雨中，在"欲断魂"的路上，行人眼前出现花团锦簇、绿荫掩映的村庄，如同沙漠里出现绿洲一样。然而，主人公真的就会像很多赏析文章写的那样，欣喜地扑向杏花村，扑向酒帘飘处吗？如果这样的话，诗意就太浅了，主人公"欲断魂"的苦痛也太容易排解了，而且整首诗由悲转喜也太突兀了。实际上，主人公顺着牧童的手指一看，远处村庄的景色更勾起对家乡对亲人的思念。这多像是自己的家乡，可这是他人的村庄。细雨朦胧，是他人在祭拜祖先；杏花开处，是他人在和亲友一起踏青。主人公可以去饮上一杯驱寒解乏，可以酹酒遥祭祖先，但是这种断魂的苦痛是愈发深重了。

佳节思亲，是中国文学永恒的主题。重阳节有唐代王维的《九月九日忆山东兄弟》"独在异乡为异客，每逢佳节倍思亲"，春节有唐代来鹄的《除夜》"事关休戚已成空，万里相思一夜中"，宋代王禹偁的《除夜寄罗评事同年》"除夜在天涯，共君同忆归"。相比之下，杜牧的《清明》情感似乎更为深切。因为主人公不只是独在异乡为异客，而且是在细雨中孤寂前行，又被他乡的杏花村所触发，所以才用上"断魂"这一最高级别的形容词来形容思乡思亲之情。

好的诗应该容许有不同的解读层次。如果我们不了解作品产生的文化环境，不能深切体会作者的内心世界，但能对作品的艺术情境作出自己的解读，也可以得到审美享受。如果我们能进入作品预设的艺术情境，进入作品产生的文化环境，进入作者的内心世界，诗的艺术容量就会扩大，诗的艺术世界就会整个向我们敞开。《清明》正是一首这样的好诗。

思考

不少赏析文章认为此诗末二句由悲转喜，表达出了行路之人的希望和喜悦之情，你认同这种说法吗？请说明理由。

（陈一平）

虞美人

李　煜[1]

春花秋月何时了[2]，往事知多少[3]。小楼昨夜又东风，故国不堪回首月明中[4]。

雕栏玉砌应犹在[5]，只是朱颜改[6]。问君能有几多愁[7]，恰似一江春水向东流。

　注　释

[1]李煜（937—978年），字重光，五代时南唐中主李璟之子，961年嗣位，史称"南唐后主"，在位15年。

[2]春花秋月：指季节的更替。（按：指"美好的时光"其实更恰当）

[3]往事知多少：意思是多少往事都难以忘却。

[4]故国：指南唐。

[5]雕栏玉砌：雕饰华美的栏杆与用玉石砌成的台阶，指宫殿建筑。

[6]朱颜改：红润的颜色改变了，指人已憔悴。

[7]几多：多少。

---

①　（南唐）李璟、李煜撰，（宋）无名氏辑，王仲闻校订：《南唐二主词校订》，中华书局2007年版，第11页。虞美人：词牌名。原为唐教坊曲，初咏项羽宠姬虞美人，因以为名。该词作于李煜归宋后的第三年，相传他于自己生日（七月七日）之夜（"七夕"），在寓所命故妓作乐而自作此词。

赏析

这首《虞美人》是李后主的绝命词。据陆游《避暑漫钞》记载："李煜归朝后，郁郁不乐，见于词语。在赐第，七夕命故伎作乐，闻于外，太宗怒，又传'小楼昨夜又东风'及'一江春水向东流'之句，并坐之，遂被祸。"宋王铚《默记》、明陈霆《唐余记传》、清王士禛《五代史话》等皆有类似记载，可见实有其事。

只是为何一词尤其是此两句词能引起太宗的杀心呢？历来也只是如此一说，还真没有人去认真探究过原因。现在我们就全词尤其是此二句，来看一看到底有什么玄机吧。

人皆言上阕首两句"春花秋月何时了，往事知多少"问得惊心动魄，有破空而来的气势；答得意味深长，是欲说还休的吞吐。诚然！其实，如果大家仔细想想，第一句话就委实奇怪，它实在是太违背生活常理了。为什么这么说呢？大家先来看看"春花秋月"是一个什么样的"景致"。在中国古诗词的意境中，"春花秋月"几乎就是"美好时光"的代名词，如"春江花朝秋月夜，往往取酒还独倾"（白居易《琵琶行》）；"春江花月夜"（张若虚《春江花月夜》）；"无尽今来古往，多少春花秋月"（朱熹《水调歌头·隐括杜牧之齐山诗》）；"春花秋月，古往今来暂时间"（元侯善渊《满江红·春花秋月》）；还有民间所言"春有百花秋有月，夏有凉风冬有雪。莫将闲事挂心头，便是人间好时节"等语。这些诗句，毫无例外地表达出"春花秋月就是人生美好时光"的意思。既然如此，那后三字"何时了"就非常奇怪了。"了"即"完结"的意思，"何时了"就是"什么时候才完结呢？"为什么说这三字奇怪呢？因为在一般人心目中，美好的时光都只会觉其短暂，如"春宵苦短日高起"（白居易《长恨歌》），"已是春宵苦短。且莫遣、欢游意懒"（吴亿《烛影摇红》），"韶华不为少年留，恨悠悠，几时休"（秦观《江城子·西城杨柳弄春柔》）等词句，表达的就是"美景苦短"之意，可"美好时光"到了李煜这里，非但不"苦其短"，反而"恨其长"，觉得它没完没了、无休无止，并为之感到无限惆怅与无可奈何，不是很奇怪吗？我们也由此可见，李煜对自己的生活已然是悲苦之极甚至十分绝望，不然面对春花秋月这样的"良辰美景"，是决然不会感到无比厌倦的。

下一句的自答"往事知多少"也是一样让人意外。先说"往事"，只要明白李煜此时的身份就知道他要表达的意思了。李煜在位15年后的天宝八年（975年）冬，南唐都城金陵就被宋兵攻破，李煜蒙羞投降，南唐灭亡。作为一国之君的他，被押解往西北而到了赵宋王朝的首都汴京（今开封），成为一名阶下囚。人世间，可以说再没有什么变化比这种变化给人更加强烈的落差感了。时间对于此时的李煜而言，是唯一显得足够多的东西了，在这百无聊赖的时光里，对过去生活的回忆自然就会不由自主地涌上心头，这里的"往事"便是指其做南唐皇帝时候的种种事情。从李煜做皇帝的十几年看，几乎都沉湎声色、不思国事甚至逃避现实，现在想起这些"往事"，心中肯定充满了无限"懊恼与追悔"——而这些恰恰又是绝对不能明言的，所以"知多少"三个字中，不知包含了作者多少难以出口的辛酸与悔恨！

上阕次两句"小楼昨夜又东风，故国不堪回首月明中"，意蕴深远，吞吐婉转。说"一江春水向东流"惹得太宗皇帝杀机顿起很好理解，毕竟是写李煜自己的"哀愁"，属于"怨语"，可为什么说这句"小楼昨夜又东风"也引动了太宗的杀机呢？

这就要说得稍远一点了。现存各种资料都证实本词是李煜在他生日之夜写的，至少也是那晚歌伎"作乐而歌"的，也就是说，此词起码是"近作"，而李煜的生日是农历七月初七（七夕节）。就地理环境而言，我国属于大陆性季风气候，其特点之一就是四季的"风"基本固定：春季基本是东风或东南风；夏季基本是南风；秋季基本是西风；冬季则基本是北风或西北风。这一点我们古人早就注意到，并且反映在了古代的诗文中，如描写春风的"等闲识得东风面，万紫千红总是春"（朱熹《春日》），"春城无处不飞花，寒食东风御柳斜"（韩翃《寒食》）等；描写夏风的"夜来南风起，小麦覆陇黄"（白居易《观刈麦》），"郡阁南风才几日，荷花开满镜香亭"（朱彝尊《鸳鸯湖棹歌》）等；描写秋风的"西风飘一叶，庭前飒已凉"（白居易《新秋》），"金风玉露一相逢，便胜却人间无数"（秦观《鹊桥仙》）等；描写冬风的"千里黄云白日曛，北风吹雁雪纷纷"（高适《别董大》），"朔风号枯林，吹寒入肌髓"（林景熙《王德辅邀饮》）等。李煜生日已经是真正的"秋天"了，这首词即使是"近作"，也是夏末秋初，而这个时候，地处中原的汴京，是不太可能有"东风"的，也就是说，李煜这句"小楼昨夜又东风"定是别有所指。其一，因为"东风"是一种温柔的风，如"吹面不寒杨柳风"（志南和尚《绝句》），人们往往称"故乡的风"为"东风"；其二，我们看看李煜生活的地点：他一生只两个地方，一是做皇帝时生活的金陵（现江苏南京），另一地点就是此时阶下囚的汴京（今河南开封），而"金陵"在"开封"东南方。如此一来，"东风"指什么就应该很明白了：故乡的风。看来，昨夜"小楼"并没有什么"东风"，或者根本就没吹过风，李煜这样说，无非是表达"故国之思"而已。一个阶下囚，居然敢动"故国之思"，难怪太宗会动杀机了。读到这里，我们自然会想到两段相似的历史，同样是由君王而变阶下囚的蜀后主刘禅，因看透了司马氏心机，靠着装疯卖傻，凭借"此间乐不思蜀"一语而逃过一劫。另一位是比李煜早降十六年、也被称为"蜀后主"的孟昶，其下场就已给李煜做了"前车之鉴"：孟昶投降到汴京后，被宋太祖授为检校太师兼中书令并封秦国公，但仅仅七天，就不明不白地"寿终正寝"了。李煜任情纵性，天真直率，不懂藏巧于拙，或说太逞机锋，如此卖弄才华，招来杀身之祸也就在情理之中了。

既然是"故国之思"，那么下面一句"故国不堪回首月明中"就顺理成章了，不然，何以由"东风"能联想到"故国"呢？而这一句最紧要的是"不堪回首"四字，"不堪"就是不能够忍受，"回首"是对往事的回忆。"回忆往事"为什么使人难以忍受呢？因为往事太美好，而现实又太凄凉。李煜过去是一国之君，那种生活是一般人无法想象的，"凤阁龙楼连霄汉，玉树琼枝作烟萝"（《破阵子·四十年来家国》），"笙歌未散尊罍在""烛明香暗画楼深"（《虞美人·风回小院庭芜绿）》，那真是灯红酒绿，轻歌曼舞，纸醉金迷，极尽奢靡；而"一旦归为臣虏，沈腰潘鬓消磨"

（《破阵子》）。初作阶下囚，当时还是太祖皇帝，我们从"杯酒释兵权"这一件事上就可以看出赵匡胤总体还算得上一位比较仁厚的君主，对李煜这个曾经在"卧榻之侧酣睡"的对手也比较宽容："煜俘至京师，太祖赦之，封煜违命侯，拜左千牛卫将军"（《新五代史·南唐世家·李煜》）。但太祖死后，太宗待之就差多了，甚至多次侮辱小周后（李煜之妻）。明月之中，当年的欢乐、今朝的屈辱一起涌上心头，君王、囚徒境遇强烈对比，"不堪"，那也是我们每一个人都可以想象得到的了！

下阙前两句"雕栏玉砌应犹在，只是朱颜改"，紧承上文而来。"故国不堪回首月明中"是从大处着眼，总括而言，而"雕栏玉砌"则是言"小处"，是"故国"内容的具体化，也就是说，"月明中""不堪回首"的"故国"自然就包含了"雕栏玉砌"，还包含了"其中"的"朱颜"。只是这二者一"变"一"不变"：不变的是"物"，已变的是"人"。当然，对于阶下囚的作者而言，"变"是一种必然，"不变"则只是一种心理上的猜度。所以，对于"雕栏玉砌"的宫殿，作者用"应犹在"这种不十分确定的语气写来。为什么说"应该还存在"呢？因为作者北来汴京三年有余了，作为当年的"国都"，金陵这座城市肯定还在，但那些象征着奢靡生活的"雕梁画栋"能否保存下来，也只是一种猜测，感觉"应"不会被毁掉——当然，这只是作者情感上残存的一点希望，心中其实是没一点底的，以致都不敢自信，故用十分勉强的"应"。既如此，作者还说这些干什么呢？其实是为了下一句：只是朱颜改。

首先，我们要注意"只是"二字，这两字带着作者强烈的感情，不仅仅是无限的惋惜，更多的是一种深深的惆怅。而且对于这种天上地下般的巨大变化与落差，作者完全无可奈何，也不能有半点作为，有的只能是沉痛的叹息。其次，"朱颜"所指的对象，这也是我们要认真关注。过去很多人，包括我们的教材、教师用书，都认为是指"南唐旧时的宫女"①。我们不同意这种看法，这里的"朱颜"当然可以指"宫女"，但很显然不能仅仅限

---

① 分别见人教版2006年11月版教材第47页注释⑤和同版配套教师用书第87页第三段文中；2019年8月新版教材则说得比较笼统：红润的颜色——见教材第141页注释⑥。

于宫女，而应该包括李煜身边所有的人，更主要是指他自己。大家试想，如果仅是指宫女或者身边的人，作者会有这么深沉的感叹吗？况且，只指宫女的话，也仅仅是作者的一种猜想，只不过表示时间的流逝而已——毕竟三年了，"朱颜"之"改"是时光流逝的必然。这种感叹最多也就是那"逝者如斯"而已，与作者的"亡国之痛"有多大的关系呢！作者在这里主要是写自己（当然不能说明，这是犯忌的，故省略"朱颜"的主语）的"度日如年"与"无限悲伤"。可以说，作为亡国之君，每时每刻都生活在沉重的悔恨里；身为阶下囚徒，又每时每刻生活在无边的恐惧下；被侮辱而无助，又每时每刻生活在难言的屈辱中。这样的处境下，任何一个人都会黯然伤神、憔悴不堪，何况敏感如李煜者！每一揽镜，那种"最是人间留不住，朱颜辞镜花辞树"（王国维《蝶恋花·阅尽天涯离别苦》）的感受便会涌上心头，哀伤无比且无助！

下阕后二句"问君能有几多愁，恰似一江春水向东流"，是直接抒情。过去人们欣赏此二句，大多着眼于其表现手法的精妙绝伦。诚然，二句通过设问与新奇的比喻，确实表现出了一种"感情升腾流动中的深度与力度"，达到了"使人感觉'愁'如春江波涛时起时伏，连绵不断"的效果。但不知道大家注意到没有，这两句还有两个地方，一是前面所有的诗句都是以第一人称的视角在叙述、描写和抒情，而到这里却突然转为第二人称"问君"（而非"问吾"）；二是为何把"愁"比作"春水"——此时是秋天，按理应信手拈来用"秋水"啊。

第一个问题结合李煜所处环境，似乎比较好理解：作为亡国之君，在胜利者们看来，没有被斩草除根，反而给予了你生存的机会，已经是非常的"宽厚仁慈"了，虽然"违命侯"（太宗继位后，改封为"陇西公"）这个"爵号"很带有点侮辱的意味，但毕竟在前代所有的投降君王行列里，这已经是很高的"礼遇"了（实际上北宋统治者表面文章还做得是很足的：李煜死后还被追赠为"太师"，被追封为"吴王"，葬洛阳北邙山）。在赵家官人的眼里，作为失败的对手，不但衣食无忧，而且还可以春花秋月、逍遥度日，你李煜应该是"此间乐，不思蜀"才对得起"我家"的宽宏大量，才对得起天朝的无上恩赐啊。李煜是一个天资聪颖的人，当然明白这一点，知道自己只能打断牙齿和血吞，只能强颜欢笑，只能"感恩戴德"，而不能有半点怨言，更不能有一丝不满，所以，即使自己词中偶有"春愁"，薄有"秋怨"，那也只能是别人，是读者"你"而绝非作者"我"。所以作者"问君"之愁，实际就是为了"避讳"，是怕"逢彼之怒"。

至于把"愁"比作"春水"而非"秋水"，一方面是春雨（水）绵延不尽，恰如愁思，秋雨（水）则降水时间短暂，没有持续绵延的那种"形象"。另一方面，我国大江大河几乎都发源于青藏高原，每到春天，雪域冰雪开始融化，长江、黄河流域各支流的水量迅猛增加，然后汇集呈滚滚之势顺流而东，一江"春水"便有了一种连绵不绝的气势，奔流大海而去。因为"春水"大多不是雨水，江河尤其是长江春水就显得特别清亮。而"秋水"则不同，因为它主要是"降雨"形成的，同时年度降雨量变化较大：水量较大时，冲刷的泥沙多，绵延奔涌的江水则往往比较浑浊；水质比较清亮的时候，一般则又流量较小，很少能形成绵延不绝的奔涌形态。古人早就发现了这一点，所以，往往以"春水"言绵延奔涌而兼言清澈；"秋水"则或言"大"或言"清"而不兼之。我们看几句古人这方面的诗词："舍南舍北皆春水"（杜甫《客至》），"春水碧于天，画船听雨眠"（韦庄《菩萨蛮》），"昨夜江边春水生，艨艟巨舰一毛轻"（朱熹《活水亭观书有感》）；"秋水明落日"（李白《杜陵绝句》），"洞庭秋水远连天"（刘长卿《寄源中丞》），"江湖秋水多"（杜甫《天末怀李白》）。从以上诗句，我们明显看得出二者的区别。李煜将"愁"喻为"一江春水"就有"清如泪珠""含化一切""绵延不绝""奔涌难遏"等意蕴深含其中。

王国维在《人间词话》中说："后主之词，真所谓以血书者也"，指的就是以这首《虞美人》为代表的李煜后期词。就本词而言，我们认为它不仅仅是"泪血"之作，而且是用生命换来的，所谓"亡国之音哀以思"（《礼记·乐记》）。我们读这首词，应更多地从意蕴上去解读，过多关注"表现形式"容易被一些表象性的东西遮住我们的眼睛，从而不容易深层次理解作品中深沉的情感。此词之所以令"（宋）太宗闻之大怒……遂被祸"，必然有触及统治者"难以忍受"的某些"痛点",或者是犯了某些不能被容忍的"忌讳",这些,我们是不能忽略的。

> ### 思考
>
> 　　有人说李煜不该相信他以前的大臣如徐铉等,以至于把这首"哀以思"的亡国之音给传了出去,从而招来杀身之祸,对此,你有怎样的思考?

（唐远廷）

卖油翁①

欧阳修

陈康肃公尧咨善射[1]，当世无双，公亦以此自矜[2]。尝射于家圃[3]，有卖油翁释担而立睨之，久而不去，见其发矢十中八九，但微颔之。

康肃问曰："汝亦知射乎，吾射不亦精乎？"翁曰："无他，但手熟尔。"康肃忿然曰："尔安敢轻吾射？"翁曰："以我酌油知之。"乃取一葫芦，置于地，以钱覆其口[4]，徐以杓酌油沥之[5]，自钱孔入而钱不湿。因曰："我亦无他，惟手熟尔。"康肃笑而遣之。

此与庄生所谓解牛、斫轮者何异[6]？

注释

[1]陈康肃：陈尧咨，字嘉谟，谥号康肃，阆州阆中人，北宋官员。

[2]矜：夸耀。

[3]圃：园子。

[4]覆：盖。

① （宋）欧阳修著，李逸安点校：《欧阳修全集》，中华书局2001年版，第1917页。

　　[5] 杓：同"勺"。

　　[6] 斫轮：指寓言"轮扁斫轮"，出自《庄子·天道》。

赏析

　　欧阳修在《归田录》自序中提到："《归田录》者，朝廷之遗事，史官之所不记，与夫士大夫笑谈之余而可录者，录之以备闲居之览也。"欧阳修作为朝廷要员，又是大文学家，这样的书写不仅有文学价值，更有史料价值。从这个角度来看《卖油翁》的人物形象，就更增加些许值得揣摩的地方。

　　我们先来看陈尧咨。在他生活的年代，他确实是一位响当当的人物。这个人厉害到什么程度呢？他的射术出神入化、百发百中，据说能在百步之外射中挂在树上的铜钱。不过，这位陈尧咨倒是既不谦虚也不低调，他常常把自己称作"小由基"。由基是战国时的楚国人，相传他有百步穿杨的本领。

　　陈尧咨这么骄傲是有底气的。当时宋辽之间常有争端，而辽国使者觐见宋真宗时常常因为自己射术高超而盛气凌人，宋真宗为了打压对方的嚣张气焰，就钦点陈尧咨与辽国使者比武，陈尧咨不辱使命赢了辽国使者，对方再也不敢轻易提比武的事了。

　　射术精湛，已经很难得了，更厉害的是，陈尧咨居然还是当朝状元。翻阅陈尧咨的家史，人们发现陈家三个儿子，两个状元一个进士，被民间称为"陈氏三状元"；他们的父亲陈省华也是进士，所以他们父子又被称为"一门四进士"。显赫的家世和出众的才华给了陈尧咨骄傲的本钱，但另一方面，生活在这样的光环下，身为幼子的陈尧咨压力也很大，他从小就受到了父母的严厉管教，直到他官做得很大了，还常常被父母训斥。

　　有一次，他把家里一匹性情暴躁、没人能驯服的烈马卖掉了。他的父亲陈省华回来之后听说此事，勃然大怒，把他狠狠训斥了一顿："你是朝廷重臣，你们这么多人都没能制服这匹马，一个常年出门在外的生意人又怎能养这样的马呢？你这是嫁祸给别人啊。"随即赶紧派人把马高价赎了回来，又告诫仆人，这匹马不准再卖，要养它直到老死。陈尧咨在荆南知府任满回家，母亲问他有什么政绩，陈尧咨得意地自夸道："荆南当要冲，日有宴集，尧咨每以弓矢为乐，坐客罔不叹服。"母亲听后大怒，痛斥他："你父亲教你以忠孝辅佐国家，而你不务正业，专注射箭这类小技，这难道是你父亲的遗志吗？！"在古代，用已去世的亲人来训斥孩子，那是非常严重的了。母亲盛怒之下，把拐杖砸向陈尧咨，恰好砸碎了陈尧咨佩戴的金鱼配饰（三品以上朝廷命官才有资格佩戴），这就是历史上有名的"碎金鱼"典故。

尽管如此，陈尧咨依然"性刚烈，以气节自任"，在他为官期间，因为性格刚烈、率性恣肆屡遭贬谪，但又凭着皇帝的赏识化险为夷。

说完陈尧咨，我们再来看看《卖油翁》这个故事。

这天，喜爱射箭的陈尧咨在自家后院射箭玩，一发，正中红心；又一发，又中红心；连续好几发——命中，陈尧咨自己也有小小的得意。不知什么时候，身边出现了卖油的老头儿，一直斜着眼睛看他射箭，似乎很瞧不起人的样子。他连连命中，这老头儿也没什么表情，只是微微点了点头。

看着他这个态度，一向自傲的陈尧咨心里大大不爽，说话间语气里已经有了火药味："你也懂得射箭？我的箭术难道不精湛吗？"——我们试着把它换个语气，潜台词就是：你这卖油老头儿根本不懂射箭！你根本看不明白我的箭术有多精湛！老头儿连眉毛也不挑，慢悠悠地说："没有别的奥妙，这只是手法技艺熟练罢了。"

——这个平民老头儿居然如此轻视我，简直太过分了！这下，陈尧咨真的火冒三丈了："你这老头，居然敢轻视我射箭的本领！"估计他此时心里是这么想的："今天，你必须说出个道理来，否则看我怎么收拾你！"据《宋史·陈尧咨传》记载，陈尧咨为官期间，常把那些不听话的下属拉去杖责。他的一个下属因为受不了他，居然去求皇上换工作。

此时，卖油翁并没有被他强大的气场所慑服，反而不卑不亢地说："无他，但手熟尔。"只见他拿了个葫芦放在地上，又取了一枚铜钱，把那铜钱对着口盖在葫芦上，舀一勺油，慢慢地将油倒进葫芦里，油从铜钱中间的孔流进了葫芦里，一勺油都倒完了，铜钱却一点也没湿。陈尧咨看着这个绝活，眼睛也瞪大了，从原来的愤怒变成了佩服。

此刻，卖油翁不疾不徐地收起了铜钱，整理好东西站起来，慢悠悠地对陈尧咨说："我也没什么过人之处，只是手熟而已。"估计陈尧咨此刻心服口服，为卖油老头儿的高超技艺，更为他气定神闲的态度。

在这则故事里，卖油翁被刻画为一个世外高人的形象，作为一个社会底层的普通劳动者，面对身居高位者的质疑与不满，他能从容应对并自圆其说，以自己过人的技能为对方上了深刻的一课。结尾的"康肃笑而遣之"意味深长，已让读者体会到了陈尧咨的释怀。

《卖油翁》仅百余字，但语言隽永，值得反复揣摩。其实，故事到这里还没完，欧阳修在文章结尾还写了一句话（选入教材时候被编者删掉了）：此与庄生所谓解牛、斫轮者何异？意思是：这个故事跟庖丁解牛、轮扁斫轮的故事有什么不一样吗？

庖丁解牛的典故我们都知道，说有一个姓丁的厨师，他分解牛有绝招，他能够透过牛看到牛身体里的关节和经络，所以，刀在牛身体的缝隙之间游走，完全不需要用蛮力去砍斫，因此，他的刀用了十九年，还像新的一样。庄子写下这则故事本意是要说一个养生的道理，意思是人必须把自己完全融入天地之中，才能自由自在。

"轮扁斫轮"出自《庄子·天道》，说有一个制作轮子的人，有一天在君主面前说，你看的书都是糟粕。他解释说，他把做轮子这门手艺传授给他儿子，但儿子总达不到得心应手的境界，总是做得和他做的不一样，这说明一个问题，所有的真理都是不能用言语去表达的，只能意会，那么写下来的文字，就更是糟粕了。

这两个小故事，丰富了《卖油翁》的内涵。我们不妨这样去理解：无论是陈尧咨射箭、卖油翁倒油，还是庖丁解牛、轮扁斫轮，都告诉我们，做任何事情，首先是"惟手熟尔"，然后才能升华为人生的境界和智慧。

我们进一步思考，卖油翁倒油的技能，真的能跟陈尧咨射箭的本领相比吗？

要弄清这个问题，我们可以从当时国家的政策和人们的观念来考虑。北宋自开国以来便奠定了崇文抑武的基调。宋朝时科举制被推崇到无以复加的地步，文人地位崇高，武人地位低下，"万般皆下品，惟有读书高"是人们根深蒂固的观念。

据僧人文莹在《湘山野录》中记载：有一年皇帝想从当朝官员中找个文武双全的人去带兵，陈尧咨是第一人选。皇帝便派宰相去游说陈尧咨，希望他同意转为武职去带兵："陈某若肯换武，当授与节钺，卿可谕之。"陈尧咨回去禀告母亲，母亲勃然大怒："汝策名第一，父子以文章立朝为名臣，汝欲叨窃厚禄，贻羞于阀阅，忍乎？"意思是，你是当朝状元，我们陈家凭着自己的文才在朝廷担任要职。而你却要贪图高官厚禄，舍弃文官职位去做带兵节度使，简直有辱门庭！母亲的话说得很重，陈尧咨又一次被母亲杖责。《宋史·陈尧咨传》记载，陈尧咨的确是在他母亲去世之后，才接受武信军节度使的任命的。

因此有人提出一种观点：陈尧咨母亲把武术看作"一夫之伎"，实际上是时人共同的观点，其中也包括欧阳修。欧阳修本人对射箭这类习武之事是持否定态度的，正因如此，他在《卖油翁》中塑造了一个谦逊、低调的"世外高人"形象，让这个"卖油翁"来表达他的观点——射箭这种武人的技能其实和倒油一样，"惟手熟尔"，并不值得为人所称道。

我们认为，欧阳修写这篇文章的根本目的不是单纯为了褒扬和贬抑，文章最后一句话体现了他的真实意图："此与庄生所谓解牛、斫轮者何异？"欧阳修试图通过这件小事印证庄子的"道进乎技"，无论是庖丁、轮扁还是卖油翁，他们崇尚的都是技艺到达一定境界之后的"得心应手""人器合一"的状态，而这才是欧阳修想要表达的"大道"。

思考

有观点认为，无礼的并不是陈尧咨，而是文章中的卖油翁，你怎么看？

（谭妙蓉）

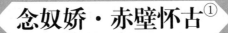

念奴娇·赤壁怀古①

苏 轼

大江东去，浪淘尽，千古风流人物。故垒西边[1]，人道是，三国周郎赤壁[2]。乱石穿空[3]，惊涛拍岸[4]，卷起千堆雪。江山如画，一时多少豪杰。

遥想公瑾当年，小乔初嫁了，雄姿英发[5]。羽扇纶巾[6]，谈笑间[7]，樯橹灰飞烟灭[8]。故国神游[9]，多情应笑我，早生华发。人生如梦[10]，一尊还酹江月[11]。

注释

[1]故垒：旧时军队营垒的遗迹。

[2]周郎：即周瑜（175—210年），字公瑾，孙权军中指挥赤壁大战的将领。二十四岁即出任要职，军中皆呼为"周郎"。

[3]穿空：本作"崩云"，今据《苏轼词编年校注》（中华书局2002年版）考证改定。

[4]拍：本作"裂"。今据《苏轼词编年校注》（中华书局2002年

---

① （宋）苏轼著，（清）朱孝臧编年，龙榆生校笺，朱怀春标点：《东坡乐府笺》卷二，上海古籍出版社2009年版，第152页。赤壁，黄州（今湖北黄冈）赤鼻矶，并非三国时期赤壁大战处。

版）考证改定。

　　〔5〕雄姿英发：姿容雄伟，英气勃发。

　　〔6〕羽扇纶（guān）巾：（手持）羽扇，（头戴）纶巾。这是儒者的装束，形容周瑜有儒将风度。纶巾，配有青丝带的头巾。

　　〔7〕谈笑：亦有版本作"笑谈"。今据此词石刻作"谈笑"。

　　〔8〕樯（qiáng）橹：本作"强虏"，今据此词石刻作"樯橹"。代指曹操的战船。樯，挂帆的桅杆。橹，一种摇船的桨。

　　〔9〕故国：指赤壁古战场。

　　〔10〕人生：本作"人间"，今据此词石刻作"人生"。

　　〔11〕尊：同"樽"，一种盛酒器，这里指酒杯。酹（lèi）：亦有版本作"醉"。酹，将酒洒在地上，表示凭吊。

赏析

　　苏轼被诬以"诗文讽刺新法"而论罪（即著名的"乌台诗案"），被贬斥到黄州任团练副使。在经历了初受打击而痛不欲生的一段哀伤之后，苏轼那颗伤痛的心渐渐平复，又经过两年多来朋友的不断劝慰和自己对人生苦难的思索，整个心态逐渐调整了过来，不但由"苏轼"变成了"苏东坡"（黄州居所外有空地，苏轼用以种菜，因其位于东，故名"东坡"，苏轼即以此为号），而且写出了一大批传世名作，《念奴娇·赤壁怀古》就是其中最为耀眼者。

　　鉴赏此词要注意三点：第一，苏轼一生被贬三次，这是第一次；第二，是年为宋神宗元丰五年（1082年），苏轼当年47岁（虚岁）；第三，此时苏轼被贬黄州已经是第三个年头了。

　　上阕开头三短句"大江东去，浪淘尽，千古风流人物"，是登高远眺，面对大江的感受与慨叹。词人此刻站在高峻的岸边，望着脚下奔腾咆哮、翻滚汹涌而东的长江怒涛，眼前不禁浮现出当年金戈铁马、烟云激荡的战争场面，一个个鲜活的历史人物走马灯式地闪过。但仔细一看，现实中却依然只是滔滔江水，历史上所有的英雄人物，似乎都被这江水冲刷而去，只剩下自己在飒飒秋风中独立高岸。

大家要着重理解"东去"一词，一是"去"和"来"（如李白"黄河之水天上来"）是有区别的，除"登高而望"的相同点外，格律上平仄不同，更重要的，"来"是显示历史，是英雄"走向自己，来到身边"。李白《将进酒》表达的就是此意；而苏轼要表达的，则是江水"带走了历史，带去了英雄"。二是"去"绝不能换成其他词语，"东流"不合律就不说了，就是换成"东往""东向""东淌""东注""东走""东下"，大家试读一下，就能感到或是意思不到位，或是气势弱了许多，不能显示那种决绝的意态。即使换成意思非常接近的"东逝"，也仅仅意近，明显声短气促，显得后劲不足。至于"滚滚长江东逝水"，"东逝"则只表现江水的动态而已；"百川东到海"的"东到"则又不同，"到"是须有目的地的。

"浪淘尽"则是有感而发却又含蓄蕴藉。所谓"风流人物"，就是指在历史上占有一席之地的所有英雄豪杰，当然也包括帝王将相。而在作者看来，这些"风流人物"，不管是当时的得意者，还是历史上的失败者，都一样最终会被历史裹挟而去，一定会被大浪冲刷而尽，能够剩下来被人们记住的，则只有他们的历史遗迹。这如何理解呢？作者是一名贬谪者，自然不能明说，只能由读者结合词人此时的身份与心情去体会：贬"我"到此的是一时得意的新法实施者，是此时的"风流人物"，而"我"被贬为团练副使，不得签署公文——实际上是被削夺官职；不得擅自离开安置所，由州太守负责看管——也就是变相的囚犯。但作者非常乐观，相信"罪我者""知我者""得意者""失意者"——无论是谁，最终都一样，都将被历史裹卷而去，只有每一个人所做的事，包括对"新法"的肯定与否定，才能沉淀于历史之中，存在于山河中而留待后人评说。

接下来三句"故垒西边，人道是，三国周郎赤壁"是紧承"风流人物"而到具体的人物形象。先说"故垒""赤壁"，这就是英雄者的"事业"，是他们留下的历史痕迹。而"人道是"三字不仅于此处紧要，就全词而言，也是最为紧要的一句话。字面意思很明白："人们都说那里是……"。但它的潜台词非常丰富：大家都说（那里）是（赤壁古战场），但我知道那里其实根本就不是（古战场）；我知道那里不是古战场，更没有什么周郎，也没有什么大战，自然也根本没有什么建功立业的事情，但我还是要把它作为当年的古战场来写，因为我根本就不在乎它是不是古战场，我只不过就是利用一下（古战场）这个名目而已，即所谓"借他人之酒杯，浇自己心中块垒"而已。此时的苏轼，作为一名犯官，除了一点勉强够个人基本生活的贬官俸禄外，没有了任何权力，甚至连基本的人身自由都被剥夺了。苏轼在黄州"失踪"的故事，最能说明他身不由己的情形：就在《赤壁怀古》词稍后一点时间，东坡又写了一首《临江仙》，叙述自己在朋友处饮醉归家，家人"敲门都不应"，自己只好"倚杖听江声"的事儿，词尾作者突发感叹，决计要"小舟从此逝，江海寄余生"。没想到第二天该词便传到了郡守徐君猷耳朵里去了，结果太守慌了手脚，以为苏轼真"驾舟浪迹江湖"去了，急忙赶到苏轼住处查看究竟——苏轼是犯官，当地太守有看守义务——结果发现苏轼在家睡得鼾声如雷。在这样处处被监视的境况下，苏轼自然不能贻人口实，况且被贬黄州，本来就是因文字而贾祸的，现在就更不能重蹈覆辙了。因而，不找一个由头就直接抒发自己"人身已老而功名未就"的牢骚，表达怀才不遇、报国无门或壮志难酬的感慨，岂不是授人以柄，自投罗网？所以，自己明明白白知道这里不是古战场，明明白白知道这里没有所谓建功立业，却偏偏非要说这里就是当年的赤壁，就是当年周郎"羽扇纶巾"谈笑破敌的古战场。但问题偏偏又在于：此非赤壁古战场，而号称大宋最为博学的苏轼却不知道，这无论如何又是说不过去的呀，岂不是欲盖弥彰？最终，苏轼选取了"人道是"三个字，巧妙地解决这个难题：我当然知道这儿不是赤壁古战场，但人们都这样说，那我也就只好将错就错，写一点关于赤壁征战、周瑜建功的词句，凭吊一下古今胜地，凭吊一下风流人物罢了。用一句模棱两可的话堵住了对手的"口"：既可以"你说是就是，你说不是就不是"；也可以"你说是我也可以说不是"，"你说不是我也可以说是"。是与不是，看对什么人说，看我怎么解。

接下来"乱石穿空，惊涛拍岸，卷起千堆雪。江山如画，一时多少豪杰"五个短句就比较容易理解了。前三句景物描写是写实。苏轼临江怀古的地方叫"赤鼻矶"（今又名"东坡赤壁"），它是赤壁山麓向西突出近百米长、数十米宽的山体，赭赤崖石向江中突出，陡兀下垂，两侧壁立，如同象鼻一般，直插江底，明诗人李东阳有"矶头赤壁当天倚，下有山根插江底"的诗句，可以和东坡词句相印证，所以作者说它"乱石穿空"；又因这个季节本是长江汛期，水流量本身就很大，长江出三峡而东，是江汉平原，江水浩荡东流，奔腾直泻，而此处的赤壁矶直接向江心突入近百米，犹如瓶颈，严重阻水，而两岸又是石壁峻峭，故江水至此，奔腾相击，咆哮湍急，"散乱开合，全如三峡"（范成大《吴船录》），湍急的江水拍击着石岸，卷起一簇簇浪花，惊天动地，恍如雪堆——虽然前人有"寒江浪起千堆雪"（贾岛《有所思》）句，但就气势而言，苏轼此句明显胜了一筹。歇片二句，"江山如画"四字则是一句总括，以此收住"写景"；"一时多少豪杰"则为下文抒情张本——由江山之瑰丽转而写人物之雄豪；从"千古"到"一时"，议论范围明显缩小，为下文具体议论做准备。大家要注意"豪杰"一词，"一时"的"豪杰"当然不仅仅指下文的周瑜，它涵盖了搅动那个时代风云的所有英雄，包括赤壁之战中大败而归的曹操一方。作者意思很显然：在支持与反对王安石变法的论战中，我虽然暂时失败，甚至被贬于此，但我相信自己终将被历史证明是对的，即使错了也没关系，毕竟自己不是为私利而是为国家，而这本就是豪杰所为。

下阕开头六句"遥想公瑾当年，小乔初嫁了，雄姿英发。羽扇纶巾，谈笑间，樯橹灰飞烟灭"，前三句写周瑜的形象，后三句写周瑜的功绩。

"遥想"是诗人把我们的思绪引到一千多年前的那个空间里去了。实际上，由"千古英雄"到"一时豪杰"，再到"公瑾当年"（即"当年公瑾"），有如电影推镜头：由远及近，由面到点，由概括到具体，最终形成一个特写镜头。后两句就写法而言，"小乔初嫁了"是侧面烘托，"雄姿英发"则是正面描写，二者相结合，一个英俊潇洒、风流倜傥的"周郎"形象就栩栩如生地出现在了读者面前。"大小二乔"是东汉名臣乔玄之女，其美貌绝伦在江东是出了名的，大乔嫁了孙策，小乔则为周瑜所娶。英雄美人历来是中国人心目中的完美组合，似乎也只有这样，才能表达出人们对于周瑜的喜爱，而"初嫁"则格外体现出周郎的少年英俊，奋发有为。其实，赤壁之战时，周瑜已经三十四岁（就是周瑜初为孙策将领时也已二十有四），此时小乔应是"早已嫁了"。作者这样写，并非不知道实情，而是故意为之，以显周郎之年轻英俊。当然，现实中周瑜也的确俊朗潇洒、风流儒雅，在江东也是早已名声在外的，一句"曲有误，周郎顾"就说明了一切。当年，三十四岁的周瑜与二十八岁的诸葛亮，统帅孙刘联军五万人，在赤壁用火攻战术，一举打败了久历战阵、深通谋略、年已五十有四的曹操，消灭其数十万大军，可谓一战成名：奠定三分天下格局。"英发"一词，本是孙权赞美周瑜言谈议论的："公瑾雄烈，胆略兼人……子明（按：吕蒙字子明）筹略奇至，可以次于公瑾，但言议英发不及之耳。"①东坡在此以写其"雄姿"形象，更加精准，也更加突出周瑜之风流倜傥。

接着作者用"羽扇纶巾"一语，通过服饰（肖像）描写进一步表现周瑜的儒将风度：虽然大敌当前，但仍然身着文人服饰，悠闲雅致，一派视强敌如无物的从容淡定；而"谈笑间"，则通过动作描写，写出周瑜富有韬略、胸有成竹的形象，表现他运筹帷幄、指挥若定的大将风度。"樯橹"是借代的修辞手法，指曹操大军；而"灰飞烟灭"四字，则极简洁而又精准地概括了赤壁之战对曹军完美的胜利。罗贯中在《三国演义》中，把"羽扇纶巾"这个形象特别给予了诸葛亮。《三国演义》这部小说在中国影响太过深远，达到了家喻户晓的程度，再加之后人在根据《三国演义》改编的各种文学作品中添油加醋，一再渲染，"羽扇纶巾"这个形象结果就成了诸葛亮的"专利"了，以至于连一些专业人士如宋代学者傅干，在注苏词的时候，就认为东坡"羽扇纶巾"形象刻画的是诸葛亮而非周瑜。其实，这既是不明了史事，也是不考究文意而出现的曲解。汉末魏晋以来，士大夫崇尚清谈与玄言，举止上与之相应，则以悠闲雅致、风度翩然为时尚，轻摇羽扇，头戴纶巾，以至于衣长袖宽之类，就是这种"名士派头"的标配，即使身临大战

① （晋）陈寿著，陈乃乾校点：《三国志·吕蒙传》卷五十六，中华书局1959年版，第1280～1281页。

亦是如此，如东晋名将羊祜"在军尝轻裘缓带，身不被甲"[1]；顾荣战陈敏时，即"以白羽扇麾之"，从而使对手"众皆溃去"[2]；淝水之战，谢安在敌大军压境之际，一如既往地潇洒下棋，弹琴，饮酒，作诗等，都是如此形象。生活在那个时代的诸葛亮自然也曾如此打扮，而周瑜不管是否也曾"羽扇纶巾"，但"谈笑间"轻松破敌则是历史事实，作者以时代普遍形象刻画周瑜，我们不必怀疑。且从全词文意看，此六句一气呵成，是一完整画面：前形象后功业，中心人物当然是公瑾，上阕更有"周郎赤壁"之语；况且后面作者也是以周瑜来反衬自己。从文章章法而言，一个周瑜已足，何须再来个诸葛亮呢！

接下来，"故国神游，多情应笑我，早生华发"，是开始抒怀。这两句都是因为格律原因而倒装：神游故国，应笑我多情。此处的"故国"指的是眼前赤壁，即曾经的古战场。大家要注意"神游"一词，明明是人已在此，为何却偏偏还说"神"游呢？这是作者身在此时此处，而心已经飞越到千年以前那个战火纷飞的赤壁，是自由的联想与想象，是把自己化作与周郎同时代的人物，这样才便于比较，才能顺理成章地有后文"应笑我多情"的主语：周郎。当然，这个周郎实际上是作者自己心中的另一个"我"：在作者看来，自己已年近半百（虚岁四十七），早已两鬓飞霜，"四十五十而无闻焉，斯亦不足畏也已"[3]，不但没有能实现早年的宏伟愿望，甚至还被贬谪于此，成了一个被限制人身自由的犯官，对比那形象雄姿英发、功名惊天动地的周郎，那真是霄壤之别。而一想到自己此时还不能忘情于世事，还在这里自作多情，不但周瑜要取笑自己，就是自己也觉委实可笑。

最后两句"人生如梦，一尊还酹江月"，是作者情感水到渠成的总结。"人生如梦"确实是一种消极的思想，甚至于比曹操的"对酒当歌，人生几

① （宋）袁枢撰：《通鉴纪事本末》卷第十一《晋灭吴》，中华书局2018版，第880页。

② （宋）袁枢撰：《通鉴纪事本末》卷第十一《陈敏之叛》，中华书局2018版，第911页。

③ 麦晓颖、许秀瑛译注：《论语·子罕第九》，广州出版社2004年版，第106页。

何"还要来得消极一点。作者也许想到"人世几回伤往事，山形依旧枕寒流"①，自觉无力改变这个曾经想改变的世界，于是自然而然便生出了"借酒消愁"的想法，毕竟自己所处的现实就是如此的无奈！"酹"是浇奠的意思，李白望见的是天上的月，故举杯邀之，作者祭奠的是江中之月，故"酹"而祭之。

作者虽然深受儒释道多种思想的影响，但深入其骨髓的还是儒家思想，这是作者思想的主体部分，词的字句里虽然表达了作者出世与入世的矛盾心情，尤其是结尾，有点舍之则藏的味道，有些看破尘世的消极成分。但总体而言，全词还是显示出一种豪迈的精神，洋溢着一派乐观的情怀，其旷达的胸襟与激越的胆气，还是鼓舞着我们积极向上、奋发有为的。

艺术上的成就我们就不多谈了，古往今来对此词的各种批评文章不计其数，对其艺术性从各个侧面进行了分析，都已经非常完备了。这里，我们只把俞文豹在《吹剑录·续录》中的一段话写出来供大家欣赏：

东坡在玉堂，有幕士善讴，因问："我词比柳词何如？"对曰："柳郎中词，只好十七八女孩儿，执红牙拍板，唱'杨柳岸晓风残月'。学士词，须关西大汉，执铁板唱'大江东去'。"公为之绝倒。②

思考

　　《念奴娇·赤壁怀古》是"豪放"词派的代表作，甚至是标志性的一首词。结合本词，谈谈你对苏辛词"豪放"特点的理解。

（唐远廷）

---

①　萧涤非、程千帆、马茂元等撰写：《唐诗鉴赏辞典》，上海辞书出版社1983年版，第824页。

②　（南宋）俞文豹撰，许沛藻、刘宇整理：《吹剑录·续录》，上海师范大学古籍整理研究所编《全宋笔记·第七编·五》，大象出版社2015年版，第95页。

石钟山记①

苏 轼

《水经》云："彭蠡之口有石钟山焉。"郦元以为下临深潭，微风鼓浪[1]，水石相搏，声如洪钟。是说也，人常疑之。今以钟磬置水中，虽大风浪不能鸣也，而况石乎！至唐李渤始访其遗踪[2]，得双石于潭上，扣而聆之，南声函胡[3]，北音清越，枹止响腾[4]，余韵徐歇。自以为得之矣。然是说也，余尤疑之。石之铿然有声者，所在皆是也，而此独以钟名[5]，何哉？

元丰七年六月丁丑，余自齐安舟行适临汝，而长子迈将赴饶之德兴尉，送之至湖口，因得观所谓石钟者。寺僧使小童持斧，于乱石间择其一二扣之，硿硿焉。余固笑而不信也。至暮夜月明，独与迈乘小舟，至绝壁下。大石侧立千仞，如猛兽奇鬼，森然欲搏人；而山上栖鹘[6]，闻人声亦惊起，磔磔云霄间[7]；又有若老人咳且笑于山谷中者，或曰此鹳鹤也。余方心动欲还[8]，而大声发于水上，噌吰如钟鼓不绝[9]。舟人大恐。徐而察之，则山下皆石穴罅，不知其浅深，微波入焉，涵澹澎湃而

---

① （宋）苏轼撰，（明）茅维编，孔凡礼点校：《苏轼文集》卷十一，中华书局1986年版，第370页。石钟山，在今江西湖口鄱阳湖东岸。

为此也[10]。舟回至两山间，将入港口，有大石当中流，可坐百人，空中而多窍，与风水相吞吐，有窾坎镗鞳之声[11]，与向之噌吰者相应，如乐作焉。因笑谓迈曰："汝识之乎？噌吰者，周景王之无射也[12]；窾坎镗鞳者，魏庄子之歌钟也[13]。古之人不余欺也！"

事不目见耳闻，而臆断其有无，可乎？郦元之所见闻，殆与余同，而言之不详；士大夫终不肯以小舟夜泊绝壁之下，故莫能知；而渔工水师虽知而不能言。此世所以不传也。而陋者乃以斧斤考击而求之，自以为得其实。余是以记之，盖叹郦元之简，而笑李渤之陋也。

注释

[1] 鼓：振动，激荡。

[2] 遗踪：旧址。

[3] 函胡：同"含糊"，声音重浊模糊。

[4] 腾：传播。

[5] 名：这里指命名。

[6] 栖鹘：栖息的鹰隼。

[7] 磔磔：鸟鸣的声音。

[8] 心动：内心惊恐。

[9] 噌吰：形容钟鼓的声音。

[10] 涵澹：水波动荡。

[11] 窾坎镗鞳：窾坎，击物声。镗鞳，钟鼓声。

[12] 周景王之无射也：《国语·周语下》有关单穆公谏景王铸大钟

的记载："二十三年，王将铸无射而为之大林"，"王不听，卒铸大钟。二十四年，钟成，伶人告和。"

[13] 魏庄子之歌钟也：《左传·襄公·襄公十一年》中记载："郑人赂晋侯以师悝、师触、师蠲，广车、𫐐车淳十五乘，甲兵备，凡兵车百乘，歌钟二肆，及其镈磬，女乐二八。晋侯以乐之半赐魏绛。"

赏析

　　石钟山在今江西九江市湖口县，地处长江和鄱阳湖的交汇处，是国家4A级景区。石钟山海拔61.6米，面积约0.2平方千米，分为南北二山，两座山相隔不到1000米。南山临鄱阳湖，称"上钟山"；北山临长江，称"下钟山"；两山合称"石钟山"。石钟山在我国的名山之中并不显眼，为人熟知是因为北宋大文豪苏轼写的《石钟山记》。元丰七年六月，苏轼由黄州团练副使调任汝州团练副使，顺便送长子苏迈到德兴担任县尉，途径石钟山，写下了这篇文章。苏轼的《石钟山记》并未重点记录游览行踪与所见所闻，而是围绕石钟山的命名展开，通过实地考察，找到石钟山命名的缘由，并发出了"事不目见耳闻，而臆断其有无，可乎"这句流传千古的慨叹。苏轼勇敢的探险精神与实践求真知的精神，也历来为人称道。

　　从现代的角度看，石钟山的命名是结合了形状和声音两个因素，所谓"以形定名"和"以声定名"。石钟山是由石灰岩构成的，其化学成分是碳酸钙。因长期受到地表水及地下水的溶蚀而形成了溶岩地貌。山的下部受到冲刷溶蚀几乎被掏空，呈中空之状。下部有洞穴，形状如覆钟；又因为在深潭边上，微风鼓浪，水石相击，响声如洪钟。

　　但人们对事物的认知经常会受到局限，科学发现也总有一个逐渐接近真理的过程。郦道元、李渤和苏轼无不如此，他们都是只从"以声定名"的角度来探究。郦道元认为是"下临深潭，微风鼓浪，水石相搏，声如洪钟"。水激荡着石头发出像钟声的声音，在我们的生活经验中并未多见，所以"人常疑之"，苏轼也是怀疑的人之一。理由是"今以钟磬置水中，虽大风浪不能鸣也，而况石乎！"苏轼用了类比推理和比较的思维方法，认为石头是坚硬的，钟磬也是坚硬的，除了这点相同之外，钟磬被敲击发出的声音绝对比石头还要响。用钟磬都拍打不出声音，何况是石头呢？苏轼的思考不无道理，可惜他忽略了一点：石头也有质地密度的差异，不同密度的石头被拍打敲击发出的声音是不同的。李渤则是在潭边拿两块石头互相敲击，"南声函糊，北音清越"。不仅音色不同，他发现还有回声："枹止响腾，余韵徐歇。"在《辨石钟山记》中他说此处的石头"有铜铁之异焉"。"若非潭滋其山，山涵其英，联气凝质，发为至灵，不然则安能产兹奇石乎！"他看到了此地石头的"奇"，认为是山水精华凝结而出。可李渤认为的奇特，在苏轼看来却是平常："石之铿然有声者，所在皆是也。"铿，从金，与金属有关；从坚，表示坚硬的金石相击的声音，也可形容响亮的声音。铿然，意思类似金属相击那样响亮的声音。难道是李渤见识太少了？还是苏轼忽略了李渤所说的回声？

基于此处为何"独"以钟命名的疑惑，苏轼和长子苏迈在途经德兴的路上到湖口，得以一探究竟。苏轼的考察分为走访当地人和亲自考察环境两个方面，从人和物入手，思路是很全面的。苏轼首先找到"寺僧"，或许他与佛教人物向来交好，且寺庙的僧人久居于此，对石钟山的声音非常熟悉，向他们了解，选择的走访对象很有代表性。寺僧是用行动说话，"使小童持斧，于乱石间择其一二扣之，硿硿焉"。如果说李渤当初的样本选取具有偶然性，那么小童敲击的石头就有随机性，"于乱石中择其一二扣之"，都是发出"硿硿"的声音。用敲击这个方法进行验证，和李渤的做法无异。由此可以看出李渤的说法很深入人心。因为对李渤的说法存疑已久，所以苏轼对此报之一笑，不以为然。

他要亲自去实地看一看。苏轼挑了个"暮夜月明"的晚上前往。这里不禁让人有些疑惑：既然要实地考察，为什么不在白天去呢？白天的光线和视野更好，不是更有利于观察和活动吗？为什么偏偏选择月明之夜？纵观苏轼的诗文，他对月夜清澈宁静的环境是情有独钟的。他在黄州写下的前后《赤壁赋》，都是在月夜出游；《东坡》一诗中写到"雨洗东坡月色清，市人行尽野人行";还有《记承天寺夜游》看到"月色入户"便"欣然起行"。也许夜深人静,可以卸下白天各种负担,自由舒展个性吧。而考察石钟山选择晚上,也许还因为夜晚四周寂静,一切的东西都能安静自然地展现,特别是声音,在宁静的环境中不会受到任何干扰。苏轼对石钟山夜晚环境的描写,不禁让人联想到《后赤壁赋》。《后赤壁赋》中苏轼出游已是十月,"履虎豹,登虬龙,攀栖鹘之危巢,俯冯夷之幽宫""划然长啸,草木震动,山鸣谷应,风起水涌。予亦悄然而悲,肃然而恐,凛乎其不可留也"。这与石钟山的夜景有相通之处。虽有月光,但是光线不足,所以石头都是黑色的,只有个大概的轮廓,有的如虎豹虬龙,有的如猛兽奇鬼。山上都有栖息的老鹰等山鸟,在漆黑阴森的背景下,不管是猛禽的鸣叫,还是风吹草木的声音,都被放大,令人心惊。与游赤壁时一样,苏轼心惊欲还,不同的是转机出现了。"大声发于水上""舟人大恐"。舟人作为在此地讨生活的人,肯定对此地的风物非常了解,可是听到声音居然"大恐",是因为声音过后会发生什么不祥的意外吗?从后文来看显然不是,什么事情都没有发生。可见这种声音是比较罕见的,连舟人也不熟悉,所以才会被巨大的声音吓到了。如果苏轼能就此循而问之,说不定会有不同的收获。

可惜苏轼并没有向舟人询问,而选择了亲自下场。他"徐而察之",一个"徐"字,展现了他与舟人不同的淡定态度,两者形成鲜明对比。一个认真考查又从容稳重的形象立在读者面前。他发现"山下皆石穴罅",再去到两山中间,发现山石"空中而多窍",与一般石头不同。他终于找到水拍打石头能发出类似钟声的原因,自得与满足形之于"笑",并用"周景王之无射"和"魏庄子之歌钟"来形容。无射,十二律吕中六阳律之一。《史记·律书》中说:"九月也,律中无射。无射者,阴气盛用事,阳气无余也,故曰无射。"周景王想要造一套大型编钟,因为钟声符合无射的音律,所以取名无射钟,其特点是钟声响亮。其实,不管是无射还是歌钟,音色如何,与此处发于水上的大声有何相似,苏轼都不可能听过。用在此处加以形容,只不过是为了说明水石激荡的声音像"钟声",所以才会命名为"石钟山";由此也可见苏轼的博学,在儿子面前放松地展示一番。

至此，苏轼的考查告一段落。接下来他发了一句著名的议论："事不目见耳闻，而臆断其有无，可乎？"臆断，凭主观臆测而下的决断、判断。苏轼这句话，是在批评郦道元和李渤吗？郦道元的《水经注》是为《水经》作注，是6世纪以来中国第一部全面、系统的综合性地理著作。郦道元曾在多地任职，游历了北方黄淮流域的很多地方。他每到一处，都尽力搜集当地的地理著作和地图，还实地走访进行考察，跋山涉水，寻访古迹，搜集了许多生动难得的第一手资料。如果说郦道元凭主观判断并无依据，李渤则更不是"臆断"了，他还为此写下了《辨石钟山记》："有幽栖者，寻纶东湖，沿澜穷此，遂跻崖穿洞，访其遗踪。次于南隅，忽遇见双石，欹枕潭际，影沦波中。询诸水滨，乃曰石钟也，有铜铁之异焉。"李渤亲自来到这里，还向水边的人询问。而渔工水师长期生活在此处，他们是目见耳闻的人，有亲身的经历体会，但是因为受知识水平等局限没办法讲明白，他们的话并没有广为人知的分量。应该说，不管是郦道元、李渤还是渔工水师，都不是苏轼所说的"臆断"之人。所以苏轼矛头指向的，只能是"终不肯以小舟夜泊绝壁之下"的士大夫。士大夫是北宋政治的中坚力量。北宋采取重文抑武的国策，重用文臣，崇儒礼士。北宋的士大夫，主要来源于科举入仕的士人。北宋蔡襄在《国论要目》中说："大臣，文士也；近侍之臣，文士也；钱谷之司，文士也；边防大帅，文士也；天下转运使，文士也；知州郡，文士也。"[①]他们都是饱读诗书的人，但有多少是能走向实地进行田野调查的呢？"终不肯"三个字极具分量。不肯，不是不能，而是主观意愿上的拒绝。前面加上一个"终"字，意为终究、始终，可见士大夫们在思想上是完全拒绝"夜泊绝壁之下"的。从苏轼的经历来看，夜泊绝壁之下不仅需要好奇心，而且需要实事求是的实践精神，还有不畏困难勇敢探索的精神。这些，是苏轼笔下"士大夫"们不具备的。为何苏轼在此会扯到"士大夫"发出这样的议论？恐怕和写作背景是分不开的。苏轼被贬黄州，直接原因是

---

① 四川大学古籍研究所编：《宋集珍本丛刊》第8册，蔡襄《宋端明殿学士蔡忠惠公文集》卷十八，线装书局2004年版，第88页。

"乌台诗案"，诗句被曲解成为罗织罪名的证据；深层原因则是变法之争。熙宁变法是为了改变宋朝民穷兵弱的局面，可是推行过程中却由于种种原因激进甚至走样，使百姓苦不堪言。苏轼基于自己的见闻体会，提出自己的看法和建议。苏辙在《东坡先生墓志铭》中说："初，公既补外，见事有不便于民者，不敢言，亦不敢默视也，缘诗人之义，托事以讽，庶几有补于国。言者从而媒蘖之。"①那些"言者"才是不经实践调查就凭主观臆断的人。苏轼在这里有感而发，借此批判了那些不察实际情况，只会主观猜测的小人。"终不肯"的士大夫，与今夜夜泊绝壁之下的自己形成了鲜明对比。此时的苏轼，自有一股睥睨那些士大夫的豪气！

苏轼在文章最后叹郦元，笑李渤，但却不知自己的发现有疏漏之处。后人曾沿着苏轼的脚步到石钟山考察，俞樾在《春在堂随笔》中也记录了彭雪琴的看法，他"居湖口久，每冬日水落，则山下有洞门出焉""盖全山皆空，如钟覆地，故得钟名"。而苏轼"六月访山，适逢水涨，未见全"。所以，俞樾说"东坡当日，犹过其门而未入其室"②。罗与彭都是在枯水期过去的，看到了苏轼看不到的景象。当然，假如苏轼在枯水期去，假如他选择白天去，假如他向舟人请教，可能会有不同的发现。可惜历史没有假如，遗憾总是难免。但从郦道元，到李渤，到苏轼再到后人，正是因为有他们一步步的实践探索，我们才能逐步明晰石钟山命名的原因。我们不能因为苏轼的结论不完整而否定他，在他身上体现出来的怀疑精神与尊重事实的探究精神，与"不目见耳闻"就"臆断"的士大夫相比，显得那么难得而珍贵。这篇《石钟山记》确如清初学者吴楚材、吴调侯在《古文观止》卷十一中所说："千古奇胜，埋没多少。坡公身历其境，闻之真，察之详，从前无数疑案，一一破尽。爽心快目。"③

---

① （宋）苏轼著，（清）朱孝臧编年，龙榆生校笺，朱怀春标点：《东坡乐府笺》，上海古籍出版社2009年版，第1页。

② （清）俞樾：《春在堂随笔》卷七，江苏人民出版社1984年版，第96页。

③ （清）吴楚材、吴调侯：《古文观止》（下），中华书局2018年版，第499页。

思考

1. "桐城派三祖"之一的姚鼐认为《石钟山记》是"子瞻诸记中特出者"。请阅读苏轼的其他游记，分析《石钟山记》"特出"的原因。

2. 王安石的《游褒禅山记》也是通过记游来说理，请比较它与《石钟山记》在说理上的异同。

（曾一鸣）

项脊轩志①

归有光

项脊轩，旧南阁子也[1]。室仅方丈[2]，可容一人居。百年老屋，尘泥渗漉[3]，雨泽下注，每移案，顾视无可置者。又北向，不能得日，日过午已昏。余稍为修葺，使不上漏；前辟四窗，垣墙周庭[4]，以当南日；日影反照，室始洞然[5]。又杂植兰桂竹木于庭，旧时栏楯[6]，亦遂增胜。借书满架，偃仰啸歌[7]，冥然兀坐[8]。万籁有声，而庭阶寂寂，小鸟时来啄食，人至不去。三五之夜[9]，明月半墙，桂影斑驳。风移影动，珊珊可爱。然予居于此，多可喜，亦多可悲。

先是，庭中通南北为一。迨诸父异爨[10]，内外多置小门墙，往往而是。东犬西吠，客逾庖而宴，鸡栖于厅。庭中始为篱，已为墙，凡再变矣[11]。家有老妪，尝居于此。妪，先大母婢也[12]。乳二世[13]，先妣抚之甚厚。室西连于中闺[14]，先妣尝一至，妪每谓余曰[15]："某所，而母立于兹。"妪又曰："汝姊在吾怀，呱呱而泣。娘以指叩门扉曰：'儿寒乎？欲食

---

① （明）归有光著，周本淳校点：《震川先生集》，上海古籍出版社1981年版，第429～431页，又作《项脊轩记》。作者因远祖归道隆曾居住在太仓县的项脊泾，故取"项脊"为轩名。

乎？'吾从板外相为应答。"语未毕，余泣；妪亦泣。

余自束发读书轩中[16]。一日，大母过余曰："吾儿，久不见若影，何竟日默默在此，大类女郎也？"比去[17]，以手阖门，自语曰："吾家读书久不效[18]，儿之成，则可待乎？"顷之，持一象笏至[19]，曰："此吾祖太常公宣德间执此以朝[20]；他日，汝当用之。"瞻顾遗迹，如在昨日。令人长号不自禁。

轩东故尝为厨。人往，从轩前过。余扃牖而居[21]，久之能以足音辨人。轩凡四遭火，得不焚，殆有神护者。

项脊生曰[22]：蜀清守丹穴，利甲天下。其后秦皇帝筑女怀清台[23]。刘玄德与曹操争天下，诸葛孔明起陇中，方二人之昧昧于一隅也[24]，世何足以知之？余区区处败屋中，方扬眉瞬目[25]，谓有奇景。人知之者，其谓与坎井之蛙何异！

余既为此志后五年，吾妻来归[26]。时至轩中从余问古事，或凭几学书。吾妻归宁[27]，述诸小妹语曰："闻姊家有阁子，且何谓阁子也？"其后六年，吾妻死，室坏不修。其后二年，余久卧病无聊，乃使人复葺南阁子。其制稍异于前，然自后余多在外，不常居。庭有枇杷树，吾妻死之年所手植也。今已亭亭如盖矣。

注释

[1] 阁子：小屋。

[2] 方丈：一丈见方的地方。

[3] 渗漉：水往下渗透。

〔4〕垣墙周庭：筑起墙壁，环绕庭院。周，环绕。

〔5〕洞然：明澈。

〔6〕栏楯：栏杆。直为栏，横为楯。

〔7〕偃仰：安居。啸歌：长啸歌吟。

〔8〕冥然兀坐：昏暗中独自静坐。

〔9〕三五：指农历十五日。

〔10〕迨诸父异爨：等到伯父叔父们分家。迨，等到。异，分别、分开。爨，烧火煮饭。

〔11〕凡再变：总共有两次变化。

〔12〕先大母：已去世的祖母。

〔13〕乳二世：当了两代人的乳娘。

〔14〕中闺：妇女住的内室。

〔15〕每：经常。

〔16〕束发：古代男孩十五岁成童，束发为髻。

〔17〕比：等到。

〔18〕久不效：归有光的祖父归绅、父归正都是布衣终身，没有功名。

〔19〕象笏：象牙做的朝笏，上朝时臣子手中所执的狭长板子，用于比画，或在上面记事，以备遗忘。

〔20〕吾祖太常公：祖母的祖父夏公，曾当过太常卿。

〔21〕扃牖：关着窗户。

〔22〕项脊生：作者自称。

〔23〕《史记·货殖列传》："巴寡妇清，其先得丹穴，而擅其利数世，家亦不訾。清，寡妇也，能守其业，用财自卫，不见侵犯。秦皇帝以为贞妇而客之，为筑女怀清台。"

〔24〕昧昧：昏暗模糊的样子。指名不为天下人所知。

〔25〕扬眉瞬目：扬起眉毛，转动眼睛，形容沾沾自喜貌。

〔26〕来归：嫁过来。

〔27〕归宁：已嫁女子回娘家看望父母。

赏析

本文是明代古文家归有光的散文名篇。文章以项脊轩为名，作者选取轩中日常生活的一些细节，串联起了祖母、母亲、妻子这三位女性的事迹，抒发了对家人真切的感情。《项脊轩志》多次被选入不同版本的高中语文和大学语文教材，是一线教师最热衷细读与研究的篇目之一。

不少研究者喜欢解读《项脊轩志》通过对生活琐事的细节描绘来写人抒情这个特点，如果回到《项脊轩志》的创作年代，阅读其他作家的作品，会发现《项脊轩志》的这个特点自有其出现的文学土壤。明代中期以后，由于经济社会各方面的发展，不少作家强调在文学中流露真实的情感，同时，市民阶层也进入了文学家们的写作范围，以普通市民阶层为对象的传记逐渐增多，以往较少进入书写视野的女性也成了不少作家传状的对象；并且这些传记有不少以日常生活为题材，通过选取日常琐事进行细节描绘来表现人物的特点和样貌。比如，早归有光三十多年出生的李梦阳，就强调文学创作要"缔其情真"，并且在他的《封宜人亡妻左氏墓志铭》《梅山先生墓志铭》中，通过对生活琐事的描写，来表现人物的性格特点、抒发个人真切的情感。[①]所以，在以家人为表现对象的抒情类散文中，强调情感的真实、选取让自己印象深刻的生活截面做细致的描绘，这是归有光从当时文学的风气中所汲取的养分；当然，由于他个人遭遇的独特、个人性格和文学才能的殊异，他的创作又自成为一面旗帜。

归有光出生在一个没落的大家族，具有强烈的家族认同感和家族荣誉感，他把振兴家族当作自己的使命，但大家族分崩离析的现实却让他十分失望。归有光从童年时期就开始认真读书，14岁应童子试，19岁补学官弟子，20岁补苏州府学生员，但却"八上春宫不第"，一直到60岁才考中进士三甲，任长兴知县。除了求仕之途坎坷，归有光的家庭情感生活也屡遭生离

---

① 章培恒、骆玉明主编：《中国文学史（下）》，复旦大学出版社2004年版，第236~240页。

死别的挫折。由于科考失意、家族伯兄不睦，归有光的心灵抚慰很大程度上来源于他的祖母、母亲、妻子与儿女。但，他母亲周孺人在他七岁时逝世；祖母在他十八岁前逝世；第一任妻子魏孺人嫁给他六年后即逝世；（以下事件发生在《项脊轩志》写作完成之后）第二任妻子王孺人嫁给他十六年后逝世；魏孺人所生的长子在16岁时病逝；长女如兰、次女二二均在幼年时期夭折。数十年的久负文名却科举不第、以家庭情感为依赖寄托却屡历死别，归有光的人生之路是崎岖的，情志是郁结的，这无疑影响了他的创作。

　　《震川先生集》卷十七收录了十余篇归有光所写的一些与他的生活密切相关的场所的"记"，在这些记中，归有光以地为标题，在文中记叙了与之相关的人和生活细节，如《世美堂后记》是怀念第二任妻子王孺人的文章，《思子亭记》实际上为亡儿翾孙所作的祭文。《项脊轩志》是特别的，这首先因为项脊轩于归有光而言是一处特殊的存在。其一，归有光自十五岁成童在轩中读书，这是他振兴家族功名志向的一个标志。他给书房命名为"项脊轩"，给自己取号为"项脊生"，是因为其远祖归道隆曾经居住在项脊泾，体现了他怀祖追远、复兴家族之志。在《震川别号记》中，他说"余性不喜道人号，尤不喜人以号加己；往往相字，以为尊敬"，对于别人称自己为"震川""其实谩应之，不欲受也"[1]，相较之下，他早年自号"项脊生"的意图和志向不言自明。其二，作为书房，与《书斋铭》中讲到的与他人共用的书斋不同，项脊轩是独属于归有光的，更可以作为他安放个人情志的一方天地。其三，同为涉及家人情感的地方，与世美堂、思子亭等地相比，项脊轩不止关联某一人，而是恰好可以连接祖母、母亲、妻子三代人，是情感寄托最为充沛的一个地点，归家代际之间关于期冀、关爱与支持的故事，也恰好成了《项脊轩志》自然而然的内在抒情线索。

　　接下来以"偃仰啸歌，冥然兀坐""语未毕，余泣""长号不自禁"这几个跟归有光个人的神态动作有关的细节和文章的结尾为主，谈谈《项脊轩

---

　　① （明）归有光著，周本淳校点：《震川先生集》，上海古籍出版社1981年版，第435页。（以下出现的《震川先生集》的其他文章，版本出处均同此，不再一一注明。）

志》的内容。

《项脊轩志》在《震川先生集》的目录中被归类为"记"，它以项脊轩为写作对象，首段先描写了它的形制和环境。在此之前，它本是"南阁子"，即南边的一间小屋；从后文妻妹们问的"何谓阁子也"可知，外人还是称它为"阁子"的，"项脊轩"仅是作者及其亲近之人对它的称谓。这个书房，从它的被命名开始就不仅承载了作者对自己成才的期许，还具有了一定的私密性质，是作者内在情感的寄托。从个性上讲，年少时的归有光不是侃侃而谈的外向型的人，"余少好僻，居如处女，见人若惊，嗫不能语"（《书斋铭》），与他人的相处容易让他感到拘束；而在修缮后明亮、雅致、静谧的项脊轩里，作者却借书满架，"偃仰啸歌，冥然兀坐"——随意俯仰，安居无束，时而长啸，时而咏歌；偶尔也在昏暗的天色中长久静坐着，动静自如，十分自得。正因为在轩中既能充实读书，又能悠然自适，理想与生活都有所安放，归有光才如此喜爱项脊轩，所谓"多可喜"也。

第二段首先回顾家里庭院客观环境的变迁，把叔父分家带来的鸡飞狗跳寓于不动声色的细节之中。接下来以老姬为情感枢纽，先回忆了自己的母亲。（三位重要的女性，是以离开自己的时间先后为顺序来写的。）项脊轩的西面与母亲所住的内室相连，母亲曾经来过"南阁子"一次；为什么母亲只来过一次，老姬却要"每（经常）谓余曰"呢？归有光忙于读书，连祖母都说"久不见若影"，老姬只是一个仆人，怎么会有机会"每谓余曰"呢？原来，是归有光自己很喜欢问跟母亲相关的事——"有光七八岁时，见长老，辄牵衣问先世故事。盖缘幼年失母，居常不自释，于死者恐不得知，于生者恐不得事，实创巨而痛深也。"（《家谱记》）还有，母亲为什么要在门板外，用手指扣门来关心孩子呢？据《先妣事略》和《请敕命事略》，作者的母亲在嫁到归家以后几乎每年都有生育，接连生了八个孩子；同时，归家经济状况已经不容乐观，母亲勤俭节约，亲自劳动。可能是出于再次怀孕以及忙于劳作等原因，母亲把有光的大姐交给乳母照顾，而自己又很牵挂孩子，关心孩子的饥寒。从老姬描述的大姐呱呱而泣的情形，可以推测姐姐还很小，此时母亲比较可能怀着的就是有光。所以，我们可以推测，归有光与老妪交谈，不仅想知道母亲的生平，而且想知道一些独属于母亲与自己之间的、可是自己却已经没有印象了的往事。怀着这样的心情与老妪进行对话，"语未毕，余泣"，也就不显突兀了。

第三段写了祖母，抒情的字眼是"长号"。需要注意，作者的"长号"，不仅悲哀着自己的悲哀，也在悲哀着祖母的悲哀。这种对亲人的爱、对亲人情感的体谅和感念，是归有光的特点，也正因为他对亲情有如此细腻真切的感受，他的文章才能如此动人。《重修承志堂记》中写到，归家旧宅有一个承志堂，是作者的曾祖父创建的，等到"大父（祖父）为太常卿夏公（祖母的祖父）孙婿，夏公亲题其额曰'承志堂'"，表现出对归氏家族的期望和祝愿。也就是说，祖母自嫁到归家，就承担了她自己的家族对归氏家族振兴的期待，可是这份期待从她成为新妇，到成为母亲，再到成为祖母，都没有实现，所以当老人自言自语"吾家读书久不效，儿之成，则可待乎"的时候，当她拿出祖父夏公"执此以朝"的象笏的时候，她的激动和渴盼，是区别于一般家庭对子孙兴旺发达的期望的。写作这一段的时候作者只有十八岁，对未来尚可期待；但祖母期待了一生，却没有实现，最后溘然长逝，这怎么能不让孝顺的归有光"长号不自禁"！另，明清时期学者尤侗在此段眉批中评点："予幼读书时，先大母亦然，何其类也！"可见归有光文的动人之处，也在于他善于选取生活中真实又能够引起共鸣的细节，打动了历代的读者们。

第四段写项脊轩东面曾经做过厨房，作者闭着窗户读书，久了能凭脚步声认人，可见他读书之投入，这与作者的内敛的性格、远大的志向、"冥然兀坐""竟日默默在此"的生活状态是相应的。

第五段在多个版本的中学课本中被删。归有光推崇《史记》，这一段的议论有点模仿"太史公曰"的意味，十八岁的归有光称项脊轩为"败屋"，对这间小室，言若有憾，心实喜之。

第六段是作者后来补记的，据考证，续作的时间至少在十三年以后。[①]

---

① 贝京：《归有光研究》，商务印书馆2008年版，第146～148页。

本段写第一任妻子魏孺人与自己在项脊轩中生活的细节，最后以枇杷树亭亭如盖这一景物描写来作结。这个结尾很独特。就篇内而言，回忆母亲则"泣"，回忆祖母则"长号"，回忆妻子时却一字不涉及自己的情绪；就作者写地记人的此类文章而言，它也是特别的。在作者写地记人的"记"或单纯写人的"志""行状"中，用一个生活细节加上一两句直抒胸臆的话来结尾是很常见的，《世美堂后记》《顺德府通判记》《请敕命事略》《先妣事略》等篇的结尾都是这样处理。但在《项脊轩志》的最后一段，作者一改惯常写法，"以一树作结，寓无限感慨"。在志趣上尊重并信任作者、在情感上与作者相濡以沫的第一任妻子魏氏，离开作者数年，作者想起她，不讲离别之痛，也不感慨魂别经年，只讲妻子逝世那年种的树已经"亭亭如盖"，情感之幽深、隐微，抒情之含蓄、节制，真的是"无意于感人，而欢愉惨恻之思，溢于言语之外"！（王锡爵《归公墓志铭》）①

《项脊轩志》是古代散文中最值得细读的篇目之一，真实的情感、对能引起共鸣的日常生活片段的剪影式描写、平淡清丽的语言风格、独特的抒情方式，都是它值得品味之处。

思考

多数中学语文教材把原文第五段删去，对此你是否赞成，为什么？

（陈晓萍）

---

① （明）归震川著，段承校选注评析：《归震川诗文选》，江苏古籍出版社2002年版，第291页。

登泰山记①

姚　鼐

泰山之阳，汶水西流；其阴，济水东流。阳谷皆入汶，阴谷皆入济。当其南北分者[1]，古长城也。最高日观峰，在长城南十五里。

余以乾隆三十九年十二月，自京师乘风雪，历齐河、长清，穿泰山西北谷，越长城之限，至于泰安。是月丁未，与知府朱孝纯子颍由南麓登。四十五里，道皆砌石为磴，其级七千有余。

泰山正南面有三谷。中谷绕泰安城下，郦道元所谓环水也。余始循以入，道少半[2]，越中岭，复循西谷，遂至其巅。古时登山，循东谷入，道有天门。东谷者，古谓之天门溪水，余所不至也。今所经中岭及山巅[3]，崖限当道者[4]，世皆谓之天门云。道中迷雾冰滑，磴几不可登。及既上，苍山负雪，明烛天南[5]；望晚日照城郭，汶水、徂徕如画，而半山居雾若带然[6]。

戊申晦[7]，五鼓，与子颍坐日观亭，待日出。大风扬积雪击面。亭东自足下皆云漫。稍见云中白若樗蒱数十立者[8]，山也。

---

① （清）姚鼐著，刘季高标校：《惜抱轩诗文集》卷十四，上海古籍出版社1992年版，第220页。记，古代散文文体，可记人，记事，记物，记景；多兼有议论、抒情成分。

极天云一线异色，须臾成五采。日上，正赤如丹，下有红光动摇承之。或曰，此东海也。回视日观以西峰，或得日或否，绛皓驳色[9]，而皆若偻。

亭西有岱祠，又有碧霞元君祠。皇帝行宫在碧霞元君祠东。是日，观道中石刻，自唐显庆以来，其远古刻尽漫失[10]。僻不当道者，皆不及往。

山多石，少土。石苍黑色，多平方，少圜。少杂树，多松，生石罅，皆平顶。冰雪，无瀑水，无鸟兽音迹。至日观数里内无树，而雪与人膝齐。

桐城姚鼐记。

注释

[1] 当：在。

[2] 少半：不到一半。

[3] 中岭：山名，又名"中溪山"。

[4] 限：门槛。

[5] 烛：照亮。

[6] 居：停留。

[7] 晦：农历每月最后一天。

[8] 樗蒱：古代一种棋类游戏，这里指樗蒲用的骰子，长形末端尖锐，立起来像山峰。

[9] 绛皓驳色：有红色有白色，颜色错杂。

[10] 失：模糊缺失。

赏析

　　1774年冬，姚鼐冒着风雪登上泰山，写下了名篇《登泰山记》。许多人初读《登泰山记》，留下的印象是简短且有些枯燥。登五岳之首的泰山，按常见的记游写法，应该要写登山过程中的所见所闻、所想所感，不吝笔墨地展现泰山的险峻雄伟与登顶的艰难，再来点人生感悟。《登泰山记》似乎反其道而行之，并未满足读者的期待。不少人心里都有一个疑问，《登泰山记》究竟好在哪里，为何能称为"名篇"呢？

　　首先，《登泰山记》语言虽然简练，惜字如金，但正因如此更使文中描写的字句显眼而珍贵。"苍山负雪，明烛天南；望晚日照城郭，汶水、徂徕如画，而半山居雾若带然。"苍山，"苍"本指草的深绿色。《说文》："苍，艸色也。"后引申为青黑色。泰山冬天极其寒冷，第五段说"山多石""石苍黑色""多松"，这青黑色应该是远望过去融合了山石与松树的青黑色。可见，作者目力所及并非白茫茫一片单调，雪并未完全覆盖整座山峰，只是覆盖了山的上部分，下部分还露出青黑色，所以才能看得出是山"负"雪。一个"负"字，让人想见雪的重量，可见山上半部分的雪是厚重的，不然哪里需要背呢？虽不言雪大，但读者已能读出；而且还把山拟人化了，有化静为动的效果。往下再读，还有"晚日照城郭"，那么晚日一定也照着这山与雪。晚日，应该是金黄或橙红的颜色，照着白雪，白雪反射了夕阳的光辉照亮了天空，可以想见那又是多么广阔壮美的景象！远望山下城郭静静笼罩在夕阳的余光里，河流环绕，一片安详。这一切如诗如画，令人陶醉其中。作者虽不言感受，但读者却不难通过想象产生身临其境之感。又如在等待日出的时候，"大风扬积雪击面"。风能把地上的积雪扬起到扑面的高度，可见风应该非常强劲，而且还是打着旋的，才能把地上的积雪卷起来在半空中肆虐。一个"击"字，正好呼应"风扬积雪"，体现了风的力度。接下来对日出的描写，历来鉴赏颇多，此处不再赘述。通过以上分析，可见《登泰山记》虽然字数不多，但是其中的画面描写准确生动，如诗一般凝练的语言亦有着深深的趣味。可以说，文字虽然"简约"，但并不"简单"。

沿着"风扬积雪扑面",我们又可以思考一个问题:姚鼐在山上等日出的一夜,是怎么度过的?如今也有人在泰山顶上过夜等看日出,但是多数选择住酒店宾馆,甚至还有挤公厕过夜的新闻。海拔每升高一千米,温度会下降六度,本来已是冬天,多日大雪,山上的夜晚肯定非常寒冷。乾隆时期,山顶酒店是不可能有的,姚鼐与好友去了哪里呢?也许他们找了某个地方躲一下风雪,也许同行为官的好友还带着随从,能有些烤火的东西。但不管如何,这一夜应该说不上舒适。为了等日出而留在山顶度过寒冷的一夜,难道不值得记录下来吗?还有一路上山的艰辛,作者只是用了"道中迷雾冰滑,磴几不可登"一笔带过,行走的情状与心理感受,并没有详细写出。同样,他来到泰安是"乘风雪,历齐河、长清,穿泰山西北谷,越长城之限,至于泰安"。"历""穿""越"三个动词串起并不短的路程,一气呵成,颇有"直从巴峡穿巫峡,便下襄阳向洛阳"的极速穿越之感。可杜甫的极速穿越是想象,姚鼐却是实打实地赶路。前面还有一句"乘风雪",可以想见在交通并不发达的古代,这一路走来是多么艰难。以上这些,如果放在现在,绝对够得上发好多个抖音短视频或者朋友圈。按照一般的游记写法,可能会对此大书特书,从而与后面日出的壮丽景象形成鲜明对比,借此表现不畏艰难险阻的精神和"不经历风雨,怎能见彩虹"的感想。可姚鼐却与众不同,途中艰辛与山上一夜的等待在他看来并无详细记叙的必要。我们只能猜想,这些艰难困苦于他看来并不重要,而且如此剪裁应该是想把笔墨留给重要的地方——泰山日出。

分析至此,我们不禁好奇,是什么让他舍弃艰辛的过程描写,而把笔墨集中在登顶之后的景色呢?姚鼐这篇散文,要抒发什么情感呢?我们不妨从写作背景入手。关于《登泰山记》的写作背景,有不少学者做过研究。姚鼐于1774年底因"疾"辞去四库编纂的职务,来到泰安。关于辞官原因,一方面,姚鼐出仕已有些年头,却未能担任要员有所建树,其中既有外界的原因,也有他个性的原因,这一切使他对官场与前途深感失望,内心沉郁。另一方面,多数研究者认为与当时"汉宋之争"有关,在编纂《四库全书》时,姚鼐因与戴震等人观点不合而遭受排挤。经过思虑,他选择"披我故时裘，浩歌出皇京"。他辞去官职，到泰安与好友相聚。然而天公不作美，抵达泰安时依然大雪不止。"拟将雪霁上日观，当为故人十日留"。为了登山，他选择了等待。终于在除夕这个特殊的日子，他们登上泰山，一览五岳之首泰山日出东方的胜景。其实当时的泰山"雪与人膝齐"，无鸟兽踪迹，而且"磴几不可登"，并不适合登山。可是偏偏在除夕这个家人团聚的特殊日子，他离开家人专程登泰山看日出，如果说没有一点寄托的意味，似乎是不太可能的。除夕除了团聚，还意味着除旧迎新。也许对姚鼐来说，登上泰山之顶迎接灿烂辉煌的朝阳，也意味着告别过往，胸怀坦荡地迎接新的生活。泰山之行后，他便决然彻底离开京城，开启讲学的后半生。其实在写《登泰山记》之前，姚鼐还写了一首诗《岁除日与子颖登日观观日出作歌》，我们不妨参照来看。这首诗与《登泰山记》中的情感节制不同，里面不乏抒情的诗句，我们也得以窥探姚鼐当时的情感。"使君长髯真虬龙，我亦鹤骨撑青穹。……孤臣羁迹自叹息，中原有路归无时。此生忽忽俄在此，故人偕君良共喜。天以昌君画与诗，又使分符泰山址。男儿自负乔岳身，胸有大海光明暾。即今同立岱宗顶，岂复犹如世上人。……驭气终超万物表，东岱西峨何复论"。从这首诗里，我们可以看到登上泰山之巅的姚鼐，内心充荡着豪迈之气，既有"鹤骨撑青穹"的仙风道骨、瘦劲挺拔、胸怀坦荡、顶天立地，也有对自己作为男儿应有气概的期许。诗歌中既有对朋友的宽慰、赞赏，也有与故人相携之喜，更有超越世间万物的超然与洒脱。从这个角度看，诗人当时虽然一路艰辛上山等日出，心情却是舒畅坦荡的，辞旧迎新又有好友相伴共赏壮阔景色，在辽阔的天地间畅游心神，豪情顿生，与这些相比，那些冰雪寒冷与难走的路又何足挂齿？由此我们大致可以推想作者不写登山过程艰难的原因，明白他详略安排的用意，这也从一个方面反映了文章"简约"的特点。而且桐城派的代表人物方苞认为，散文与诗歌是不同的，散文为载道之文体，诗歌则可铺采摛文，抒情言性。姚鼐《登泰山记》的客观叙述，当与方苞对散文的认识一脉相承，而详略安排也符合桐城派对文章"雅洁"的要求。从文字精练、言辞不杂、详略得当等标准来看，《登泰山记》可谓是一个典范。

《登泰山记》还有一个特点，就是有比较多的介绍性文字。如开头对泰山地理环境的介绍，登山途中对泰山南面山谷、登山路线和"天门"的介绍，最后对山顶附近人文景观、自然风景的介绍等等。这些介绍同样非常简洁，但于读者而言则增长了不少见识。为何在游记中要加入这些介绍呢？其实山水游记也有一些是带有地理考证的，如《徐霞客游记》。此外，还可以结合姚鼐"义理""考据""辞章"的文学主张来看。姚鼐这次来到泰安，结识了泰安的聂釴，并且为他的《泰山道里记》作序。"余尝病天下地志谬误，非特妄引古记，至纪今时山川道里，远近方向，率与实舛，令人愤叹。设每邑有笃学好古能游览者，各考纪其地土之实据，以参相校订，则天下地志何患不善？"在这篇序言里，姚鼐也提到汶水、天门、环水等《登泰山记》中提及的景物。从其所写的这篇序言中，我们可以看到他对地理形势和历史沿革的关注，这种关注也体现在《登泰山记》这篇散文里。当然，姚鼐在《登泰山记》里的这些介绍还不能算是严格的"考据"，但也可见其作为学者严谨的治学态度。

通过以上分析，我们会发现，《登泰山记》简约而不简单，在简洁的文字背后，是作者对"雅洁"文学主张的贯彻，凝练的语言富有表现力，要而不杂，详略得当，其中介绍地志知识一方面继承了地理游记的传统，另一方面也体现了他实事求是的态度，足能当起"名篇"之称。这篇散文很好地展现了桐城派的文学主张，如果用一般山水游记常见模式的标准来读这篇散文，可能就会觉得不符合期待了。

思考

1. 姚鼐的文学主张中，"义理"指的是什么？你认为这篇散文体现了"义理"吗？

2. 将姚鼐的《游灵岩记》与本文进行比较阅读，思考两篇文章的异同之处。

（曾一鸣）